*La mitad evanescente*

# La mitad evanescente

## BRIT BENNETT

Traducción de
Carlos Milla Soler

**LITERATURA RANDOM HOUSE**

Papel certificado por el Forest Stewardship Council®

MIXTO
Papel procedente de
fuentes responsables
FSC® C117695

Penguin
Random House
Grupo Editorial

Título original: *The Vanishing Half*

Primera edición: marzo de 2021

© 2020, Brittany Bennett
© 2021, Penguin Random House Grupo Editorial, S. A. U.
Travessera de Gràcia, 47-49. 08021 Barcelona
© 2021, Carlos Milla Soler, por la traducción

Printed in Spain – Impreso en España

ISBN: 978-84-397-3864-0
Depósito legal: B-690-2021

Compuesto en La Nueva Edimac, S. L.
Impreso en Egedsa (Sabadell, Barcelona)

RH38640

# ÍNDICE

*Para mi familia*

# PRIMERA PARTE

# LAS GEMELAS PERDIDAS
(1968)

# 1

La mañana en que una de las gemelas perdidas regresó a Mallard, Lou LeBon corrió hasta la cafetería para anunciarlo, e incluso ahora, pasados muchos años, todo el mundo recuerda la alteración de Lou cuando, sudoroso, abrió de un empujón las puertas de cristal, con el pecho agitado, el cuello de la camiseta oscurecido por su propio esfuerzo. Los clientes, medio adormilados, prorrumpieron en un griterío alrededor de él; eran unos diez, si bien posteriormente serían muchos más los que mentirían y dirían que también ellos estuvieron allí, aunque solo fuera para simular que por una vez habían presenciado algo de verdad emocionante. En aquella pequeña localidad agrícola, nunca ocurría nada sorprendente, no desde la desaparición de las gemelas Vignes. Pero esa mañana de abril de 1968 Lou, de camino al trabajo, vio a Desiree Vignes recorrer a pie Partridge Road, cargada con una pequeña maleta de cuero. Presentaba exactamente el mismo aspecto que cuando se marchó a los dieciséis años, su piel todavía clara, del color de la arena solo un poco húmeda. Su cuerpo sin caderas le recordó a una rama movida por una brisa impetuosa. Avanzaba con rapidez, la cabeza gacha, y —en ese momento Lou hizo una pausa, tenía algo de showman— llevaba cogida de la mano a una niña, de siete u ocho años, negra como un tizón.

—De un negro azulado —precisó—. Como recién llegada de África.

La cafetería de Lou, Egg House se llamaba, se escindió en una docena de conversaciones distintas. El cocinero se preguntó si sería realmente Desiree, ya que Lou cumplía los sesenta en mayo y, por vanidad, se resistía a ponerse sus gafas. La camarera afirmó que por fuerza tenía que serlo: hasta un ciego reconocería a cualquiera de las hermanas Vignes y desde luego no podía ser la otra. A los parroquianos de la cafetería, que habían abandonado sus gachas de maíz y sus huevos en la barra, les traían sin cuidado todas esas especulaciones sobre la Vignes. Pero ¿quién demonios era la niña de piel oscura? ¿Podía ser hija de Desiree?

—¿De quién iba a ser, si no? —dijo Lou. Agarró un puñado de servilletas del dispensador y se enjugó la frente húmeda.

—A lo mejor es una huérfana que ha adoptado.

—No me explico cómo podría haber salido de Desiree algo así de negro.

—¿A ti te parece que Desiree es de las que adoptan huérfanas?

Ni por asomo. Era una chica egoísta. Si algo recordaban de Desiree, era eso, y muchos de ellos apenas recordaban nada más. Las gemelas se habían marchado hacía catorce años, casi tantos como los que hacía que las conocían. Se esfumaron de la cama tras el baile del Día del Fundador, mientras su madre dormía poco más allá en el mismo pasillo. Una mañana, las gemelas, apretujadas, se miraban en el espejo del cuarto de baño, cuatro chicas idénticas retocándose el pelo. A la mañana siguiente la cama estaba vacía, hecha como cualquier otro día, la colcha tirante cuando la hacía Stella, arrugada cuando se ocupaba Desiree. Los vecinos del pueblo se pasaron toda la mañana buscándolas, llamándolas a gritos por el bosque, preguntándose estúpidamente si las habrían secuestrado. Su desaparición fue tan súbita como el arrebatamiento de los creyentes, quedando atrás el resto de los vecinos de Mallard, los pecadores.

Naturalmente, la verdad no era siniestra ni mística; las gemelas pronto reaparecieron en Nueva Orleans, chicas egoístas que huían de la responsabilidad. No se quedarían allí mucho tiempo. Se cansarían de la vida en la ciudad. Se les acabaría el dinero y el descaro y volverían lloriqueando al porche de la casa de su madre. Pero nunca volvieron. En lugar de eso, transcurrido un año, las gemelas se separaron, y sus vidas se dividieron en dos como el óvulo que en otro tiempo compartieron. Stella se convirtió en una mujer blanca y Desiree se casó con el hombre de piel más oscura que encontró.

Ahora había vuelto, a saber por qué. Nostalgia, quizá. Echaba de menos a su madre después de tantos años o quería exhibir a esa hija de piel oscura. En Mallard, nadie se casaba con personas de piel oscura. Tampoco se marchaba nadie, pero Desiree eso ya lo había hecho. Casarse con un hombre de piel oscura y volver al pueblo con su hija negra azulada a rastras era pasarse de la raya.

En la Egg House de Lou, el corrillo se dispersó, el cocinero se reacomodó la redecilla del pelo, la camarera contó las monedas en la mesa, hombres en mono apuraron sus cafés antes de encaminarse hacia la refinería. Lou se arrimó al cristal sucio del ventanal y fijó la mirada en la carretera. Debía telefonear a Adele Vignes. No le parecía bien que su propia hija le tendiera una emboscada, no después de todo lo que ya había pasado. Ahora Desiree y esa niña de piel oscura. Dios santo. Tendió la mano hacia el teléfono.

—¿Crees que planean quedarse? —preguntó el cocinero.

—¿Quién sabe? Desde luego daba la impresión de que tenía prisa —contestó Lou—. Me pregunto a qué se debía tanta prisa. Ha pasado de largo sin verme, sin saludar ni nada.

—Engreída. Como si tuviera algo de lo que presumir.

—Dios —dijo Lou—. Nunca había visto a una niña tan negra.

Aquel era un pueblo extraño.

Mallard, que debía su nombre a los patos acollarados que vivían en los arrozales y las marismas. Un pueblo que, como cualquier otro, era más una idea que un lugar. La idea la concibió Alphonse Decuir en 1848, mientras estaba en los campos de caña de azúcar que había heredado del padre que en su día fue su amo. Con el padre ahora difunto, el hijo ahora liberto deseó construir en aquellas hectáreas de tierra algo que perdurara por los siglos de los siglos. Un pueblo para hombres como él, que nunca serían aceptados como blancos pero se negaban a ser tratados como negros. Un tercer lugar. Su madre, que en paz descansara, aborrecía la piel clara de su hijo; cuando él era niño, lo empujaba hacia el sol, rogándole que se oscureciera. Tal vez fue eso lo que lo indujo a soñar por primera vez con el pueblo. La claridad de la piel, como cualquier cosa heredada a un gran coste, era un don solitario. Se había casado con una mulata de piel aún más clara que la suya. Entonces estaba embarazada de su primer hijo, y él imaginó a los hijos de los hijos de sus hijos de piel aún más clara, como una taza de café diluido gradualmente con leche. Un negro más perfecto. Cada generación de piel más clara que la anterior.

Pronto llegaron otros. Pronto la idea y el lugar pasaron a ser inseparables, y Mallard se extendió en torno al resto de St. Landry Parish. Las personas de color murmuraban al respecto, se preguntaban qué pasaba allí. Los blancos ni siquiera se podían creer que existiera. Cuando se construyó Santa Catalina en 1938, la diócesis envió a un joven sacerdote de Dublín que, al llegar, pensó que se había extraviado. ¿No había dicho el obispo que los vecinos de Mallard eran gente de color? En ese caso, ¿quiénes eran esas personas que iban de aquí para allá? ¿De tez clara, rubios y pelirrojos, los más oscuros no más morenos que un griego? ¿Era eso lo que se consideraba gente de color en Estados Unidos, las personas a las que los blancos querían segregar? En ese caso, ¿cómo los distinguían?

Para cuando nacieron las gemelas Vignes, Alphonse Decuir llevaba ya mucho tiempo muerto. Pero sus tataratataratataranietas heredaron su legado, lo quisieran o no. Incluso Desiree, que siempre se quejaba antes del pícnic del Día del Fundador, que alzaba la vista al techo cuando el Fundador se mencionaba en el colegio, como si todo eso no tuviera nada que ver con ella. Eso era lo que se recordaría de ella después de la desaparición de las gemelas. Que Desiree nunca quiso formar parte del pueblo que era suyo por derecho de nacimiento. Que consideraba que uno podía desprenderse de la historia como si encogiera los hombros para zafarse de una mano. Uno puede escapar de un pueblo, pero no puede escapar de la sangre. Por alguna razón, las gemelas Vignes se creían capaces tanto de lo uno como de lo otro.

Así y todo, si Alphonse Decuir hubiera podido pasearse por el pueblo que en otro tiempo imaginó, se habría emocionado al ver a sus tataratataratataranietas. Gemelas, piel de color nívea, ojos castaños, cabello ondulado. Se habría maravillado. Que el hijo fuera un poco más perfecto que los padres. ¿Qué podía haber más extraordinario?

Las gemelas Vignes desaparecieron el 14 de agosto de 1954, inmediatamente después del baile del Día del Fundador, lo que, como todo el mundo comprendió más tarde, obedecía a un plan desde el principio. Stella, la lista, debía de haber previsto que los lugareños estarían distraídos. Ebrios de sol tras la larga barbacoa organizada en la plaza del pueblo, donde Willie Lee, el carnicero, ahumaba costillas y salchichas. Luego el alcalde Fontenot pronunciaba su discurso, el padre Cavanaugh bendecía los alimentos, los niños, ya inquietos, cogían trocitos de piel de pollo crujiente de los platos que sostenían los padres en oración. Una larga tarde de celebración al son de la banda de música, y la noche terminaba en un baile en el gimnasio del colegio, desde el que los adultos se marchaban a casa a trompicones después de beberse unas cuantas copas de más del ponche de ron de Trinity Thierry, y las pocas horas que pasaban de nuevo en ese gimnasio los atraían tiernamente hacia los años de su juventud.

Cualquier otra noche Sal Delafosse habría podido asomarse a su ventana y ver a dos chicas caminar bajo la luz de la luna. Adele Vignes habría oído crujir el entarimado del suelo. Incluso Lou LeBon, a la hora de cerrar la cafetería, habría podido ver a las gemelas a través de los cristales empañados. Pero, en el Día del Fundador, la Egg House de Lou cerraba antes. Sal, asaltado por un repentino vigor, acudió al lecho con su mujer. Adele roncaba bajo los efectos de las copas de ponche de ron, soñando que bailaba con su marido en la fiesta de principio de curso. Nadie vio a las gemelas marcharse furtivamente, tal como ellas habían planeado.

La idea no fue de Stella ni mucho menos; durante ese último verano, fue Desiree quien decidió fugarse después del pícnic. Cosa que, quizá, no debería haber sorprendido. ¿Acaso no había dicho ella, durante años, a cualquiera dispuesto a escucharla que se moría de ganas de marcharse de Mallard? Sobre todo se lo había dicho a Stella, que se lo consentía con la paciencia de una chica acostumbrada desde hacía mucho a oír delirios. Para Stella, abandonar Mallard era algo tan fantasioso como volar hasta la China. En rigor era posible, pero eso no significaba que fuera capaz de imaginarse a sí misma haciéndolo. Pero Desiree siempre había fantaseado con vivir fuera de ese pequeño pueblo agrícola. Cuando las gemelas vieron *Vacaciones en Roma* en el cine de Opelousas, ella apenas pudo oír el diálogo, ahogado por las voces de los otros niños de color sentados en el gallinero, bulliciosos y aburridos, lanzando palomitas de maíz a los blancos de la platea. Pero ella se había apretado contra la barandilla, absorta, imaginándose a sí misma sobre las nubes de algún lugar lejano como París o Roma. Nunca había estado siquiera en Nueva Orleans, a solo dos horas de viaje.

«Lo único que te espera ahí fuera es un mundo de excesos», decía siempre su madre, lo que por supuesto avivaba aún más el deseo de irse de Desiree. Las gemelas conocían a una chica llamada Farrah Thibodeaux que, un año antes, se había fugado a la ciudad, y parecía muy sencillo. ¿Cómo iba a ser difícil si Farrah, un año mayor que ellas, lo había conseguido? Desiree se imaginaba a sí misma fugándose a la ciudad y convirtiéndose en actriz. En toda su vida solo había actuado en una obra —*Romeo y Julieta* en noveno—, pero cuando salió al centro del escenario, sintió, por un segundo, que tal vez Mallard no era el pueblo más insulso de Estados Unidos. Sus compañeros de clase vitoreándola, Stella retrocediendo hacia la oscuridad del gimnasio, Desiree sintiéndose por una vez solo ella misma, no una gemela, no una mitad de un par incompleto. Pero al año siguiente perdió el papel de Viola en la *Noche de Reyes*, que se le asignó a la hija del alcalde, después de hacer su padre una donación al colegio en el último momento, y al final de la velada, tras quedarse enfurruñada entre bastidores mientras Mary Lou Fontenot sonreía radiante y saludaba al público, dijo a su hermana que se moría de ganas de marcharse de Mallard.

—Siempre dices lo mismo —respondió Stella.

—Porque siempre es verdad.

Pero no lo era, en realidad no. Ella, más que detestar Mallard, se sentía atrapada en su pequeñez. Había recorrido las mismas calles de tierra toda su vida; había grabado sus iniciales en el fondo de los pupitres que en otro tiempo había utilizado su madre, y que sus hijos utilizarían algún día, palpando con los dedos los trazos desiguales dejados por ella. Y el colegio seguía en el mismo edificio en el que siempre había estado, albergando todos los cursos, de modo que ni siquiera pasar al instituto de Mallard, al otro lado del pasillo, daba la impresión de ser un avance en absoluto. Tal vez habría sido capaz de sobrellevar todo aquello si los vecinos del pueblo no hubieran estado tan obsesionados con la piel clara.

Syl Guillory y Jack Richard discutiendo en la barbería sobre cuál de sus mujeres tenía la piel más clara, o su madre pidiéndole a gritos que llevara siempre sombrero, o la gente convencida de ideas absurdas, como que beber café o comer chocolate durante el embarazo podía oscurecer al bebé. Su padre había tenido la piel tan clara que, en una mañana fría, ella podía volverle el brazo hacia arriba y verle el azul de las venas. Pero nada de eso importó cuando los blancos fueron a por él. Después de aquello, ¿cómo iba a preocuparle a ella la claridad de la piel?

Ya apenas lo recordaba; eso la asustaba un poco. La vida anterior a la muerte de su padre se le antojaba solo una historia que le hubieran contado. Una época en la que su madre no se levantaba al amanecer para limpiar casas de gente blanca o llevarse colada extra a casa los fines de semana, que colgaba a secar en tendederos dispuestos en zigzag por todo el salón. A las gemelas les encantaba esconderse detrás de los edredones y sábanas hasta que Desiree tomó conciencia de lo humillante que era tener la casa siempre llena de ropa sucia de desconocidos.

—Si fuera verdad, harías algo al respecto —dijo Stella.

Siempre era así de práctica. Los domingos por la noche, Stella se planchaba la ropa para toda la semana, a diferencia de Desiree, que cada mañana, con prisas, buscaba un vestido limpio y sacaba los cuadernos, arrinconados al fondo de la mochila, para terminar las tareas. A Stella le gustaba el colegio. Había sacado sobresalientes en aritmética desde el parvulario, y durante su segundo año de instituto la señora Belton incluso le permitió dar algunas clases a los niños de cursos inferiores. Había entregado a Stella un ajado libro de cálculo de sus propios tiempos en el Spelman College, y durante semanas Stella, tumbada en la cama, intentó descifrar las extrañas formas y largas sucesiones de números entre paréntesis. En una ocasión Desiree hojeó el libro, pero las ecuaciones se desplegaban como un idioma antiguo, y Stella le arrancó el libro de las manos, como si Desiree, al mirarlo, lo hubiera mancillado de algún modo.

Stella quería llegar a ser profesora del instituto de Mallard algún día. Pero cada vez que Desiree imaginaba su propio futuro en Mallard, siempre con la misma vida, la asaltaba la sensación de que algo le oprimía la garganta. Cuando mencionaba la idea de marcharse, Stella nunca quería hablar del tema.

—No podemos dejar a mamá —decía siempre, y Desiree, escarmentada, se quedaba en silencio. Ya ha perdido demasiado, esa era la parte que no hacía falta decir.


El último día de décimo curso, su madre llegó a casa del trabajo y anunció que las gemelas no volverían al instituto en otoño. Ya habían estudiado suficiente, dijo, acomodándose con cuidado en el sofá para descansar los pies, y necesitaba que ellas dos se pusieran a trabajar. Las gemelas, a sus dieciséis años, quedaron atónitas, aunque tal vez Stella debería haberse fijado en que las facturas llegaban con mayor frecuencia, o Desiree debería haberse preguntado por qué, solo en el último mes, su madre la había enviado dos veces a Fontenot para pedir más crédito. Aun así, las chicas cruzaron una mirada en silencio mientras su madre se desataba los zapatos. Stella tenía la misma expresión que si hubiera recibido un puñetazo en el vientre.

—Pero yo puedo trabajar e ir también al colegio —dijo—. Encontraré la manera…

—No podrás, cariño —respondió su madre—. Tienes que estar allí durante el día. Ya sabes que no haría esto si no fuera necesario.

—Lo sé, pero…

—Y Nancy Belton te tiene allí dando clases. ¿Qué más necesitas aprender?

Ya les había encontrado una casa donde limpiar en Opelousas y empezarían a la mañana siguiente. A Desiree le disgustaba ayudar a su madre a limpiar. Sumergir las manos en el agua sucia del fregadero, encorvarse sobre una fregona, saber que algún día sus dedos también se volverían gruesos y nudosos a fuerza de restregar la ropa de los blancos. Pero al menos no habría más exámenes ni necesitaría estudiar o memorizar, ni atender en las clases, aburrida como una ostra. Ya era una adulta. Por fin comenzaría la vida de verdad. Pero cuando las gemelas empezaron a preparar la cena, Stella siguió callada y taciturna mientras enjuagaba zanahorias en el fregadero.

—Yo pensaba... —dijo—. Supongo que pensaba...

Ella quería ir a la universidad algún día y daba por supuesto que la aceptarían en el Spelman o el Howard o en cualquier universidad a la que deseara ir. La idea siempre había aterrorizado a Desiree, que Stella se marchara a Atlanta o Washington sin ella. Una pequeña parte de Desiree sintió alivio; ahora Stella no podría de ningún modo marcharse sin ella. Así y todo, no le gustaba ver a su hermana triste.

—Aún podrás ir —dijo Desiree—. Más adelante, quiero decir.

—¿Cómo? Primero hay que acabar el instituto.

—Bueno, pues eso podrás hacer. En clases nocturnas o algo así. Te lo sacarás en un abrir y cerrar de ojos, lo sabes perfectamente.

Stella volvió a quedar en silencio mientras troceaba zanahorias para el estofado. Era consciente de lo desesperada que estaba su madre y nunca discutiría su decisión. Pero, en su nerviosismo, se le resbaló el cuchillo y se cortó el dedo.

—¡Maldita sea! —refunfuñó en voz alta, sobresaltando a Desiree, que estaba junto a ella. Stella rara vez maldecía, y menos cuando su madre podía oírla. Dejó caer el cuchillo a la vez que un hilo rojo y fino de sangre brotaba de su dedo índice, y Desiree, sin pensar, se metió el dedo sangrante de Stella en la boca, como hacía cuando eran pequeñas y Stella no paraba de llorar. Sabía que ya eran mayores para eso; aun así, mantuvo el dedo de Stella en su boca, percibiendo el sabor metálico de la sangre. Stella la observó en silencio. Tenía los ojos empañados, pero no lloraba.

—Eso es un asco —dijo Stella, pero no retiró el dedo.


Todo ese verano las gemelas fueron en el autobús de la mañana a Opelousas, donde se presentaban en una inmensa casa blanca oculta detrás de una verja de hierro coronada con leones blancos de mármol. Ese elemento decorativo quedaba tan teatralmente absurdo que Desiree se rio cuando los vio por primera vez; Stella, en cambio, se limitó a mirarlos con cautela, como si esos leones pudieran cobrar vida en cualquier momento y atacarla. Cuando su madre les encontró el trabajo, Desiree supo que la familia sería rica y blanca. Pero nunca había imaginado una casa como esa: una lámpara de araña de diamantes colgada del techo a tal altura que tenía que encaramarse al último peldaño de la escalera de mano para quitarle el polvo; una larga escalera de caracol en la que se mareaba al pasar el trapo por la barandilla; una cocina enorme que tenía que fregar, llena de electrodomésticos tan nuevos y futuristas que ni siquiera sabía utilizar.

A veces perdía a Stella y tenía que buscarla, deseosa de llamarla a gritos pero temerosa de que su voz reverberara en el techo. Una vez la encontró abrillantando el tocador del dormitorio, mirándose melancólicamente en el espejo adornado con pequeños frascos de lociones; se habría dicho que quería sentarse en aquella banqueta de felpa y frotarse las manos con una crema perfumada como si fuera Audrey Hepburn. Admirarse a sí misma por el mero hecho de hacerlo, como si viviera en un mundo donde las mujeres hicieran esas cosas. Pero de pronto el reflejo de Desiree apareció detrás de ella, y Stella desvió la mirada, avergonzada, casi, de que la vieran siquiera abrigar un deseo.

Dupont, así se llamaba la familia. La mujer, de cabello rubio ahuecado, se pasaba toda la tarde ociosa y con los ojos cerrándosele de aburrimiento. El marido trabajaba en el St. Landry Bank & Trust. Dos niños que se daban empujones frente al televisor en color —ella nunca había visto uno hasta entonces— y un bebé calvo con cólicos. En su primer día la señora Dupont examinó a las gemelas durante un minuto y luego dijo distraídamente a su marido:

—Que chicas tan guapas. Y qué piel tan clara, ¿no?

El señor Dupont se limitó a asentir. Era un hombre desmañado y torpe, que llevaba gafas de culo de botella, las lentes tan gruesas que sus ojos semejaban abalorios. Siempre que se cruzaba con Desiree, ladeaba la cabeza, como si se preguntara algo.

—¿Tú cuál eres? —decía.

—Stella —contestaba ella a veces, solo por diversión.

Siempre había sabido mentir. La única diferencia entre mentir y actuar era si el público estaba enterado o no, pero en cualquier caso todo se reducía a una interpretación. Stella nunca quería cambiar de identidad. Siempre pensaba que las descubrirían, pero mentir —o actuar— solo era posible si una se comprometía plenamente. Desiree había pasado años estudiando a Stella. La forma en que jugueteaba con el dobladillo de la falda, la manera en que se remetía el pelo detrás de la oreja o alzaba la vista en actitud vacilante antes de saludar. Podía imitar a su hermana, remedar su voz, habitar en su cuerpo sin salir del suyo propio. Se sentía especial sabiendo que podía simular ser Stella pero que Stella nunca podría ser ella.

Las gemelas no se dejaron ver en todo el verano. No se pasearon por Partridge Road ni ocuparon en ningún momento un reservado al fondo de la cafetería de Lou ni se acercaron al campo de fútbol para ver entrenar a los chicos. Cada mañana las gemelas desaparecían en el interior de la casa de los Dupont; a última hora de la tarde salían extenuadas, con los pies hinchados, y Desiree se desplomaba contra la ventanilla del autobús durante el viaje a casa. El verano casi había terminado, y no se atrevía a imaginar el otoño, fregando suelos de baños mientras sus amigas chismorreaban en el comedor y planeaban el baile de principio de curso. ¿Sería así el resto de su vida? ¿Confinada en una casa que la engullía en cuanto entraba?

Había una escapatoria. Lo sabía —siempre lo había sabido— pero, llegado agosto, pensaba en Nueva Orleans persistentemente. La mañana del Día del Fundador, temiendo ya regresar a casa de los Dupont, dio un codazo a Stella en la cama y dijo:

—Vámonos.

Stella gimió y se dio la vuelta, enredadas las sábanas en torno a sus tobillos. Propensa a pesadillas de las que nunca hablaba, siempre había tenido el sueño agitado.

—¿Adónde? —preguntó Stella.

—Ya sabes adónde. Estoy harta de hablar de eso, vámonos de una vez.

Empezaba a sentirse como si una salida de emergencia hubiese aparecido ante ella, y si no la aprovechaba de inmediato, quizá se esfumara para siempre. Pero no podía irse sin Stella. Nunca había estado sin su hermana, y parte de ella se preguntaba si podría sobrevivir siquiera a la separación.

—Vamos —dijo—. ¿Quieres pasarte toda la vida limpiando lo que ensucian los Dupont?

Nunca sabría con certeza qué fue lo que la decidió. Tal vez Stella también se aburría. Tal vez, con su sentido práctico, Stella comprendió que podían ganar más en Nueva Orleans, mandar el dinero a casa y ayudar así más a su madre. O tal vez también ella había visto la posibilidad de que esa salida de emergencia se esfumara y había caído en la cuenta de que todo lo que deseaba existía fuera de Mallard. ¿Qué más daba por qué había cambiado de idea? Lo único que contaba era que Stella por fin dijo:

—Vale.

Toda esa tarde las gemelas se entretuvieron en el pícnic del Día del Fundador, Desiree a punto de reventar por el secreto que guardaba. Pero Stella parecía tan tranquila como de costumbre. Era la única persona con quien Desiree compartía secretos. Stella sabía lo de los suspensos de Desiree, que en lugar de enseñar los exámenes a su madre, había falsificado su firma al dorso. Sabía lo de las baratijas que Desiree había robado en Fontenot —una barra de carmín, un paquete de botones, un gemelo de plata— porque podía, porque, cuando la hija del alcalde se pavoneaba ante ella, le causaba cierta satisfacción saber que le había quitado algo. Stella escuchaba, a veces juzgaba, pero nunca se lo decía a nadie, y eso era lo que importaba. Contar un secreto a Stella era como susurrar dentro de un tarro y luego enroscar bien la tapa. No decía ni pío. Pero por entonces no imaginaba que Stella guardaba sus propios secretos.

Unos días después de que las gemelas Vignes abandonaran Mallard, el río se desbordó, convirtiendo todas las calles en lodazales. Si hubieran esperado un día más, la tormenta las habría disuadido. Si no la lluvia, sí el barro. Habrían recorrido penosamente media Partridge Road y luego pensado: dejémoslo. No eran chicas duras. No habrían aguantado diez kilómetros por una carretera rural embarrada: habrían vuelto a casa, empapadas, y se habrían quedado dormidas en su cama, admitiendo Desiree que había actuado de manera impulsiva, y Stella que obraba solo por lealtad. Pero esa noche no llovió. El cielo estaba despejado cuando las gemelas se marcharon de casa sin mirar atrás.

La mañana de su regreso, Desiree se medio perdió en el camino a casa de su madre. Estar medio perdida era peor que estar del todo perdida: resultaba imposible saber qué parte de una conocía el camino. Partridge Road desembocaba en el bosque, y luego ¿qué? Un giro en el río pero ¿en qué dirección? Un pueblo siempre se veía distinto cuando uno volvía, como una casa en la que todos los muebles se hubieran desplazado diez centímetros. Uno no la confundiría con la casa de un desconocido, pero se golpearía una y otra vez las espinillas con las esquinas de la mesa. Se detuvo a la entrada del bosque, abrumada por todos aquellos pinos, que se extendían interminablemente. Mientras trataba de localizar algo conocido, se toqueteó el pañuelo. A través de la gasa azul apenas se veía el moretón.

—¿Mamá? —dijo Jude—. ¿Falta mucho?

Miraba a Desiree con aquellos ojos grandes como lunas, tan parecida a Sam que Desiree apartó la vista.

—No —respondió—. Falta poco.

—¿Cuánto?

—Casi nada, cariño. Hay que cruzar este bosque. Es solo que mamá intenta orientarse.

La primera vez que Sam le pegó, Desiree comenzó a plantearse volver a casa. Por entonces llevaban casados tres años, pero ella aún tenía la sensación de estar en la luna de miel. Sam todavía la hacía estremecerse cuando le lamía el glaseado del dedo o le besaba el cuello mientras ella se pintaba los labios. En Washington había empezado a sentirse como en casa, en un lugar donde podía imaginar el resto de su vida sin la presencia de Stella. De pronto, una noche de primavera, hacía seis años, se olvidó de coser un botón en la camisa de Sam, y cuando él se lo recordó, ella le dijo que estaba ocupada preparando la cena, que tendría que cosérselo él mismo. Arrastraba el cansancio de toda una jornada de trabajo; era ya tan tarde que en el salón se oía *The Ed Sullivan Show*, los trinos de Diahann Carroll en su versión de «It Had to Be You». Se agachó para meter el pollo en el horno, y cuando se dio la vuelta, Sam le asestó un guantazo brutal en la boca. Ella tenía veinticuatro años. Hasta entonces nunca la habían abofeteado.

—Déjalo —le aconsejó su amiga Roberta por teléfono—. Si te quedas, se pensará que puede hacerlo sin pagar las consecuencias.

—No es tan sencillo —respondió Desiree.

Tocándose el labio hinchado, miró de reojo la habitación del bebé. De repente imaginó la cara de Stella, la misma que la suya pero sin moretón.

—¿Por qué? —preguntó Roberta—. ¿Porque lo quieres? ¿Y él te quiere tanto que te ha vuelto la cara del revés?

—No ha sido tan grave —contestó ella.

—¿Y tienes intención de quedarte hasta que lo sea?

Cuando Desiree se armó de valor para irse, no había hablado con Stella desde que esta se marchó. No tenía forma de ponerse en contacto con ella; ni siquiera sabía dónde vivía. Aun así, mientras avanzaba en zigzag por Union Station, con su hija confusa y aferrada a su brazo, su único deseo era llamar a su hermana. Horas antes, en medio de otra pelea, Sam la había agarrado por el cuello y le había apuntado a la cara con la pistola, la expresión de su mirada tan nítida como la primera vez que la besó. Algún día la mataría. Eso lo supo incluso después de que él la soltara y ella, jadeando, se volviera de costado. Esa noche fingió dormirse a su lado; después, por segunda vez en su vida, hizo la maleta a oscuras. En la estación de tren corrió hasta la taquilla con el dinero que había robado de la cartera de Sam, con su hija cogida de la mano, respirando tan entrecortadamente que le dolía el estómago.

¿Y ahora qué?, preguntó a Stella con el pensamiento. ¿Adónde voy? Pero, naturalmente, Stella no contestó. Y, naturalmente, solo había un sitio adonde ir.

—¿Cuánto? —preguntó Jude.

—Un poco, cariño. Ya casi hemos llegado.

Casi estamos en casa, pero ¿qué significaba eso ahora? Su madre podía echarla antes de que se acercara siquiera a los peldaños de la entrada. Lanzaría una mirada a Jude antes de indicarles que se volvieran por donde habían venido. ¿Cómo no iba a pegarte ese hombre de piel oscura? ¿Qué esperabas? Un matrimonio por despecho no dura. Se agachó para coger en brazos a su hija y se la apoyó en la cadera. Ahora caminaba sin pensar, solo por mantener el cuerpo en movimiento. Quizá era un error volver a Mallard. Quizá deberían haber ido a algún sitio nuevo, haber empezado de cero. Pero era tarde para lamentarse. Ya oía el río. Se encaminó hacia allí, su hija colgando de su cuello con todo su peso. El río la guiaría. Se detendría en la orilla y recordaría el camino.

En Washington, Desiree Vignes había aprendido a interpretar huellas dactilares.

Nunca había sabido siquiera que eso pudiera aprenderse hasta la primavera de 1956, cuando, recorriendo Canal Street, vio un folleto pegado al cristal del escaparate de una panadería que anunciaba que el gobierno federal buscaba trabajadores. Se detuvo en la puerta con la mirada fija en el aviso. Stella se había marchado hacía seis meses, y desde entonces el tiempo transcurría en un goteo lento y uniforme. A veces se olvidaba, por raro que pareciera. Oía un chiste gracioso en el tranvía o se cruzaba con un antiguo amigo de ellas y se volvía para decir a Stella «Oye, has...» antes de recordar que su hermana se había ido. Que, por primera vez en la vida, había dejado a Desiree sola.

Y sin embargo, aun pasados seis meses, Desiree todavía albergaba esperanzas. Stella llamaría. Enviaría una carta. Pero cada noche palpaba el interior del buzón vacío y esperaba junto a un teléfono que se negaba a sonar. Stella había pasado a dar forma a una nueva vida sin ella, y Desiree vivía desolada en la ciudad donde Stella la abandonó. Así que anotó el número del folleto amarillo colocado en el cristal del escaparate de la panadería y fue a la oficina de contratación en cuanto salió del trabajo.

La encargada de selección de personal, escéptica ante la posibilidad de encontrar una persona de buen carácter en toda la ciudad, se sorprendió al ver a la joven pulcra sentada frente a ella. Miró por encima su solicitud, deteniéndose allí donde la muchacha había marcado «de color». Luego golpeteó con el bolígrafo la casilla «lugar de nacimiento».

—Mallard —dijo—. Nunca he oído hablar de ese sitio.

—Es un pueblecito —contestó Desiree—. Al norte de aquí.

—Al señor Hoover le gustan los pueblos pequeños. La mejor gente sale de los pueblos pequeños, dice siempre.

—Pues Mallard es un pueblo pequeño donde los haya —aseguró Desiree.


En Washington, intentó enterrar su dolor. Alquiló una habitación a otra mujer de color empleada en el departamento de huellas dactilares, Roberta Thomas. Más un sótano que una habitación, en realidad, oscura y sin ventanas, pero limpia y, lo más importante, asequible. «No es gran cosa —le dijo Roberta en su primer día de trabajo—. Pero si de verdad necesitas un sitio…» Se la había ofrecido con actitud vacilante, como si esperase que Desiree la rechazase. Estaba agotada, madre de nada menos que tres hijos, y Desiree, para ser sinceros, parecía una más de quien cuidar. Pero Roberta sintió pena por la chica, de apenas dieciocho años, sola en una ciudad nueva, así que en el sótano se quedó: una cama individual, una cómoda, el radiador con cuyo traqueteo se dormía cada noche.

Desiree se dijo que estaba empezando de nuevo, pero ahora pensaba en Stella todavía más, preguntándose qué le parecería esa ciudad. Había abandonado Nueva Orleans para escapar del recuerdo de Stella, pero aún no podía conciliar el sueño sin darse la vuelta en la cama para sentirla a su lado.

En el FBI, Desiree aprendió a conocer los arcos y las espirales y los bucles. Un bucle radial, orientado hacia el pulgar, frente a un bucle cubital, orientado hacia el meñique. Un ojo de pavo real frente a un doble bucle. Un dedo joven frente a uno viejo cuyas crestas aparecían gastadas a causa de la edad. Podía identificar a una persona entre un millón estudiando una cresta: su anchura, forma, poros, contorno, interrupciones y pliegues. En su escritorio cada mañana: huellas dactilares procedentes de coches robados y de casquillos de bala, de ventanas rotas y picaportes y navajas. Procesaba las huellas dactilares de los manifestantes pacifistas e identificaba los restos de soldados muertos que volvían al país envueltos en hielo seco. Estaba estudiando unas huellas dactilares sacadas de un arma robada la primera vez que Sam Winston pasó por delante de ella. Llevaba una corbata de color lavanda con un pañuelo de seda a juego, y la sorprendió el brillo de la corbata y la audacia del hermano negro azabache que tenía el valor de ponérsela. Más tarde, cuando lo vio almorzar con los otros abogados, se volvió hacia Roberta y dijo:

—No sabía que hubiera fiscales de color.

Roberta dejó escapar un resoplido.

—Claro que los hay —dijo—. Esto no es ese pueblo de mala muerte del que vienes.

Roberta nunca había oído hablar de Mallard. Nadie que no fuera de la parroquia de St. Landry lo conocía, y cuando Desiree se lo mencionó a Sam, a él le costó siquiera imaginarlo.

—Me estás vacilando —dijo—. ¿Un pueblo entero de gente con la piel tan clara como la tuya?

Un día la invitó a comer, inclinándose ante su cubículo después de detenerse a preguntarle por un juego de huellas. Más tarde, le confesó que no tenía la menor urgencia con aquellas huellas, simplemente buscaba una razón para presentarse. Ahora estaban sentados en el National Arboretum, contemplando los patos deslizarse por el estanque.

—De piel aún más clara —corrigió ella, pensando en la señora Fontenot, que siempre se jactaba de que sus hijos eran del color de la cuajada.

Sam se rio.

—Pues tienes que llevarme allí alguna vez —dijo—. He de ver con mis propios ojos ese pueblo de piel clara.

Pero solo coqueteaba. Él había nacido en Ohio y nunca se había aventurado a ir más al sur de Virginia. Su madre hubiera querido enviarlo a Morehouse, pero no, él vivía en Ohio mucho antes de que se erradicara la segregación en todas las residencias estudiantiles. Había asistido a aulas donde profesores blancos se negaban a responder a sus preguntas. Había retirado nieve de color amarillo orina del parabrisas de su coche cada invierno. Había salido con chicas de piel clara que no le cogían la mano en público. Racismo del norte, ese era el que él conocía. En cuanto al sureño, de ese no quería saber nada. Por lo que a él se refería, su familia había huido del sur por una razón, ¿y quién era él para dudar de su buen criterio? Aquellos paletos blancos probablemente ni siquiera le permitirían volver a casa, comentaba siempre en broma. Podía ir al sur de visita y acabar cortando algodón.

—Mallard no te gustaría —le dijo ella.

—¿Por qué no?

—Porque no. La gente está chalada. Les obsesiona el color de la piel. Por eso me marché.

No era exactamente así, pero quería que Sam creyese que ella no se parecía en nada a la gente de su lugar de procedencia. Quería que él creyese cualquier cosa menos la verdad: que sencillamente era joven y se aburría y que se había llevado a rastras a su hermana a una ciudad donde esta acabó perdiéndose. Sam permaneció en silencio un rato, pensando; luego le alargó la bolsa de migas de pan. Había arrancado la corteza de su bocadillo para que Desiree pudiera echársela a los patos, una clase de caballerosidad sutil que con el tiempo a ella le resultaría entrañable. Sonriendo, ella metió la mano en la bolsa.

Le dijo que nunca había estado con un hombre como él, pero la verdad era que nunca había estado con ningún hombre. Por eso la asombraban y complacían todos los detalles que tenía con ella: Sam la llevaba a restaurantes con manteles blancos y cubiertos ornamentados; Sam la invitaba al teatro, sorprendiéndola con unas entradas para ver a Ella Fitzgerald. Cuando la llevó a su casa por primera vez, ella se paseó por el apartamento de soltero, impresionada por el orden de la ropa blanca, la distribución de las prendas por colores en el armario, la cama grande y espaciosa. Después de eso, estuvo a punto de llorar al regresar al sótano de Roberta.

Sam nunca volvió a ofrecerse a acompañarla de visita a su pueblo. Ella nunca se lo pidió. Al principio le había dicho que aborrecía Mallard.

—No te creo —repuso Sam. Tendidos en la cama de él, escuchaban la lluvia.

—No es una cuestión de creer o no creer. Te he dicho lo que siento.

—Los negros siempre tenemos apego al sitio donde hemos nacido —afirmó Sam—. A pesar de que siempre procedemos de los peores lugares. Solo los blancos son libres de aborrecer su lugar de nacimiento.

Él se había criado en los complejos de viviendas protegidas de Cleveland y amaba esa ciudad con la pasión de alguien que en la vida no había tenido muchas cosas que amar. Ella solo había tenido un pueblo del que siempre había querido huir y una madre que había dejado claro que si regresaba no sería bienvenida. Aún no había hablado de Stella a Sam; por alguna razón pensaba que ese era otro aspecto de Mallard que él no entendería. Pero mientras la lluvia azotaba la escalera de incendios metálica, se volvió hacia él y le dijo que tenía una hermana gemela que había decidido convertirse en otra persona.

—Se cansará de tanto interpretar un papel —comentó Sam—. Seguro que acaba sintiéndose como una tonta y vuelve corriendo. Con lo encantadora que eres, nadie querría estar muy lejos de ti.

La besó en la frente, y ella se apretó contra él, oyendo los fuertes latidos de su corazón. Eso fue al principio. Antes de que él apretara los puños, antes de que la llamara «hija de puta engreída», o le dijera que estaba «loca como tu hermana» o «te las das de blanca». Cuando ella descubrió que empezaba a confiar en él.

Muchos años más tarde, cuando comenzó a perder la vista, lo achacaría a los años que había pasado forzándola ante láminas de huellas dactilares y marcando crestas. Roberta le dijo una vez que pronto las máquinas se ocuparían de todo el sistema de dactilografía. Los japoneses ya estaban probando esa tecnología. Pero ¿cómo podía una máquina estudiar una huella dactilar mejor que un ojo bien adiestrado? Desiree veía pautas que casi nadie percibía. Era capaz de interpretar la vida de una persona a partir de sus huellas. Durante su etapa de formación se había ejercitado con la lectura de sus propias huellas, esas intrincadas formas que la convertían en una persona única. Stella tenía una cicatriz en el dedo índice de la mano izquierda por un corte que se había hecho con un cuchillo, una de las muchas maneras en que las huellas de ambas se diferenciaban.

A veces la identidad de uno se reducía a pequeños detalles.

Adele Vignes vivía en una casa alargada blanca que se hallaba en el linde del bosque, construida por el fundador y habitada por generaciones de Decuir a partir de entonces. Nada más casarse, su reciente marido, Leon Vignes, deambulaba por el pasillo inspeccionando los muebles antiguos. Hacía reparaciones y quería dedicarse a la ebanistería, y deslizaba un dedo por las delgadas patas de la mesa, admirando la labor artesanal. Nunca había imaginado que algún día viviría en una casa inmersa en tanta historia, pero, claro está, nunca había imaginado que se casaría con una Decuir. Una chica con abolengo. Él descendía de una larga genealogía de viticultores franceses que albergaron la esperanza de cultivar un viñedo en el Nuevo Mundo antes de descubrir que el calor y la humedad de Louisiana no eran propicios para la vid y tener que conformarse con la caña de azúcar. Grandes ideas aplastadas por la realidad, eso era lo que él había heredado. Sus padres se habían fijado objetivos más razonables: abrieron un bar clandestino en el límite de Mallard, que se llamó Surly Goat. Los más devotos de Mallard atribuirían más tarde el origen de las tragedias de la familia a aquel antro de pecado: cuatro hermanos Vignes, ninguno de los cuales pasó de los treinta años. Leon, el benjamín de la camada, fue el primero en morir.

La casa había perdido lustre con el tiempo, pero, en cierto modo, todavía era tal como Desiree la recordaba. Con su hija firmemente sujeta en brazos, salió al claro, sintiendo un dolor en los hombros a cada paso. Aquellas columnas de latón, el tejado verde azulado, el estrecho porche delantero, donde estaba su madre sentada en una mecedora, troceando judías verdes y echándolas a un cuenco de agua. Su madre, todavía delgada, cayéndole el cabello por la espalda, las sienes teñidas ahora de gris. Desiree se detuvo, su hija un gran peso colgado al cuello. Los años la empujaron hacia atrás como una mano contra el pecho.

—Me preguntaba cuándo os presentaríais aquí. Como imaginarás, Lou ya me ha llamado. Para decirme que te ha visto. —Su madre le hablaba a ella pero miraba fijamente a la niña que llevaba en brazos—. Ya es grande para cargar con ella.

Desiree dejó por fin a su hija en el suelo. Le dolía la espalda, pero al menos el dolor le resultaba familiar. Un cuerpo dolorido se mantenía alerta, despierto, que era mejor que el entumecimiento que había sentido en el tren, donde se movía pero estaba atrapada en un mismo sitio. Dio un empujoncito hacia delante a su hija.

—Ve a darle un beso a tu maman —dijo—. Ve, no pasa nada.

Su hija se aferró a sus piernas, incapaz de moverse por timidez, pero ella volvió a empujarla hasta que la niña, obedientemente, subió por los peldaños y vaciló por un segundo antes de rodear a su abuela con un brazo. Adele se echó atrás para verla mejor y le tocó las trenzas revueltas.

—Ve a bañarte —dijo—. Hueles a calle.

En el cuarto de baño, Desiree se arrodilló en las baldosas agrietadas para lavar a su hija en la bañera con patas en forma de garra. Probó la temperatura del agua, sintiéndose, en cierto modo, como si soñara. El espejo, ennegrecido en el ángulo superior; el lavabo en forma de concha, desportillado; el suelo de madera, que crujía en los lugares que ella había aprendido a evitar si deseaba entrar furtivamente pasada la hora de llegada impuesta. Su madre troceaba judías verdes en el porche, como una mañana cualquiera, pese a que no habían hablado desde que Stella se fue. Desiree había llamado a casa, tragándose las lágrimas, y su madre había dicho: «Esto es obra tuya». ¿Qué podía decir ella? Al fin y al cabo había inducido a Stella a marcharse de casa. Ahora su hermana había decidido que prefería ser blanca y su madre la culpaba a ella porque Stella ya no estaba allí para culparla.

En la cocina, se desplomó en una silla, y al cabo de un momento se dio cuenta de que se había sentado en su sitio de siempre, junto a la silla vacía de Stella. Su madre trajinaba ante el fogón, y por un largo momento Desiree observó su espalda rígida.

—Así que eso es lo que has estado haciendo —comentó su madre.

—¿Qué quieres decir?

—Ya sabes lo que quiero decir. —Su madre se dio la vuelta, con lágrimas en los ojos—. Tanto nos odias, eh.

Desiree se apartó de la mesa.

—Sabía que no debía venir...

—Siéntate...

—Si eso es lo único que tienes que decirme...

—¿Qué esperabas? Llegas de Dios sabe dónde, trayendo a rastras a una niña que no se te parece en nada...

—Nos iremos —dijo Desiree—. Puedes enfadarte conmigo todo lo que quieras, pero no vas a insultar a mi hija.

—He dicho que te sientes —repitió su madre, ahora en voz más baja. Deslizó una rebanada amarilla de pan de maíz por encima de la mesa—. Solo estoy sorprendida. ¿No puedo sorprenderme?

Muchas veces Desiree había imaginado que llamaba a casa. Cuando llegó a Washington, al instalarse en el sótano de Roberta, sin que su madre tuviera forma de ponerse en contacto con ella. O después de proponerle Sam matrimonio y de tomarse las fotografías del compromiso bajo las flores del cerezo. Desiree había metido una foto en un sobre, incluso había anotado la dirección, pero no se animó a enviarla. No porque se avergonzara de él —así lo interpretó Sam—, sino porque ¿qué sentido tenía compartir la buena noticia con alguien incapaz de alegrarse por ella? Ya sabía qué diría su madre. «Tú no quieres a ese hombre de piel oscura. Solo te casas con él por rebeldía, y lo peor que se puede hacer con una niña rebelde es prestarle atención. Lo entenderás algún día, cuando tengas tus propios hijos.» Después de la boda, después de cortarse la tarta, después de marcharse sus amigos, entonados y riéndose, se desplomó al fondo del salón de banquetes con su vestido blanco de volantes y se echó a llorar. Nunca había imaginado que podía llegar a casarse sin tener a su lado a su hermana y su madre.

Incluso había pensado en llamarla después de dar a luz a una niña en el Freedmen's Hospital. Cuando Jude nació, la enfermera de color se detuvo antes de envolverla con una manta rosa. «Trae buena suerte —dijo por fin a la vez que se la entregaba— que una niña se parezca a su padre.» Después sonrió un poco, ofreciendo consuelo a una mujer porque creía que lo necesitaba. Pero Desiree, fascinada, miró a la niña a la cara. Otra mujer habría sentido decepción por lo poco que su hija se parecía a ella, pero Desiree solo experimentó gratitud. El último de sus deseos era querer a otra persona que se pareciera a ella.

—Habría preparado más cantidad si me hubieses avisado de que venías —dijo su madre.

—Digamos que lo decidí en el último momento —respondió Desiree.

En el tren apenas había comido, aparte de mordisquear unas galletas saladas y engullir café hasta que tuvo los nervios a flor de piel a causa de la cafeína. Debía trazar un plan. Mallard, y después ¿qué? Luego ¿adónde? En ningún caso podían quedarse allí, pero no tenían ningún otro sitio adonde ir. Recorrió con la mirada la cocina envejecida, echando de menos su piso de Washington. Su empleo, sus amigos, su vida. Tal vez se había excedido en su reacción; los disturbios habían crispado a la gente. Una semana antes había visto a Sam llorar mientras Walter Cronkite daba la noticia, lo había estrechado en el sofá mientras temblaba entre sus brazos. El homicida era un loco, quizá, o un militar, o quizá incluso un agente del FBI actuando en nombre del gobierno. Ellos dos eran culpables, quizá, cómplices negros al servicio del bando equivocado. Él deliraba, y ella lo abrazó hasta que terminó el noticiario. Esa noche hicieron el amor con desesperación, una manera extraña de honrar al reverendo, tal vez, pero esa noche ella se sintió como si fuera otra persona, abrumada por la aflicción que le inspiraba un hombre a quien no conocía.

A la mañana siguiente pasó por delante de tiendas destrozadas con las palabras HERMANO DEL ALMA escritas en los escaparates tapiados, apresuradas declaraciones de lealtad escritas con rotulador y pegadas en el cristal. Aquel día el FBI los dejó salir antes. De camino a casa desde el autobús, un joven de color asustado —tan flaco como el bate de béisbol que empuñaba— exigió a Desiree que le entregara su monedero.

—¡Venga, zorra blanca! —gritó, golpeando la acera con el bate, como si pudiera taladrarla hasta el centro de la tierra.

Desiree manipuló torpemente la correa de cuero, tan amedrentada que no se atrevió a corregirlo, reconociéndose en su terror y su furia. De pronto Sam se interpuso entre ellos, los brazos en alto, y dijo: «Esta es mi mujer, hermano». El adolescente echó a correr y se adentró en el alboroto. Sam la llevó en el acto al apartamento, estrechándola contra su pecho para infundirle seguridad.

La ciudad ardió cuatro noches. Y la última noche Sam agarró su cuerpo desnudo y susurró: «Hagamos otro». Ella tardó un momento en comprender que se refería a un bebé. Vaciló. No era su intención, pero la idea de tener otro bebé que la amarrara a él, otro bebé por el que preocuparse cada vez que Sam montaba en cólera… Nunca podría tener otro bebé con él. Por supuesto no se lo dijo, pero lo dejó claro con aquella vacilación, y luego, cuando él la agarró por el cuello, supo exactamente por qué. Lo había herido mientras él seguía sumido en la aflicción. No era de extrañar que él se hubiese enfurecido. Era verdad que a Sam le gustaba exhibir un poco su autoridad. ¿Quién podía echárselo en cara, viviendo en un mundo que se negaba a respetarlo como hombre? Ella no tenía por qué ser tan bocazas. Podía esforzarse más en conseguir que reinara la paz en casa. ¿No era ese el mismo hombre que se había interpuesto entre ella y el bate de un chico iracundo? ¿El mismo hombre que la había amado después de que su hermana la abandonara y su madre rechazara sus llamadas telefónicas?

Tal vez no fuera demasiado tarde. Solo hacía dos días que se habían marchado. Siempre podía telefonear a Sam, decirle que había cometido un error. Necesitaba un poco de tiempo para aclararse las ideas, solo eso; en ningún momento había tenido la firme intención de marcharse, eso desde luego. Su madre empujó el plato hacia ella otra vez.

—¿En qué lío te has metido? —preguntó.

Desiree dejó escapar una risa forzada.

—No hay ningún lío, mamá.

—No soy tonta. ¿Crees que no sé que has huido de ese hombre tuyo?

Desiree, con los ojos empañados, fijó la mirada en la mesa. Su madre echó leche en el pan de maíz y lo aplastó con un tenedor, tal y como Desiree lo comía de niña.

—Ahora no está aquí —dijo su madre—. Cómete el pan de maíz.

Esa misma noche, a unos ciento setenta kilómetros al sureste de Mallard, Early Jones recibió una oferta de trabajo que alteraría el curso de su vida. En ese momento no lo sabía. Para él, cualquier encargo era solo eso, un encargo, y cuando entró en Ernesto's, alargando el cuello en busca de Big Ceel, su única preocupación era si podría permitirse una copa. Hizo tintinear la calderilla en el bolsillo. Siempre había sido incapaz de conservar un dólar. Dos semanas antes, había aceptado un encargo de Ceel, y de algún modo había quemado ya el dinero en todo aquello que podía buscar un joven solo en Nueva Orleans: partidas de naipes y alcohol y mujeres. Ahora necesitaba urgentemente otro trabajo. Por el dinero, claro, pero también porque no le gustaba quedarse en un mismo sitio mucho tiempo, y dos semanas en el mismo sitio eran, para él por entonces, mucho tiempo.

No era un hombre sedentario. A él solo se le daba bien perderse. Había adquirido esa aptitud en particular siendo un niño desarraigado. Pasó la infancia —si podía llamársela así— trabajando de aparcero en granjas de Janesville y Jena, al sur de New Roads y Palmetto. Lo habían entregado a sus tíos cuando contaba ocho años, porque estos no tenían hijos y sus padres tenían demasiados. No sabía dónde vivían sus padres ahora, si aún vivían, y decía que nunca pensaba en ellos.

«Han desaparecido —respondía cuando le preguntaban—. Los padres desaparecidos, desaparecidos están.»

Pero la verdad era que cuando empezó a dar caza a personas escondidas, intentó encontrar a sus padres. Su fracaso fue rápido y humillante; no sabía lo suficiente sobre ellos ni siquiera para deducir por dónde comenzar. Seguramente mejor así. No lo habían querido de niño… ¿qué demonios iban a hacer con él ahora que era un adulto? Aun así, su derrota lo reconcomía. Desde que había empezado a dar caza a gente, sus padres eran las únicas personas a quienes no había encontrado.

La clave para seguir perdido era no amar nunca nada. Una y otra vez, Early se asombraba al ver los motivos por los que volvía un fugitivo. Mujeres, en la mayoría de los casos. En Jackson, había atrapado a un hombre buscado por intento de asesinato, porque había dado media vuelta para regresar a por su esposa. Uno podía encontrar otra mujer en cualquier sitio, pero, claro, los hombres más violentos eran siempre los más sentimentales. Pura emoción, se mirara por donde se mirara. Lo que más le llamaba la atención eran los hombres que volvían a por sus pertenencias. A por el maldito coche en tantos casos que no podía ni contarlos, siempre algún cacharro que habían conducido durante años y del que no podían prescindir. En Toledo, atrapó a un hombre que había regresado al hogar de su infancia a por una vieja pelota de béisbol.

«No sé, tío —dijo, esposado en el asiento trasero de El Camino de Early—. La verdad, le tengo cariño, es solo eso.»

El cariño nunca había arrastrado a Early a ninguna parte. En cuanto se iba de un sitio, lo olvidaba. Los nombres se le borraban, las caras se desdibujaban, los edificios se difuminaban hasta convertirse en bloques de ladrillo indiferenciables. Había olvidado los nombres de los profesores de todos los colegios donde había estudiado, las calles donde había vivido, incluso cómo eran sus padres. Ese era su don, una memoria breve. Una memoria larga podía enloquecer a un hombre.

Venía aceptando los encargos de Ceel, a rachas, desde hacía ya siete años. No quería que nadie pensara que trabajaba para la justicia. Atrapaba delincuentes solo por una razón —el dinero—, y le importaba un carajo la justicia del hombre blanco. Después de atrapar a un hombre, nunca sentía curiosidad por saber si lo habían condenado o si había sobrevivido a la cárcel. Se olvidaba de él por completo. Y aunque una vez lo reconocieron en un bar, y conservaba como recuerdo las cicatrices de los navajazos en el abdomen, el olvido era lo que le permitía hacer su trabajo. Le gustaba dar caza a delincuentes. Cada vez que Ceel le proponía buscar a un adolescente fugado o a un padre negligente, Early movía la cabeza en un gesto de negación.

«Yo no sé nada de esa clase de personas», decía, ladeando el vaso de whisky.

En Ernesto's, Ceel se encogió de hombros. Tenía un despacho como es debido en el Distrito Séptimo, pero a Early no le gustaba reunirse con él allí, enfrente de una iglesia, con todos los feligreses recién bendecidos mirándolo mientras bajaban con paso firme por la escalinata. Ese bar era la clase de sitio que a Early le iba, un poco sombrío y seguro. Ceel era un hombre corpulento, con la piel de color cartón y el cabello negro sedoso. Llevaba un encendedor de plata que hacía girar entre los dedos mientras hablaba. Hacía girar ese mismo encendedor la primera vez que trató con Early, en un bar como ese, años atrás. Early lo había escuchado sin mucho interés, observando la luz reflejarse en la plata y reverberar por el bar.

—Hijo, ¿te gustaría ganar un poco de dinero? —preguntó Ceel.

No parecía un gángster ni un chulo, pero destilaba la sordidez de alguien que se dedicaba a un trabajo apenas legal. Era fiador, en busca de un nuevo cazarrecompensas, y se había fijado en Early.

—Se te ve discreto —dijo—. Eso está bien. Necesito a un hombre que sepa mirar y escuchar.

Por entonces Early tenía veinticuatro años, acababa de salir de la cárcel y estaba solo en Nueva Orleans, porque le había dado la impresión de que era tan buen sitio como cualquier otro para empezar de cero. Aceptó el encargo porque necesitaba el trabajo. Nunca imaginó que se le daría bien, tan bien, de hecho, que Ceel siguió acudiendo a él con encargos que no tenían nada que ver con el incumplimiento de la libertad bajo fianza.

—Sabes de ellos lo que yo te diga —contestó Ceel—. Y yo aún no te he dicho nada.

—Bueno, no me gusta meterme en la vida de la gente. ¿No tienes nada más para mí?

Ceel se echó a reír.

—Eres prácticamente el único a quien he oído decir eso. Todos con los que hablo se alegran de no tener que dar caza, para variar, a un miserable hijo de puta.

Pero al menos Early entendía cómo pensaba un fugitivo de la justicia. El agotamiento, la desesperación, el puro egoísmo de la supervivencia. Los desaparecidos por otras razones lo desconcertaban. Ciertamente no entendía a la gente casada ni sentía el menor deseo de entrometerse en sus vidas. Aunque, claro, un trabajo era un trabajo. ¿Por qué no iba a aceptar un encargo sin complicaciones? Acababa de pasar dos semanas siguiendo el rastro a un hombre camino de México; se le averió el coche en el desierto y llegó a preguntarse si moriría allí, dando caza a un individuo sin importarle siquiera si este recibía su castigo o no. Si el dinero era el mismo, ¿por qué no decir que sí a un encargo fácil por una vez?

—No voy a atraparla —dijo.

—No se trata de eso. Solo tienes que llamar cuando la encuentres. La busca su hombre. Se fugó con su hija.

—¿Por qué se fugó?

Ceel se encogió de hombros.

—No es asunto mío. Ese hombre quiere encontrarla. Ella es de un pueblecito del norte que se llama Mallard. ¿Te suena de algo?

—Pasé por allí de niño —contestó Early—. Un sitio curioso. Gente muy presuntuosa.

Recordaba poco sobre el pueblo, salvo que todos eran de piel clara y engreídos, y una vez, en misa, un hombre alto y pálido le dio un pescozón por meter el dedo en la pila de agua bendita antes que su mujer. Por entonces tenía dieciséis años, y se sorprendió al sentir el repentino escozor en el cuello, mientras su tío, con la mirada fija en el suelo agrietado de baldosas, lo sujetaba por el hombro y pedía disculpas. Pasó un verano allí. Trabajaba en una granja en las afueras del pueblo y, para ganarse un dinero extra, repartía comida de una tienda. No hizo un solo amigo, pero se encaprichó en vano de una chica que conoció al entregar la compra en los peldaños de su porche. No sabía siquiera cómo se le metió en la cabeza. Era muy joven cuando se vieron por primera vez; apenas la conoció; en otoño, se trasladó a una granja de otro pueblo. Aun así, todavía se la representaba descalza en su salón, de pie, limpiando los cristales de las ventanas. Cuando Ceel deslizó la fotografía hacia él, a Early se le contrajo el estómago. Casi tuvo la sensación de que aquello ocurrió en respuesta a un deseo suyo: por primera vez en diez años, tenía ante los ojos el rostro de Desiree Vignes.

# 2

Las gemelas Vignes se marcharon sin despedirse, así que se atribuyó al hecho, como a toda desaparición súbita, un profundo significado. Antes de que reaparecieran en Nueva Orleans, antes de que fueran solo dos chicas aburridas en busca de diversión, lo lógico era pensar que se habían perdido de una manera trágica. Siempre había dado la impresión de que las gemelas estaban a la vez bajo una bendición y una maldición; habían heredado, de su madre, el legado de todo un pueblo, y de su padre, un linaje vacío como consecuencia de la pérdida. Cuatro hijos varones Vignes, todos muertos antes de los treinta años. El mayor se desplomó en una cuerda de presos a causa de un golpe de calor; el segundo fue gaseado en una trinchera belga; el tercero fue apuñalado en una reyerta de bar; y el menor, Leon Vignes, fue linchado dos veces, la primera en casa mientras sus hijas gemelas miraban a través de una grieta en la puerta del armario, tapándose la boca con las manos mutuamente hasta que las palmas se les humedecieron de saliva.

Esa noche, mientras Leon tallaba la pata de una mesa, cinco blancos echaron abajo la puerta de la casa y lo sacaron a rastras. Cayó de bruces violentamente y se le llenó la boca de tierra y sangre. El cabecilla de la turba —un blanco alto de cabello rojo dorado como una manzana de otoño— agitó un papel arrugado en el que, según él, Leon había escrito palabras soeces a una mujer blanca. Leon no sabía leer ni escribir

—sus clientes sabían que firmaba siempre con una X—, pero los blancos le pisotearon las manos, le rompieron todos los dedos y las articulaciones; después le dispararon cuatro veces. Sobrevivió, y tres días más tarde los blancos irrumpieron en el hospital y recorrieron todas las salas del pabellón de personas de color hasta encontrarlo. Esta vez le dispararon dos veces en la cabeza, propagándose la mancha roja por la funda de algodón de la almohada.

Desiree presenció el primer linchamiento, pero imaginaría por siempre el segundo. Su padre debía de estar dormido, la cabeza ladeada, como cuando se quedaba traspuesto en su butaca después de la cena. Lo despertaron los pasos atronadores de las botas. Él gritó, o quizá no tuvo tiempo, sus manos hinchadas envueltas en vendas e inútiles a los lados. Desde el armario, había visto a los blancos sacar a su padre a rastras de la casa, cómo agitaba las largas piernas contra el suelo. De pronto pensó que su hermana chillaría y le cubrió la boca con la mano; segundos después sintió la mano de Stella en su propia boca. En ese momento algo cambió entre ellas. Antes, Stella parecía tan previsible como un reflejo. Pero en el armario, por primera vez, Desiree no supo cómo podía reaccionar su hermana.

En el velatorio, las gemelas llevaban vestidos negros a juego, y las piernas les picaban por el roce de las combinaciones de cuerpo entero. Unos días antes, Bernice LeGros, la costurera, había pasado por casa a dar el pésame y había encontrado a Adele Vignes intentando zurcir un par de pantalones de domingo de Leon para el entierro. Viendo que le temblaban las manos, Bernice cogió la aguja y remendó ella misma el pantalón. No sabía cómo se las arreglaría Adele ella sola. Los Decuir estaban acostumbrados a la comodidad, a vidas largas y fáciles. Las gemelas ni siquiera tenían vestidos para el funeral. A la mañana siguiente Bernice se presentó con una pieza de tela negra y se arrodilló en el salón con su cinta métrica. Aún no distinguía a las gemelas y, por vergüenza, no se atrevía a preguntar, de modo que daba órdenes sencillas como «Tú, dame las tijeras» o «Ponte recta, cielo». Decía a la gemela nerviosa «Para de moverte, niña» o «Te voy a pinchar», y la otra gemela cogía de la mano a la primera hasta que esta se quedaba quieta. Desconcertante, pensó Bernice, mirando alternativamente a una y otra niña. Era como coser un vestido para una persona dividida en dos cuerpos.

Después del entierro, Bernice acudió al concurrido salón de Adele, donde admiró su obra mientras las gemelas corrían de aquí para allá. La nerviosa, que, como más tarde averiguaría, era Desiree, tiraba de la mano de su hermana mientras zigzagueaban entre los corrillos de adultos que hablaban en susurros. Leon no podía haber escrito eso… Los blancos debían de estar furiosos por alguna otra razón, ¿y quién entendía sus arrebatos de cólera? Willie Lee oyó decir que la ira de los blancos se debía a que Leon les robaba el trabajo ofreciendo precios más baratos. Pero ¿cómo se podía pegar un tiro a un hombre por aceptar menos de lo que tú pedías?

—Los blancos te matan si quieres demasiado, y te matan si quieres demasiado poco. —Willie Lee meneó la cabeza a la vez que cebaba la pipa—. Hay que seguir sus normas pero ellos las cambian cuando les viene en gana. No hay quién lo entienda, si queréis saber mi opinión.

Las gemelas, sentadas en el dormitorio al borde del colchón, balanceaban las piernas y pellizcaban trocitos de un bizcocho.

—Pero ¿qué hizo papá? —preguntaba Stella una y otra vez.

Desiree suspiró, sintiendo por primera vez la pesada carga de tener que proporcionar respuestas. La hermana mayor era la hermana mayor, aunque fuera solo por siete minutos.

—Como dice Willie Lee, hacía demasiado bien su trabajo.

—Pero eso no tiene sentido.

—No hace falta que tenga sentido. Los blancos son así.

Con el paso de los años, su padre acudía a su memoria solo en destellos, por ejemplo, cuando acariciaba una camisa vaquera con el dedo y se sentía otra vez pequeña, apoyada en la áspera tela que cubría el pecho de su padre. Se suponía que en Mallard —ese pueblo extraño y aparte— uno estaba a salvo, oculto entre los suyos. Pero incluso allí, donde nadie se casaba con personas de piel oscura, uno seguía siendo de color, y eso significaba que los blancos podían matarlo por negarse a morir. Las gemelas Vignes eran recordatorios de eso, niñas pequeñas vestidas de luto que se criarían sin padre porque los blancos así lo habían decidido.

Luego se hicieron mayores y sencillamente se convirtieron en chicas, sorprendentes tanto por lo iguales como por lo distintas. Pronto fue motivo de risa el hecho de que en otro tiempo nadie las distinguiera. Desiree siempre inquieta, como si le hubieran clavado un pie al suelo y no pudiera parar de tirar de él; Stella tan serena que el irascible caballo de Sal Delafosse nunca corcoveaba en su presencia. Desiree como protagonista en una obra del colegio, casi dos, si los Fontenot no hubieran sobornado al director; Stella, listísima, que iría a la universidad si su madre podía pagarlo. Desiree y Stella, las chicas de Mallard. Cuando crecieron, ya no parecían un cuerpo dividido en dos, sino dos cuerpos fundidos en uno solo, tirando cada uno por su propio lado.

La mañana posterior al regreso de una de sus hijas perdidas, Adele Vignes madrugó para preparar café. Apenas había dormido la noche anterior. Tras catorce años de vida en soledad, cualquier cosa salvo el silencio le resultaba extraña. Había despertado sobresaltada a cada crujido del suelo, a cada susurro de las sábanas, a cada aliento. Ciñéndose el cinturón de la bata, cruzó la cocina arrastrando los pies. Una brisa penetraba por la puerta de la casa: Desiree apoyada en la barandilla del porche, elevándose el humo por encima de su cabeza. Siempre adoptaba esa postura, una pierna por detrás de la otra como una garceta. ¿O esa era Stella? En sus recuerdos, las chicas se habían mezclado, intercambiándose sus detalles hasta superponerse en una sola pérdida. Dos. Se suponía que tenía dos. Y ahora que una había vuelto, la pérdida de la otra se le hacía nítida y nueva.

Colocó el cazo del agua en el fogón y, al volverse, descubrió a la niña de piel oscura en el umbral.

—¡Por Dios! —exclamó—. ¡Qué susto! Casi me da un síncope.

—Lo siento —susurró la niña. Era silenciosa. ¿Por qué era tan silenciosa?—. Quiero un poco de agua.

—Las cosas se piden por favor —respondió Adele, pero llenó la taza igualmente.

Reclinada en la encimera, observó beber a la niña, escrutando su rostro en busca de algo que le recordara a sus hijas. Pero solo veía al padre malvado de la niña. ¿Acaso no le había dicho a Desiree que un hombre de piel oscura no le haría ningún bien? ¿No había intentado prevenirla toda su vida? Un hombre de piel oscura maltrataría su belleza. Al principio, se prendaría de esa belleza, pero como cualquier cosa que deseara y no pudiera alcanzar jamás, pronto le despertaría resentimiento. Ahora estaba castigándola por eso.

La niña dejó la taza vacía en la encimera. Parecía aturdida, como si hubiera despertado en un país extranjero. Su nieta. Señor, tenía una nieta. La palabra se le antojaba extraña solo de pronunciarla para sus adentros.

—¿Por qué no te vas a jugar? —dijo Adele—. Yo prepararé el desayuno.

—No he traído nada —respondió la niña, pensando probablemente en todos los juguetes que había dejado atrás. Juguetes de ciudad, como trenes chu-chu con motores de verdad o muñecas de plástico con cabello humano.

Aun así, Adele entró en la habitación de las gemelas y quedó paralizada por un instante al ver la cama revuelta —Desiree había dormido en su lado de siempre— antes de abrir el armario con olor a humedad. Casi al fondo, en una caja de cartón, encontró una muñeca que Stella había hecho con una mazorca para Desiree. La niña vaciló –la muñeca debió de parecerle monstruosa en comparación con las suyas compradas en una tienda–, pero se llevó la muñeca de Stella con cuidado al salón.

Dos. Antes Adele tenía dos. Gemelas sanas, su primer embarazo, además. Había dado a luz en su dormitorio, tras una nevada tan repentina que dudaba que la comadrona llegara a tiempo. Cuando Madame Threoux apareció, le dijo lo afortunada que era. No habían nacido gemelos en ninguna de las dos ramas de la familia durante tres generaciones. «Si has sido bendecida con gemelas –le dijo la comadrona–, has de ponerte al servicio de las Marassá, las gemelas sagradas que unieron el cielo y la tierra. Eran diosas niñas poderosas pero celosas. Tenías que venerarlas a las dos por igual: dejar dos caramelos en el altar, dos refrescos, dos muñecas.» Adele, catequizada en Santa Catalina, sabía que debería haberse escandalizado al oír a Madame Theroux hablar de su religión pagana en el parto de sus hijas, pero esas leyendas la distrajeron del dolor. Entonces llegó Desiree, y siete minutos después Stella, y Adele cogió a sus hijas, arrugadas y rosadas, una en cada brazo, dos niñas que solo la necesitaban a ella.

Después de nacer las gemelas, Adele no construyó un altar. Pero más adelante, tras desaparecer las chicas, se preguntó si había sido arrogante. Tal vez debería haber construido el altar, por absurdo que le pareciese. Tal vez así sus hijas se habrían quedado. O tal vez la única culpable era ella. Tal vez no había sido capaz de querer a las dos gemelas por igual, y eso las había ahuyentado. Siempre había sido más severa con Desiree, que se parecía más a su padre, convencida de que mientras deseara que ocurriesen cosas buenas, no podía pasarle nada malo. Había que refrenar a una niña obstinada. Si no hubiese querido a Desiree, la habría abandonado a su propia tozudez. Pero con eso Desiree se sintió detestada y Stella se sintió privada de atención. Ese era el problema: nunca se podía amar a dos personas exactamente igual. Su bendición había estado condenada al fracaso desde el principio, sus hijas tan imposibles de complacer como diosas celosas.

Era fácil amar a Leon. Adele debería haber sabido que no permanecería con ella mucho tiempo. Todas sus bendiciones le habían llegado muy fácilmente al principio de la vida, y en la segunda mitad las había perdido todas. Pero no volvería a perder a Desiree.

Salió al porche, acompañada de los crujidos del suelo, con dos tazas de café. Desiree se apresuró a apagar el cigarrillo en la barandilla. Adele casi se rio: adulta como era, y se comportaba igual que una niña tras robar golosinas.

—He pensado en preparar el desayuno —anunció Adele.

Le entregó el tazón y lanzó otra ojeada al irregular moretón de Desiree, apenas oculto tras ese pañuelo absurdo.

—No tengo mucho apetito —dijo Desiree.

—Vas a enfermar si no comes.

Desiree se encogió de hombros y tomó un sorbo. Adele percibía ya su pugna por escapar, como un pájaro que batiera las alas contra las palmas de sus manos.

—Luego puedo llevar a tu hija al colegio —propuso Adele—. Y matricularla.

Desiree soltó un resoplido burlón.

—¿Y por qué habrías de hacer una cosa así?

—Bueno, ha de mantenerse al día con sus estudios…

—Mamá, no vamos a quedarnos.

—¿Adónde piensas ir? ¿Y cómo piensas llegar allí? Seguro que no llevas ni diez dólares en el bolsillo…

—¡No lo sé! A cualquier sitio.

Adele apretó los labios.

—Preferirías estar en cualquier sitio antes que aquí conmigo.

—No es eso, mamá. —Desiree suspiró—. Es solo que no sé dónde deberíamos estar ahora…

—Deberías estar con tu familia, cariño —afirmó Adele—. Quédate. Aquí estás a salvo.

Desiree, con la mirada en el bosque, guardó silencio. El cielo clareaba, un añil y rosa desvaídos, y Adele rodeó con un brazo la cintura de su hija.

—¿Qué piensas que estará haciendo Stella ahora? —dijo Desiree.

—Nada —contestó Adele.

—¿Cómo?

—No pienso en Stella.

En Mallard, Desiree veía a Stella por todas partes.

Matando el tiempo junto al surtidor de agua con su vestido lila, deslizando un dedo por debajo del calcetín para rascarse el tobillo. Adentrándose en el bosque para jugar al escondite detrás de los árboles. Saliendo de la carnicería con hígados de pollo envueltos en papel blanco, sujeto el paquete con tal fuerza que daba la impresión de que sostenía algo tan precioso como un secreto. Stella, con el cabello rizado recogido en una cola con una cinta, sus vestidos siempre almidonados, sus zapatos lustrosos. Una chica aún, porque Desiree solo la había conocido así. Pero esa Stella entraba y salía fugazmente de su visión. Stella reclinada en una cerca o empujando un carrito por un pasillo de la tienda de Fontenot o en lo alto de la escalinata de piedra de Santa Catalina, soplando un diente de león. Cuando Desiree acompañó a su hija en su primer día de colegio, Stella apareció detrás de ellas, quejándose del polvo que se levantaba y le ensuciaba los calcetines. Desiree, apretando la mano de Jude, procuró no prestarle atención.

—Hoy tienes que hablar con los demás —dijo.

—Hablo con los que me caen bien —respondió Jude.

—Pero todavía no sabes quiénes te van a caer bien. Así que tienes que ser amable con todo el mundo, solo para ver qué pasa.

Arregló los pliegues del cuello de su hija. La noche anterior, arrodillada en el patio, había restregado la ropa de Jude en el barreño. No había metido en la maleta suficiente ropa para ninguna de las dos, y con las manos hundidas en el agua lechosa, imaginó que su hija se ponía por turno los mismos cuatro vestidos hasta que se le quedaran pequeños. ¿Por qué no había seguido un plan? Stella lo habría hecho. Habría planeado la fuga meses antes de llevarla a cabo, escondiendo ropa poco a poco, un calcetín cada vez. Habría apartado dinero, comprado los billetes de tren, preparado un lugar al que ir. Desiree lo sabía porque así era como Stella había actuado en Nueva Orleans. Abandonó una vida y entró en otra tan fácilmente como si accediera a la habitación contigua.

Al acercarse al patio del colegio, unos niños de piel beige, apretados contra la valla, miraban boquiabiertos, y Desiree volvió a coger a su hija de la mano. Había preparado el conjunto más bonito de Jude, un vestido blanco y un jersey rosa, calcetines con orla de encaje y unas merceditas. «¿No tienes algo marrón?», había preguntado su madre desde la puerta, pero Desiree, sin hacerle caso, siguió atando cintas rosa en torno a las trenzas de Jude. Los colores vivos quedaban vulgares en contraste con la piel oscura, decía todo el mundo, pero ella se negaba a ocultar a su hija tras verdes oliva o grises. Ahora, mientras desfilaban por delante de los otros niños, se sentía como una tonta. Quizá el rosa era demasiado llamativo. Quizá ya había echado a perder las opciones de adaptarse de su hija vistiéndola como una muñeca de grandes almacenes.

—¿Por qué me miran todos? —preguntó Jude.

—Es solo porque eres nueva —respondió Desiree—. Solo sienten curiosidad.

Sonrió, procurando adoptar un tono alegre, pero su hija miraba con recelo en dirección al patio.

—¿Cuánto tiempo vamos a quedarnos aquí? —preguntó.

Desiree se arrodilló delante de ella.

—Ya sé que esto es distinto —dijo—. Pero será poco tiempo. Solo hasta que mamá resuelva las cosas, ¿vale?

—¿Cuánto es poco tiempo?

—No lo sé, cariño —respondió por fin Desiree—. No lo sé.


El Surly Goat se alzaba indolente sobre unos postes, árboles cubiertos de musgo goteaban en el tejado rojizo. Desiree tanteó cuidadosamente el camino embarrado en busca del primer peldaño desvencijado. Un pueblo pequeño a la sombra de una refinería de petróleo, sin cine ni sala de fiestas ni campo de béisbol cercano, significaba una sola cosa: muchos hombres aburridos y rudos. Marie Vignes era la única persona en Mallard que no había visto ningún problema en eso. Por el contrario, convirtió la casa de labranza heredada de sus padres en un bar, puso a sus cuatro hijos a limpiar vasos y acarrear barriles de cerveza y, de vez en cuando, atajar peleas. Se proponía dejar el bar algún día a uno de sus hijos, pero cuando murió, los había perdido a todos. Las gemelas, después del funeral de su padre, prácticamente no volvieron a verla. Su madre nunca había querido saber nada de ese bar ni de la tosca mujer a quien pertenecía. Mientras Leon vivía para atenuar las tensiones, las dos mujeres habían mantenido las formas hasta cierto punto, pero ahora que él ya no estaba, no había espacio para ellas dos y su dolor.

Así que las gemelas solo oían decir que Marie Vignes servía whisky a los hombres más rudos de Mallard, que guardaba bajo la barra una escopeta a la que llamaba Nat King Cole, y cuando los paletos empezaban a darse empujones por una partida de póquer o a pelearse por una mujer, sacaba la vieja Nat y aquellos hombres coléricos, normalmente impasibles ante una mujer en bata, pasaban a ser tan dóciles como monaguillos. Pero cuando Desiree entró en el Surly Goat por primera vez, casi se llevó una decepción. Siempre había imaginado el bar como un lugar mágico que, de algún modo, le recordaría más a su padre. En cambio, era solo un tugurio rústico.

Desiree estaba en un bar a media tarde porque no se le ocurría ningún otro sitio adonde ir. Había pasado la mañana zarandeándose en el asiento delantero de la camioneta de Willie Lee todo el camino hasta Opelousas. Quería buscar trabajo, dijo a Willie al verlo frente a su tienda, cargando la camioneta para el reparto. ¿Podía llevarla a la ciudad? Cuando la camioneta de carne se alejaba de Mallard, Desiree pensaba aún en su hija, quien poco antes, mientras desaparecía en el interior del colegio, se volvía para lanzarle miradas. Aquellos hombros delgados, las manos muy pegadas a los costados.

—¿Dónde quieres que te deje? —había preguntado Willie Lee.

—En la oficina del sheriff.

—¿La oficina del sheriff? —Giró la cabeza para mirarla—. ¿Qué se te ha perdido allí?

—Ya te lo he dicho. Busco empleo.

Él dejó escapar un gruñido.

—Puedes encontrar casas para limpiar más cerca de Mallard.

—No es para limpiar.

—Entonces ¿qué te propones hacer en la oficina del sheriff?

—Solicitar el puesto de examinador de huellas dactilares —dijo ella.

Willie Lee se rio.

—O sea, vas a entrar ahí ¿y qué vas a decir?

—Que quiero presentar una solicitud de empleo. No sé de qué te ríes, Willie Lee. Llevo ya diez años examinando huellas dactilares, y si puedo hacerlo para el FBI, no sé por qué no voy a poder hacerlo aquí.

—A mí se me ocurren unas cuantas razones —contestó Willie Lee.

Pero ¿acaso no había cambiado un poco el mundo desde su marcha? ¿Y no entró ella con todo su aplomo en el departamento del sheriff de St. Landry Parish? Se presentó en aquel mugriento edificio marrón rodeado de alambre de espino y dijo al ayudante del sheriff, un hombre corpulento de cabello rubio claro, que quería solicitar empleo. «¿En el FBI, ha dicho?», preguntó él, enarcando una ceja, y ella se permitió un rayo de esperanza. Sentada en un rincón de la sala de espera, fue respondiendo con agilidad a las preguntas del test para examinador de huellas latentes, alegrándose de tener algo que la hiciera pensar por una vez, no la clase de actividad mental a que se había dedicado últimamente —logística, o sea, cuánto le duraría el dinero—, sino centrada en el verdadero pensamiento analítico. Lo había acabado muy deprisa, comentó el ayudante asombrado, riéndose un poco; a lo mejor había batido un récord. Sacó la guía de respuestas de una carpeta marrón para corregir el test. Pero antes echó un vistazo a la solicitud completa, y cuando vio su dirección de Mallard, una expresión de frialdad asomó a sus ojos. Volvió a guardar la guía de respuestas en la carpeta y regresó a su silla.

—Olvídalo, muchacha —dijo—. No tiene sentido que perdamos el tiempo.

Ahora Desiree entró en el Surly Goat, por debajo del letrero de bienvenida —¡MUJERES FRÍAS! ¡CERVEZA CALIENTE!—, y se abrió paso entre una fila de hombres vestidos con monos grasientos en busca de un reservado vacío.

—Vaya, fijaos qué nos ha traído el gato —dijo Lorna Hebert, la vieja camarera.

Sirvió un chupito de whisky que Desiree ni siquiera había pedido.

—No pareces muy sorprendida de verme —observó Desiree.

Llevaba ya dos días en el pueblo, y naturalmente ya lo sabía todo el mundo.

—Algún día hay que volver a casa —dijo Lorna—. Déjame que te eche un buen vistazo.

Desiree seguía llevando el pañuelo azul en la penumbra del bar. Si Lorna advirtió algo, se lo calló. Volvió detrás de la barra, y Desiree apuró el chupito, reconfortada por el ardor.

Se sentía patética, bebiendo sola en pleno día, pero ¿qué otra cosa podía hacer? Necesitaba un trabajo. Dinero. Un plan. Pero aquellos niños mirando fijamente a su hija. El ayudante descartándola. Sam agarrándola por el cuello. Llamó otra vez a Lorna con un gesto, deseosa de olvidarlo todo.

Un chupito, luego otro, y estaba ya entonada cuando lo vio. Sentado al final de la barra, vestía una cazadora de cuero marrón, gastada, y tenía apoyada una bota sucia en el estribo del taburete. El hombre a su lado dijo algo que le arrancó una sonrisa sin dejar de mirar el whisky. Esos pómulos prominentes la traspasaron. Incluso después de tantos años, habría reconocido a Early Jones en cualquier sitio.


Durante su último verano en Mallard, Desiree Vignes conoció al chico que no le convenía.

Hasta ese momento, a lo largo de su vida, solo había conocido a los que sí le convenían: chicos de Mallard, de piel clara, ambiciosos, chicos que le tiraban de las coletas, chicos que se sentaban a su lado en catequesis y mascullaban el Credo, chicos que le rogaban besos al salir de los bailes del colegio. En principio, debía casarse con uno de esos, y cuando Johnny Heroux le dejaba notas en forma de corazón en el libro de historia o Gil Dalcourt le pedía que lo acompañara a la fiesta de inicio de curso, prácticamente tenía la sensación de que su madre la empujaba hacia ellos. Elige uno, elige uno. Eso solo servía para que ella se plantara en seco. Nada hacía menos atractivo a un chico que el hecho de que supuestamente debiera gustarle a una.

Los chicos de Mallard le parecían tan próximos e inofensivos como parientes, pero no había a mano ningún otro chico, excepto cuando el sobrino de alguien llegaba de visita o algún aparcero se instalaba en una granja en las afueras del pueblo. Nunca había hablado con uno de esos chicos aparceros; solo los veía cuando pasaban por el pueblo, altos y fibrosos, de piel marrón oscuro. Parecían hombres, esos chicos, y por tanto ¿de qué podía una hablar con ellos? Además, en principio una no debía hablar con chicos de piel oscura. En una ocasión, uno la saludó ladeándose el sombrero, y su madre chasqueó la lengua y la agarró del brazo con más fuerza.

—Ni siquiera lo mires —instó—. Los chicos como ese no pretenden nada bueno.

A los chicos de piel oscura de Mallard solo les interesaba ir a cazar chicas, decía siempre su madre. Deseaban hacerlo con una chica blanca, pero como no podían, pensaban que una chica de piel clara era lo más cercano. Pero Desiree no había conocido nunca a un chico de piel oscura hasta que una noche de junio, mientras limpiaba los cristales de las ventanas del salón, vio, a través del vidrio borroso, a un chico en el porche delantero. Un chico alto, sin camisa bajo el peto, su piel caramelizada hasta un marrón intenso. Sostenía una bolsa de papel en un brazo y dio un bocado a una fruta de color violáceo; después se limpió la boca con el dorso de la mano.

—¿Vas a dejarme entrar? —preguntó. La miraba tan fijamente que ella se sonrojó.

—No —contestó Desiree—. ¿Quién eres?

—¿Tú qué crees? —dijo él. Volvió la bolsa hacia ella para que viera el logo de Fontenot—. Abre la puerta.

—No te conozco —insistió ella—. Podrías ser el asesino del hacha.

—¿Te parece que llevo encima un hacha?

—A lo mejor no la veo desde aquí.

Él podría haber dejado la bolsa en el porche. Como no lo hizo, Desiree comprendió que estaban coqueteando.

Ella dejó el trapo en el alféizar y lo observó masticar.

—Por cierto, ¿qué comes? —preguntó.

—Ven a verlo.

Finalmente Desiree descorrió el pasador de la mosquitera y salió descalza al porche. Early avanzó hacia ella. Olía a sándalo y sudor, y cuando se aproximó, ella pensó, por un segundo de intensa emoción, que tal vez la besara. Pero él no lo hizo. Le acercó el higo a los labios. Ella mordió donde él había puesto antes la boca.

Más tarde Desiree averiguó su nombre, que no parecía siquiera un nombre, aunque la hacía sonreír la forma en que reverberaba dentro de su boca: Early, Early. Durante todo el mes, él dejó fruta a diario como si fueran flores. Cada atardecer, cuando las gemelas llegaban de casa de los Dupont, encontraba una ciruela en la barandilla del porche, o un melocotón, o una servilleta con moras. Nectarinas y peras y ruibarbo, más fruta de la que ella podía acabarse, fruta que ocultaba en su delantal para saborearla más tarde o usarla para preparar tartas. A veces él pasaba a última hora de la tarde en su ruta de reparto y se entretenía en los peldaños del porche. Le contó que repartía las compras a tiempo parcial; el resto del día lo dedicaba a ayudar a sus tíos en una granja de las afueras del pueblo. Pero cuando terminara la cosecha, se proponía largarse e instalarse en una ciudad de verdad como Nueva Orleans.

—¿No crees que tu familia te echará de menos? —preguntó Desiree—. ¿Cuando te vayas?

Él soltó un resoplido burlón.

—El dinero —contestó—. Eso es lo que echarán de menos. No piensan en otra cosa.

—Bueno, hay que pensar en el dinero —dijo Desiree—. Así son todos los adultos.

¿Quién sería su madre si no se preocupara a todas horas por el dinero? Sería quizá como la señora Dupont, que siempre andaba deambulando por la casa distraídamente. Pero Early negó con la cabeza.

—No es lo mismo —dijo—. Tu madre tiene una casa. Todos vosotros tenéis este maldito pueblo. Nosotros no tenemos nada. Por eso regalo esa fruta. Además, no es mía.

Ella tendió la mano para coger un arándano de la servilleta que él sostenía. Para entonces ya había comido tantos que tenía las yemas de los dedos manchadas de morado.

—O sea, que si toda esta fruta fuera tuya —dijo ella—, ¿no me darías nada?

—Si fuera mía —respondió él—, te la daría toda.

A continuación le besó el interior de la muñeca, y la palma de la mano, e introduciendo el meñique de ella dentro de su boca, saboreó la fruta que impregnaba su piel.

Un chico de piel oscura que atravesaba el prado de detrás de la casa para dejarle fruta. Nunca sabía cuándo aparecería Early, si es que aparecía, así que empezó a esperarlo, sentada junto a la barandilla del porche mientras declinaba el sol. Stella le advirtió que se anduviera con cuidado. Stella siempre se andaba con cuidado. «Sé que no quieres oírlo —dijo—. Pero apenas lo conoces y parece descarado.» Pero a Desiree le daba igual. Era el primer chico interesante al que había conocido, el único que siquiera concebía una vida fuera de Mallard. Y quizá le gustaba que Stella desconfiara de él. No quería que los dos se conocieran. Él sonreiría, mirando a una y a otra, buscando las diferencias entre sus similitudes. Desiree detestaba esa evaluación silenciosa, observar a alguien compararla con una posible versión de ella. Una versión mejor, incluso. ¿Y si veía algo en Stella que le gustaba más? No tendría nada que ver con el aspecto físico, y eso, de algún modo, se le antojaba peor.

Nunca podría salir con él. Eso también lo sabía, pese a que nunca hablaron de ello. Él solo se pasaba por el porche cuando su madre aún no había llegado del trabajo y siempre se marchaba en cuanto el cielo se oscurecía. Aun así, un día su madre llegó a casa al atardecer y la sorprendió hablando con Early. Él saltó de la barandilla y las moras que tenía en el regazo se dispersaron por el suelo del porche como perdigones.

—Mejor será que te marches ya —dijo su madre—. Aquí no hay ninguna chica a la que cortejar.

Early alzó las manos en un gesto de rendición, como si también él considerara que había hecho algo mal.

—Disculpe, señora —dijo.

Se alejó cabizbajo hacia el bosque, sin mirar a Desiree. Ella lo observó tristemente mientras desaparecía entre los árboles.

—¿Por qué has tenido que hacer eso, mamá? —preguntó.

Pero su madre la obligó a pasar adentro.

—Algún día me lo agradecerás —dijo—. ¿Te crees que lo sabes todo? Niña, tú no sabes cómo puede ser este mundo.

Y quizá su madre estaba en lo cierto sobre las inconmensurables crueldades del mundo. Ella había recibido ya su parte; veía que Desiree iba por ese mismo camino y no quería que un chico de piel oscura lo precipitara. O quizá su madre simplemente era como todos los demás que consideraban fea la piel oscura y hacía lo posible por distanciarse de ella. En cualquier caso, Early Jones no la visitó nunca más. Desiree se preguntaba qué habría sido de él mientras limpiaba en casa de los Dupont. Se dejaba caer por Fontenot los sábados por la tarde pese a que no tenía nada que comprar, con la esperanza de verlo acarrear bolsas de la compra por la calle. Cuando finalmente preguntó por él, el señor Fontenot le dijo que la familia del chico se había mudado a otra granja.

¿Y qué le habría dicho a Early si hubiera sabido cómo ponerse en contacto con él? ¿Que lamentaba las palabras de su madre? ¿O no haber salido en su defensa? ¿Que ella no era como la gente de la que procedía? Aunque de esto ya no estaba tan segura. No era posible separar la vergüenza de verse sorprendido haciendo algo de la vergüenza del propio acto. Si ella no hubiera creído, aunque fuera en cierta medida, que pasar un rato con Early estaba mal, ¿por qué nunca le había propuesto quedar a tomar un batido de malta en la cafetería de Lou? ¿O dar un paseo o sentarse en la orilla del río? Probablemente ella no era distinta de su madre a ojos de Early. Por eso se había marchado del pueblo sin despedirse.

Ahora Early Jones había vuelto a Mallard, y no era ya un chico espigado que llevaba fruta en el faldón de su camisa raída, sino un hombre hecho y derecho. Antes de pararse siquiera a pensar, Desiree se levantó tambaleante y se encaminó hacia él. Este lanzó un vistazo por encima del hombro, su piel marrón reluciente bajo la luz mortecina. No pareció sorprenderse al verla allí y, por un segundo, le dirigió una leve sonrisa. Por un segundo, ella se sintió otra vez como una adolescente, sin saber qué decir.

—Me ha parecido que eras tú —dijo por fin.

—Claro que soy yo —contestó él—. ¿Quién iba a ser?

Era, en cierto modo, tal como ella lo recordaba, esbelto y fibroso como un gato salvaje. Pero incluso en el bar lleno de humo, adivinó años difíciles en sus ojos, y su hastío la sorprendió. Early se rascó el asomo de barba en el mentón, hizo un gesto a Lorna y señaló con actitud indolente el vaso de Desiree.

—¿Qué demonios haces aquí? —preguntó ella. Mallard era el último lugar donde había imaginado volver a verlo.

—Solo estoy de paso en el pueblo —contestó él—. Tengo que resolver un asuntillo.

—¿Qué clase de asunto?

—Bueno, nada importante.

Volvió a sonreír, pero había algo inquietante en su expresión. Echó un vistazo a la mano izquierda de Desiree.

—¿Y cuál es tu marido, pues? —preguntó él, señalando con la cabeza en dirección a los hombres del bar.

Desiree se había olvidado de que aún llevaba la alianza nupcial y apretó el puño.

—Ahora no está aquí —respondió.

—¿Y no tiene inconveniente en que vengas sola a un sitio como este?

—Me las arreglo sola —dijo ella.

—No lo dudo.

—He venido a ver a mi madre, solo eso. Él no ha podido viajar.

—Bueno, es un hombre valiente. Para perderte así de vista.

Early solo coqueteaba, ella lo sabía, por los viejos tiempos; así y todo, sintió el rubor en la piel. Jugueteó distraídamente con el pañuelo azul.

—¿Y tú? —preguntó ella—. No veo ningún anillo en tu mano.

—Ni lo verás —respondió él—. Esas cosas no me van.

—¿Y a tu mujer no le importa?

—¿Quién ha dicho que tengo una mujer?

—Quizá más de una —dijo ella—. No sé qué ha sido de tu vida.

Él se rio y apuró la copa. Desiree no había coqueteado con un desconocido desde hacía años, pese a que a menudo Sam la acusaba de ello. Que si había cruzado una mirada con el ascensorista, que si había sonreído con demasiada cordialidad al portero, que si se había reído más de la cuenta de los chistes del taxista. En público, parecía sentirse halagado cuando otros hombres se fijaban en ella. En privado, la castigaba por la atención que le prestaban. ¿Y qué habría dicho Sam ahora si la viera en un sitio como ese, con Early tan cerca que podía alargar el brazo y tocar los botones de su camisa?

—¿Y cuándo vuelves a casa? —preguntó él.

—No lo sé.

—¿No tienes billete de vuelta o algo así?

—Hay que ver la de preguntas que haces —dijo ella—. Y todavía no me has dicho a qué te dedicas.

—Cazo —respondió él.

—¿Qué cazas? —preguntó ella.

Él hizo una larga pausa, mirándola fijamente, y apoyó la mano en la nuca de ella. Con ternura, casi, como consolando a un niño que llorase. Fue tan sorprendente, tan distinto de su brusco coqueteo, que ella no supo qué decir. Acto seguido le soltó el pañuelo. El moretón empezaba a desvanecerse pero, incluso en la penumbra del bar, se veía aún la amplia mancha de un lado al otro del cuello.

Nadie la había advertido de eso cuando era niña y la gente hacía tantas alharacas ante su hermosa tez clara. Con qué nitidez su piel revelaría la marca de un hombre colérico.

Early frunció el entrecejo y ella se sintió tan expuesta como si le hubiera levantado la falda. Lo empujó y él, sorprendido, retrocedió a trompicones. A continuación, ella se apresuró a envolverse el cuello con el pañuelo antes de abrirse paso a empujones hasta la puerta.

Mallard cedía.

Un lugar no era sólido, eso Early ya lo había descubierto. Un pueblo era de gelatina, se moldeaba continuamente en torno a los recuerdos de uno. La mañana después de empujarlo Desiree Vignes en un bar, Early, tendido en la cama de la pensión, observaba la fotografía que Ceel le había dado. Había permanecido en el Surly Goat más tiempo del previsto, pero tampoco había imaginado ni remotamente tropezarse con Desiree. Solo pretendía matar el rato, quizá hacer alguna que otra pregunta. Durante dos días había sondeado en Nueva Orleans, aún a sabiendas de que Desiree no estaría allí.

—Ha vuelto a esa ciudad, lo sé —le había dicho su marido por teléfono—. Allí tiene a todos sus amigos. ¿Adónde iba a ir? Su hermana desapareció. Su madre y ella no se hablan.

Early sujetaba el teléfono con fuerza y escarbaba en la madera con el dedo gordo del pie descalzo.

—¿Adónde se marchó la hermana? —preguntó.

—Joder, y yo qué sé. Oiga, ya le envié el primer pago. ¿Va a encontrarla o qué?

Esa era la razón por la que Early se limitaba a la caza de delincuentes: nunca se trataba de una cuestión personal entre el delincuente y el fiador, sino solo de un sencillo desencuentro por unos dólares y unos centavos. Pero un hombre que buscaba a su mujer era otra cosa. Estaba desesperado. Casi había percibido a Sam Winston pasearse de un lado al otro detrás de él. Tal vez Desiree volviera junto a su marido por propia voluntad. Ojalá Early se hubiera embolsado diez centavos por cada mujer que lo había abandonado hecha una furia. Pero Sam estaba convencido de que Desiree se había ido para siempre.

—Se largó sin más —dijo—. Hizo la maleta y se llevó también a mi hija, tío. Se largó sin más en plena noche. ¿Qué he de hacer yo ante una cosa así?

—¿Por qué cree que se fugó de esa manera? —preguntó Early.

—No lo sé —respondió Sam—. Tuvimos una discusión, pero ya sabe cómo son los matrimonios.

Early no lo sabía, pero se lo calló. No quería que Sam supiera nada de él. Así que cuando decidió que iría a Mallard en lugar de a Nueva Orleans, no se lo dijo a Sam. Un pájaro herido siempre vuelve a su nido; una mujer herida no era distinta. Iría a casa, estaba seguro de eso, aunque no sabía nada sobre la vida de ella. En la I-10, siguió manoseando las fotos que Ceel le había dado. Las examinaba en busca de alguna pista, se dijo, aunque sabía que solo estaba admirándola. Una chica bonita coqueteando con él en el porche de su casa convertida ahora en una mujer hermosa, sonriente, arrodillada frente a un árbol de Navidad, rodeada de luces intermitentes. Se la veía feliz. No parecía ser de las que se liaban la manta a la cabeza y se largaban. ¿Qué la había impulsado a marcharse, pues? En fin, de nada servía planteárselo. Fuera como fuese, no era asunto suyo. La encontraría, tomaría un par de fotos a modo de prueba. Las fotos por correo, su dinero de camino, y su asunto con Desiree Vignes habría terminado.

No había previsto encontrarla tan pronto en un bar lleno de trabajadores de una refinería. Desde luego no había previsto ese moretón en su cuello. Al retirarle el pañuelo, no era su intención ofenderla; sencillamente se sorprendió, nada más. Pero ella retrocedió como si hubiera sido él quien la agarró por el cuello; luego lo empujó con tal fuerza que él tropezó con el hombre de detrás y se derramó la bebida encima. Debería haberla seguido, pero estaba desconcertado y, a decir verdad, un poco abochornado, entre todos aquellos hombres vociferando y riéndose.

—¿Por qué le ha hecho eso? —preguntó la vieja camarera.

—No lo sé. —Early alargó el brazo para coger una servilleta y se limpió la cazadora—. No la veía desde hacía años.

—¿Salían juntos, antes? —preguntó un hombre delgado con un sombrero vaquero.

—¡Antes! —Un viejo se rio y dio una palmada a Early en la espalda—. Sí, «antes», esa es la palabra.

—Antes no se ponía así —dijo Early.

—Ya, bueno, yo que usted la dejaría en paz —dijo el hombre del sombrero vaquero—. Toda esa familia tiene problemas.

—¿Qué clase de problemas?

—Verá, su hermana se fugó; ahora se cree que es blanca.

—Sí, es verdad —dijo el viejo—. Anda por ahí viviendo a lo grande como una blanca.

—Luego Desiree tuvo a esa hija suya.

—¿Qué pasa con la hija? —preguntó Early.

—No pasa nada —dijo lentamente el hombre del sombrero vaquero—. Solo que más negra no podía ser. Desiree se marchó y se casó con el chico de piel más oscura que encontró y se piensa que aquí nadie sabe que le pone la mano encima.

—Volvió al pueblo con un moretón enorme. —El viejo se rio—. Debía de estar entrenándola. La ha convertido en Joe Frazier, ¡por eso ha arremetido contra usted!

Early no veía bien que se pegara a las mujeres: un hombre debía pelear equitativamente, y mientras no encontrara a una mujer capaz de equipararse a él golpe a golpe resolvería sus diferencias con ellas de otra manera. Sin embargo un encargo era un encargo. No era su párroco, ni siquiera su amigo. En realidad, no había llegado a conocerla de verdad. Era solo una chica que coqueteaba con él en el porche de su casa. Lo que pasara entre ella y su marido no era asunto suyo.

A la mañana siguiente, dio a un niño cinco centavos para que le indicara dónde vivía Adele Vignes. Mientras pasaba por encima de gruesas raíces de árbol, con la bolsa de la cámara rebotando contra su costado, recordó lentamente el camino. En medio de aquel bosque, abatido, se sintió como si volviera a tener diecisiete años. Qué furiosa estaba Adele Vignes cuando le señaló el camino. Desiree callada junto a ella, incapaz siquiera de mirarlo. Él había vuelto tambaleante a casa, humillado, pero cuando se lo contó a su tío, este se echó a reír.

—¿Qué esperabas, chaval? —dijo—. ¿Es que no sabes lo que eres aquí? Eres el negro de un negro.

Ya no volvió a hablar con Desiree. ¿Qué iba a decirle? Un lugar, sólido o no, tenía sus normas. Early en esencia se sintió como un idiota por pensar que Desiree no las respetaría por él.

Ahora, oculto detrás de los árboles, observando la casa blanca a través del objetivo, esperó. Pasaron diez minutos, quizá, aunque perdió la noción del tiempo mientras escuchaba las golondrinas que revoloteaban por encima de él. Finalmente, Desiree salió al porche delantero y encendió un cigarrillo. Encontrarla el día anterior en el bar en penumbra había sido una sorpresa para él. Apenas la había registrado como una realidad. A la luz del día, le recordó a la chica que había conocido en otro tiempo. Grácil, el cabello oscuro enmarañado cayendo por la espalda. Se paseaba descalza, rebosando una energía nerviosa que parecía resplandecer por todo su cuerpo hasta el ascua del cigarrillo. Al cabo de un momento levantó la cámara y disparó. Desiree llegando al final del porche —clic—, dándose media vuelta, otro clic. En cuanto empezó, no pudo parar de observarla a través del pequeño rectángulo, el vaivén del vestido azul al ritmo de sus pasos, atrayendo la mirada de Early hacia sus esbeltos tobillos. De pronto se abrió la mosquitera y salió al porche una niña de color negro azabache. Desiree se volvió, sonriente, y se agachó para levantar a la niña en brazos. Early bajó la cámara y se quedó mirando mientras Desiree entraba a su hija en la casa.

—¿Qué novedades hay? —preguntó Sam cuando él lo telefoneó esa noche—. ¿La ha encontrado?

Early se apoyó en el armario, visualizando a Desiree en el porche con su hija en brazos. Cuando él le desprendió el pañuelo, ella se llevó la mano al moretón y se recorrió la piel con los dedos como si se reacomodara un collar. También él deseó tocarle el cuello.

—Necesito un poco más de tiempo —dijo.

# 3

Marcharse de Mallard fue idea de Desiree, pero quedarse en Nueva Orleans fue cosa de Stella, y durante años Desiree se preguntaría por qué. Nada más llegar a la ciudad, las gemelas encontraron un trabajo juntas en la sala de escurridores de la lavandería Dixie, donde doblaban sábanas y fundas de almohada por dos dólares al día. Al principio, el olor a ropa limpia le recordaba tanto a Desiree su casa que casi lloraba. El resto de la ciudad era inmundo: adoquines salpicados de orina, cubos de basura a rebosar en las calles, e incluso el agua potable tenía un sabor metálico. Era por el río Mississippi, decía Mae, su supervisora de turno. A saber qué le echarán. Había nacido y se había criado en Kenner, no muy lejos de la ciudad, así que le divirtió ver la desconcertante llegada de las gemelas. Cuando aparecieron una mañana en la lavandería Dixie —sin aliento y con retraso porque el conductor del tranvía, irritado, las dejó plantadas en la acera buscando unas monedas sueltas—, Mae se compadeció de esas pobres chicas de pueblo. Las contrató en el acto, pese a ser menores de edad.

«Las que os jugáis el pellejo sois vosotras, no yo», decía. Cuando se presentaban los inspectores, siempre por sorpresa, hacía sonar cuatro veces la campanilla del almuerzo y las otras chicas de la lavandería se reían mientras las gemelas corrían como flechas a esconderse en el cuarto de baño hasta que la inspección terminaba. Más adelante, Desiree, al pensar en la lavandería Dixie, solo se recordaba a sí misma subida a la tapa del inodoro, en equilibrio, apretada contra la espalda de Stella. Le horrorizaba trabajar así, siempre mirando por encima del hombro, pero ¿qué otra cosa podía hacer?

«Me da igual cuántas veces tenga que subirme a un váter —decía—. No pienso volver a Mallard.»

En su obstinación, era muy capaz de hacer declaraciones como esa. La verdad era que no estaba tan convencida. Aún se sentía culpable por haber abandonado a su madre. Stella decía a Desiree que ya se le pasaría: cuando encontraran trabajos mejores, empezarían a mandar dinero a casa, y su madre entendería que su marcha había sido un acto de bondad. Por un momento, esa idea atenuó su sentimiento de culpabilidad, y Desiree experimentó tal alivio que ni siquiera le extrañó que la Stella que ella se había llevado a rastras a Nueva Orleans pareciera decidida a quedarse. ¿Había empezado Stella ya a cambiar? No, eso ocurrió después. Por aquel entonces, o al menos al principio, era la misma Stella que siempre había sido. Meticulosa en el trabajo, apilaba fundas de almohada limpias en silencio mientras que Desiree solía acercarse a las chicas que, siempre de cháchara, planeaban salidas nocturnas. Stella vigilaba hasta el último centavo que ganaban, Stella dormía a su lado, y aún la asaltaban pesadillas, hasta que Desiree la despertaba con delicadeza.

A medida que las semanas se convertían en meses, su súbita incursión en la ciudad empezó a parecerles más definitiva. La idea resultaba emocionante y aterradora. Podían cometer ese disparate. Y después ¿qué? ¿Qué no podrían hacer?

«El primer año es el más difícil —les dijo Farrah Thibodeaux—. Si aguantáis un año, lo conseguiréis.»

Durante el primer mes las gemelas durmieron sobre una pila de mantas en el suelo de casa de Farrah. La buscaron en el listín telefónico al llegar a la ciudad, soñolientas, desaliñadas y famélicas. Al verlas, Farrah se apoyó, riendo, en el marco de la puerta. Se reía a menudo de ellas, como cuando miraban boquiabiertas a bailarines burlescos que posaban tras las cristaleras de los clubes, o se apartaban de un salto de vagabundos borrachos que avanzaban tambaleantes por la acera, o parecían a todas luces dos chicas de pueblo que nunca habían ido a ninguna parte.

«Son mis gemelas», decía siempre al presentárselas a sus amigos, y Desiree no podía sino sentir bochorno. Su propia incomodidad multiplicada por la de su hermana. Farrah era camarera en un pequeño club de jazz llamado Grace Note. Las noches que le tocaba cerrar el local, hacía entrar furtivamente a las gemelas por el callejón y les sacaba comida a escondidas de la cocina. Su novio dominicano tocaba el saxofón y llevaba una reluciente camisa plateada, desabrochada hasta el ombligo; entre canciones, se acercaba al borde del escenario para preguntar a las gemelas qué querían oír. Luego estas pasaban la velada en la pista de baile, aturdidas, rodeadas de chicos de orejas grandes. Empezaron a entablar amistad con los parroquianos: un limpiabotas que bailaba con Desiree hasta que a ella le dolían los pies; un soldado que rogaba a Stella que le permitiera invitarla a una copa; un botones del hotel Monte Leone que siempre dejaba a Desiree soplar su silbato para parar taxis.

—Seguro que ahora no estáis pensando en Mallard —dijo Farrah una noche cuando las gemelas, riendo y cansadas, se deslizaban en el asiento trasero.

Desiree soltó una risotada.

—Nunca —dijo.

Se le daba bien hacerse la valiente. Jamás reconocería ante Farrah que añoraba su casa y vivía siempre preocupada por el dinero. Farrah pronto se cansaría de tener a las gemelas repantigadas en el suelo de su casa, ocupando su cuarto de baño, comiéndose su comida, siempre allí, un invitado no deseado por partida doble. Y después ¿qué? ¿Adónde irían? Quizá eran solo chicas de pueblo tontas desbordadas por la situación. Quizá Desiree había cometido el error de creer que podía llegar más allá de eso. Quizá simplemente debían volver a casa.

«Pero no parabas de hablar de venir aquí —decía Stella—. ¿Quieres volver ya? ¿Para qué? ¿Para que todo el mundo se ría de ti?»

Solo más adelante Desiree se dio cuenta de que cada vez que ella había vacilado, Stella había sabido qué decir exactamente para disuadirla de regresar a casa. Pero si la propia Stella deseaba quedarse, ¿por qué no lo había dicho sin más? ¿Por qué Desiree ni siquiera se lo había preguntado? Tenía dieciséis años y era egocéntrica, y la aterrorizaba que su actitud impulsiva las llevara a ella y a su hermana a acabar en las calles.

—No debería haberte traído —dijo una vez—. Debería haberme ido sola.

Stella pareció tan sorprendida como si Desiree la hubiera abofeteado.

—No harías una cosa así —respondió, como si de pronto eso se hubiera convertido en una posibilidad.

—No —dijo Desiree—. Pero es lo que debería haber hecho. No debería haberte arrastrado a esto.

Así era como Desiree se veía a sí misma por entonces: la única fuerza dinámica en la vida de Stella, una ráfaga de viento lo bastante intenso para arrancar sus raíces. Esa era la historia que Desiree necesitaba contarse, y Stella se lo permitía. Dentro de ese contexto, las dos se sentían seguras.


Hacia el final de la primera semana del regreso de Desiree Vignes a Mallard, todo el mundo se había enterado ya de lo del empujón, que para entonces se había convertido en una bofetada, un puñetazo o incluso una trifulca en toda regla. Esa chica, la Vignes, sacada a rastras del bar, pataleando y gritando. Aquellos cuya santurronería no les impedía reconocer que habían estado aquella tarde en el Surly Goat aseguraron que la habían visto salir, por su propia voluntad, justo después de atacar a un hombre de piel oscura. ¿Quién era ese hombre y qué había dicho para encolerizarla? Algunos pensaron que a lo mejor era su marido, que había ido a buscarla. Otros adujeron que era un desconocido que se había propasado: ella solo se defendía. Desiree siempre había sido la orgullosa; sin duda habría arremetido al sentirse agredida, a diferencia de Stella, que habría preferido morirse antes que montar una escena. En la barbería, Percy Wilkins frotaba lentamente la navaja contra el afilador de cuero, escuchando a los hombres debatir sobre cuál de las gemelas había sido la más guapa. En retrospectiva, Stella pasó a ser la más exótica, tanto más hermosa ahora que había desaparecido. Pero la cotización de Desiree subió a partir de su regreso a casa. Seguía siendo explosiva, eso saltaba a la vista. Al menos tres hombres comentaron jocosamente que a ellos podía empujarlos tanto como quisiera.

«Nunca lo han superado —comentó el barbero—. Lo de su padre.»

En principio, una niña pequeña no debía presenciar lo que habían visto las gemelas Vignes. En el funeral, él había mirado de reojo a las gemelas, en busca de alguna señal de alteración. Pero solo le parecieron niñas, las mismas niñas que había visto brincar con Leon por el pueblo, cada una de ellas tirando de uno de los brazos de su padre. Era imposible que esas niñas salieran mínimamente normales. A su modo de ver, las dos estaban un poco locas, tal vez Desiree la que más. Hacerse pasar por blanca para salir adelante indicaba solo sentido común. Pero ¿casarse con un hombre de piel oscura? ¿Cargar con la hija negra azulada de este? Desiree Vignes se había buscado el tipo de problema que nunca la abandonaría.


En la Egg House de Lou, Desiree Vignes aprendió a llevar en equilibrio platos de huevos revueltos y beicon y tostadas. Gachas de maíz con mantequilla, gruesos panqueques impregnados de sirope. Aprendió a moverse entre mesas pequeñas, girar en ángulo cerrado sin que se le cayese una taza de café, memorizar las comandas. Aprendió deprisa porque, al solicitar el empleo, dijo a Lou que había trabajado de camarera tres años.

—Conque tres años, ¿eh? —le preguntó Lou en su primera mañana mientras ella tomaba nota de una comanda con visibles dificultades.

—Hace tiempo, pero sí —respondió, sonriente—, allá en Nueva Orleans.

Otras veces le dijo que había sido camarera en Washington. Perdió el rastro a sus mentiras, y aunque Lou se dio cuenta, nunca se lo echó en cara. Él no era partidario de acusar de mentir a las mujeres, y además sabía que Desiree necesitaba el trabajo, por más que, orgullosa como era, fuese incapaz de reconocerlo. Imagina: la tataratataratataranieta del fundador sirviendo mesas, y ni siquiera para blancos, sino allí en Mallard. ¿Quién habría pensado que vivirían para ver ese día? Los Decuir habían sido libres durante generaciones, y un día Adele se casó con un chico de la familia Vignes; ahora su hija servía café a empleados de la refinería y tarta de pacanas a los hijos de los granjeros. En cuanto uno se mezclaba con sangre común, era común para siempre.

«No es gran cosa como camarera —comentó Lou al cocinero—. Pero mucho daño no hace.»

Si hubiera sido franco, habría reconocido que, de hecho, contratar a Desiree había impulsado el negocio. Antiguos compañeros de colegio, movidos por la curiosidad, fueron a sentarse a la barra y tomar cafés de los que normalmente habrían prescindido. Incluso aquellos demasiado jóvenes para recordarla, ahora adolescentes, se apiñaban en los reservados del fondo, cuchicheando a espaldas de ella con el fervor de quienes han sido testigos de la aparición fortuita de una celebridad menor. Ella se daba cuenta, claro que sí. No obstante, cada mañana respiraba hondo, se ataba el delantal, fijaba una sonrisa en el rostro. Pensaba en su hija y se tragaba la humillación. En esa primera semana se mordió la lengua incluso cuando salió de la cocina y encontró a Early Jones sentado tras la barra. Por un momento titubeó, toqueteándose el delantal. Si no le servía, llamaría aún más la atención sobre sí misma. Así pues, baja la cabeza y tira adelante.

Early, vestido otra vez con la cazadora de cuero, se rascó la barba cuando ella deslizó una taza de café en dirección a él. En el taburete vacío contiguo había dejado una bolsa gastada. Ella fue a servirle café, pero él tapó la taza con la mano y dijo:

—Ese individuo que te hizo eso... ¿sabe dónde vive tu madre?

El moretón se había descolorido y ahora presentaba un amarillo desagradable; aun así, Desiree se lo tocó con cuidado.

—No —contestó.

—¿Tu madre te envió alguna vez una carta o algo así?

—No estábamos en contacto.

—Bien. —Introdujo el dedo en el asa suave de la taza vacía—. ¿Y tu hermana?

—¿Qué pasa con ella?

—¿Cuándo tuviste noticias de ella por última vez?

Desiree soltó un resoplido burlón.

—Hace trece años.

—Vaya, ¿y qué ha sido de ella? —preguntó él.

—Encontró un empleo —respondió Desiree.

Todo parecía muy simple al explicarlo en voz alta, y desde luego era así como había empezado. Stella necesitaba otro trabajo, así que respondió a un anuncio del periódico para un puesto de secretaria en una oficina en el edificio Maison Blanche. Una oficina así nunca contrataría a una chica de color, pero, para mantenerse en la ciudad y demás, necesitaban el dinero, ¿y por qué habían de pasar hambre siendo Stella una mecanógrafa totalmente apta solo por el hecho que en cuanto se descubría que era de color se la consideraba no capacitada? Eso no era mentir, dijo Stella. ¿Qué culpa tenía ella si pensaban que era blanca al contratarla? ¿Qué sentido tenía corregirlos?

Un buen trabajo para Stella, luego un buen trabajo para Desiree, ese era el plan. Así que Stella tendría que fingir un poco, pero fingir un poco para evitar que las dos acabaran en las calles parecía merecer la pena. De pronto una tarde, pasado un año, Desiree llegó a casa de la lavandería Dixie y encontró el apartamento vacío. Toda la ropa de Stella, todas sus cosas, habían desaparecido. Como si nunca hubiera estado allí.

Había una nota, que Stella escribió con su cuidada caligrafía: «Lo siento, cariño, pero tengo que tomar mi propio camino». Durante semanas Desiree la llevó consigo hasta que una noche, en un arrebato de ira, la hizo jirones, y tiró los pedazos por la ventana. Ahora se arrepentía, lamentaba no conservar algo tan insignificante como un trozo de papel con la letra de Stella.

Early permaneció en silencio por un momento y finalmente empujó hacia ella su taza vacía.

—¿Y si te ayudo a encontrarla? —propuso.

Desiree frunció el entrecejo a la vez que vertía lentamente el café.

—¿Qué quieres decir? —preguntó.

—Tengo un encargo en Texas; luego volveré a esta zona —explicó—. Podríamos ir a Nueva Orleans. Preguntar por allí.

—¿Por qué habrías tú de ayudarme? —dijo ella.

—Porque eso se me da bien —respondió él.

—¿Qué se te da bien?

Early deslizó un sobre marrón ajado por encima de la barra. Iba dirigido a un hombre llamado Ceel Lewis, pero ella reconoció la letra de Sam.

—La caza —dijo él.


En un pueblecito de los aledaños de Abilene, Texas, Early soñó con Desiree Vignes.

Bajo el sol poniente, se arrellanó en el asiento trasero de su El Camino, con una fotografía de ella entre las manos. Había devuelto a Ceel todas las fotografías excepto una, que se había guardado antes en el bolsillo interior de su cazadora de cuero, notando los ángulos hincársele en el pecho. No estaba muy seguro de por qué se había quedado esa foto. Quería algo para recordarla, quizá, si ella decidía no hablar nunca más con él. La había visto muy alterada al descubrir el verdadero motivo por el que él la buscaba, y no la culpaba; no se quedó allí para averiguar si era capaz de perdonarlo. Se marchó a Texas, donde debía dar caza a un mecánico acusado de agresión e intento de homicidio: su mujer, el amante de ella, un torquímetro. El garaje salpicado de sangre salió en primera plana del *Times-Picayune*. Durante el viaje al oeste, Early imaginó al mecánico blandiendo el torquímetro como Sansón al arrojar una quijada de asno, cegado por su propia moralidad y por la traición. En otro tiempo tal vez le habría entusiasmado dar caza a un hombre acusado de un delito tan espectacular. Pero ahora estaba descentrado; al cerrar los ojos, solo imaginaba a Desiree.

En el área de descanso de camiones, compró una Coca-Cola y entró en la cabina de teléfono para decir a Sam Winston que su mujer no estaba en Nueva Orleans.

–Probablemente se largó al este –dijo–. Nueva York, Nueva Jersey, algo así.

–Tío, ¿por qué demonios iba a irse allí? –preguntó Sam–. No, se lo aseguro, ha vuelto a Nueva Orleans. El problema es que usted no ha buscado con suficiente esmero.

–Pregúntele a Ceel con qué esmero busco. Si estuviera aquí, ya la habría encontrado.

–¿Y si le envío más dinero?

–Le diré lo mismo –respondió Early–. No está aquí. Pruebe en otro sitio.

Colgó el auricular y se apoyó contra la cabina. Su mente empezó a rebobinar; sabía buscar a un hombre oculto, pero ¿cómo se escondía a una mujer para que fuera imposible encontrarla? Propagando información errónea, difuminando el rastro para que ningún otro hombre a quien Sam contratara supiese siquiera por dónde empezar. Con las manos trémulas, se buscó el tabaco en los bolsillos. Hasta entonces nunca había abandonado un encargo. Expuso al sol la película de su cámara, y las fotografías que había tomado de Desiree en el porche de su casa se ennegrecieron. Dinero que desaparecía de su bolsillo. Cuando anunció a Ceel que volvería con las manos vacías y necesitaba otro encargo, con urgencia, Ceel no hizo más que encogerse de hombros y entregarle la fotografía del mecánico.

«Me cuesta creer que esa señorita haya sacado lo mejor de ti», había dicho, y se rio a la vez que se apartaba de la barra.

Así había sido, empezaba a reconocer Early. Ignoraba qué tenía esa mujer, pero se le había adherido como una lapa. No podía sacudírsela de encima. No quería. En la cabina telefónica, sacó del bolsillo una cuenta de la Egg House y marcó el número. Cuando oyó la voz de Desiree, se puso tan nervioso que, por un segundo, pensó en colgar. Aun así, se aclaró la garganta y le preguntó cómo le iba.

—Ah, bien —respondió ella—. Ya sabes cómo es esto. ¿Dónde estás ahora?

—En Eula, Texas —dijo Early—. ¿Has estado alguna vez en Eula?

—No —contestó ella—. ¿Cómo es?

—Seco. Polvoriento. Despoblado. Me siento como si fuera el único hombre vivo aquí. Como si me hubiera caído del borde de la tierra. ¿Conoces esa sensación?

La imaginó al otro lado de la línea, aferrada al teléfono y apoyada en la puerta de la cocina. La cafetería ya habría empezado a vaciarse, cerca de la hora de cierre. Quizá estaba sola, deseando que el tiempo pasara. Pensando en su hermana, o tal vez incluso en él.

—La conozco perfectamente —afirmó ella.

Si alguien hubiera preguntado entonces a la gente del pueblo, nadie habría creído que Desiree Vignes se quedaría en Malard. Todos apostaban a que no aguantaría ni un mes. Se cansaría de los vulgares cuchicheos sobre su hija, cuchicheos que debía de haber percibido, aunque no los oyera, cada vez que las dos paseaban por el pueblo. Al ver a Desiree llevar de la mano a la niña de piel oscura, algunos albergaban la esperanza de que se quedaran aún menos. No estaban acostumbrados a tener entre ellos una niña de piel oscura y los sorprendía lo mucho que los violentaba. Cada vez que la niña pasaba por delante, sin sombrero ni nada, sentían la misma irritación que cuando Thomas Richard regresó de la guerra, con media pierna menos, y empezó a deambular por el pueblo con una pernera del pantalón prendida en alto para que todo el mundo viera su pérdida. Si no podía hacerse nada con la fealdad, uno debía al menos aparentar que intentaba ocultarla.

Aun así, transcurrió un mes, para asombro de todos. Si Desiree no se marchaba por su hija, sin duda el puro aburrimiento la arrancaría de allí. Después de todas sus aventuras urbanas, ¿cómo podía soportar la vida en un pueblo pequeño? El interminable carrusel de ventas de tartas en la iglesia, bazares, concursos de talentos, fiestas de cumpleaños y bodas y funerales. Ya antes de irse tenía poco interés en participar en esas cosas; eso era más propio de la otra, Stella, que hacía tartas de pacanas para venderlas en Santa Catalina, o cantaba dócilmente en el coro del colegio, o se quedaba dos horas en la celebración del setenta cumpleaños de Trinity Thierry. No Desiree, que solo asistía a la fiesta si Stella la llevaba a rastras y luego se la veía tan aburrida que uno se arrepentía de haberla invitado hasta que ella se escabullía mientras cortaban la tarta.

Por alguna razón esa misma Desiree había vuelto, y se arrodillaba entre su madre y su hija durante la misa del domingo. Ella, una mañana, se sorprendió tanto como el que más al caer en la cuenta de que llevaba en su pueblo todo un mes. Para entonces había establecido una rutina: acompañaba a Jude al colegio, limpiaba la casa, atendía al tranquilo público de la cena en la cafetería de Lou mientras Jude leía libros en la barra. Cada noche aguardaba la llamada de Early Jones. Nunca sabía desde dónde llamaría, o si llamaría siquiera, pero cuando sonaba el teléfono de Lou cerca de la hora de cierre, siempre contestaba ella. El estridente timbre la sobresaltaba mientras, maquinalmente, rellenaba los azucareros o limpiaba las mesas.

«Solo llamo para ver cómo estás», decía siempre Early. ¿Cómo le había ido el día? ¿Cómo estaba su madre? ¿Su hija? Bien, bien, bien. A veces le preguntaba cómo le había ido el turno, y ella le explicaba que había tenido que devolver tres comandas de huevos porque el cocinero, distraído como lo eran todos, le había dado huevos revueltos en lugar de estrellados. O Desiree ella le preguntaba por su viaje en coche y él le contaba que en Oklahoma lo había pillado una tormenta de polvo −no veía su propia mano ante él− y que había tenido que avanzar lentamente por la carretera con la esperanza de que no lo embistiera otro coche. Sus relatos la emocionaban, incluso los aburridos. La vida de Early le parecía muy distinta a la suya. Con el tiempo, él empezó a hablar del pasado, contándole, por ejemplo, que lo habían criado sus tíos después de desprenderse de él sus padres una noche. Ella había oído hablar de casos parecidos, de niños que habían sido entregados a otras familias. Tras la muerte del padre de Desiree, la hermana de su madre se ofreció a quedarse con una de las gemelas.

«Es demasiado para ti −había dicho la tía Sophie, cogiendo de las manos a su madre−. Permítenos aligerar tu carga.»

Las gemelas, apretujadas contra la puerta de su dormitorio, escuchaban atentamente, preguntándose ambas cuál de las dos tendría que marcharse. ¿Elegiría la tía Sophie, como quien escoge a un cachorro de una cesta? ¿O decidiría su madre de qué hija podía prescindir? Al final, su madre dijo a la tía Sophie que no podía separarse de sus hijas, pero más adelante Desiree se enteró de que su tía había pedido llevársela a ella. La tía Sophie vivía en Houston, y Desiree acostumbraba imaginarse su vida allí, una garbosa chica urbana paseándose con vestidos almidonados y zapatos de piel lustrosos, no los de calicó descoloridos que su madre rescataba del contenedor de la parroquia.

Early le contó que después de su estancia en Mallard estaba harto de trabajar tierras ajenas y se marchó a Baton Rouge a probar suerte. En fin, la única suerte que encontró fue mala. Pasó allí un año, robando piezas de coches para poder comer, hasta que lo pillaron y lo enviaron al presidio estatal Angola. Entonces tenía veinte años, ya un hombre a los ojos de la ley, y a decir verdad se sentía como un hombre desde la noche que sus padres lo abandonaron sin despedirse. El mundo funcionaba de una manera distinta a como él había imaginado. La gente a la que uno quería podía abandonarlo y uno no podía hacer nada al respecto. En cuanto entendió eso, la inevitabilidad del abandono, pasó a ser un poco mayor a sus propios ojos.

Cumplió cuatro años de condena, un tiempo que dejó atrás y del que nunca, en toda su vida, hablaría apenas.

—¿Acaso eso cambia algo? —le preguntó él.

Desiree lo imaginó en una cabina de teléfono en algún sitio, la bota apoyada en el cristal.

—¿Qué habría de cambiar? —dijo ella.

Él guardó silencio por un momento y finalmente dijo:

—Pues no lo sé.

Pero ella sí sabía a qué se refería: ¿tendría un concepto distinto de él a partir de eso? No estaba muy segura de qué concepto se había formado de él. En otro tiempo, hacía mucho, se había encaprichado con él, pero no conocía al hombre en que se había convertido. No tenía la menor idea de qué quería él de ella. Semanas antes se había ofrecido a buscar a Stella, y cuando ella le dijo que en esos momentos no podía pagarle, él contestó:

—Da igual.

—¿Qué quiere decir «da igual»? —preguntó ella.

—Quiere decir que ahora mismo no lo necesito. Ya lo arreglaremos.

Ella nunca había conocido a nadie que se ganara la vida con su trabajo tan despreocupado por el dinero como Early, pero, claro, nunca había conocido a nadie que se ganara la vida como Early. Daba caza a delincuentes que violaban la libertad bajo fianza y desaparecían sin dejar rastro con la esperanza de empezar de nuevo en otro sitio. Pero siempre había una pista si uno buscaba con la debida atención: nadie desaparecía por completo. Desiree volvió a acordarse del sobre con fotografías que él le había dado. En la cafetería, ella lo había sostenido en sus manos con el corazón acelerado.

«No te preocupes —había dicho él—. Enviaré a ese hijo de puta lejos de aquí. —Ella debió de mostrarse poco convencida, porque Early añadió—: Confía en mí. No te delataré.»

Pero ¿por qué no había de delatarla? Apenas la conocía, y Sam le había ofrecido una buena suma de dinero. ¿Qué razón tenía para serle leal? Durante semanas Desiree se había preguntado si ella y Jude debían volver a trasladarse. Si Sam andaba buscándolas, ¿no acabaría encontrándolas? ¿No viajaría a Mallard él mismo? Pero tal vez ahora Mallard era el sitio más seguro. El hombre a quien Sam había contratado le dijo que ella no estaba en Louisiana, ¿y por qué habría de dudar Sam de él? Tal vez podía fiarse de Early: si hubiese querido hacerle daño, Sam ya la habría encontrado. Pero el hecho de que pudiese confiar en él no significaba que no quisiera algo.

—Solo está diciéndote lo que quieres oír —dijo su madre una noche a la vez que le pasaba un plato mojado—. Ese hombre no sabe dónde está Stella más que tú.

Desiree dejó escapar un suspiro y alargó la mano hacia el paño.

—Pero sabe buscar —adujo—. ¿Por qué no intentarlo?

—Stella no quiere que la encuentren. Tienes que olvidarte de ella. Dejar que viva su vida.

—¡Esa no es su vida! —exclamó Desiree—. Nada de eso habría pasado si yo no le hubiese dicho que aceptara ese trabajo. O si no la hubiera arrastrado a Nueva Orleans, y punto. Esa ciudad no le hizo ningún bien. Tú tenías razón desde el principio.

Su madre apretó los labios.

—No fue la primera vez —dijo ella.

—¿Cómo?

—La primera vez que se hacía pasar por blanca —añadió su madre—. Para ella, Nueva Orleans fue solo la oportunidad de hacerlo en serio.

He aquí la historia que su madre se había callado:

Una semana después de desaparecer Stella en la ciudad, Willie Lee se pasó por la casa de su madre, avergonzado. Tenía algo que contar a Adele, algo que debería haberle contado semanas antes del Día del Fundador. Una tarde llevó a Stella a Opelousas. Ella lo ayudaba en la carnicería los fines de semana porque tenía agilidad mental para las sumas. Era capaz de calcular un cuarto de kilo de carne picada con más precisión que él, y siempre que pesaba las mediciones de ella, eran exactas. Era una chica lista y diligente, pero ese último verano él notó algún cambio en ella. Se la veía más triste, abstraída. Porque había dejado el colegio, supuso, aunque no acababa de entenderlo, puesto que él mismo había colgado los libros en noveno. Una chica capaz de calcular a ojo un cuarto de kilo de carne picada se las arreglaría bien en la vida, con universidad o sin ella. Pero no todo el mundo tenía tanto sentido práctico como él. Así que cuando vio a Stella cabizbaja detrás de la caja registradora, llegó a la conclusión de que seguía decepcionada por no poder ir a Spelman algún día como era su esperanza.

Así pues, una tarde la invitó a ir a Opelousas. Tenía que hacer repartos y pensó que a lo mejor a ella le apetecía salir del pueblo un rato. Le dio cinco centavos para comprarse una Coca-Cola, y cuando él terminó de descargar, la encontró de pie junto a la furgoneta, sin aliento y enrojecida. Había entrado en una tienda llamada Darlene's Charms, donde la dependienta la confundió con una blanca.

—¿No es gracioso? —había dicho ella—. ¡Vaya con los blancos, qué fácil es engañarlos! Como todo el mundo dice.

—Con eso no se juega —advirtió él—. Hacerse pasar por blanco es peligroso.

—Pero los blancos no se dan cuenta —insistió ella—. Fíjate en ti: eres tan pelirrojo como el padre Cavanaugh. ¿Cómo es que a él se lo considera blanco y a ti no?

—Porque él *es* blanco —afirmó Willie Lee—. Y yo no quiero serlo.

—Bueno, yo tampoco —dijo ella—. Solo pretendía echar un vistazo en esa tienda. No se lo dirás a mamá, ¿verdad?

En Mallard, uno se criaba oyendo anécdotas de gente que se había hecho pasar por blanca. A Warren Fontenot, cuando viajaba en un vagón destinado a los blancos de un tren, lo interrogó un revisor receloso, y él habló en francés para convencerlo de que era un europeo moreno; Marlena Goudeau se convirtió en blanca para obtener el certificado de docencia; a Luther Thibodeaux su capataz lo inscribió como blanco y le aumentó la paga. Hacerse pasar por blanco, durante un rato, era divertido. Incluso heroico. ¿Quién no quería, para variar, pasar por encima de los blancos? Pero los *passe blanc* eran un misterio. No se sabía de nadie que se hubiera hecho pasar por blanco permanentemente sin ser detectado, del mismo modo que no se conocía a nadie que hubiera simulado con éxito su propia muerte; el engaño solo podía surtir efecto si nadie descubría jamás que era una estratagema. Desiree solo conocía los fracasos: aquellos que habían sentido añoranza, o habían sido sorprendidos o se habían cansado de fingir. Pero, por lo que Desiree sabía, ahora Stella llevaba ya media vida haciéndose pasar por blanca, y tal vez, si una actuaba durante tanto tiempo, al final lo que hacía ya no era actuar. Quizá con el tiempo te volvías blanca a fuerza de fingir serlo.

—Ya acabo —dijo Early dos noches después, llamando desde las afueras de Shreveport—. Me dirijo hacia allí, por si todavía quieres localizar a tu hermana.

Desiree nunca había imaginado que Stella le ocultara grandes secretos. No Stella, que había dormido a su lado, cuyos pensamientos fluían entre ambas como una corriente, cuya voz oía en su propia cabeza. ¿Cómo era posible que no se hubiera dado cuenta en todo ese verano que Stella ya había decidido convertirse en otra persona? Ya no sabía quién era Stella, y tal vez nunca la había conocido en absoluto.

Tensó el cable del teléfono enrollado en torno al dedo. En la cafetería vacía, Jude, sentada a la barra, leía un libro. Siempre estaba leyendo, siempre sola.

—Sí —respondió Desiree—. Supongo que sí.

La mañana que Early Jones llegó, el cielo se veía plomizo y cargado de lluvia. Desde el borde del sofá, Desiree escuchaba la tormenta de primavera mientras le trenzaba el cabello a Jude, recordando aquellas primeras semanas en Nueva Orleans, cuando Stella y ella, al verse sorprendidas por un aguacero, se refugiaban bajo los aleros. Con el tiempo se acostumbró a esa lluvia caprichosa, pero por entonces chillaba ante cada tormenta repentina, riéndose con Stella, ambas apretujadas contra la fachada de algún edificio, mientras el agua les salpicaba los tobillos. Frente a ella, Jude, sentada en la alfombra, se revolvió y señaló hacia el porche.

—Mamá, un hombre —dijo, y ahí estaba Early en los peldaños de la entrada, con el cuello de la cazadora levantado y gotas de lluvia en la barba. Desiree, asaltada por un extraño nerviosismo, se apresuró a ponerse en pie, y solo cuando abrió la puerta, cayó en la cuenta de que se hallaban exactamente donde se habían conocido hacía toda una vida.

—Puedes entrar —dijo.

—¿Seguro? —preguntó él—. No quiero ensuciar nada.

Se lo veía tan nervioso como se sentía ella, lo cual le infundió aplomo. Le indicó que pasara con una seña, y él pateó el porche con las botas para sacudirse el barro. Luego la siguió, pero se quedó en el umbral de la puerta, con una mano cerrada en el bolsillo de la cazadora.

—Te presento a Jude —dijo Desiree—. Jude, ven a saludar al señor Early. Voy a hacer un pequeño viaje con él, ¿recuerdas?

—Basta con Early —corrigió él—. No soy señor de nadie.

Sonriente, tendió la mano. Jude le dio la suya por un segundo y luego se fue corriendo al dormitorio en busca de la mochila donde tenía los libros. Más tarde, en la interestatal, Early preguntó si Jude era siempre tan callada.

Desiree, mirando por la ventanilla, observó los reflejos del sol en el lago Pontchartrain.

—Siempre —respondió—. No se parece en nada a mí.

—¿Se parece a su padre, pues?

No le gustaba la idea de hablar de Sam con Early. Ni siquiera quería imaginar la coexistencia de ambos hombres dentro del mismo espacio de su vida. Además, Jude tampoco se parecía a Sam. En cierto modo se parecía a Stella. Reservada, como si pensara que contar cualquier cosa sobre ella era entregar algo que nunca recuperaría.

—No —dijo Desiree—. Solo se parece a sí misma.

—Eso está bien. Que una niña sea ella misma.

—No en Mallard —rectificó Desiree—. No una niña como Jude.

Para sorpresa de ella, Early le tocó la mano y acto seguido, comidiéndose, la apartó.

—No le será fácil —dijo él—. Para mí, no lo fue. ¿Sabes que una vez un hombre me pegó en la iglesia? Una buena colleja. Solo porque metí el dedo en el agua bendita antes que su mujer. Como si de alguna manera la hubiera contaminado. Pensé que mi tío saldría en mi defensa. No sé por qué, pero es lo que pensé. El caso es que pidió perdón a aquel hombre como si yo hubiera hecho algo malo.

Soltó una risotada amarga. Al otro lado de la interestatal, avanzaba ruidosamente un tren de mercancías, expulsando el agua acumulada en la vía. Desiree se volvió hacia él, sus ojos también húmedos, y dijo:

—Yo debería haber dicho algo. Cuando mi madre te echó de aquella manera.

Early se encogió de hombros.

—Ha pasado mucho tiempo.

—¿Y por qué estás ayudándome, si puede saberse? ¿Cuál es la verdadera razón?

—Pues no lo sé —respondió él—. Supongo que me da pena pensar en ti y tu hermana. —Mantuvo la vista al frente, resistiéndose a mirarla—. Y supongo que sencillamente me gusta hablar contigo. Nunca he hablado tanto con una mujer en toda mi vida.

Ella se rio.

—No has dicho ni dos palabras seguidas.

—Más que suficiente —contestó él.

Desiree volvió a reírse y a la vez le tocó la nuca. Más adelante él le contaría que fue entonces cuando lo supo. El contacto delicado de esa mano en la nuca mientras conducía el coche por el puente.

Seguían el rastro al pasado, buscando a Stella en calles y escaleras y callejones.

Fueron al apartamento donde habían vivido las gemelas, en un edificio de tres plantas sin ascensor, ocupado ahora por una pareja de ancianos de color. Desiree preguntó, muy educadamente, si habían recibido correo dirigido a Desiree o Stella Vignes, pero solo llevaban dos años ahí. Las vidas de las gemelas ya se habían borrado de las paredes del apartamento mucho antes de que ellos llegaran. Las hermanas cocinando juntas, escuchando la pequeña radio que había sido su primer lujo. Las hermanas en vela hasta el amanecer, sintiéndose por fin como las adultas que creían ser. Las hermanas firmando el contrato de alquiler de ese primer apartamento, aunque quizá ya incluso entonces Stella sabía que el arreglo sería provisional. Quizá ya había empezado a buscar una salida.

A lo largo de toda la tarde, siguieron la pista de Stella en los lugares de otros tiempos. Preguntaron por ella en la lavandería Dixie y en el Grace Note. Desiree buscó a viejos amigos en el listín telefónico, pero nadie había sabido nada de Stella. Farrah Thibodeaux, casada ahora con un concejal, se rio cuando la llamó Desiree.

—Me cuesta creer que la pequeña Stella se fugara —comentó—. Y en cuanto a eso otro, habría pensado…

—Gracias de todos modos —atajó Desiree, dispuesta a colgar.

—Un momento —dijo Farrah—. No sé a qué vienen tantas prisas. Iba a decirte que vi a tu hermana.

A Desiree se le aceleró el corazón.

—¿Cuándo?

—Ah, hace mucho tiempo. Antes de que tú te fueras. Estaba paseando por Royal Street, de lo más ufana. Y del brazo de un hombre blanco. Me miró y luego miró en otra dirección. Te juro que me vio.

—¿Estás segura de que era ella?

—Tan segura como de que no eras tú —respondió Farrah—. Sus ojos lo decían todo, querida. Además, su hombre blanco era apuesto. Por eso debía de andar con esa sonrisa.

Stella abandonándola para irse detrás de un hombre. Stella secretamente enamorada. Stella, que nunca había perdido la cabeza por los chicos, que alzaba la vista al cielo al ver a Desiree fantasear con Early, que nunca antes había tenido siquiera un novio. La gemela frígida, la llamaban los chicos. Pero Early le dijo que la explicación más sencilla suele ser la acertada.

—Te sorprendería saber lo que hace la gente movida por las emociones —dijo él.

—Pero yo la conozco —afirmó Desiree, y de pronto se interrumpió. Ya no podía dar nada por sentado acerca de Stella. ¿Acaso no se había enterado?

Cuando Early sugirió que probara en el edificio Maison Blanche, estaba agotada. Solo se había aventurado a entrar una vez, unos días después de la desaparición de Stella. En el viaje en tranvía junto al canal, se dijo que Stella no podía haberse marchado para siempre. Así era Stella, sumida en uno de sus estados de desánimo. Stella jugando al escondite, agazapándose detrás de las sábanas tendidas a secar. Se dijo muchas cosas tranquilizadoras que no creía. Stella reaparecería en cualquier momento. Se presentaría ante la puerta del edificio y se explicaría. No renunciaría al mejor empleo que había tenido. No abandonaría a su hermana.

Ya dentro de los grandes almacenes, Desiree recorrió lentamente el pasillo de la sección de perfumería. Sabía que Stella trabajaba en un despacho de una de las plantas superiores, pero no en cuál. En el vestíbulo, consultó el directorio durante tanto tiempo que el brusco guardia de seguridad le preguntó qué andaba buscando. Ella titubeó, temiendo poner en peligro a Stella, y finalmente el hombre la ahuyentó.

—Una táctica demasiado directa —comentó Early—. Hay que actuar con delicadeza. Si se te ve muy desesperada, la gente lo nota. Se cierra en banda.

Estaban sentados en una cafetería en la acera de enfrente de Maison Blanche. Ella apenas había tocado su expreso. Seguía pensando en el hombre blanco con el que Farrah había visto a Stella. En lo feliz que se la veía. No quería que la encontraran. ¿Qué pretendía Desiree, intentando obligarla a volver a una vida que ya no deseaba?

—Tienes que entrar ahí como una persona a quien se le cuentan cosas —dijo él—. Una persona que consigue lo que quiere.

—Que sea blanca, quieres decir.

Early movió la cabeza en un gesto de asentimiento.

—Así será más fácil —aseguró—. Yo no puedo entrar contigo. Te delataría. Pero solo tienes que entrar y decir que buscas a alguien. Una vieja amiga. No tu hermana, eso daría pie a demasiadas preguntas. Di que habéis perdido el contacto, algo así. A la ligera, desenfadadamente. Como una mujer blanca libre de toda preocupación.

Así que se imaginó a sí misma como Stella, no la Stella que ella conocía en otro tiempo, sino Stella tal como era ahora. Empujando los enormes tiradores de latón de las puertas de Maison Blanche, entrando en los grandes almacenes. Recorrió el pasillo de la sección de perfumería con el aplomo de una mujer que podría comprar cualquier frasco que deseara. Se detuvo a oler unos cuantos, como si pensara adquirir alguno. Admiró las joyas de la vitrina, echó un vistazo a los elegantes bolsos, les puso reparos cuando se acercaron las dependientas. En el vestíbulo, el ascensorista de color bajó la vista cuando ella entró. Desiree no le prestó atención, tal como quizá Stella habría hecho. Le causó cierta desazón ver lo fácil que era. Ser blanca se reducía a actuar como si lo fueras.

Cuando accedió a la primera planta de las oficinas, un guardia de seguridad blanco se acercó rápidamente a ayudarla. Ella se repitió las palabras de Early: a la ligera, desenfadadamente, libre de toda preocupación. Le explicó que buscaba a una vieja amiga que antes trabajaba en marketing.

El guardia, por supuesto, no encontró a Stella Vignes en el directorio del edificio, pero le dio indicaciones para llegar al departamento. Ella subió en ascensor a la sexta planta, y cuando entró en la oficina, se preparó para que alguien la confundiera con Stella. Pero la secretaria pelirroja se limitó a esbozar una amable sonrisa.

—Busco a una vieja amiga —dijo Desiree—. Antes trabajaba de secretaria aquí.

—¿Y cómo se llama?

—Stella Vignes. —Echó una ojeada a la tranquila oficina, como si por el hecho de pronunciar su nombre, pudiera hacer que Stella apareciera.

—Stella Vignes —repitió la secretaria, y se acercó a un archivador que tenía a sus espaldas. Tarareó para sí mientras buscaba, oyéndose solo aparte de su voz el suave tableteo de las máquinas de escribir. Desiree intentó imaginar a Stella en un sitio como aquel. Una más entre aquellas chicas blancas bien educadas que ocupaban los escritorios.

La secretaria volvió a su asiento con una carpeta.

—Sintiéndolo mucho, no consta la dirección actual —dijo—. Las últimas felicitaciones navideñas que le enviamos nos las devolvieron.

Lamentaba mucho, muchísimo, poder proporcionarle solo la última dirección anotada en el expediente, una ficha que Stella había rellenado con su pulcra letra, incluyendo una dirección de reenvío que la situaba en Boston, Massachussets.


—No es una pistola humeante —comentó Early esa noche—. Pero algo es algo para empezar.

Ocupaban un reservado en penumbra en el Surly Goat, y Early bebía lentamente su whisky. Por la mañana volvería a irse: un nuevo encargo lo llevaba a Durham. Pero después de eso visitaría esa dirección de Boston, vería qué podía averiguar allí. Desiree no alcanzaba a imaginar cómo había acabado Stella precisamente en esa ciudad, pero daba igual. Aquel trozo de papel contenía más información nueva sobre Stella de la que Desiree había obtenido jamás.

Se sintió, una vez más, abrumada por la ayuda de Early, sin saber cómo podría agradecérselo. Después de apurar las copas, lo acompañó a la pensión. Él la cogió del brazo mientras subían por los peldaños lodosos y ella no se apartó, ni siquiera tras entrar en la habitación. No estaba bebida, pero de pronto tuvo la sensación de que allí hacía mucho calor. No se desvestía delante de un desconocido desde hacía años.

Despacio, pues. Él, apoyado en la cómoda gastada, esperaba, y ella se apretó contra él y recorrió su abdomen con la mano. Early la detuvo cuando llegó al cinturón.

—Es solo un punto de partida —dijo—. No estoy más cerca de encontrarla.

Le sujetó la mano, como si considerara que dejar eso claro era una condición para ir más allá de ese punto.

—De acuerdo —dijo Desiree.

—Puede que no la encuentre. Puede que haya desaparecido. Eres consciente de eso, ¿no?

Desiree guardó silencio por un momento.

—Lo soy.

—Buscaré mientras tú quieras que busque. Dime que pare y pararé.

Ella liberó su mano de la de él y la deslizó por debajo de su camiseta negra. Rozó con los dedos una áspera cicatriz que le surcaba el abdomen. Early se estremeció.

—No pares —dijo ella.

# SEGUNDA PARTE

# MAPAS
(1978)

# 4

En otoño de 1978, una chica de piel oscura se presentó en Los Ángeles procedente de un pueblo que no constaba en ningún mapa.

Recorrió en un autocar de la Greyhound la larga distancia desde ese lugar ilocalizable en el mapa, mientras sus dos maletas traqueteaban en el portaequipaje. Una chica de ninguna parte, salida de la nada, y si se hubiera preguntado a cualquiera de los otros pasajeros, no habrían advertido el menor rasgo interesante en ella, excepto que era muy... en fin, negra. Aparte de eso, era callada. Pasaba las hojas de una manoseada novela policiaca, regalo del novio de su madre en su decimoséptimo cumpleaños, que ahora leía por segunda vez para descubrir todas las pistas que había pasado por alto. En las paradas de descanso, se metía el libro bajo el brazo y se paseaba en lentos círculos para estirar las piernas. Inquieta. Al conductor italiano del autobús le recordó a un guepardo deambulando por su jaula. Con ese cuerpo espigado y de chico, esas piernas largas, no se habría sorprendido en absoluto si le hubieran dicho que era corredora. Fumándose un cigarrillo, la observó dar otra vuelta alrededor del autobús. Una lástima, esas piernas con semejante cara. Semejante piel. Dios santo, nunca había visto a una mujer tan negra.

Ella no se dio cuenta de que el conductor la observaba. Ya casi nunca se daba cuenta cuando alguien la miraba, o si se daba cuenta, sabía exactamente cuál era el motivo de tanta atención. No podía pasar inadvertida. Era de piel oscura, sí, pero también alta y flaca, igual que su padre, a quien no veía y de quien no sabía nada desde hacía diez años. Dio otra lenta vuelta a la vez que buscaba la página por donde iba en ese libro con las esquinas dobladas y el lomo agrietado. Le encantaban los relatos policiacos desde niña; acostumbraba sentarse en el porche mientras el novio de su madre limpiaba su pistola y le hablaba de los hombres a los que daba caza.

Con el tiempo, de no haber descubierto ya que Early Jones era un hombre poco común, habría pensado que esa era una actividad poco común para que un adulto estableciera un vínculo afectivo con una niña. Early no era su padre pero sí lo más parecido a un padre que ella tendría. Le gustaba verlo desmontar despacio la pistola mientras lo asaeteaba a preguntas. Uno podía encontrar prácticamente a cualquiera si se le daba bien mentir, le decía. La mitad de la búsqueda consistía en hacerse pasar por otra persona, un viejo amigo que andaba tras la dirección de un colega, un sobrino distanciado hacía tiempo intentando encontrar el nuevo número de teléfono de su tío, un padre que indagaba sobre el paradero de su hijo. Siempre había alguien cercano al individuo en cuestión a quien se podía manipular. Siempre una ventana de acceso si uno no podía encontrar una puerta.

«No tiene nada de apasionante —aseguraba, mordisqueando un mondadientes—. La mayor parte del tiempo se reduce a camelar a ancianas por teléfono.»

Presentaba la tarea de encontrar a gente desaparecida como algo tan sencillo que una vez Jude le preguntó si podía buscar a su padre. Él, restregando el interior del cañón de la pistola con el cepillo, no la miró.

—No te conviene que lo busque —dijo.

—¿Por qué no?

—Porque… no es buena gente.

Tenía razón, desde luego, pero a ella le molestó lo convencido que se lo veía. ¿Cómo podía saberlo? Ni siquiera lo había conocido.

Siempre había imaginado que su padre aparecía al volante de un Buick reluciente para rescatarla. Ella saldría del colegio un día y lo encontraría allí esperando. Su padre, alto y apuesto, sonriéndole, con los brazos abiertos. Los otros alumnos se quedarían estupefactos. Luego se la llevaría de regreso a Washington, y ella iría al colegio y haría amigos y saldría con chicos y practicaría el atletismo y estudiaría en la universidad en un sitio tan distinto de Mallard que le costaría creer que Mallard siquiera existiese, que no fuese solo una imaginación suya.

Pero pasaron diez años, sin llamadas ni cartas. Al final, se rescató ella misma. Ganó una medalla de oro en los cuatrocientos metros en el campeonato estatal y, gran milagro, los ojeadores universitarios se fijaron en ella. Había corrido con toda su alma, y ahora se largaba de allí. En la estación de autobús, había esperado al pie de la escalera metálica mientras Early cargaba sus maletas. Su abuela le colocó su rosario alrededor del cuello y después su madre la abrazó.

—Todavía no entiendo por qué quieres irte nada menos que a California —dijo—. Aquí hay universidades más que aceptables.

Jude soltó una breve risa, como si su madre hablara en broma, como si no hubiera intentado convencer a Jude de que se quedara. Las dos sabían que eso no era posible. Ya había aceptado la beca de atletismo de UCLA —como si pudiese siquiera plantearse rechazarla—, y ahora estaba frente a un autocar, esperando para subir a bordo.

—Llamaré —dijo—. Y escribiré.

—Más te vale.

—Todo irá bien, mamá. Vendré a verte.

Pero las dos sabían que nunca volvería a Mallard. En el autocar, jugueteando con las cuentas del rosario, imaginó a su madre cuando se marchó de Mallard en un autocar como ese, solo que ella no viajaba sola, tenía a su lado a Stella mirando la oscuridad por la ventanilla. Jude, con el libro de bolsillo ajado en el regazo, se apretó contra el brumoso cristal. Nunca había visto un desierto: parecía extenderse hasta el infinito. Dejó atrás otro kilómetro, alejándose más de su vida.

La llamaban Muñeco de Alquitrán.

Medianoche. Negrita. Tarta de Chocolate. Decían: Sonríe, no te vemos. Decían: Eres tan oscura que te confundes con la pizarra. Decían: Seguro que podrías ir desnuda a un funeral. Seguro que las luciérnagas te siguen durante el día. Seguro que cuando nadas pareces una mancha de petróleo. Se les ocurrían un sinfín de comentarios jocosos, y una vez, ya cumplidos los cuarenta años, recitaría una sarta de ellos durante una cena en San Francisco. Seguro que las cucarachas te llaman prima. Seguro que no encuentras tu propia sombra. Le asombraba lo bien que se acordaba. En esa cena, se obligó a reír, pese a que en su día no le veía ninguna gracia. Los comentarios se atenían a la verdad. En efecto, era negra. Negra azulada. No, tan negra que parecía morada. Negra como el café, el asfalto, el espacio exterior, negra como el principio y el fin del mundo.

Su abuela, en un primer momento, trató de protegerla del sol. Le dio un sombrero enorme de jardinería, le ató los cordones fuertemente por debajo de la barbilla pese a que la ahogaban. No podía correr con el sombrero puesto, y le encantaba correr, cosa que le era imposible evitar, aunque Adele le rogaba que esperase, al menos, hasta que se pusiera el sol. Se pasaba los veranos leyendo dentro de casa o, cuando tenía la sensación de que iba a enloquecer de tanta reclusión, perseguía sombras en el jardín con el asfixiante sombrero puesto y las mangas largas adheridas a los brazos sudorosos. Su piel no se oscurecería más, aunque daba esa impresión cuanto más tiempo llevaba viviendo en Mallard. Un punto negro en las fotografías escolares, una mancha negra en los bancos de la iglesia durante la misa del domingo, una sombra inmóvil en la orilla del río mientras los otros niños nadaban. Tan negra que solo se la veía a ella. Una mosca en la leche, contaminándolo todo.

En clase, Jude se sentaba delante de Lonnie Goudeau, el pícher del equipo de béisbol, que le tiraba bolas de papel a la espalda continuamente. Tenía los ojos grises, el pelo castaño rojizo arrancándole desde muy abajo en la nuca, las mejillas salpicadas de pecas. Un chico guapo. Así que Jude sentía un cosquilleo cuando lo imaginaba mirándola, remangándose, la piel de sus antebrazos tan clara que se le veía el vello castaño, y flexionando el brazo con la bola de papel entre los dedos. Entonces notaba el ligero golpe en el cuello, las risitas de los chicos a sus espaldas. Nunca volvía la cabeza. Una vez el señor Yancy sorprendió a Lonnie y lo castigó a quedarse en el colegio después de clase. Al salir, Jude pasó por su lado mientras él borraba la pizarra. Lonnie le dirigió una sonrisa ufana a la vez que deslizaba el borrador. Ella reprodujo ese momento durante todo el camino a casa. Sus labios, detenidos entre una mueca y una sonrisa.

Lonnie Goudeau fue el primero que la llamó Muñeco de Alquitrán. Cuando Jude llevaba un mes en Mallard, él encontró un ejemplar de *Hermano Conejo* en la papelera de la clase y, con regodeo, golpeteó con un dedo la reluciente mancha negra de la tapa. «Mirad, es Jude», dijo, y a ella le sorprendió tanto que supiera su nombre que no se dio cuenta de que se estaba burlando hasta que toda la clase prorrumpió en risas. Fue sancionado por perturbar el silencio durante el tiempo de lectura, y su maestra, sonrojada, retiró rápidamente el libro, pero esa noche, después de la cena, Jude preguntó a su madre qué era un muñeco de alquitrán. Esta se quedó inmóvil por un momento mientras sumergía los platos sucios en el fregadero.

—Solo un personaje de un viejo cuento —dijo—. ¿Por qué?

—Hoy un niño me ha llamado así.

Su madre se secó las manos lentamente con el paño y se arrodilló frente a ella.

—Lo hace solo por provocarte —dijo—. No le hagas caso. Se aburrirá y te dejará en paz.

Pero no fue así. Lonnie le salpicaba de barro los calcetines y tiraba sus libros a la papelera. Le sacudía la pata de la silla durante los exámenes, le tiraba de las cintas del pelo, cantaba «Tutifruti, qué negra es Judy» en cuanto la tenía al alcance del oído. El último día de quinto curso le puso la zancadilla mientras bajaba por la escalera del colegio y ella se raspó la rodilla. Sentada a la mesa de la cocina, su abuela, sujetándole la pierna sobre el regazo, le restañó con delicadeza la sangre con una torunda de algodón.

—A lo mejor le gustas —dijo maman—. Los chicos siempre se portan muy mal con las chicas que les gustan.

Intentó imaginar a Lonnie cogiéndola de la mano, llevándole los libros a casa desde el colegio, incluso besándola, haciéndole cosquillas en las mejillas con sus largas pestañas. Rodeándola con un brazo, los dos sentados en un cine o en lo alto de la noria Ferris en la feria. Pero lo único que pudo representarse fue a Lonnie salpicándola en un charco de barro o pegándole un chicle en el pelo o llamándola imbécil, Lonnie dándole puñetazos hasta reventarle el labio y dejarle el ojo hinchado. Después imaginaba que su padre salía colérico mientras su madre sollozaba en el suelo, el rostro hundido en el cojín del sofá. Una vez él no se marchó inmediatamente, sino que acercó el rostro de su madre a su vientre y le dio unas palmadas en la cabeza. Su madre gimoteó pero no se apartó, como si ese contacto le sirviera de consuelo.

Mejor representarse a Lonnie pegándola. Eso otro, la parte tierna, la aterrorizaba aún más.

Antes de los insultos y los comentarios jocosos, antes de las pullas, los calcetines manchados de barro, las patadas en la silla, el banco vacío en el almuerzo, antes de todo eso, hubo preguntas. ¿Cómo se llamaba? ¿De dónde era y qué había ido a hacer allí? Durante el primer día de colegio, Louisa Rubidoux se inclinó desde su lado del pupitre que compartían y le preguntó quién era esa mujer que la acompañaba antes.

—Mi madre —respondió Jude.

¿No era evidente? La había acompañado al colegio, cogida de la mano. ¿Quién iba a ser, si no?

—Pero no tu verdadera madre, ¿no? —dijo Louisa—. No os parecéis en nada.

Jude guardó silencio por un momento y luego contestó:

—Me parezco a mi padre.

—¿Y dónde está?

Ella se encogió de hombros, pese a que lo sabía. Allá en Washington, donde lo habían dejado. Ya lo echaba de menos a pesar de que aún veía ese moretón en el cuello de su madre, a pesar de que recordaba todos los moretones que había visto en su cuerpo a lo largo del tiempo, manchas oscuras en aquella extraña topografía. Una vez, en la piscina, ella había observado a su madre mientras empezaba a desvestirse en la caseta. De pronto se interrumpió al descubrir un moretón descolorido en su muslo. En silencio, volvió a vestirse y luego dijo a Jude que ese día había decidido sentarse al lado de la piscina y mirarla. Cuando llegaron a casa, su padre saludó a su madre con un beso, y Jude cayó en la cuenta de que, si se lo proponía, podía hacer como si él no fuera la causa de los moretones. Por arte de magia, su relación con un progenitor la desconectaba del otro. Así, cuando pensaba en su padre, lo veía arrellanado junto a ella en la alfombra, hojeando tebeos. No llevando a su madre a rastras por el pelo al dormitorio; no, ese era otro hombre. Y después de barrer los cristales rotos, de limpiar la sangre de las baldosas, después de retirarse su madre al cuarto de baño, con una bolsa de hielo contra la cara, su verdadero padre volvía, sonriente, y le acariciaba la mejilla.

—¿Cómo es que no me parezco a ti? —preguntó a su madre esa noche. Estaba sentada en la alfombra raída frente al sofá mientras su madre le trenzaba el pelo, así que no le vio la cara, pero notó que sus manos se detenían.

—No lo sé —contestó por fin su madre.

—Tú te pareces a maman.

—A veces es lo que pasa, cariño.

—¿Cuándo nos marcharemos a casa? —preguntó.

—¿No te lo he dicho ya? —dijo su madre—. Tenemos que quedarnos aquí durante un tiempo. Ahora para de moverte y déjame acabar.

Empezaba a tomar conciencia de lo que pronto sabría con certeza: no había ningún plan de volver a casa, ni siquiera de ir a cualquier otro sitio, y su madre mentía cada vez que fingía que sí lo había. Al día siguiente, cuando estaba sola durante el almuerzo, Louisa, flanqueada por otras tres niñas de color beige, la arrinconó.

—No nos lo creemos —dijo Louisa—. Lo de que esa mujer es tu madre. Es demasiado guapa para ser tu madre.

—No lo es —respondió Jude—. Mi verdadera madre está en otro sitio.

—¿Dónde?

—No lo sé. En algún sitio. Aún no la he encontrado.

Por alguna razón estaba pensando en Stella, una mujer que se parecía tan poco a ella como su madre, pero que era una versión mejor de esta. Stella no enfurecería a su padre hasta el punto de que este le pegara. No despertaría a Jude en plena noche y la obligaría a viajar en tren a un pueblecito donde otros niños se burlaban de ella. Mantendría su palabra. Stella no prometería una y otra vez que se irían de Mallard, para acabar quedándose.

—Tienes que vigilar a tu madre —la previno una vez su padre—. Todavía le gusta esa gente.

—¿Qué gente? —Ella, tendida en la alfombra a su lado, lo observaba coger matatenas, las grandes manos de él desdibujadas ante sus ojos.

—La gente de la que procede —respondió él—. Tu madre aún lleva dentro algo de eso. Todavía se cree mejor que nosotros.

No entendió a qué se refería, pero le gustó formar parte de un nosotros. La gente pensaba que ser único lo convertía a uno en alguien especial. No era así, simplemente lo llevaba a uno a la soledad. Lo especial era tener un vínculo con otras personas.

En el instituto, los insultos ya no la alteraban, pero la soledad sí. Uno nunca llegaba a acostumbrarse a la soledad; cada vez que pensaba que lo había conseguido, se hundía más en ella. Sentada sola en el almuerzo, leía libros de bolsillo baratos. Nunca recibía visitas los fines de semana ni invitaciones a comer en la cafetería de Lou, ni llamadas solo para saber cómo le iba. Después de clase salía a correr sola. Era la chica más rápida del equipo de atletismo, y en otro equipo de otro pueblo tal vez habría sido la capitana. Pero en el equipo de este pueblo estiraba sola antes del entrenamiento y se sentaba sola en el autobús del equipo, y después de ganar la medalla de oro en el campeonato estatal, no la felicitó nadie aparte del entrenador Weaver.

Aun así, corría. Corría por que le encantaba, porque quería hacer algo bien, porque su padre había corrido en el estado de Ohio, y cuando se ataba las zapatillas de clavos, pensaba en él. A veces, cuando pasaba por detrás de la caseta de béisbol, sentía que Lonnie Goudeau la miraba. Levantaba demasiado las rodillas al correr, un movimiento poco elegante y desigual, una mala costumbre que el entrenador intentó corregir en vano. Probablemente Lonnie pensaba que tenía una manera de correr rara o quizá simplemente le gustaba reírse de ella, de aquella camiseta blanca y aquel pantalón blanco en contraste con toda aquella piel negra. Jude nunca se sentía más oscura que cuando corría, y al mismo tiempo nunca se sentía menos negra, menos nada.

Corría con unas zapatillas doradas que le había suplicado a Early que le trajera unas navidades. Su madre había dejado escapar un suspiro.

«¿No te gustaría más un vestido bonito? —preguntó—. ¿O unos pendientes nuevos?» Cada año, empujaba la caja por encima de la alfombra como si apenas soportara tocarla. «Zapatillas de deporte otra vez —decía con pesar mientras Jude retiraba el papel de seda—. Te juro que nunca entenderé cómo es posible que una chica quiera tantos pares de zapatillas de deporte.»

Cuando tenía once años, Early le compró su primer par de zapatillas de correr, unas New Balance blancas que encontró en Chicago. Al año siguiente se marchó a Kansas por un encargo, y no volvió por Navidad; y al otro allí estaba otra vez, como si nunca se hubiera ido, con un nuevo par. Para entonces Jude ya se había acostumbrado hacía tiempo a sus idas y venidas, que le parecían tan regulares como las estaciones.

«Ese hombre ya está husmeando otra vez», decía siempre su abuela. Nunca llamaba a Early por su nombre; siempre era «ese hombre» o a veces solo «él». No aprobaba que su hija conviviera con un hombre, aunque Early nunca se quedaba tanto tiempo como para que sus visitas constituyeran una convivencia, lo cual mejoraba o empeoraba las cosas. Aun así, cada estación de Early, como Jude empezaba a pensar en esos períodos, su madre empezaba a cambiar. Primero, la casa se transformaba; su madre, en equilibrio sobre las sillas, retiraba las cortinas, sacudía el polvo de las alfombras, limpiaba los cristales de las ventanas. Luego la ropa: su madre se compraba un par de medias de nailon nuevas, terminaba el vestido que había empezado a coser meses antes, se lustraba los zapatos hasta que resplandecían. La última parte, y la más bochornosa: su madre se acicalaba ante el espejo como una colegiala vanidosa, se apartaba el largo cabello primero sobre un hombro y luego sobre el otro, probaba un champú nuevo que olía a fresa. A Early le encantaba su pelo, y por eso ella siempre le prestaba especial atención. Una vez Jude lo había visto acercarse a su madre por detrás y hundir la cara en un puñado de cabello. Ella no supo quién quería ser en ese momento —Early o su madre, la belleza o la contemplación— y se sintió tan abrumada por su propio anhelo que volvió la cabeza.

Su madre nunca reconocía que empezaba una estación de Early, pero maman sí lo sabía. También esa era una característica de la estación de Early: ella y su abuela, aliadas provisionales, forjaban una lealtad más clara.

«Con todos esos hombres —decía la abuela—, con todos esos hombres en el pueblo, y ella todavía sigue detrás de él.»

En el dormitorio de su abuela, Jude circundaba la cama y cogía el frasco del colirio que el doctor Brenner había recetado a su abuela cuando esta se quejó de sequedad en los ojos. Cada noche, antes de acostarse, su abuela apoyaba la cabeza en el regazo de Jude, extendiéndose su cabello cano como un abanico, mientras Jude le ponía cuidadosamente una gota en cada ojo.

«Deberías haberlo visto —decía su abuela—. Todos los chicos las adoraban.»

Todavía hacía eso a veces, decir *ellas* cuando hablaba de la madre de Jude. Esta nunca la corregía. Lentamente dejaba caer la gota, y su abuela parpadeaba.


Cuando Desiree Vignes se despidió con la mano del autocar de su hija desde la estación, esperó hasta que el Greyhound dobló la esquina para enjugarse las lágrimas de los ojos. El último de sus deseos era que su hija, si llegaba a mirar por la ventana trasera, viese llorar a la tonta de su madre como si nunca más fuese a verla. Early le dio un pañuelo, y ella, llevándoselo a los ojos, se rio. «Estoy bien, estoy bien», dijo, pese a que nadie se lo había preguntado, y no lo estaba. Después de acercarla Early a la Egg House de Lou para su turno, ella cayó en la cuenta, mientras se ataba el delantal, de que comenzaba su día de la misma manera que había comenzado durante los últimos diez años, solo que esta vez no sabía cuándo volvería a ver a su hija.

Diez años. Llevaba en el pueblo diez años. A veces, meneando la cabeza, echaba un vistazo a la casa como si aún no entendiera por qué había regresado allí. Como si estuviera en *El mago de Oz*, pero en lugar de caerle una casa encima, se hubiera precipitado ella a través del tejado y hubiera despertado, años más tarde, aturdida al tomar conciencia de que seguía allí. Cuando decidió quedarse, se planteó razones prácticas. En la cafetería de Lou no ganaba lo suficiente para vivir en ningún otro sitio. No podía volver a abandonar a su madre. Aún albergaba la esperanza de que Stella regresara a casa por propia iniciativa. Y aunque Stella no volviera, Desiree se sentía allí más cerca de ella, paseándose entre los antiguos objetos de Stella. La silla donde Stella se sentaba a la mesa, una muñeca hecha con una mazorca de Stella que se llamaba Jane. En todos los rincones de la casa, un picaporte o una manta o el cojín del sofá que Stella había tocado en otro tiempo y conservaba los vestigios invisibles de sus huellas dactilares.

Desiree se había forjado allí más o menos una vida, ¿o no? Con su madre y su hija y Early Jones, que se marchaba y seguía marchándose pero también seguía volviendo. Cuando él estaba de visita, Desiree se sentía de nuevo como una jovencita, desprendiéndosele los años como carne del hueso. Las apariciones de Early siempre se le antojaban un tanto milagrosas. Una vez ella llevaba una milanesa y unos huevos a una mesa, y descubrió a Early sentado al extremo de la barra, mordisqueando un mondadientes. En otra ocasión cerró la cafetería y, al volverse, vio a Early apoyado en la cabina telefónica al otro lado de la calle. Pese a su agotamiento, se echó a reír al verlo, su llegada tan inesperada como el repentino inicio de la primavera. Un día había escarcha, al otro todo florecía.

«Estaba pensando en ti –decía él como si hubiese parado allí de camino a casa, en lugar de haber conducido desde Charleston, pisando el acelerador toda la noche, soñoliento, para llegar antes junto a ella–. Me preguntaba en qué andabas.»

Ella nunca andaba en nada, naturalmente. Sus días se fundían en una uniformidad que con el tiempo le resultó reconfortante. Nada de sorpresas, nada de ira repentina, nada de hombres que tan pronto la abrazaban como le pegaban. Ahora la vida era estable. Sabía qué le depararía cada nuevo día, excepto cuando aparecía Early. Él era lo único en su vida para lo que no estaba preparada. Nunca se quedaba más de un día o dos antes de ponerse en marcha de nuevo. Una vez la convenció de que llamara a Lou para decirle que estaba enferma, y poder así llevarla de pesca. No pescaron nada, pero a media tarde él la besó, deslizó los dedos bajo su vestido y la acarició mientras flotaban en el lago cristalino. Fue lo más emocionante que a ella le había pasado desde hacía meses.

Al principio, cuando Early visitaba el pueblo, su madre, con el ceño fruncido y sin despegar los labios, lanzaba miradas coléricas a la puerta cuando Desiree se escabullía para reunirse con él en la pensión.

–No entiendo por qué tonteas con ese hombre –dijo en una ocasión–. Es incapaz de quedarse, de encontrar un trabajo decente.

–Tiene trabajo –repuso Desiree.

–¡Nada decente! –exclamó su madre–. Seguro que tiene a un montón de mujeres corriendo detrás de él…

–Bueno, eso es asunto suyo, no mío.

Desiree no preguntaba a Early con quién pasaba las noches cuando no estaba en Mallard. Tampoco él se lo preguntaba a ella. Siempre que se marchaba, ella lo echaba de menos, pero se preguntaba si el hecho de que se marchara era la única razón por la que la relación iba bien. No era un hombre que fuera a asentarse, y quizá tampoco ella era una mujer que fuera a asentarse. Cuando pensaba en el matrimonio, se sentía atrapada con Sam en un apartamento mal ventilado, preparándose, durante cada momento de calma, para su inevitable ira. En cambio, Early era tranquilo. No tenía ninguna cara oculta. No discutían, y si ella se irritaba alguna vez con él, la reconfortaba saber que pronto volvería a irse. No podía atraparla porque se negaba a atraparse a sí mismo. Había tenido que convencerlo de que se quedara en la casa durante sus visitas.

—En fin, no sé, Desiree —había dicho, frotándose lentamente la mandíbula.

—No te estoy pidiendo un anillo —repuso ella—. En realidad no te estoy pidiendo nada. Es solo que me parece absurdo que yo tenga que ir de casa a la pensión a todas horas. Y pienso que, por Jude, sería mejor si… —Pero se interrumpió ahí.

Nunca quiso crear en Early la impresión de que esperaba que él fuera un padre para su hija. Él no debía nada a ninguna de las dos. Las deudas nunca formaron parte de su apaño.

—¿Y tu madre qué? —preguntó.

—Por ella no te preocupes. Ya me encargaré yo de eso. Solo pienso… en fin, no tiene sentido, eso es todo. Los dos somos adultos. Estoy harta de andar a escondidas.

—Bueno, de acuerdo —accedió Early.

En su siguiente visita al pueblo, se reunió con ella en casa de su madre. Se desató cuidadosamente las botas sucias en el porche y entró como si aquello fuera una tienda de lujo y temiera romper algo. Había llevado, ridículamente, flores para la mesa, y ella llenó un jarrón de agua con la sensación de que estaban jugando a pareja casada, y Early, como un marido de televisión, anunciaba su llegada desde la puerta. Además, cargaba con los regalos de sus viajes: un bolso nuevo para ella, un frasco de perfume por el que su madre se negó a darle las gracias y un libro para Jude. Desiree había explicado a su hija que Early se quedaría en casa con ellas.

—¿Todo el tiempo? —preguntó Jude.

—No, no todo el tiempo —respondió Desiree—. Solo a veces. Cuando esté en el pueblo.

Su hija guardó silencio y al final dijo:

—Bueno, quizá no debería venir aquí. Quizá nosotras deberíamos ir con él.

—No podemos, cariño. Ni siquiera tiene una casa de verdad. Por eso ha de quedarse aquí. Pero vendrá a vernos y te traerá cosas bonitas. ¿Eso no te gustaría?

Ella bien sabía que no, por supuesto. Su hija solo quería marcharse. Había querido marcharse de Mallard desde que llegaron, y Desiree, avergonzada, le prometió una y otra vez que se irían. No podía prometer a Jude que los otros niños se portarían bien con ella o la acompañarían durante el almuerzo o la invitarían a jugar a sus casas, así que cuando llegaba otra fiesta de cumpleaños sin que Jude recibiera invitación, Desiree decía a su hija que nada de eso tendría importancia en cuanto se marcharan del pueblo. Marcharse era lo único que podía ofrecer. Pero, pensó, viendo a Early y Jude leer juntos en la alfombra, quizá quedarse no era lo peor para Jude. Allí al menos tenía una familia. La querían. Por la noche Desiree abrazaba a su hija y le contaba anécdotas de su propia infancia. Al principio decía: Tengo una hermana que se llama Stella; más adelante: Tienes una tía; más adelante: Érase una vez una chica que vivía aquí y que se llamaba Stella.


Durante años Early siguió el rastro a Stella Vignes hasta que dejó de ser Stella Vignes.

Había sido Stella Vignes en Nueva Orleans y Boston, luego la pista se enfrió; se había casado, supuso, pero no pudo encontrar un certificado de matrimonio a nombre de Stella

Vignes en ninguno de los lugares donde le constaba que había estado. Así que se había casado en algún otro sitio. Siguió siendo, supuso, Stella. Era muy difícil acostumbrarse a un nombre de pila nuevo. Solo un estafador profesional podía adoptar una identidad totalmente nueva, y Stella no era una profesional en absoluto. ¿Por qué andarse con cautela si uno no esperaba que alguien fuera en su búsqueda? Había sido lo bastante descuidada para que él encontrara su apartamento en Boston.

—Ah, era encantadora —dijo la casera cuando él fue a verla—. Reservada. Trabajaba en algún sitio en el centro. Unos grandes almacenes, quizá. Luego su situación mejoró y se fue. Pero era encantadora. Nunca causó problemas.

Imaginó a Stella detrás de un mostrador de perfumes, rociando el aire con pomos de color rosa en dirección a las mujeres que pasaban, o envolviendo muñecas para regalo durante las navidades. Una o dos veces había soñado que la perseguía por Sears and Roebuck, y Stella se escondía detrás de percheros de vestidos y estanterías con zapatos.

—¿Tenía novio? —preguntó él.

La casera se quedó callada y al cabo de un momento dijo que tenía cosas que hacer. Un hombre de color preguntando por una mujer blanca: ya le había dicho demasiado pero no lo suficiente para Early, que ni siquiera había encontrado una dirección de reenvío. Stella esparcía migajas, lo cual era casi peor que nada. Casi, porque no quería encontrar a Stella en absoluto.

En una primera etapa —al menos eso se decía— quería encontrarla de verdad. Ahora, en retrospectiva, no estaba tan seguro. Quizá siempre había sido la voluntad de Desiree, y él solo se había dejado arrastrar. Había deseado complacerla, por eso se había ofrecido de entrada a buscar a Stella. Quería encontrar a Stella porque Desiree quería encontrarla; esos dos deseos se superponían en un solo, que lo mantuvo sobre el rastro durante años. Pero Stella no quería ser encontrada, y ese deseo parecía incluso mayor. Desiree tiró, luego Stella tiró con más fuerza. De algún modo Early se vio atrapado en medio.

Ahora el tiempo se le había escurrido entre los dedos mientras él no miraba. Una mañana se levantó de la cama de Desiree Vignes y se descubrió una cana en la barba. Pasó diez minutos frente al espejo del baño, hurgándose en busca de otras, sorprendido, por primera vez, ante su propia cara. Empezaba a parecerse, sospechó, a su propio padre, lo que le resultaba tan inquietante como transformarse en un desconocido. Entonces sintió unos brazos alrededor de la cintura, a Desiree apretándose contra su espalda.

—¿Ya has acabado de mirarte? —preguntó.

—Me he encontrado una cana —dijo Early—. Mira. Aquí.

Ella se echó a reír. Después de tantos años, a él todavía le encantaba esa risa, lo aturdía verse asaltado por su onda expansiva.

—Bueno, ¿y qué pensabas? ¿Que ibas a ser joven y guapo eternamente? —preguntó ella, apartándolo a un lado para cepillarse los dientes.

Early se apoyó en el marco de la puerta y la observó. Casi todas las mañanas abría la cafetería de Lou a las cuatro, así que cuando él despertaba, ella ya se había marchado. Aunque, claro, casi todas las mañanas él despertaba en algún lugar que no era esa cama. Tendido en el asiento trasero de su coche o en el colchón manchado de algún motel de mala muerte, imaginaba la habitación de Desiree. Las paredes de madera oscura, la cómoda llena de fotografías, la colcha de percal azul. La habitación de su infancia, la cama que en otro tiempo había compartido con Stella. Early había aprendido a dormir en el lado de Stella, y a veces, cuando hacían el amor, se sentía cohibido, como si Stella los observara desde la cómoda.

Desiree se echó agua a la cara. Él deseó arrastrarla de nuevo a la cama. Nunca se saciaba de ella. Nunca podía amarla tal como él quería. Plenamente. Un amor pleno la asustaría. Cada vez que regresaba a Mallard, pensaba en llevarle un anillo. Su madre, al menos, lo respetaría por fin; tal vez incluso empezara a verlo como un hijo. Pero Desiree nunca quiso volver a casarse.

—Eso para mí se acabó —dijo con el mismo hastío que un soldado al hablar de la guerra.

Había sido una guerra, en cierto sentido, una guerra que ella no pudo ganar y su única esperanza era sobrevivir. Había contado a Early las muy diversas formas en que Sam la había agredido: estampándole la cara contra la puerta, arrastrándola por el suelo del baño agarrada del pelo, asestándole un revés en la boca, su mano manchada de carmín y sangre. Ella tocó con delicadeza la boca de Early, y él le besó las yemas de los dedos, intentando conciliar la voz tranquila que había oído por teléfono con el hombre que describía. Desiree no sabía dónde vivía Sam ahora, pero Early, naturalmente, ya le había seguido el rastro. Vivía en Norfolk con su nueva esposa y tres hijos. Exactamente lo que el mundo no necesitaba, tres niños que de mayores fueran hombres rencorosos. Pero nunca se lo había dicho a Desiree. ¿De que serviría?

—Anoche llamó Jude —anunció Desiree.

—¿Sí? ¿Cómo le va?

—Ya la conoces. Nunca cuenta gran cosa. Pero creo que le va bien. Aquello le gusta. Me dio recuerdos para ti.

Early dejó escapar un gruñido. Dudoso, a miles de kilómetros de distancia, que Jude pensara siquiera en él. Él solo le recordaba al padre ausente.

Desiree le dio unas palmadas en el abdomen.

—¿Le echarás un vistazo a la fuga del fregadero, cariño?

Al menos lo pedía amablemente. No como Adele, que apenas lo miraba desde el otro lado de la mesa. Decía en voz alta «la silla se tambalea» cuando ella pasaba por su lado para irse al trabajo. Lo trataba como un manitas con pretensiones. Y quizá lo era. Era el hombre de una casa en la que apenas vivía. Era el padre de una hija que ni siquiera le tenía mucho aprecio.

En la cocina, cuando se encajonó bajo el fregadero, sintió un dolor de espalda. Todo empezaba a pasarle factura: las noches durmiendo en el coche, las horas oculto en un pequeño hueco. Ya no era joven, no era aquel joven que sentía una descarga de energía cada vez que se ponía en marcha tras recibir un nuevo encargo. Ahora sentía solo cansancio, incluso aburrimiento. Había dado caza a toda clase de hombres habidos y por haber. Sin embargo, no había encontrado a aquellos a quienes durante más tiempo había buscado.

En las mejores noches, se acomodaba en la cama de Desiree Vignes y le masajeaba los pies. La contemplaba mientras se cepillaba el cabello, la escuchaba tararear. Se quitaba el pantalón, y ella se metía en la cama en camisón, e incluso así parecía que había demasiadas capas —una mentira, en realidad, que se decían a sí mismos—, porque en cuanto ella apagaba la luz, él tenía el calzoncillo en los tobillos y ella el camisón por encima de la cintura. Procuraban hacerlo en silencio, pero al cabo de un tiempo a él no le preocupaba ya si los oían; al fin y al cabo, disfrutaba de muy pocas noches como esas. En sus viajes, intentaba recordar cómo conciliar el sueño él solo.

—A medida que pasa el tiempo se hace cada vez más difícil, ¿sabes? —dijo a Desiree una noche—. A veces la gente vuelve a aparecer, pero…

—Ya lo sé —respondió ella.

Su piel parecía de plata en el claro de luna. Early rodó hacia ella y le tocó la cadera. Era muy delgada, a veces él lo olvidaba si su ausencia se prolongaba mucho.

—Podría volver por propia iniciativa —prosiguió Early—. Por nostalgia. Quizá al hacerse mayor llegue a la conclusión de que nada de eso vale la pena.

Alargó el brazo y acarició los rizos suaves de Desiree. Era tal su hambre de ella y se sentía tan lleno de ella que apenas podía soportarlo. Pero ella se apartó.

—Ya es demasiado tarde —dijo—. Incluso si volviera. Ya se ha ido.

En Los Ángeles nadie había oído hablar de Mallard.

Durante todo su primer curso, Jude se complacía en decir a la gente que su pueblo era imposible de encontrar en un mapa, aunque al principio pocos la creyeron, en particular Reese Carter, que insistió en que todos los pueblos tenían que estar en algún mapa. Era más escéptico que los californianos, que tendían a creerse que un pueblo de Louisiana podía ser tan intrascendente que no justificaba la atención de un cartógrafo. Pero Reese era también sureño. Se crio en El Dorado, Arkansas, un lugar que por su nombre resultaba aún más fantástico que el pueblo de ella y sin embargo existía en los mapas. Así que una tarde de abril lo arrastró a la biblioteca y pasó las hojas de un atlas gigante. Cuando entraron, en la calle llovía, y a Reese le caía el cabello mojado en rizos sueltos sobre la frente. Ella deseó echarle atrás el flequillo, pero se limitó a señalar el mapa de Louisiana, por debajo de la confluencia de los ríos Atchafalaya y Red.

—¿Lo ves? —preguntó—. Mallard no sale.

—Maldita sea —dijo él—. Es verdad.

Se inclinó por encima del hombro de ella con los ojos entornados. Se habían conocido en una fiesta de deportistas a la que la había arrastrado su compañera de habitación, Erika, el pasado Halloween. Erika era una fornida velocista de Brooklyn que echaba pestes de Los Ángeles a todas horas, que si la contaminación, que si el tráfico, que si la ausencia de trenes. Al oír sus quejas, Jude tomaba cada vez más conciencia de lo agradecida que se sentía. La gratitud no hacía más que poner de manifiesto la profundidad de la carencia de uno, así que procuraba ocultarla. El día que Jude llegó, Erika echó una ojeada a sus dos maletas y preguntó: «¿Dónde está el resto de tus cosas?». Ella tenía un montón de discos en el escritorio, un sinfín de fotografías de amigos pegadas con celo en las paredes, el armario a rebosar de blusas relucientes. Jude, sacando de las maletas en silencio todas sus pertenencias, dijo que sus otras cosas estaban aún en consigna. Supo que Erika le caía bien porque esta no volvió a mencionar el asunto.

En Halloween, Erika se cubrió con un vestido morado reluciente y se puso una tiara; Jude optó, apáticamente, por unas orejas de gato. En el cuarto de baño, se sentó en la tapa del inodoro mientras Erika, encorvada ante ella, le aplicaba en los párpados unos polvos de color azul eléctrico.

—Podrías estar muy guapa por poco que te lo propusieras, ¿sabes? —comentó.

Pero con el azul brillante se la veía aún más oscura, así que Jude se toqueteó los ojos durante todo el trayecto. Más tarde Reese le diría que la sombra de ojos azul fue lo primero que le llamó la atención de ella. En el atestado apartamento, Jude fue a trompicones detrás de Erika, que se abría paso entre brujas y fantasmas y momias. Cuando Erika extrajo unas cervezas de la bañera llena de hielo, Jude se quedó encogida en el vano de una puerta, abrumada por todo aquello. Nunca la habían invitado a la fiesta de una desconocida, y estaba tan nerviosa que al principio ni siquiera se fijó en el vaquero sentado en el sofá. Apuesto, con la piel de un marrón dorado y un asomo de barba en la mandíbula, vestía un chaleco de cuero sin curtir encima de una camisa azul de cuadros y unos tejanos descoloridos, además de un fular rojo atado al cuello. Jude percibió que la miraba y, sin saber qué hacer, dijo:

—Hola, me llamo Jude.

Se tiró del fleco de la falda, ya abochornada. Pero el vaquero sonrió.

—Hola, Jude —dijo—. Soy Reese. Toma, una cerveza.

A ella le gustó cómo se lo dijo, más una orden que un ofrecimiento. Pero negó con la cabeza.

—No bebo cerveza —contestó—. O sea, no me gusta el sabor. Y luego me siento lenta. Soy corredora.

Se estaba yendo por las ramas, pero él ladeó un poco la cabeza.

—¿De dónde eres? —preguntó.

—De Louisiana.

—¿De dónde concretamente?

—De un pueblo. No lo conoces.

—¿Cómo sabes que no lo conozco?

—Créeme —insistió ella—. Lo sé.

Él se rio y ladeó la cerveza en dirección a ella.

—¿Seguro que no quieres un sorbo?

Tal vez fue por su acento, sureño como el de Jude. Tal vez por lo apuesto que era. Tal vez porque, en una habitación abarrotada de gente, él había decidido hablar precisamente con ella. Dio un paso hacia él, luego otro y otro más, hasta que se halló de pie entre sus piernas. En ese momento, un bullicioso grupo de chicos irrumpió en la habitación con un barril, y Reese alargó el brazo y tiró de ella para ponerla a resguardo. Ahuecó la mano en torno a la corva de ella, y durante las semanas siguientes Jude, cuando pensaba en esa fiesta, solo recordaba el contacto de sus dedos por debajo del borde de su falda.

Ahora, en la biblioteca húmeda, pasó las páginas del atlas, de Louisiana a Estados Unidos y al mundo.

—Cuando era pequeña —dijo—, tendría unos cuatro o cinco años, pensaba que esto era solo un mapa de nuestro lado del mundo. Como si hubiera otro lado del mundo en un mapa distinto. Mi padre me dijo que eso era una tontería.

Su padre la había llevado a una biblioteca pública, y cuando hizo girar el globo terráqueo, ella supo que él tenía razón. Pero observó a Reese recorrer el mapa con el dedo, una parte de ella albergando aún la esperanza de que su padre se hubiera equivocado, de que de algún modo hubiera aún otra parte del mundo esperando a ser descubierta.

# 5

En la carretera de El Dorado, Therese Anne Carter se convirtió en Reese.

En Plano, se cortó el pelo a trasquilones en el cuarto de baño de una parada de camiones con una navaja robada. En las afueras de Abilene, compró una camisa azul de madrás y un cinturón de cuero con la hebilla de plata en forma de corcel; la camisa la llevaba aún, la hebilla la había empeñado no sin pesar en El Paso al acabársele el dinero, pero aún sentía su peso en la cintura. En Socorro, empezó a envolverse el pecho con una venda blanca, y al llegar a Las Cruces, había aprendido a andar de nuevo, las piernas separadas, los hombros rectos. Se dijo que así era más seguro hacer autostop, pero la verdad era que él siempre había sido Reese. Al llegar a Tucson, lo que le parecía un disfraz era Therese. ¿Hasta qué punto era real una persona si uno podía despojarse de ella en mil quinientos kilómetros?

En Los Ángeles, encontró trabajo limpiando un gimnasio cerca de UCLA. Allí conoció a culturistas que le dijeron donde conseguir buen material. En Muscle Beach, vagó entre la multitud mientras hombres musculosos en camisetas sin mangas se pavoneaban bajo el sol de la tarde. Pregunta por Thad, dijo alguien, y allí estaba ese Thad, un hombre gigantesco, sin pelo excepto por una barba rala. Cuando por fin Reese hizo acopio de valor, Thad lo apartó con una de sus grandes zarpas.

—Chico, vuelve aquí con cincuenta dólares —dijo—. Entonces tendremos algo de que hablar.

Durante todo el mes Reese recortó gastos y ahorró hasta reunir el dinero. Entonces fue en busca de Thad y lo encontró en un bar junto al paseo entarimado. Thad lo guio al lavabo de hombres y sacó un vial.

—¿Te has chutado alguna vez? —preguntó.

Reese negó con la cabeza, mirando la aguja con los ojos muy abiertos. Thad se rio.

—Por Dios, chaval, ¿qué edad tienes?

—Edad suficiente —respondió Reese.

—Con esta mierda no se juega —advirtió Thad—. Te sentirás distinto. Tendrás más lentos los espermatozoides. Pero supongo que esas cosas todavía no te preocupan.

—No —contestó Reese, y Thad le enseñó cómo hacerlo.

Desde entonces había comprado muchos esteroides a muchos Thads, y la transacción se le antojó siempre tan sucia como cuando estuvo por primera vez en el cuarto de baño mugriento de aquel bar. Se reunió con zoquetes en callejones oscuros, notó los viales presionándole la palma cuando aquellos le estrechaban la mano, encontró bolsas de papel sin ningún distintivo en su taquilla del gimnasio. Ahora, pasados siete años, Therese Anne Carter era solo un nombre en una partida de nacimiento en el registro de Union County. Nadie adivinaría que él había sido en otro tiempo ella, y a veces a él mismo le costaba creerlo.

Contó esto con naturalidad, bajo la luz roja resplandeciente del cuarto oscuro, sin mirar a Jude mientras sumergía el papel fotográfico en el líquido de revelado. Unas semanas después de la fiesta de Halloween habían empezado a verse allí. Ella no esperaba volver a verlo, y tal vez así habría sido si, en el viaje de regreso a casa, Erika no hubiera mencionado que había visto antes a ese vaquero tan guapo, ya que trabajaba en el gimnasio cercano. Jude empezó a correr allí pese a que detestaba correr en espacios cerrados, sin cielo, sin aire, siempre en el mismo punto, con la mirada fija en su propio reflejo. Lo detestaba todo excepto cuando Reese apareció a su lado para limpiar una bicicleta estática. Se apoyó en el manillar y dijo:

—¿Dónde te has dejado las orejas?

Se miró al espejo, confusa, hasta caer en la cuenta de que se refería a su anodino disfraz. Se rio, sorprendida de que la recordase siquiera de la fiesta. Pero claro que la recordaba. ¿Quién tenía la piel tan oscura como la suya en ese campus, quién en todo Los Ángeles?

—Debo de habérmelas olvidado —respondió ella.

—Lástima —dijo Reese—. Me gustaban.

Llevaba una camiseta gris pizarra, con una pesa plateada estampada en el pecho. A veces, durante un turno, se aburría y se colgaba de la barra para hacer unas dominadas. Había solicitado ese puesto porque podía utilizar gratuitamente el gimnasio y al gerente no le importaba que hubiera llegado de fuera de la ciudad sin identificación. Pero su verdadero sueño era ser fotógrafo profesional. Se ofreció a enseñarle a Jude su trabajo algún día, así que empezaron a quedar los sábados en el cuarto oscuro del campus. Ahora, mientras él observaba la foto, ella lo observaba a él, intentando imaginar a Therese. Pero no pudo. Solo veía a Reese, el rostro desaliñado, remangado hasta los codos, aquel bucle cayéndole siempre sobre la frente. Tan guapo que cuando alzaba la vista, ella no podía mirarlo a los ojos.

—¿Qué te parece esta historia? —preguntó él.

—No lo sé —dijo ella—. Nunca he oído nada igual.

Pero eso no era del todo verdad. Ella siempre había sabido que era posible ser dos personas distintas en una misma vida, o tal vez solo era posible para algunos. Tal vez otros simplemente estaban atrapados en quienes eran. Ella había intentado una vez aclararse la piel, durante su primer verano en Mallard. Como era pequeña, aún creía que algo así era posible, y sin embargo tenía ya edad suficiente para entender que exigiría un nivel de alquimia inasequible para ella. Magia. No era tan tonta como para esperar tener la piel clara algún día, pero sí quizá de un marrón oscuro, cualquier cosa mejor que ese negro infinito.

No podía forzarse una magia como esa, pero hizo cuanto pudo para invocarla. Había visto en *Jet* un anuncio de Nadinola: una mujer de color caramelo, de piel oscura para los parámetros de Mallard pero clara en comparación con la suya, sonriente, de labios rojos, mientras un hombre de piel marrón le susurraba al oído. «Tu vida es más divertida cuando tienes la tez clara, brillante, y para eso Nadinola es tu blanqueante.» Arrancó el anuncio de la revista y lo plegó en un pequeño rectángulo, que llevó encima durante semanas, abriéndolo tantas veces que unos pliegues blancos surcaban los labios de la mujer. Un tarro de crema. Solo necesitaba eso. Se la extendería por la piel, y en otoño volvería al colegio con la piel más clara, renovada.

Pero no disponía de los dos dólares para la crema, ni podía pedírselos a su madre, que no haría más que reprenderla. No te dejes influir por esos chicos, diría, pero no se trataba solo de sus compañeros de clase. Jude deseaba cambiar y no entendía por qué había de ser tan difícil o por qué tenía que explicárselo a nadie. Curiosamente, intuía que su abuela quizá lo entendiera, así que le dio a ella el anuncio manoseado. Maman lo miró por un momento y luego se lo devolvió.

—Hay formas mejores —dijo.

Su abuela se pasó toda la semana elaborando pociones. Llenó bañeras con limón y leche e indicó a Jude que se pusiera en remojo. Le aplicó mascarillas de miel en la cara y luego se las retiró lentamente. Exprimió naranjas, las mezcló con especias y extendió la mezcla por el rostro de Jude antes de acostarse. Todo fue en vano. La piel nunca se le aclaró. Y al final de la semana, cuando una noche su madre le preguntó por qué se le veía la cara tan grasienta, Jude se levantó de la mesa en medio de la cena y se lavó la cara para quitarse la crema de maman. Ahí se acabó la historia.

—Siempre he querido ser distinta —dijo a Reese—. O sea, me crie en ese pueblo donde todo el mundo es de piel clara y pensé... bueno, nada dio resultado.

—Tanto mejor —respondió él—. Tienes una piel preciosa.

La miró, pero ella desvió la vista y la posó en el papel fotográfico mientras un edificio abandonado cobraba forma trémulamente. Detestaba que le dijeran que era preciosa. Era uno de esos comentarios que la gente solo hacía por cumplir. Pensó en Lonnie Goudeau besándola bajo los árboles cubiertos de musgo o en los establos o detrás del granero de Delafosse por la noche. En la oscuridad nunca se era demasiado negra. En la oscuridad todo era del mismo color.

Llegada la primavera, pasaba todos los fines de semana con Reese, ambos ya tan inseparables que la gente empezaba a preguntar por uno si veía al otro. A veces quedaba con Reese en el centro y paseaban juntos, llevando ella colgado al hombro el estuche de la cámara, mientras él tomaba fotos. Le enseñó los nombres de distintos objetivos, le mostró cómo sostener el reflector para dirigir la luz. Su primera cámara fue un regalo de un hombre de su parroquia —un fotógrafo del pueblo— que se la había prestado una vez para sacar fotos en un pícnic. El hombre se asombró tanto del talento natural de Reese que le dio una cámara vieja con la que entretenerse. Reese pasó todos sus años de instituto con una cámara ante el rostro, fotografiando partidos de fútbol y obras de teatro y ensayos de la banda de música para el anuario. Sacó instantáneas de comadrejas muertas en medio de la carretera, rayos de sol a través de las nubes, figuras del rodeo desdentados sobre caballos encabritados. Le encantaba sacar fotos de todo menos de sí mismo. La cámara nunca lo veía tal como se veía él.

Ahora dedicaba los fines de semana a fotografiar edificios abandonados con ventanas y puertas tapiadas, paradas de autobús con grafiti, desconchones en coches desguazados. Solo cosas muertas, en decadencia. La belleza lo aburría. A veces tomaba fotografías de ella, siempre espontáneas, Jude en segundo plano, con la mirada perdida. Ella no se daba cuenta hasta que las revelaba. Siempre se sentía vulnerable al verse a través de su objetivo. Le regaló una foto suya de pie en un paseo entarimado, y como Jude no supo qué hacer con ella, la mandó a casa. Por teléfono, su abuela dijo maravillada:

—Por fin, una buena foto tuya.

En todas sus fotos del colegio se la veía demasiado negra o sobreexpuesta, invisible salvo por el blanco de los ojos y los dientes. La cámara, le explicó Reese en una ocasión, funcionaba como el ojo humano. Con eso quería decir que no estaba creada para fijarse en ella.

—Y dale —decía Erika, soñolienta, siempre que Jude se escabullía el sábado por la mañana temprano—. Ya te vas otra vez a ver a tu guapísimo hombre.

—No es mi hombre —insistía Jude.

Lo que en rigor era cierto. Reese nunca le había preguntado si quería salir con él, no la había llevado a un restaurante y apartado la silla para que se sentase. No la había besado ni cogido de la mano. Pero ¿no la protegía con su cazadora cuando los sorprendía un aguacero, acabando él mismo empapado? ¿No asistía a todos los encuentros de atletismo en casa, animándola durante el calentamiento y, después, abrazándola frente al vestuario de las chicas? ¿No le hablaba ella de su padre y su madre, de Early, incluso de Stella? En el muelle de Manhattan Beach, ella se apoyó en la barandilla de color turquesa mientras Reese enfocaba a tres pescadores. Mordiéndose el labio, como siempre hacía cuando se concentraba.

—¿Cómo crees que es esa Stella? —preguntó él.

Jude jugueteó con la correa del estuche de la cámara.

—Pues no sé —dijo—. Antes sentía curiosidad. Ahora creo que no quiero saberlo. O sea, ¿qué clase de persona abandona a su familia sin más?

Cayó en la cuenta, demasiado tarde, de que eso era precisamente lo que Reese había hecho. Se había despojado de su familia junto con todo su pasado, y ahora nunca hablaba de ellos. Jude sabía que no debía preguntar, pese a que él sí quería conocer más la vida de ella. En una ocasión, le preguntó por su primer beso, y ella le dijo que un chico llamado Lonnie se le había echado encima detrás de un granero. Por entonces tenía dieciséis años, y había salido furtivamente a correr ya entrada la noche; él se había bebido con sus amigos una botella de vino de cereza robada, pasándola de mano en mano, a la orilla del río, y estaba achispado. Jude siempre se preguntaría si esa botella vacía era la razón por la que él la había besado, o de hecho por la que se había acercado a ella, encaramándose con movimientos vacilantes a la cerca, mientras ella completaba una vuelta detrás del granero de Delafosse. Paró tan en seco que notó un pinchazo en la rodilla.

—¿Q-qué haces aquí? —preguntó él.

Como una tonta, miró por encima del hombro y él se rio.

—Sí, tú —aclaró él—. Aquí no hay nadie más que tú y yo.

Hasta ese momento nunca le había hablado fuera del colegio. Naturalmente, lo había visto hacer el zángano con sus amigos en la cafetería de Lou, en un reservado del fondo, o matando el rato junto a la furgoneta de su padre. Siempre hacía como si no la viera, como si supiera que sus pullas estaban de más fuera de las aulas, o quizá porque comprendió que hacer como si no la viera era incluso más cruel, que ella prefería sus pullas a que la ignorara. Pero de hecho a Jude la irritó que él decidiera hablarle justo en ese momento, cuando estaba jadeante y sucia, su piel bañada en sudor.

Lonnie le dijo que iba de camino a casa y atajaba por la granja de Delafosse. Cuidaba de los caballos de la señorita Delafosse después de clase. ¿Quería verlos? Eran viejísimos pero todavía hermosos. Por la noche los encerraban en la cuadra, pero él tenía llave. Jude, sin saber por qué, lo siguió.

Quizá porque toda la noche estaba desarrollándose de una manera tan extraña –Lonnie saliéndole al paso, Lonnie hablando con ella civilizadamente– que tenía que ver adónde llevaba aquello. En la cuadra, siguió a Lonnie a ciegas, abrumada por el olor de la bosta. De pronto él se detuvo, y Jude, a través del claro de luna que entraba a raudales, vio dos caballos, uno pardo y otro gris, más altos de lo que imaginaba, los músculos relucientes en sus poderosos cuerpos. Lonnie tocó el cuello del gris y ella lo tocó también, lentamente, acariciándole el suave pelaje.

–Bonito, ¿eh? –dijo Lonnie.

–Sí –convino ella–. Bonito.

–Tendrías que verlos correr. Me r-recuerdan a ti. No he visto correr a nadie como tú. Levantas mucho las rodillas, como un poni.

Ella se rio.

–¿Y eso cómo lo sabes?

–Me he fijado –dijo él–. Me fijo en todo.

En ese momento el caballo pardo piafó, espantando al caballo gris, y Lonnie la sacó de la cuadra antes de que se encendiera alguna luz en casa de la señorita Delafosse. Se escabulleron a la parte de atrás del granero, riéndose por el hecho de que hubieran estado a punto de sorprenderlos, y de pronto Lonnie se inclinó y la besó. En torno a ellos la noche pendía pesada y húmeda como algodón empapado. Ella saboreó el azúcar de sus labios.


–¿Así sin más? –preguntó Reese.

–Así sin más.

–Vaya, hay que ver.

Estaban en la azotea del apartamento de un amigo de Reese, Barry. Esa misma noche, un rato antes, Barry había actuado en el papel de Bianca en un club de West Hollywood llamado Mirage. Durante siete minutos electrizantes, Bianca se pavoneaba por el escenario, con una boa morada en torno a los anchos hombros, y cantaba a voz en cuello «Dim All the Lights». Llevaba carmín rojo rubí y una gran peluca rubia como Dolly Parton.

«No le basta con hacer de mujer —había bromeado Reese durante el espectáculo—. Para colmo, ha de ser una mujer blanca.»

Barry tenía por todo el apartamento soportes para pelucas cubiertos de pelo de todos los colores, tanto realistas como estridentes: una media melena castaña, un peinado estilo paje negro, un corte recto a lo Cher teñido de rosa, la frente parcialmente tapada por el flequillo. Al principio, Jude pensó que quizá Barry era como Reese, pero cuando llegó al apartamento, lo encontró vestido con un polo y un pantalón, rascándose la mejilla con un asomo de barba. Durante la semana daba clases de química en un instituto de Santa Mónica; solo se convertía en Bianca dos sábados al mes en un club pequeño y oscuro a un paso de Sunset. El resto del tiempo era un hombre alto y calvo, sin el menor aspecto de mujer, lo que formaba parte del encanto, comprendió ella al observar al público arrobado. Era divertido porque todo el mundo sabía que no era real.

Abajo, en el apartamento, el ambiente era sofocante y el ruido atronador, irradiándose por las ventanas la música del último disco de Thelma Houston. Habían venido las chicas. Las chicas, decía siempre Barry para referirse a otros hombres que actuaban con él en sus noches de drag queen. En primavera, Jude había ido a fiestas de Barry más que suficientes para saber cómo eran todos sin maquillaje: Luis, que cantaba a Celia Cruz envuelto en pieles rosa, era contable; Jamie, que lucía una peluca de las Supreme y botas de gogó, trabajaba para la compañía eléctrica; Harley se transformaba en Bette Midler, y era figurinista de una compañía de teatro menor y ayudaba a los demás a encontrar sus pelucas. Las chicas acogieron a Jude en el grupo hasta que ella se sintió, casi, como una de ellas. Hasta entonces nunca había pertenecido a un grupo de amigos. Y la aceptaban solo por Reese.

—Y tú ¿qué? —preguntó ella—. ¿Quién te dio el primer beso?

Él se apoyó en la barandilla y encendió un canuto.

—No es muy interesante.

—¿Y qué? No tiene por qué serlo.

—Fue una chica de la parroquia —dijo él—. Era amiga de mi hermana. Ocurrió antes.

Antes de ser Reese, se refería a eso. Nunca hablaba de Antes. Jude ni siquiera sabía que tenía una hermana.

—¿Cómo era? —preguntó. Su hermana, la chica a quien besó. Therese. Daba igual, ella sencillamente quería entender su vida pasada. Quería que él le hablara en confianza.

—No me acuerdo —respondió Reese—. ¿Y qué pasó con el chico de los caballos? —Esbozando una sonrisa de suficiencia, le ofreció el canuto. Casi parecía celoso, o tal vez ella deseaba que lo estuviera.

—Nada —contestó—. Nos besamos unas cuantas veces, pero después ya no volvimos a hablar.

Por pura vergüenza, no le dijo la verdad: que durante semanas se había reunido con Lonnie por las noches en la cuadra. En el rincón oscuro, él había extendido una manta, había colocado una linterna contra la pared y había llamado a aquello su escondite secreto. Encontrarse en pleno día era demasiado peligroso. ¿Y si alguien los veía? Por la noche nadie los sorprendería. Podían estar verdaderamente solos. ¿No era eso lo que ella quería?

Él no era su novio. Un novio la habría cogido de la mano, le habría preguntado cómo le había ido el día. Pero en la cuadra solo la tocaba, le cubría los pechos con las palmas de las manos, deslizaba los dedos por debajo de su pantalón corto. En la cuadra ella lo engullía en su boca, inhalando por la nariz el olor a bosta. Pero en el pueblo él hacía como si no la viera. Y sin embargo ella habría seguido reuniéndose con él cada noche si Early no la hubiera descubierto. Early la oyó salir furtivamente una noche, la siguió a través del bosque, aporreó la puerta hasta que Lonnie, subiéndose desesperado el pantalón, la obligó a salir de un empujón. Jude ya había empezado a llorar antes siquiera de cruzar la puerta. Early la agarró por un brazo, incapaz de mirarla.

—¿A ti qué te pasa? —preguntó—. Si quieres un novio, dile que venga a casa. No vas a encontrarte con ningún chico en plena noche.

—Él no quiere hablarme en ningún otro sitio —dijo ella.

Lloró aún con más ganas, temblándole los hombros, y Early la estrechó contra su pecho. No la había abrazado así desde hacía años; ella no había querido. Él no era su padre y nunca lo sería, un hombre cuya violencia no había llegado aún a ella, cuya ira apuntaba en todas direcciones menos hacia ella. Su padre la había hecho sentirse especial, y no había vuelto a sentirse así hasta que Lonnie la besó detrás del granero.

No era su novio. No se habría engañado tanto como para pensar que podía llegar a serlo. Pero no imaginaba la posibilidad de que un chico la amara; le bastaba con que Lonnie se fijara en ella.

Jude notó un soplo de brisa y, estremeciéndose, se envolvió con los brazos. Reese le tocó el codo.

—¿Tienes frío, cariño? —dijo.

Ella asintió, con la esperanza de que él la rodeara con el brazo. Pero en lugar de eso le ofreció la cazadora.


—No lo entiendo —dijo Barry—. Es como un matrimonio sin sexo.

Entre los bastidores del Mirage, encaramado frente al espejo del tocador, se aplicaba colorete en las mejillas. Faltaba una hora para la actuación, y pronto el camerino estaría lleno de drag queens disputándose a empujones los espejos, intercambiándose la sombra de ojos, impregnado el aire de laca. Pero ahora el Mirage estaba a oscuras y en silencio, y ella, sentada en el suelo, observaba a Barry, que tenía un manual de química en equilibrio sobre las rodillas. Habían llegado a un acuerdo. Él la ayudaba con sus tareas de química y ella lo acompañaba al centro comercial Fox Hills, donde fingía comprar el maquillaje que él quería. Cogida del brazo, la guiaba por los pasillos; para los desconocidos, tal vez pasaran por amantes, un hombre alto con pantalones grises, una mujer joven interesada en los polvos para la cara. Cuando él lo pagaba en la caja, las dependientas pensaban que era un caballero. Nadie imaginaba la encimera de su cuarto de baño cubierta de pequeños frascos de lociones perfumadas, paletas de sombra de ojos, tubos dorados de lápiz de labios. O que la chica que iba con él no sentía el menor interés en nada de eso, pese a las súplicas de él de que le permitiera enseñarla a maquillarse. Ella dudaba que fuera a encontrar un tono que se acomodara a su piel, además, sabía cómo llamaba la gente a las chicas de piel oscura que usaban carmín: culo de babuino.

No, ella no tenía el menor interés en examinar los frascos y tubos de Barry, que se le antojaban tan misteriosos como los tubos de ensayo del laboratorio de química. Tan solo unas semanas después del comienzo del semestre, iba ya rezagada. Barry solo había accedido a darle clases porque Reese se lo había pedido, y era incapaz de decirle que no a Reese. Cuando los dos se conocieron hacía siete años en una discoteca, él pensó que Reese era guapísimo y, después de muchas copas, se armó por fin de valor para decírselo.

—¿Qué le dijiste? —preguntó ella.

—¿Tú qué crees? —contestó él—. ¡Lo invité a casa! ¿Y sabes qué me respondió? «No, gracias.» —Barry se echó a reír—. ¿Te lo puedes creer? No, gracias, como si le hubiese ofrecido una taza de café. Ay, siempre me han gustado esos chicos de pueblo. Rústicos y amables, así es exactamente como me gustan.

Jude intentó imaginar que ella misma tenía la audacia de acercarse a Reese y decirle ¿qué? ¿Que pensaba en él incesantemente, incluso ahora, mientras mantenía la mirada fija en un libro de texto lleno de símbolos desconcertantes y hablaba con un hombre que se pintaba los labios?

—Somos amigos —dijo ella—. ¿Qué tiene eso de malo?

—No tiene nada de *malo*. —La miró a través del espejo. Estaba probando una nueva imagen (Hollywood clásico, Lana Turner), pero el colorete, en exceso rosado, le teñía la piel de color naranja—. Es solo que nunca he visto a Reese con una amiga como tú.

En una ocasión, mientras le subía la compra por la escalera, Reese comentó en broma que a veces se sentía como su novio, y ella se echó a reír sin saber muy bien dónde estaba la gracia. ¿En que no lo era? ¿En que nunca lo sería? ¿En que a pesar de eso él, de algún modo, había acabado representando ese papel? Lo que ella no dijo: también se sentía a veces como su novia, y ese sentimiento la asustaba. Un sentimiento abrumador. Abarcaba todo el espacio de su pecho, la ahogaba.

—Somos amigos —repitió ella—. No sé por qué te cuesta tanto entender eso.

—No sé por qué tú no puedes entender que no lo sois. —Barry suspiró y se volvió hacia ella. Tenía una mejilla totalmente maquillada, la otra mitad de su cara todavía limpia—. Tampoco entiendo por qué os resistís. ¿Qué podría haber mejor que tener dieciocho años y estar enamorado? Bah, tú ni siquiera lo sabes. Si yo pudiera volver atrás, lo haría todo distinto.

—Por ejemplo, ¿qué? —dijo ella.

—Pues todo. —Se volvió de nuevo hacia el espejo—. Este viejo mundo tan grande, y solo disponemos de una vez para pasar por él. No hay nada más triste, si quieres saber mi opinión.


Ese verano abandonó la residencia y se instaló en el apartamento de Reese.

Se expuso a sí misma una lista de razones logísticas por las que eso tenía sentido: trabajaba en el campus, que era la decisión lógica, por mucho que le disgustara la decepción que se llevó su madre cuando le dijo que no iba a volver a casa. Aún no había encontrado apartamento para el año siguiente y podía ahorrar dinero si repartían entre los dos el alquiler y el gasto en comida. Pero habría sido un error intentar convencerse de que el ahorro era la única motivación. Así que cuando Reese se lo propuso, dijo que sí, y pronto los dos acarreaban las cajas de ella por la estrecha escalera. Reese le dijo que él dormiría en el sofá.

—Créeme, he dormido en sitios peores —aseguró, y ella recordó que él había viajado en autostop desde Arkansas, durmiendo en paradas de camiones o escondido en edificios abandonados como los que fotografiaba una y otra vez.

Al principio, se sintió rara en el apartamento de Reese, como un invitado que se quedaba más tiempo del que correspondía. Luego empezó a sentirse en casa. Cruzaba de puntillas el salón para salir a correr cada mañana, Reese hecho un ovillo bajo una manta, el cabello caído sobre los ojos cerrados. Compartían la encimera del baño, deslizaba un dedo por el mango de la navaja de afeitar de él. Lo encontraba por la noche al regresar hirviendo unos perritos calientes para la cena o planchando sus camisetas junto con las de ella, o escuchaba discos con él en el sofá, su pie contra el muslo de él. Con sorprendente paciencia, la enseñó a conducir en el aparcamiento vacío de un centro comercial, Jude sentada al volante del chirriante Bobcat de él.

—Si sabes conducir, puedes ir a cualquier sitio —le dijo—. Si te cansas de esta ciudad, te largas a otra y punto.

Con un brazo colgando por la ventanilla le sonrió mientras ella daba otra vuelta lentamente. Lo pintaba como algo muy sencillo, eso de marcharse.

—Yo nunca me cansaré de esta ciudad —dijo ella.

Durante la semana se presentaba a su trabajo en la biblioteca musical, donde empujaba un pesado carrito por los pasillos y colocaba finas partituras en los estantes hasta que se le secaban los dedos a fuerza de tocar las tapas polvorientas. Cuando volvía a casa, West Hollywood le parecía muy distinto de aquel idílico campus con sus edificios de ladrillo en los que aún entraba intimidada, bajando siempre la voz como si accediera a la iglesia, sus extensos jardines de césped verdes, su incesante tráfico de veloces bicicletas. En las residencias se había visto rodeada de jóvenes implacablemente ambiciosos, pero en ese bloque de apartamentos de West Hollywood todos los vecinos a los que ella conocía eran personas cuyos sueños de fama ya se habían malogrado. Camarógrafos trabajando en tiendas de Kodak, guionistas dando clases de lengua inglesa a inmigrantes, actores en papeles de espectáculos de variedades en bares sórdidos. La gente que no alcanzaba el éxito echaba raíces en la ciudad; uno pisaba estrellas con sus nombres escritos y nunca se daba cuenta.

Los fines de semana Reese y ella deambulaban por las playas de Santa Bárbara o exploraban el Museo de Historia Nacional, e incluso una vez fueron a Long Beach a ver ballenas. Solo vieron delfines, pero lo que Jude recordaba era que había perdido el equilibrio en la cubierta y él se situó detrás de ella para sostenerla. Jude permaneció así durante el resto del paseo en barco, apoyada contra su pecho.

Algunos sábados por la noche pasaban bajo la cascada de banderas arcoíris y entraban en el Mirage para ver el espectáculo de Barry. En otras ocasiones iban a ver una película al Cinerama Dome, donde, en la oscuridad de la sala, ella pensaba que tal vez Reese la cogería de la mano. Pero nunca lo hizo. En la fiesta que Barry organizó para el Cuatro de Julio, todo el mundo se amontonó en su azotea para ver estallar los fuegos artificiales en el cielo. Alrededor los chicos bebían y se besaban, y ella pensó que tal vez Reese incluso la besara: un beso de amigo, en la mejilla. Pero, en lugar de eso, entró a por una copa, dejándola allí sola, bañada por el resplandor rojo y azul. ¿Qué quería de ella? Era imposible saberlo. Una vez, después del espectáculo de Barry en el Mirage, Reese le propuso salir a bailar. La velada casi había terminado; el pinchadiscos ya había empezado a poner canciones lentas para animar a los amantes a dirigirse hacia la puerta. Reese le tendió la mano y ella se dejó guiar a la pista de baile. Nunca la había estrechado nadie entre sus brazos de esa manera.

—Esta canción me encanta —comentó Jude.

—Ya lo sé —dijo él—, te he oído cantarla.

Jude no había bebido pero se sintió mareada, arrastrada por la voz de Smokey Robinson, entre los brazos de Reese. De pronto las luces se encendieron, las parejas se lamentaron, y Reese la soltó. Hasta entonces no se habían dado cuenta de lo deprimente que resultaba el Mirage con las luces encendidas: las tuberías a la vista, los desconchones en la pintura, los suelos de madera pegajosos por la cerveza. Y Reese se rio mientras sus amigos se dirigían hacia la puerta, como si bailar con ella hubiese sido tan natural como ayudarla a ponerse una chaqueta. De algún modo se sintió más cerca y más lejos de él que nunca.

Más adelante, una noche de julio, ella volvió a casa pronto del trabajo y vio a Reese sin camiseta a través de la puerta abierta del baño. Le envolvía el pecho un gran vendaje, pero asomaban unos hematomas rojos, y él se palpaba con cuidado las costillas. Lo primero que pensó fue una estupidez absoluta: alguien lo había atacado. Cuando Reese alzó la vista, sus miradas se cruzaron en el espejo, y él se apresuró a ponerse la camiseta.

—No aparezcas así, tan sigilosamente —dijo él.

—¿Qué ha pasado? —preguntó ella—. Esa moradura…

—No es tan grave como parece —repuso él—. Estoy acostumbrado.

Jude tomó conciencia lentamente de lo que él trataba de decirle: que nadie lo había agredido, que aquello era debido al vendaje, que se le hincaba en las costillas y le provocaba hematomas.

—Tendrías que quitarte eso —le instó ella—. Si te duele. Aquí no tienes por qué llevarlo. Me da igual cómo seas.

Jude pensó que tal vez él se sintiera aliviado, pero, por el contrario, asomó a su rostro una expresión sombría y desconocida.

—No tiene nada que ver contigo —dijo él, y cerró bruscamente la puerta del baño.

Tembló todo el apartamento, y Jude se estremeció y se le cayeron las llaves. Él nunca le había gritado.

Se marchó de casa sin pensar. Nunca lo había visto tan furioso. Maldecía a los malos conductores, despotricaba de sus compañeros de trabajo, una vez empujó a un hombre blanco en un bar que la llamó «negrita» una y otra vez. Su ira afloraba y se desvanecía; después volvía a ser el de siempre. Pero en esta ocasión estaba furioso con ella. No debería haberlo mirado; debería haberse vuelto en cuanto lo vio a través de la puerta abierta. Pero los hematomas la sobresaltaron, y acto seguido dijo una idiotez; ahora ni siquiera podía disculparse porque él estaba furioso. Se había desahogado cerrando de un portazo, no pegándole a ella, pero tal vez fue porque no la tenía al alcance. Tal vez si ella hubiese estado más cerca, la habría estampado contra la pared con la misma facilidad.

Jude lloraba cuando llegó a casa de Barry. Él se limitó a abrazarla.

—Me odia —dijo—. He hecho una estupidez y ahora me odia...

—No te odia —aseguró Barry—. Ven a sentarte. Por la mañana todo se habrá arreglado.


—No ha sido para tanto —dijo Barry—. Solo una peleíta de nada.

Pero Jude detestaría durante toda su vida que la gente llamara «peleas» a las discusiones. Las peleas eran sucesos cruentos, tajos en la piel, cuencas de los ojos amoratadas, huesos rotos. No discrepancias acerca del sitio adonde ir a cenar. Nunca solo palabras. Una pelea no era la voz de un hombre alzada en un momento de ira, aunque eso siempre la llevaría a pensar en su padre. Ella hacía una mueca de aversión cuando oía a hombres ruidosos salir de un bar o a chicos gritar ante un televisor durante un partido de fútbol. Portazos. Platos rotos. Su padre había asestado puñetazos a las paredes, hecho añicos piezas de vajilla, e incluso una vez sus propias gafas, arrojándolas contra la puerta del salón desde el otro extremo. La ira acababa cegándole, literalmente. Resultaba extraño, y sin embargo, para ella, por aquel entonces era muy normal, de un modo del que no sería plenamente consciente hasta muchos años después.

Pasó la noche en el sofá de Barry, la mirada fija en el techo. A las tres y media oyó llamar a la puerta. Por la mirilla vio a Reese bajo la luz resplandeciente del porche. Tenía la respiración entrecortada, los puños hundidos en los bolsillos de la cazadora vaquera, y se disponía a llamar otra vez cuando por fin ella descorrió el cerrojo.

—Vas a despertar a todo el mundo —dijo en un susurro.

—Lo siento —respondió él. Su aliento despedía un olor dulzón parecido a la cerveza.

—Estás borracho —señaló ella, más sorprendida que otra cosa.

Nunca lo había visto meterse en un bar cuando se alteraba, pero ahí estaba ahora, tambaleante.

—No debería haberte gritado de esa manera —se disculpó—. No era mi intención… maldita sea, ya sabes que nunca te haría daño. Lo sabes, ¿no, cariño?

Uno nunca sabía quién podía hacerle daño hasta que era demasiado tarde. Pero se lo veía desesperado, suplicándole desde el portal, y ella entreabrió la puerta un poco más.

—Hay un médico —dijo Reese—. Luis me ha hablado de él. Hay que pagarle la operación por adelantado, pero he estado ahorrando.

—¿Qué operación? —preguntó Jude.

—Para el pecho. Así ya no tendré que llevar este maldito estorbo.

—Pero ¿es segura?

—Relativamente segura —respondió él.

Ella fijó la mirada en el leve movimiento de su pecho.

—Yo también lo siento —dijo—. Es solo que no quiero que sufras. No era mi intención… en fin, ni siquiera sé cuál era mi intención. No pretendía actuar como si yo fuera alguien especial.

—No digas eso.

—Que no diga ¿qué?

Reese guardó silencio por un momento. Luego se inclinó y la besó. Cuando ella se dio cuenta, él ya se apartaba.

—Que no eres especial para mí —dijo.


A la mañana siguiente, Jude deambuló aturdida por el campus resplandeciente. No había pegado ojo ni un solo segundo después de marcharse Reese por la acera en la oscuridad. Incluso ahora, al pensar en él, se le encogía el estómago de temor. Quizá estaba tan borracho que ni siquiera se acordaría de que la había besado. Despertaría en casa con el vago recuerdo de que se había comportado de manera vergonzosa. O quizá, una vez sobrio, se había arrepentido. Ella era la clase de chica que los chicos solo besaban en secreto y, después, fingían que nada había ocurrido.

Esa noche las chicas organizaron una fiesta. En el atestado salón del apartamento de Harley, ella se arrimó al alféizar con un cubalibre en la mano. No estaba de humor para fiestas, pero la vergüenza aún no le permitía volver a casa y enfrentarse a Reese; como era de prever, al cabo de un rato él llegó a la fiesta, con camiseta negra y vaqueros, el cabello todavía mojado tras la ducha. La saludó con un gesto al entrar, pero no se acercó a ella. Quizá la compadecía. Solo la había besado porque le pesaba haberle gritado. Sabía que ella esperaba que ese beso significara algo más y por eso ahora la eludía, quedándose tan lejos, en el otro extremo del salón, que Harley le preguntó si pasaba algo.

—No, nada —respondió Jude, echándose más ron en el vaso.

—Entonces ¿por qué os comportáis de una manera tan rara? —preguntó él.

Tenía un flequillo rubio lacio a lo Farrah Fawcett, que se apartaba de los ojos una y otra vez. Ella se encogió de hombros y miró por la ventana. No podía seguir así, haciendo como si todo fuera normal. Necesitaba aire. Pero de pronto el salón se sumió en una oscuridad total. La música se interrumpió, dando paso a un silencio tan discordante como la negrura. A continuación resonaron voces: Barry preguntando dónde había una linterna, Harley comentando que quizá hubiera velas en el cuarto de baño, y Luis, inclinado junto a la ventana, llamando a los demás para que se acercaran. En toda la manzana los demás edificios estaban también a oscuras.

Jude se ofreció a ir en busca de las velas y avanzó a tientas por el pasillo oscuro hacia el cuarto de baño cuando Reese le agarró la mano.

—Soy yo —dijo.

—Ya lo sé —contestó ella.

En la oscuridad, uno podía ser cualquiera, pero ella lo reconoció incluso antes de que hablara. Su colonia, las palmas ásperas de las manos. Sería capaz de encontrarlo en cualquiera habitación a oscuras.

—No veo una mierda —dijo Reese, y se rio un poco.

—Precisamente voy a buscar las velas.

—Espera. ¿Podemos hablar?

—No tenemos que hablar —dijo ella—. Ya sé que no te gusto. No en ese sentido. Y no pasa nada. Sencillamente no tenemos que hablar de eso.

Reese le soltó la mano. Al menos ella no tenía que mirarlo. Tal vez nunca encontrara las velas y nunca tuviera que verle la cara. Siguió avanzado centímetro a centímetro por el pasillo hasta palpar por fin los azulejos de la pared del baño, pero cuando fue a abrir el armario, Reese se lo impidió apoyando la mano en la puerta. Acto seguido la besaba de nuevo contra el lavabo.

Al otro extremo del pasillo, sus amigos se llamaban unos a otros a modo de juego, riéndose de su propia ceguera. Pero en el cuarto de baño ellos se besaban apasionadamente, como si los dos supieran que era imposible que ese momento durara. Las luces se encenderían, alguien iría a buscarlos, se separarían al instante al oír pisadas, sintiéndose culpables, atrapados. Pero cuando Barry regresó de la cocina, blandiendo triunfalmente una linterna, ya habían salido a hurtadillas por la puerta. Bajaron a tientas por la escalera hasta salir a la calle, aún cogidos de la mano, y se adentraron en la ciudad ennegrecida. Por encima de ellos, los semáforos parpadeaban inútilmente. Los coches circulaban despacio por la calzada. El perfil urbano había desaparecido, y por primera vez en casi un año Jude vio las estrellas.

En algún lugar de la inmensa ciudad, una abuela escuchaba a unos niños mientras estos contaban historias de fantasmas delante de la pantalla negra del televisor. Un hombre, sentado en su porche, daba palmadas a un perro en el hocico ya gris. Una mujer de cabello oscuro encendía una vela en su cocina y se asomaba a mirar su piscina. Un hombre y una mujer jóvenes volvían a pie a casa, subían silenciosamente por los peldaños, cerraban la puerta al resto de la ciudad. Ella sostenía el encendedor del joven mientras este buscaba velas en los armarios. No encontró ninguna y los dos sintieron alivio. Ella no temía la oscuridad; él se sentía más seguro a oscuras.

En la cama, él le quitó la camiseta a la vez que le besaba el cuello y descendía hasta los pechos. Solo cuando la besaba entre los muslos, ella cayó en la cuenta de que él no se había desvestido.

Por toda la ciudad, las parejas hacían lo que hacían. Adolescentes tendidos en mantas se besaban en una playa, mientras el mar se mecía en la negrura. Recién casados entraban a tientas en una habitación de hotel. Un hombre susurraba al oído de su amante. Una mujer acercaba una cerilla a una vela alargada, reflejándose su rostro en la ventana de la cocina. Por toda la ciudad, oscuridad y luz.

# 6

—Te noto distinta —dijo Desiree Vignes a su hija por teléfono.

A finales de agosto, una ola de calor invadió Los Ángeles, y no entraba un soplo de brisa ni con todas las ventanas abiertas. Fuera el asfalto rielaba como un estanque. Grandes grillos marrones buscaban agua en las tuberías, y cada mañana Jude encontraba uno o dos en la ducha; tal era su paranoia que temió que se confundieran con la moqueta beige y se negó a caminar por allí descalza. El calor era enloquecedor, pero la vida podía ser peor, pensó mientras observaba a Reese deslizarse un cubito de hielo entre los labios. Vestido con un bañador azul y una camiseta negra, le brillaba la clavícula por el sudor. Ella se enroscó el cable del teléfono en torno al dedo.

—¿Cómo? —preguntó.

—Déjate de cómos. Ya me has oído. Te noto distinta. Lo percibo en tu voz.

—Mamá, no me pasa nada en la voz.

—Yo no digo que te pase nada. Digo que te noto distinta. ¿Crees que no me doy cuenta?

Habían quedado con las chicas en Venice Beach; acababa de empezar a preparar la cesta del pícnic cuando sonó el teléfono. Hacía un mes que no llamaba a casa, y por eso se sentía culpable y no pidió a su madre que dejaran la conversación para más tarde, pero ahora se arrepentía de haber contestado. ¿Qué quería decir con eso de «distinta»? ¿Y cómo se había dado cuenta? A Jude no le gustaba la idea de ser tan transparente ante nadie, ni siquiera ante su propia madre. Aunque, claro, ¿acaso Barry no lo había notado al instante? Dos días después del apagón, habían quedado junto a la fuente que había delante de los grandes almacenes May Company, y él, ya receloso mientras ella se acercaba, la miró con los ojos entornados.

—¿Qué ha pasado? —preguntó—. ¿Y esa cara?

—¿Qué cara? —dijo ella, y se rio.

De pronto Barry cayó en la cuenta.

—No —susurró—. ¡No te puedo creer! Sentada en mi sofá, me contaste lo de vuestra gran pelea…

—¡Pues sí! O sea, entonces no había pasado aún nada, te lo juro…

—¿Por qué no me lo habéis dicho? —se quejó él—. No entiendo por qué no me habéis llamado ninguno de los dos.

Pero después del apagón Jude no había hablado con nadie. Ni siquiera sabía muy bien cómo explicar lo que había ocurrido entre Reese y ella. Una noche eran amigos, a la siguiente eran amantes. Él ya se había marchado al trabajo cuando ella despertó por la mañana. Extendió el brazo sobre las sábanas arrugadas, que conservaban aún la tibieza de su cuerpo. A la luz del día, la noche anterior le pareció un sueño febril. Pero aquellas sábanas todavía tibias, sus bragas en el suelo, la colonia de él en la almohada. Rodó sobre la cama y hundió el rostro en el olor de Reese. Durante todo el día imaginó que él le diría que lo de la noche anterior había sido un error, pero esa noche se metió en su cama y la besó en la nuca.

—¿Qué estamos haciendo? —preguntó ella.

—Te estoy besando —dijo él.

—Ya sabes a qué me refiero.

Jude se volvió para tenerlo ante los ojos. Él sonreía y jugueteaba con el dobladillo de la camiseta de ella.

—¿Quieres que me vaya? —le preguntó Reese.

—¿Tú quieres irte?

—De eso nada, cariño.

La besó otra vez en el cuello. Cuando le quitó el pijama, ella tendió la mano hacia su cinturón y él se apartó.

—No —dijo con delicadeza, y Jude se quedó paralizada, sin saber qué hacer.

Lonnie nunca había tenido el menor reparo en hacerle saber lo que deseaba. Guiándole la mano hacia el calzoncillo, acercándole la cara al regazo. Pero el amor con Reese tenía sus reglas y, con el tiempo, ella las aprendería. Luces apagadas. Nada de quitarle la ropa. Ella podía tocarle el abdomen o los brazos pero nunca el pecho, los muslos pero no entre ellos. Jude deseaba tocarlo tan libremente como él la tocaba a ella, pero nunca se quejó. ¿Cómo iba a quejarse? No ahora, no cuando su felicidad era tal que Barry vio cómo irradiaba de ella mientras se acercaba al centro comercial, tal que su madre la percibió incluso a través del teléfono.

En la playa, sentada en su toalla, observó a Barry, Luis y Harley chapotear en el agua. El denso tráfico los había obligado a avanzar lentamente hacia la costa, y cuando por fin llegaron a Venice, pasada una hora, las chicas se despojaron de sus camisetas, que abandonaron en una descuidada pila, y gritando corrieron hacia la orilla. Reese, con la cabeza apoyada en el regazo de Jude, las contempló mientras se sumergían en el agua, sus pieles lustrosas bajo la luz del sol. Ella deslizó los dedos entre su cabello.

—¿No quieres bañarte? —preguntó.

Él sonrió, mirándola con los ojos entornados.

—Puede que más tarde —dijo—. ¿Y tú?

Ella le explicó que no le gustaba nadar. Pero en Washington le encantaba ir a la piscina municipal. En Mallard, nunca se atrevió a nadar en el río: cómo iba a enseñar una parte tan grande de su cuerpo. Ya no estaba en Mallard, pero de algún modo el pueblo no la abandonaba. Incluso ahora, en Venice Beach, se representó a los bañistas riéndose en cuanto ella se quitara la blusa. Burlándose también de Reese, preguntándose qué demonios hacía con algo tan negro.

Esa noche, cuando volvieron a casa, Reese se deslizó sobre Jude y ella le preguntó si podía encender la luz. Él se rio un poco a la vez que hundía la cara en su cuello.

—¿Por qué? —murmuró.

—Porque quiero verte —contestó ella.

Reese se quedó inmóvil por un momento y luego se apartó.

—Pues yo no quiero que me veas —dijo.

Por primera vez desde hacía semanas durmió en el sofá. Volvió a la cama a la noche siguiente, pero ella aún recordaba la soledad de dormir sin él, separados solo por un tabique. A veces tenía la sensación de que ese tabique nunca había caído del todo. Ella nunca sentía lo que deseaba sentir, la piel de Reese en contacto con la suya.

—Estoy saliendo con alguien —dijo a su madre cuando volvió a llamar.

Su madre se rio.

—Claro que estás saliendo con alguien —repitió—. No sé por qué te piensas que no me entero de nada.

—Es... —Jude se interrumpió—. Es bueno, mamá. Me trata muy bien. Pero no es como otros chicos.

—¿Qué quieres decir?

Jude se planteó, por un segundo, contar a su madre la historia de Reese. Pero se limitó a decir:

—Con él puedo salir.

—Bueno —dijo su madre—, lamentó decírtelo, pero es igual que los demás. Exactamente igual.

La puerta se abrió, y Reese entró con paso cansino y colgó la cazadora del respaldo de la silla. Al pasar junto a ella, sonrió y alargó el brazo para acariciarle el tobillo.

—¿Jude? —dijo su madre—. ¿Sigues ahí?

—Sí, mamá —contestó—. Aquí estoy.

Un empleo. Encontraría otro empleo.

La solución le pareció muy sencilla tan pronto como se le ocurrió una noche mientras observaba a Reese levantarse de la cama con la camiseta sudorosa. Él quería un pecho nuevo. Llevaba en la cartera una tarjeta de visita ajada del doctor Jim Cloud, un cirujano plástico con la consulta en Wilshire. El doctor Cloud, cliente del Mirage, había intervenido a amigos de amigos, pero sus honorarios eran desorbitados. Tres mil dólares contantes y sonantes por adelantado. Un precio justo, si uno pensaba en los riesgos que corría por realizar esa operación. El colegio de médicos podía retirarle la licencia, cerrarle la consulta, denunciarlo. Ese elemento sórdido inquietaba a Jude, aunque Reese insistía en que era un médico legal. Aun así, ella había desplegado el calcetín gris descolorido que él guardaba en su cajón y esparcido los billetes arrugados por la colcha para hacer el cálculo. Doscientos dólares. Él solo nunca ahorraría lo suficiente.

—Necesito otro trabajo —dijo a Barry.

Había llegado el otoño, junto con los vientos de Santa Ana. Por la noche, violentas ráfagas calientes sacudían los cristales de las ventanas. Estaban celebrando el treinta cumpleaños de Barry, todos apretujados en su apartamento.

Barry se encogió de hombros y se deslizó una mano por la cabeza afeitada.

—Pues a mí no me mires —dijo. Iba por su tercer martini y estaba ya entonado—. Yo también necesito otro empleo. Esos blancos no me pagan ni de lejos lo que me corresponde.

—Ya sabes a qué me refiero —insistió ella—. Un trabajo de verdad. Uno que dé dinero de verdad.

—Ojalá pudiera ayudarte, encanto, pero no sé de nadie que esté buscando empleados. Bueno, mi primo Scooter conduce una camioneta de catering, pero tú no quieres hacer nada de eso, ¿no?

Scooter pasó a recogerla al día siguiente por la tarde en una vieja camioneta plateada en la que se leía, en letra cursiva morada con desconchones, SERVICIO DE CATERING CARLA. Por dentro se hallaba en un estado ruinoso: un trozo de espuma amarilla asomaba del asiento del acompañante, el tapizado del techo colgaba como un toldo, un ambientador descolorido pendía del retrovisor. No era muy presentable, pero la nevera funcionaba, explicó Scooter, señalando con el pulgar la mampara que separaba la comida refrigerada. Era larguirucho como Barry pero más amarillo y llevaba una gorra morada de los Lakers.

—Déjame decirte una cosa —comentó—: no te creas todo eso que cuentan sobre la economía y demás. De eso, nada. Los blancos siempre están dispuestos a montar una fiesta.

Se rio, mientras la camioneta, dando un bandazo, doblaba por Fairfax, y Jude se apresuró a echar mano al cinturón de seguridad. Scooter conducía con un brazo colgando por la ventanilla y charlaba amigablemente sin cesar, empezando siempre a mitad de una conversación como si respondiera a una pregunta que en realidad ella no le había hecho.

—Sí, una vez tuve mi propio local —explicó—. Un sitio pequeño y agradable, a un paso de Crenshaw. Pero no fui capaz de conservarlo. Nunca se me ha dado muy bien el dinero, ¿sabes? Pillo un centavo, gasto un centavo, ya sabes cómo va. Se me daba bien la comida pero no soy un hombre de negocios, eso desde luego. Aun así, la cosa acabó bien. Ahora soy la mano derecha de Carla.

Carla Stewart, explicó mientras avanzaban lentamente por la carretera del Pacífico hacia Malibú, era severa pero justa. Una mujer, en el mundo de los servicios gastronómicos, tenía que ser lo uno y lo otro. Había fundado la empresa de catering tras la muerte de su marido. Un buen negocio en una ciudad donde nunca escaseaba la gente que quería organizar actos con el menor esfuerzo posible. Le echó un polo negro al regazo.

—Tienes que ponerte eso —indicó. Al verla vacilar, se rio—. ¡No ahora, cuando entremos! No soy un pervertido. No te preocupes, Barry dijo que eras como una hermana pequeña para él, y más vale que no se entere de que intento coquetear contigo o algo así.

Era lo más amable que Barry había dicho de Jude, aunque, por supuesto, su intención no era que ella lo oyese.

—Barry es raro —comentó ella.

—Lo es —dijo Scooter—. Es un chico raro, pero lo quiero. Lo quiero igualmente.

¿Sabía Scooter lo de Bianca? Barry se enorgullecía de su habilidad para mantener separadas sus dos vidas. «Es como dice la Biblia —le dijo una vez—. No permitas que tu mano derecha sepa lo que hace tu mano izquierda.» Era Bianca dos sábados por la noche al mes, y el resto del tiempo la tenía escondida, aunque pensaba en ella, compraba para ella, planificaba su regreso. Barry acudía a las reuniones de claustro y a las celebraciones familiares y a la iglesia, siempre con Bianca rondándole por la cabeza. Ella tenía su papel que desempeñar y Barry tenía el suyo. Se podía vivir una vida así, escindida. Siempre y cuando uno supiera quién llevaba la voz cantante.


—¿Dónde has estado? —preguntó Reese esa noche cuando ella se metió en la cama.

Se lo notaba preocupado; Jude nunca llegaba tarde sin llamar antes. Pero había trabajado en el catering de una fiesta para un agente inmobiliario que había vendido casas a Burt Reynolds y Raquel Welch. Ella se había paseado por la casa, admirando los largos sofás blancos y las encimeras de mármol y los gigantescos ventanales que se fundían con la vista de la playa. No imaginaba lo que era vivir en un sitio así: suspendida de un acantilado, expuesta a la vista de todos a través de un cristal. Pero quizá los ricos no sentían la necesidad de esconderse. Quizá la riqueza era la libertad de mostrarse.

La fiesta había terminado a la una y después ella había tenido que recoger. Cuando Scooter la dejó en casa, el cielo de la mañana se teñía de color lavanda.

—En Malibú —dijo.

—¿Qué hacías tan lejos?

—Tengo un trabajo nuevo —informó Jude—. Con una empresa de catering. Barry me ayudó a encontrarlo.

—¿Por qué? ¿No habías dicho que ibas a centrarte en los estudios?

No podía explicarle la verdadera razón; a él ni siquiera le gustaba que ella le pagara la cena y siempre andaba buscándose la cartera en cuanto aparecía la cuenta. Nunca le permitiría que pagase una operación cara. ¿Y si lo malinterpretaba? ¿Y si pensaba que ella quería que se operara porque deseaba cambiarlo? No podía decírselo, no hasta que ahorrara dinero suficiente; entonces él entendería que era una estupidez rechazarlo. Ella se deslizó bajo su brazo y le tocó la cara.

—Solo he pensado que estaría bien tener un poco más de dinero —dijo—, así de sencillo.


Ese semestre Jude pensó en cuerpos.

Una vez por semana se sentaba en el borde de la bañera con una aguja hipodérmica en la mano mientras Reese se remangaba las perneras de los calzoncillos a cuadros. En la encimera del lavabo, un vial de cristal con un líquido de un color claro amarillento semejante al chardonnay. Él seguía detestando las agujas; nunca miraba cuando ella golpeteaba la punta antes de pellizcar la parte más ancha de su muslo. Listo, siempre susurraba después, disculpándose por haberle hecho daño.

Cada mes él pagaba a toca teja un vial tan pequeño que cabía en la palma de la mano. Ella apenas entendía la función de las hormonas, así que, movida por un capricho, se matriculó en un curso de anatomía, que le gustó mucho más de lo que preveía. La memorización que aburría al resto de la clase a ella la entusiasmaba. Dejaba fichas con nombres de partes del cuerpo repartidas por todo el apartamento: «falanges» junto al lavabo, «deltoides» en la mesa de la cocina, «venas metacarpianas dorsales» entre los cojines del sofá.

Su órgano preferido era el corazón. Fue la primera en su curso en diseccionar debidamente el corazón de una oveja. Era la disección más difícil, dijo el profesor, porque el corazón, sin ser perfectamente simétrico, sí lo era hasta el punto de que resultaba imposible saber cuál era cada lado. Había que orientar el corazón correctamente para encontrar los vasos sanguíneos.

—Hay que experimentar realmente el corazón con las manos —explicó a la clase—. Sé que es resbaladizo pero no os cortéis. En la disección tenéis que abriros camino con los dedos.

Por la noche, colocaba las fichas sobre Reese para someterse a examen. Él, tumbado en el sofá leyendo una novela, procuraba permanecer inmóvil mientras ella apoyaba una ficha en su brazo. Recorriendo su bíceps con un dedo, recitaba los términos en latín en voz baja hasta que él tiraba de ella para colocarla en su regazo. Tejido cutáneo y músculos y nervios, hueso y sangre. Era posible etiquetar un cuerpo pero no a una persona, la diferencia entre ambos dependía de ese músculo alojado en el pecho. Ese apreciado órgano, sin sensibilidad, sin conciencia, sin sentimientos, simplemente bombeaba y nos mantenía vivos.


En Pacific Palisades, sosteniendo una bandeja, ofreció dátiles envueltos en beicon durante un sarao de representantes artísticos. En Studio City, sirvió cócteles en el cumpleaños de un presentador de programas concurso ya de cierta edad. En Silver Lake, un guitarrista se inclinó sobre su hombro para cerciorarse de que la ensalada de cangrejo era de cangrejo real, no imitación. Hacia el final de su primer mes, era capaz de servir un martini sin medir. En la lavandería, encontró en sus bolsillos galletas saladas aplastadas. Le era imposible quitarse el olor a aceitunas por más que se lavase.

—¿Por qué no miras si en la biblioteca vuelven a contratar gente? —propuso Reese.

—¿Por qué?

—Porque nunca estás. Ya apenas te veo.

—No paso fuera tanto tiempo.

—Para mí es demasiado.

—Ahora gano más, cariño —dijo ella, y lo rodeó con los brazos—. Y así conozco la ciudad. Es más divertido que estar encerrada todo el día en una biblioteca antigua.

Le salieron encargos desde Ventura hasta Huntington Beach, desde Pasadena hasta Bel Air. En Santa Mónica, con una bandeja de ostras en alto, recorrió la casa de un productor discográfico, deteniéndose en el vestíbulo para admirar la piscina que se derramaba incesantemente hacia el perfil urbano. Desde allí, Mallard se le antojaba más lejos que nunca. Quizá, a su debido tiempo, lo olvidaría. Lo apartaría de sí, lo enterraría muy hondo en sus adentros, hasta que solo pensara en él como un sitio del que había oído hablar, no un sitio en el que había vivido en otro tiempo.

«Sencillamente no me gusta —le dijo su madre—. Deberías centrarte en tus estudios, no en servir a los blancos. No te mandé a California para eso.»

Pero no era lo mismo, en realidad no. Ella no era su abuela, que limpió la casa de la misma familia durante años. No quitaba mocos a los niños, no escuchaba a esposas que se quejaban de maridos que las engañaban mientras ella fregaba el suelo, no se llevaba las coladas a casa hasta que esta rebosaba de ropa interior sucia de otras personas. Aquí no había intimidad en el trato. Ella iba de aquí para allá en las fiestas de los blancos, repartiendo comida en una bandeja, y nunca volvía a verlos.

Una noche, ya tarde, yacía en la cama abrazada a Reese, demasiado acalorada para dormirse tan cerca de él pero incapaz de separarse.

—¿En qué piensas? —preguntó él.

–Pues no lo sé. Solo en esa casa de Venice. ¿Sabes que tenían aire centralizado? Y ni siquiera lo necesitaban. Tan cerca de la playa, les bastaba con abrir una ventana para refrescar el ambiente. Pero supongo que los ricos son así.

Reese se rio y se levantó de la cama para ir a buscarle una taza de hielo. Le introdujo un cubito por entre los labios y ella lo hizo girar por el interior de su boca, sorprendida de lo normal que le parecía todo aquello. Meses atrás ni siquiera podía admitir que se había encaprichado con Reese, y ahora yacía desnuda en su cama mascando hielo. Echó un vistazo a través de la persiana y vio un helicóptero de policía que surcaba el cielo con un zumbido y, al volverse, lo sorprendió mirándola.

–¿Qué pasa? –preguntó, y se rio–. No hagas eso.

Él todavía llevaba la camiseta y el calzoncillo, y ella, asaltada por un repentino pudor, se cubrió los pechos con la sábana.

–Que no haga ¿qué? –preguntó Reese.

–Mirarme así.

–Pero me gusta mirarte.

–¿Por qué?

–Porque es agradable mirarte –respondió él.

Jude resopló y se volvió otra vez hacia la ventana. Tal vez a él no le importaba que ella tuviera la piel oscura, pero era imposible que le gustara. A nadie podría gustarle.

–Detesto que hagas eso –dijo él.

–¿Qué?

–Actuar como si mintiera. Yo no soy como esa gente de tu pueblo. A veces actúas como si aún estuvieses allí. Pero no lo estás, cariño. Aquí somos personas nuevas.

Una vez le contó que California debía su nombre a una reina de piel oscura. Había visto un mural de ella en San Francisco. Ella no le creyó hasta que le enseñó una fotografía que había tomado, y allí estaba la reina negra, sentada en lo alto del techo. Flanqueada por una tribu de guerreras, de aspecto tan regio e imponente que a Jude le dolió descubrir que ni siquiera era real. Según un libro de historia del arte, era un personaje de una novela popular española sobre una isla ficticia gobernada por una reina amazona negra. Al igual que todos los colonizadores, los conquistadores dejaron grabada su ficción en la realidad, transformando sus mitos en historia. Lo que quedó fue California, un lugar que aún parecía una isla mítica. Jude flotaba en medio del océano, separada de todos aquellos a quienes había conocido en el pasado.

Quizá lo más raro de ese otoño fue que ella empezó a soñar con su padre.

A veces caminaba a su lado por la calle, cogida de su mano mientras cruzaban una travesía con mucho tráfico; despertaba sobresaltada cuando los coches pasaban a toda velocidad. Otras veces ella se mecía en un columpio empujado por él, extendiendo las piernas ante sí. En un sueño, él la precedía por una pista de atletismo, y ella corría para darle alcance pero nunca lo conseguía. Despertaba jadeando.

—Estás temblando —susurró Reese, atrayéndola hacia sí.

—Era solo un sueño —dijo ella.

—¿Con qué has soñado?

—Con mi padre. —Guardó silencio por un momento—. Ni siquiera sé por qué. No hablamos desde hace mucho tiempo. Yo antes pensaba que vendría a buscarme. Ni siquiera es un buen hombre. Pero parte de mí todavía desea que me encuentre. ¿No es una estupidez?

—No. —Él tenía la mirada fija en el techo—. No es una estupidez ni mucho menos. Yo no he hablado con mis viejos desde hace siete años, pero todavía pienso en ellos. A mi madre le gustaban mis fotos. Se las enseñaba a todo el mundo en la iglesia. Tomé muchas fotos de ella, pero las dejé allí. Lo dejé todo.

—¿Qué pasó? —preguntó Jude—. O sea, ¿por qué te fuiste?

—Ah, es una larga historia.

—Pues cuéntame una parte. Por favor.

Reese permaneció en silencio durante un buen rato. Luego contó que su padre lo había sorprendido tonteando con la amiga de su hermana. Él se había quedado solo en casa, pretextando que estaba enfermo para no ir con su familia a una ceremonia evangelista, y se dedicó a inspeccionar el armario de su padre. Se probó camisas bien planchadas, practicó el nudo Windsor con las corbatas, se paseó con lustrosos zapatos bicolores de piel. Acababa de echarse colonia en abundancia cuando Tina Jenkins apareció en el jardín y golpeteó el cristal de la ventana. ¿Qué estaba haciendo? ¿Actuaba en una obra de teatro o algo así? Su indumentaria era aceptable, solo necesitaba hacer algo con su pelo. Ella le recogió la coleta detrás de la nuca.

—Ya está —dijo Tina—. Ahora tienes un aspecto más masculino, ¿lo ves? ¿Cuál es la obra? ¿Y puedes ofrecerme algo de beber?

Él pasó por alto la primera pregunta y se ocupó de la segunda. Más tarde Tina contó a sus padres que lo había hecho por la ginebra. La ginebra que él había servido en dos vasos grandes, rellenando con agua la Seagram de su madre. Tina no contó a sus padres que fue ella quien tomó la iniciativa de besarlo, ni que se habían interrumpido únicamente porque su familia regresó antes de lo previsto.

—Mi padre tenía uno de esos cinturones con una hebilla grande de plata —explicó él—. Me dijo que si quería ser un hombre, me trataría como tal.

Ella apretó los párpados.

—Lo siento mucho.

—Fue hace ya tiempo.

—Me da igual —contestó ella—. No estuvo bien. No tenía derecho a hacerte una cosa así…

—Yo antes pensaba en volver a El Dorado —contó él—. Decirle que lo intentara ahora. No está bien sentir eso con respecto a tu propio padre. Me produce ahogo, como si no me permitiese respirar. Otras veces pienso solo en pasearme por el pueblo. Sin que nadie me reconozca. Sería como presentarse uno a su propio funeral. Ver cómo sigue la vida sin formar ya parte de ella. Quizá llamaría a la puerta. Diría, Hola, mamá, pero ella ya lo sabría. Me reconocería a pesar de mi nuevo aspecto.

—Podrías hacerlo —dijo Jude—. Podrías volver.

—¿Vendrías conmigo?

—Iría contigo a cualquier sitio —aseguró ella.

La besó y empezó a levantarle la camiseta. Jude, sin pensar, tendió las manos hacia la camiseta de él. Reese se tensó, y ella, al ver que se apartaba, se encogió. Pero se metió en el cuarto de baño y salió al cabo de un momento sin camiseta. Se inclinó sobre ella con el vendaje en torno al pecho.

—Lo necesito —explicó él.

—De acuerdo —dijo ella—. De acuerdo.

Jude tiró de él hacia sí y recorrió con los dedos su espalda suave, tocando piel y piel y algodón.


Desde el principio Reese Carter había pensado en el final.

Como cuando llegó por primera vez a Los Ángeles: sin casa, esquilado como un cordero, imaginándose ya que se marcharía de una ciudad que con toda seguridad lo aniquilaría. O cuando vio por primera vez a Jude Winston en la fiesta de Halloween, a la que asistió solo porque un chico al que ayudaba con las pesas en el gimnasio lo invitó y él se dijo que por qué no. Ella, allí sola, jugueteaba con su falda. Reese no había visto a nadie con la piel tan oscura, y era tan guapa que sintió como si una poderosa mano lo inmovilizara en aquel sofá. Déjalo correr, Reese. Tómatelo con calma. Ya sabía cómo acabaría aquello, que ella lo abandonaría en cuanto echase la mano a su entrepierna y él la rechazase.

Al principio, él no tenía intención de quedarse en Los

Ángeles. Solo pretendía poner muchos kilómetros entre él y El Dorado. Habría cruzado el océano si hubiera podido. Durante semanas, había pasado las noches tocando a hombres en callejones oscuros, a veces usando la boca, cosa que detestaba, aunque esos hombres después eran más amables, más agradecidos. Le daban palmadas en la cabeza y lo llamaban chico guapo. Llevaba la navaja de su padre a modo de protección, y a veces, al verlos con la cabeza apoyada en la pared, se imaginaba rajándoles la garganta. En lugar de eso, se embolsaba sus billetes arrugados y buscaba refugio. Dormía en los bancos de los parques o bajo los pasos elevados de la autovía, lo que le recordaba, extrañamente, las veces que había ido de acampada con su padre. Sentado en un tronco hueco, observando a su padre mientras abría en canal un conejo con un cuchillo a la vez que decía a Reese que nunca debía tocarlo. Un cuchillo que le había entregado su propio padre, un cuchillo que él entregaría a su hijo varón, si llegaba a tenerlo, y por eso Reese, al marcharse, se lo llevó.

Encontraba a hombres a quienes tocar en los clubes nocturnos y los bares, hombres que lo agarraban de la mano mientras él avanzaba entre una muchedumbre, hombres que le tendían copas para obligarlo a beber y le rogaban que bailase con ellos. Nunca iba dos veces al mismo club, por temor a que alguien percibiera su cuello suave o sus manos pequeñas o el calcetín enrollado bajo el calzoncillo. Una vez, en Westwood, un blanco colérico descubrió su secreto y le dejó un ojo morado. Enseguida aprendió las normas. Si era sincero sobre el pasado, lo considerarían mentiroso. Solo si se escondía, estaría a salvo.

La noche que conoció a Barry, se desmayaba de hambre, bebía a sorbos un whisky con soda, y tan desesperado estaba que casi lo siguió hasta su casa. Pero nunca había estado con un hombre más que en callejones; allí, en la oscuridad, se sentía más seguro. Así que dijo a Barry que no, razón por la que le sorprendió que Barry, más tarde esa noche, lo agarrara del brazo y le preguntara si quería cenar. Reese, sobresaltado, se zafó de él.

—Joder, he dicho que no...

—Ya sé lo que has dicho —atajó Barry—. Te estoy preguntando si quieres comida. Se te ve hambriento. Hay un sitio aquí al lado.

Señalaba una cafetería abierta hasta altas horas a una manzana de allí. El letrero de neón bañaba de luz morada y azul el hormigón. Barry pidió una tarta de pacanas, y Reese comió dos hamburguesas con queso y una ración de patatas fritas tan deprisa que casi se ahogó. Tendría que pagar la comida de algún modo, o quizá no, pensó, palpando la navaja en su bolsillo. Barry lo observó a la vez que deslizaba el tenedor por la nata batida.

—¿Cuántos años tienes? —preguntó.

Reese se limpió la boca con el dorso de la mano y a continuación, sintiéndose poco civilizado, alargó el brazo hacia el dispensador de servilletas.

—Dieciocho —contestó, aunque aún le faltaban dos meses.

—Por Dios. —Barry se rio—. Eres un niño, ¿lo sabes? Tengo alumnos de tu edad.

Era profesor, dijo, y tal vez por eso había decidido tratarlo bien. En otra vida, Reese podría haber sido alumno suyo, no un chico con el que ligó en un club. Pero Reese no acabó el instituto, cosa que al principio no lamentó, no hasta que se enamoró de una chica inteligente. Los estudios bien podían ser otra razón más por la que al final ella lo dejara.

—¿Y de dónde eres? —preguntó Barry—. Da la impresión de que en esta ciudad todo el mundo es de otra parte.

—Arkansas.

—Eso está muy lejos, vaquero. ¿Qué te ha traído hasta aquí?

Reese se encogió de hombros a la vez que untaba una patata frita en kétchup.

—Empezar de cero.

—¿Tienes aquí a alguien?

Reese negó con la cabeza. Barry encendió un cigarrillo. Tenía unos dedos largos y preciosos.

—Necesitas a alguien —aconsejó—. Esta es una ciudad demasiado grande para andar por ahí tú solo. ¿Necesitas un sitio donde vivir? Venga, no me mires así. No quiero a nadie que no me quiera a mí. Estoy preguntándote si necesitas un sitio donde dormir. ¿Qué pasa? ¿Mi sofá es poca cosa para ti?

Reese no sabía por qué accedió. Tal vez simplemente estaba harto de dormir en edificios abandonados, pateando el suelo para ahuyentar a las ratas. Tal vez vio algo en Barry que le inspiró confianza, o tal vez notó la presencia de la navaja contra su muslo y supo que, si se veía obligado, podía usarla. En cualquier caso, siguió a Barry a su casa. Cuando entraron, Reese se detuvo y echó un vistazo a las pelucas dispuestas en los estantes. Barry se tensó.

—Es solo un pasatiempo al que me dedico a veces —dijo, pero tocó una peluca con cuidado, mostrándose tan vulnerable que Reese volvió la cabeza.

—No soy lo que tú crees —dijo Reese.

—Eres un transexual —respondió Barry—. Sé lo que eres exactamente.

Reese no había oído nunca esa palabra, ni siquiera sabía que existiera una palabra para describirlo a él. Debió de aparentar sorpresa, porque Barry se rio.

—Conozco a muchos chicos como tú —dijo. Se acercó un paso y lo examinó—. Aunque desde luego todos llevan el pelo mejor cortado. ¿Esto te lo has hecho tú?

En el cuarto de baño, colocó una toalla alrededor del cuello de Reese y cogió las tijeras. Con delicadeza, empujó la cabeza de Reese hacia delante, y este cerró los ojos e intentó recordar la última vez que un hombre lo había tocado con tanta ternura.

En diciembre por fin empezó a refrescar en la ciudad, pero el sol seguía alto y anormalmente luminoso; incluso resultaba extraño llamar invierno a aquello. En la camioneta del servicio de catering, Jude sacaba el brazo por la ventanilla y disfrutaba de la brisa. Había aceptado un turno en el último momento para trabajar en una fiesta de jubilación en Beverly Hills; estaba demasiado bien pagado para rechazarlo, pese a que Reese la miró con expresión hosca cuando salió por la puerta.

—Quería invitarte a cenar —dijo.

—Mañana, cariño —contestó ella—. Te lo prometo.

Jude lo besó, imaginando ya las propinas que se embolsaría al final de la noche. Una fiesta de empresa representaba siempre un buen dinero. Peces gordos, dijo Scooter, mientras se adentraban en Beverly Hills. La camioneta ascendió por tortuosas carreteras cada vez más apartadas hasta que por fin llegaron a una verja de hierro negra. Scooter dejó escapar un resoplido.

—Menudo dineral debe de costar vivir así —comentó a la vez que la verja se abría lentamente con un chirrido—. ¿Te imaginas?

En el siglo siguiente las cosas serían así, le aseguró. Los ricos abandonarían las ciudades, se encerrarían detrás de verjas gigantescas como señores medievales tras sus fosos. Avanzaron lentamente por calles tranquilas flanqueadas de árboles hasta llegar a la casa, blanca, de dos pisos, oculta detrás de columnas romanas. Les abrió Carla. Ella rara vez aparecía durante sus encargos, pero andaba escasa de personal y era una fiesta importante.

—El Grupo Hardison es un cliente muy fiel —dijo—, así que esta noche debemos dar lo mejor de nosotros, ¿entendido?

Su mera presencia puso nerviosa a Jude. Percibió que Carla la evaluaba mientras ella troceaba apio y prensaba tomates, mientras se movía entre los invitados con bandejas en equilibrio de rollitos de prosciutto o preparaba cócteles en la barra. El hombre que se jubilaba era el señor Hardison: fornido y canoso, vestía un traje gris visiblemente caro y llevaba a su mujer, joven y rubia, colgada del brazo. Los asistentes, todos blancos, de mediana edad y con dinero, brindaron por su carrera y después levantaron las copas en honor de su sucesor, un rubio apuesto con un traje azul marino. Una chica rondaba cerca de él. De piernas largas y cabello rubio ondulado, aparentaba unos dieciocho años, y lucía un vestido plateado brillante escandalosamente corto. Hacia la mitad de la fiesta, se apartó de aquel hombre y se acercó parsimoniosamente a la barra, donde ladeó su vaso de martini vacío.

—En principio, no puedo servir a nadie menor de veintiún años —dijo Jude.

La chica se rio y se llevó una mano al cuello.

—Bueno, pues tengo veintiuno —afirmó. Sus ojos, de tan azules, parecían violeta. Volvió a ladear el vaso—. Además, esta fiesta es un tostón. Necesito una copa, te lo aseguro.

—¿A tu padre no le importa?

La chica echó un vistazo por encima del hombro, hacia el hombre apuesto.

—Claro que no —contestó—. Está muy ocupado intentando pasar por alto el hecho de que mi madre no ha aparecido por aquí. ¿No es increíble? He venido desde la universidad porque a él le han dado un ascenso importante, y ella ni se molesta en presentarse. Hay que ser cabrona.

Volvió a menear el vaso. Saltaba a la vista que no tenía intención de marcharse hasta que se saliera con la suya, así que Jude le sirvió otra copa. La chica, deslizándose la aceituna entre los labios rosados, se volvió hacia los invitados.

—¿Y a ti te gusta ser camarera? —preguntó—. Seguro que conoces a gente de lo más fascinante.

—No soy camarera. No todo el tiempo. De hecho, soy estudiante. —A continuación Jude, quizá con excesivo orgullo, añadió—: En UCLA.

La chica levantó una ceja.

—¡Qué gracia! —exclamó—. Yo estudio en Southern California. Supongo que somos rivales.

No era difícil saber qué era lo que le resultaba tan gracioso: o bien que una desconocida casualmente estudiara en la universidad rival del otro lado de la ciudad, o bien que la negra que servía las copas hubiera conseguido, de algún modo, plaza en una universidad como UCLA. Un blanco con una chaqueta de tweed pidió vino, y Jude descorchó una botella de merlot, deseando que la chica se marchara. Pero cuando empezó a verter el vino, oyó exclamaciones procedentes del vestíbulo. La chica se volvió hacia ella con expresión sombría.

—Se acabó la diversión —comentó, y apuró el martini de un trago.

Luego dejó el vaso vacío en la barra y se encaminó hacia la entrada, donde acababa de aparecer una mujer. El señor Hardison la ayudaba a quitarse el abrigo de piel, y cuando ella se volvió, atusándose el cabello oscuro, la botella de vino se hizo añicos contra el suelo.

TERCERA PARTE

# LÍNEA DEL CORAZÓN
(1968)

# 7

La noche que una de las gemelas perdidas regresó a Mallard, en Palace Estates se colgó un aviso en la puerta de cada casa para anunciar la convocatoria de una reunión urgente de la asociación de propietarios. Estates, la urbanización más nueva de Brentwood, solo había convocado hasta entonces una reunión urgente, cuando el tesorero fue acusado de malversar el dinero de las cuotas, así que esa noche los vecinos se congregaron en la casa club, entre cuchicheos enfebrecidos, en espera de que se insinuara algún escándalo. Lo que no preveían era lo siguiente: que el actual presidente, Percy White, de pie en la parte delantera de la sala, rojo como un tomate, diera a conocer la penosa noticia. Los Lawson, de Sycamore Way, vendían su casa y un hombre de color acababa de hacer una oferta de compra. La sala cobró vida, y Percy alzó las manos, como si se viera de pronto ante un pelotón de fusilamiento.

—Yo soy solo el mensajero —repetía una y otra vez, aunque nadie lo oía.

Dale Johansen preguntó de qué demonios servía tener una asociación de propietarios si no era para impedir que ocurrieran cosas así. Tom Pearson, resuelto a superar la bravata de Dale con la suya, amenazó con dejar de pagar sus cuotas si la asociación no empezaba a cumplir con su cometido. Incluso las mujeres se alteraron, o quizá fueron las que más se alteraron. No vociferaban como los hombres, pero cada una había realizado algún sacrificio al casarse con un hombre que podía permitirse una casa en la nueva urbanización más cara del condado de Los Ángeles y esperaba los beneficios de esa inversión. Cath Johansen preguntó cómo esperaban mantener así la seguridad del vecindario, y Betsy Roberts, estudiante de económicas en Bryn Mawr antes de casarse, se lamentó de que el valor de sus propiedades caería en picado.

Pero años después, en el recuerdo de los vecinos, solo habló una persona en esa reunión, una única voz que, de algún modo, se elevó por encima del bullicio. No gritó: quizá por eso la escucharon. O acaso, por el hecho de que normalmente hablaba en voz baja, todos supieron que si se hallaba de pie en medio de una reunión ruidosa, debía de tener algo urgente que decir. O tal vez fuera porque su familia vivía entonces en Sycamore Way, una calle sin salida, frente a los Lawson, razón por la cual los nuevos vecinos la afectaban muy directamente. Fuera cual fuese el motivo, cuando Stella Sanders se puso en pie, se hizo el silencio en la sala.

—Tienes que impedírselo, Percy —dijo—. Si no, vendrán más, ¿y entonces qué? ¡Todo tiene un límite!

Estaba temblando, sus ojos de color castaño claro resplandecientes, y los vecinos, movidos por ese espontáneo arrebato de pasión, aplaudieron. Ella nunca hablaba en las reuniones, y ni siquiera sabía que tomaría la palabra hasta que se levantó. Por un segundo, estuvo a punto de callar: la horrorizaba sentirse blanco de todas las miradas, cuando se casó había deseado correr a esconderse. Pero su voz tímida y vacilante captó aún más la atención de los presentes. Acabada la reunión, apenas consiguió llegar a la puerta, porque los vecinos deseaban estrecharle la mano. Semanas después, pasquines amarillos revoloteando sobre los árboles y las farolas proclamaban en grandes mayúsculas: PROTEJAMOS NUESTRO VECINDARIO. TODO TIENE UN LÍMITE. Cuando encontró uno adherido al parabrisas de su coche, la sorprendió ver que sus propias palabras volvían a ella, tan ajenas como si las hubiera pronunciado un desconocido.

Por si a alguien le interesa, Blake Sanders se sorprendió como el que más cuando su mujer tomó la palabra en esa reunión. No era propensa a manifestarse. Nunca la había visto indignarse por un asunto hasta el punto de ir más allá de firmar una petición, e incluso en esos casos solía ser porque la cortesía le impedía apartar de un manotazo el sujetapapeles contra la cara de algún universitario como él habría hecho. Él quería mantener limpio el planeta, por supuesto. Pensaba que la guerra era una calamidad. Pero eso no significaba que gritar ante la cara de personas decentes y trabajadoras fuese la manera correcta de abordar ninguno de esos problemas. Pero Stella seguía la corriente a esos idealistas, escuchaba sus discursos, firmaba sus peticiones, todo porque, en su exceso de amabilidad, era incapaz de decirles que se largaran. Y sin embargo, por alguna razón, ahí estaba ahora, tan ferviente como cualquiera de aquellos jóvenes manifestantes, en medio de la reunión de la asociación.

Blake Sanders podría haberse echado a reír. ¡Su tímida Stella montando una escena! Aunque quizá no debería haberse sorprendido. El anhelo de una mujer de proteger su casa surgía de un lugar mucho más primario que la política. Además, desde que la conocía, nunca había hablado amablemente de un negro. Eso lo violentaba un poco, la verdad. Él respetaba el orden natural de las cosas, pero no había que ser cruel al respecto. De pequeño, había tenido una niñera de color llamada Wilma a quien consideraban prácticamente de la familia. Aún le enviaba cada año una postal por Navidad. Pero Stella ni siquiera contrataba asistentas de color para la casa; sostenía que las mexicanas eran más hacendosas. Él nunca entendió por qué desviaba la mirada cuando una anciana negra pasaba lentamente a su lado por la acera, por qué era siempre tan cortante con los ascensoristas. En presencia de los negros, se crispaba, como un niño traumatizado por una mordedura al ver un perro.

Aquella noche, cuando salieron de la casa club, él, sonriente, le ofreció el brazo en actitud burlona. Era una noche fresca de abril. Pasaron lentamente bajo los jacarandás que empezaban a echar flores de color añil por encima de ellos.

—No sabía que me había casado con semejante agitadora —comentó.

Cuando se conocieron, él le dijo que era hijo de un banquero y que se había marchado de Boston para estudiar en la universidad, aunque no mencionó que el banco donde su padre ocupaba un alto cargo era el Chase National, y la universidad a la que había ido a estudiar, Yale. Ella comprendería más tarde que esas eran señales de que él procedía de una familia verdaderamente rica: el hecho de que rara vez vistiera ropa cara pese a que podía permitírsela, el hecho de que hablara muy poco de su padre o de su herencia. Había estudiado finanzas y marketing, y en lugar de irse a Madison Avenue, había seguido a su prometida de regreso a Nueva Orleans, su ciudad natal. La relación se apagó, pero para entonces él ya se había enamorado de la ciudad. Por eso acabó trabajando en el departamento de marketing de Maison Blanche, y por eso la contrató a ella, Stella Vignes, como nueva secretaria.

Incluso después de ocho años de matrimonio, Stella aún se abochornaba un poco cuando la gente le preguntaba cómo se habían conocido. Un jefe, su secretaria, una historia vieja como el mundo. La gente se imaginaba a un individuo barrigudo de cabello grasiento y pantalones con tirantes persiguiendo a una jovencita en torno a su escritorio.

«Yo no era un viejo verde», dijo Blake una vez, riéndose, en una cena, y era verdad. Por entonces contaba veintiocho años y tenía la mandíbula firme, cabello rubio rizado y ojos de color gris azulado como los de Paul Newman. Y tal vez por eso a Stella se le antojó distinta la atención que aquel hombre le dispensó. Hasta entonces se había encogido cuando un hombre blanco se fijaba en ella. Bajo la mirada de Blake, se creció.

—¿He hecho el ridículo? —preguntó Stella más tarde mientras se cepillaba el cabello sentada ante su tocador.

Blake se situó detrás de ella, desabrochándose la camisa blanca.

—Ni mucho menos —contestó—. Pero eso no va a ocurrir, Stel. No sé por qué anda todo el mundo tan alterado.

—Pero ya has visto a Percy. No le llegaba la camisa al cuerpo.

Blake se rio.

—Me encanta cuando dices esas cosas.

—¿Qué cosas?

—Esas expresiones de pueblo.

—Va, no te burles. No en un momento como este.

—¡No me burlo! Lo encuentro entrañable.

Se inclinó para besarla en la mejilla, y ella vio en el espejo su cabeza rubia junto a la morena de ella. ¿Se la notaba tan nerviosa como se sentía? ¿Alguien se daría cuenta? Una familia de color en el barrio. Blake tenía razón, eso no ocurriría. La asociación lo impediría. ¿Acaso no tenían a su disposición abogados para una situación como esa? ¿Para qué servía tener una asociación si no era para evitar que los indeseables se instalaran allí, para garantizar que el vecindario continuara tal como los vecinos lo querían? Intentó atenuar ese malestar en el estómago, pero fue incapaz. Ya la habían descubierto antes. Solo una vez, la segunda que se hizo pasar por blanca. Durante su último verano en Mallard, semanas después de animarse a entrar en la tienda de bisutería, había ido al Museo de Arte del Sur de Louisiana la mañana de un sábado como cualquier otro, no el Día de los Negros, y fue derecha a la entrada principal, no a la puerta lateral donde hacían cola los negros en el callejón. Nadie la detuvo, y una vez más se sintió como una tonta por no haberlo intentado antes. Para ser blanco bastaba con cierto atrevimiento. Uno podía convencer a cualquiera de que su lugar era ese si actuaba como si en efecto lo fuera.

En el museo, recorrió lentamente las salas, deteniéndose a contemplar las difusas pinturas de los impresionistas. Escuchaba distraídamente a un anciano profesor declamar ante un círculo de niños apáticos cuando advirtió que la miraba con atención un guardia de seguridad negro desde el rincón de la sala. De pronto le guiñó el ojo, y ella, horrorizada, se alejó a toda prisa pasando por delante de él, con la cabeza gacha, casi sin respirar hasta que volvió a salir a la luminosa mañana. En el autobús, durante el trayecto de vuelta a Mallard, le ardía la cara. Como era de esperar, hacerse pasar por blanco no era tan fácil. Como era de esperar, aquel guardia de color la reconoció. Siempre reconocemos a los nuestros, decía su madre.

Y ahora una familia de color iba a mudarse a la acera de enfrente. ¿La verían tal como era? O más bien, ¿como no era? Blake le besó la nuca y deslizó la mano por debajo de su bata.

—No te preocupes por eso, cielo —dijo él—. La asociación no lo permitirá.


En plena noche, su hija despertó gritando, y Stella entró a trompicones en la habitación de la niña, donde la encontró sumida en otra pesadilla. Se metió en la camita y la despertó con delicadeza. «Ya lo sé, ya lo sé», dijo mientras le enjugaba las lágrimas. A ella misma aún le latía con fuerza el corazón, pese a que a esas alturas debería haber estado ya acostumbrada a levantarse de la cama y dirigirse hacia los gritos de su hija, siempre temiéndose lo peor, solo para encontrar a Kennedy agarrotada entre las sábanas, aferrada a estas con los puños apretados. El pediatra sostenía que, desde el punto de vista físico, no le pasaba nada; el especialista en el sueño sostenía que los niños con imaginaciones hiperactivas eran propensos a los sueños vívidos. Probablemente solo significaba que era una artista, dijo, y se rio. El psicólogo infantil examinó sus dibujos y le preguntó con qué soñaba. Pero Kennedy, a sus siete años, nunca lo recordaba, y Blake decidió prescindir de los médicos considerando que era malgastar el dinero.

—Debe de venirle de tu lado de la familia —dijo a Stella—. Una buena niña Sanders se dormiría al instante como una bendita.

Ella le contó que de niña también tenía pesadillas, y tampoco las recordaba nunca. Pero esa última parte no era verdad. Sus pesadillas eran siempre la misma: unos hombres blancos la agarraban de los tobillos y, mientras ella gritaba, la sacaban a rastras de la cama. Nunca se lo había dicho a Desiree. Cada vez que despertaba repentinamente, con Desiree roncando a su lado, se sentía como una tonta por tener miedo. ¿Acaso Desiree no había visto lo mismo desde aquel armario? ¿Acaso no había visto lo que hicieron aquellos blancos? Siendo así, ¿por qué no despertaba ella en plena noche con el corazón acelerado?

Nunca hablaban de su padre. Siempre que Stella lo intentaba, a Desiree se le humedecían los ojos.

—¿Qué quieres que diga? —preguntaba ella—. Yo sé tanto como tú.

—Ojalá supiera por qué —decía Stella.

—Nadie sabe por qué —contestaba Desiree—. Las desgracias ocurren. Así de sencillo.

Ahora Stella apartaba con delicadeza de la frente de su hija el cabello rubio y sedoso.

—No pasa nada, cariño —susurró—. Vuelve a dormirte.

Estrechó más a su hija y tiró de las mantas para cubrirse ambas. Al principio, no quería ser madre. La idea del embarazo la aterrorizaba; imaginaba que expulsaría de sus entrañas a un bebé cuya piel se oscurecería cada vez más, y Blake retrocedería horrorizado. Casi habría preferido que él pensara que había tenido una aventura con un negro. Esa mentira parecía más benévola que la verdad, una infidelidad momentánea, un engaño menor que su impostura permanente. Pero, después de dar a luz, se sintió abrumada de alivio. La recién nacida que tenía en sus brazos era perfecta: piel nívea, cabello rubio ondulado, y unos ojos tan azules que parecían de color violeta.

Aun así, a veces tenía la impresión de que Kennedy era hija de otra persona, una niña que le habían dejado mientras vivía esa vida prestada que nunca debería haber sido la suya.

—¿De dónde eres, mamá? —le preguntó una vez Kennedy durante el baño.

Por entonces tenía cuatro años y era curiosa. Stella, arrodillada junto a la bañera, frotaba delicadamente los hombros de su hija con una manopla y miraba sus ojos violeta, inquietantes y hermosos, tan distintos de los de todas las personas a quienes había conocido.

—De un pueblecito del sur —dijo Stella—. Seguro que no te suena de nada.

Siempre hablaba a Kennedy así, como si fuera otra adulta. Lo recomendaban todos los libros sobre la infancia porque, según decían, contribuía al desarrollo de las aptitudes lingüísticas. Pero, en realidad, se sentía como una tonta al parlotear igual que Blake.

—Pero ¿de dónde? —insistió Kennedy.

Stella le vertió agua caliente por encima y las burbujas se disolvieron.

—Es un sitio pequeño que se llama Mallard, cielo —dijo—. No se parece en nada a Los Ángeles.

Había sido, por primera y última vez, totalmente sincera con su hija, solo porque sabía que la niña era muy pequeña y no se acordaría. Más adelante Stella mentiría. Diría a Kennedy, como había dicho a todo el mundo, que era de Opelousas, y aparte de eso apenas hablaba de su infancia. Pero Kennedy no perdía el interés. Sus preguntas siempre se le antojaban como un ataque sorpresa, como si pusiera el dedo en la llaga. ¿Cómo era tu vida de pequeña? ¿Tenías hermanos? ¿Cómo era tu casa? Una vez, a la hora de acostarse, le preguntó cómo era su madre y a Stella casi se le cayó el libro de cuentos de las manos.

—Ya no está aquí —contestó por fin.

—Pero ¿dónde está?

—Desapareció —dijo—. Mi familia desapareció.

Había contado a Blake esa misma mentira años atrás en Nueva Orleans: que era hija única y se había marchado a Nueva Orleans tras la muerte de sus padres en un accidente. Él le había tocado la mano, y ella se vio, súbitamente, a través de sus ojos. Una humilde huérfana, sola en la ciudad. Si la compadecía, no podría verla con claridad. Vería todas sus mentiras refractadas a través de su dolor por la pérdida sufrida, interpretaría como aflicción sus reservas con respecto al pasado. Lo que empezó como una mentira parecía ahora más próximo a la verdad. Hacía trece años que no hablaba con su hermana. ¿Dónde estaría ahora Desiree? ¿Cómo estaría su madre? Había devuelto el libro al estante antes de llegar al final, y más tarde esa noche, mientras se cepillaba los dientes, oyó a Blake conversar con Kennedy.

—A mamá no le gusta hablar de su familia —susurró—. La entristece.

—Pero ¿por qué?

—Porque así son las cosas. Su familia ya no está aquí. Mejor que no le preguntes más, ¿vale?

En la cabeza de Blake, la vida de ella antes de conocerse había sido trágica, toda su familia había sido engullida. Stella prefería que pensara en ella de ese modo. Una tabla rasa. Una cortina colgaba entre el pasado y el presente, y ella no podía echar un vistazo más allá. A saber qué podía colarse desde el otro lado.


Una familia de color en el vecindario. Eso no ocurriría.

Y sin embargo la mañana posterior a la reunión de la asociación, Stella pasó horas flotando en su piscina, pensando aún en esa posibilidad. Las nubes se deslizaban por el cielo, tal vez lloviese. Llevaba un traje de baño rojo a juego con su colchoneta hinchable y bebía ginebra con sifón, que se sirvió a escondidas en cuanto vio salir hacia el colegio a su hija; mientras tomaba otro sorbo, esperó que Yolanda, que trajinaba en la cocina, pensara que era agua. Obviamente era demasiado temprano para la ginebra, pero intentaba aplacar esa desazón que la invadía desde la noche anterior. Blake dijo que era imposible que la oferta por la casa de los Lawson se aprobara, pero ¿por qué iba a convocar Percy la reunión a menos que eso sí fuera posible? ¿Por qué se lo veía tan alterado, allí de pie al frente de la sala, como si ya supiera que no había nada que hacer? El país cambiaba a diario; lo leía todo sobre las manifestaciones en los periódicos. El fin de la segregación en universidades y lavabos, y también en piscinas públicas, que era la razón por la que Blake, al trasladarse a Brentwood, insistió en construir una piscina privada en el jardín trasero. Eso a ella le pareció un exceso, pero Blake dijo: «No querrás que Ken vaya a la piscina municipal, ¿verdad? Que se bañe con cualquiera de los que ahora dejan entrar».

Él se había criado en Boston, donde frecuentaba piscinas solo para blancos. Ella se había bañado en el río, o, alguna que otra vez, en la playa del Golfo, donde los socorristas blancos los instaban a permanecer en el lado de las personas de color más allá de la bandera roja. Naturalmente el agua de ambos lados se mezclaba, y si uno orinaba en el lado de las personas de color —cosa que Desiree, riendo, siempre amenazaba con hacer— al final eso llegaría al lado blanco. Pero Stella coincidió con Blake: no podían enviar a su hija a la piscina municipal. La única solución era construir la suya propia.

Con el transcurso de los años, ella acabaría valorando la piscina y todo lo demás que, según Blake, necesitaban en Los Ángeles: el Thunderbird rojo, la criada, Yolanda, y todas las demás comodidades que él proporcionaba para vivir a cuerpo de rey. Le encantaba esa expresión, la idea de una vida palaciega. Antes de conocer a Blake, nunca había experimentado el confort. No tomó conciencia de eso hasta que empezó a salir con él, al ver, maravillada, que él en un restaurante pedía un chuletón entero y recordar las noches en que ella se había acostado con el estómago vacío. O al verlo dudar entre dos corbatas y, al final, comprar las dos, cuando ella, de niña, tenía que ir a pie al colegio, con unos zapatos que le quedaban tan pequeños que llevaba los dedos encogidos. O al ver, al entrar en la cocina, a Yolanda abrillantar la cubertería de plata cuando, años antes, ella contemplaba su propio reflejo en los tenedores de los Dupont.

En aquel entonces ella era la responsable de limpiar una casa llena de objetos caros que jamás podría permitirse. Ponía orden en el desbarajuste que aquellos niños malcriados dejaban a su paso y esquivaba al señor Dupont, que la seguía a la despensa, cerraba la puerta y le metía mano por debajo del vestido. En tres ocasiones, mientras la tocaba a ella, se tocó también él, jadeando, con aliento a coñac. Ella intentaba escabullirse, pero la despensa era muy pequeña, y él, muy fuerte, y la arrinconaba contra los estantes. Al cabo de un momento terminaba, tan deprisa como había empezado. No tardó en temerlo más a él que a los toqueteos. Todos los días de angustia por miedo a que él se acercase furtivamente por detrás echaban a perder los días en que no lo hacía. Después de la primera vez preguntó a Desiree, aquella noche en la cama, qué pensaba de él.

—¿Hay algo que pensar? —preguntó Desiree—. Es solo un blanco flaco. ¿Por qué? ¿Qué piensas tú de él?

Ni siquiera en el dormitorio a oscuras, ni siquiera ante Desiree, Stella podía obligarse a decirlo. Siempre quiso creer que ella tenía algo especial, pero sabía que el señor Dupont solo la eligió porque percibía su debilidad. Era la gemela que no lo delataría.

Y no lo delató. No se lo diría a nadie en toda su vida. Pero cuando Desiree propuso el plan de marcharse después del Día del Fundador, Stella revivió el acoso del señor Dupont contra los estantes de la despensa y supo que también ella debía irse. En Nueva Orleans, cuando Desiree empezó a vacilar, Stella revivió el contacto de los dedos de aquel hombre bajo su ropa interior y reunió por ambas la fortaleza necesaria para quedarse.

Pero de eso hacía toda una vida. Extendiendo el pie más allá del borde de la colchoneta, lo deslizó por el agua. Eso era la comodidad: una mañana flotando lánguidamente en una piscina, una casa de dos plantas donde los armarios de la cocina estaban siempre llenos a rebosar de comida, un baúl repleto de juguetes para su hija, una estantería que contenía toda una enciclopedia. Eso era la comodidad, no carecer ya de nada.

Empezaba a adormecerse en la calima de media mañana, amodorrada por la ginebra, así que se obligó a salir de la piscina. Cuando entró descalza en la cocina, todavía chorreante, Yolanda apartó la vista de los muebles del comedor a los que estaba quitando el polvo. Aún tenía los pies mojados, y se dio cuenta, un instante demasiado tarde, de que Yolanda ya había pasado la fregona.

—Perdona —dijo—. Fíjate, te estoy ensuciando el suelo.

A veces aún hablaba así a Yolanda, como si Stella estuviera de en su casa, y no al revés. Yolanda se limitó a sonreír.

—No se preocupe, señora —dijo—. Aquí tiene su té.

Stella tomó un sorbo de té dulce, colgando la toalla flácidamente en torno a sus hombros, mientras se encaminaba hacia la ducha. Al menos, había pensado en un primer momento, la piscina le serviría para hacer ejercicio. Pero la mayoría de las mañanas no nadaba ni una brazada, solo flotaba en la colchoneta. En las mejores mañanas, flotaba con un cóctel, que bebía lentamente mientras iba a la deriva bajo el sol del amanecer. Se le antojaba deliciosamente incorrecto disfrutar de una copa tan temprano, pero a la vez era lamentable que aquello pasara por excitación. Sus días se fundían en una interminable sucesión, reflejo unos de otros, como si estuvieran atrapados en una sala de espejos igual que una a la que Desiree la llevó una vez en una feria. Tan pronto como entraron, Desiree se escabulló, y Stella la llamó desesperada. En cierto momento vio a Desiree a sus espaldas, pero cuando se volvió, allí no había nadie. Solo veía el extraño reflejo de su propia cara.

Ahora la vida parecía eso, duplicándose sus días uno tras otro, pero ¿cómo iba a quejarse? Y menos a Blake, que tanto se había esforzado en Nueva Orleans y Boston, hasta captar la atención de una empresa de Los Ángeles, nada menos, un importante mercado internacional. Trabajaba horas y horas, viajaba incesantemente, examinaba gráficos de colores en la cama hasta dormirse. Probablemente a él los días de Stella le parecían un sueño, y más se lo parecerían si supiese lo poco que ella hacía realmente. Que la mayoría de las veces las tartas que ella glaseaba cuando él llegaba a casa habían salido de una caja, que las sábanas entre las que él se acostaba por la noche las lavaba Yolanda, que en ocasiones daba la impresión de que incluso la vida de su hija era uno de los ámbitos de los quehaceres domésticos que había delegado en otra persona.

Esa tarde, sentada en una sala polivalente en Brentwood Academy, untaba lentamente sus bastoncitos de apio en salsa ranchera. Al frente de la sala, Betsy Roberts anotaba a los voluntarios para el baile de primavera. Stella sabía que debía levantar la mano —¿cuándo se había ofrecido voluntaria para algo aparte de llevar un ponche?—, pero se limitó a mirar por la ventana el césped bien cortado. Durante esas reuniones, siempre perdía paulatinamente el interés mientras escuchaba a las demás debatir sobre el color de los banderines que iban a colgar. El sabor de los brownies que prepararían, el regalo de fin de año para el director del colegio Stanley. Santo cielo, ¿es que iba a tener que oír otra conversación más sobre un niño al que no conocía? ¿Cómo Tina J. había acaparado la atención de todo el mundo en el concurso de talentos o cómo ganó Bobby R. al pichi o cualquier otro logro intrascendente? Su hija jamás destacaba en nada pero, aun si lo hiciera, Stella tendría al menos la decencia de no obligar a los demás a oír hablar de ello.

Sabía qué pensaban de ella las otras madres: ahí va Stella Sanders, la muy ya sabes qué, menuda estirada. Bueno, daba igual, podían pensar lo que quisieran. Ella necesitaba mantener las distancias. Incluso después de tantos años se ponía aún nerviosa en presencia de mujeres blancas y se quedaba sin temas de conversación triviales en cuanto abría la boca. Cuando la reunión terminó, Cath Johansen se acercó y dio las gracias a Stella por tomar la palabra la noche anterior.

—Ya era hora de que alguien saliera en defensa de la decencia —dijo Cath.

Los Johansen eran naturales de Los Ángeles. La familia de Dale tenía hectáreas de naranjales en Pasadena, y una vez los invitó a ella y a Blake a visitar la «granja», como él la llamaba, como si fuera una finca modesta, no una hacienda de un millón de dólares. Stella sobrellevó sus ínfulas apartándose del grupo y vagando sola entre las hileras de árboles. En el coche, de regreso a casa, Blake comentó que Cath y ella tal vez podían llegar a ser buenas amigas. Siempre hacía eso, animarla a salir más de sí misma. Pero era así como ella se sentía a salvo: aislada.


Una semana después de la reunión de la asociación, Stella empezó a ver indicios de que su peor temor se había hecho realidad. Primero, el letrero rojo SE VENDE en el jardín de los Lawson. Ella no conocía bien a los Lawson; casi nunca hablaba con ellos, más allá de los cumplidos de rigor en las comidas comunales del vecindario, pero, así y todo, una mañana se obligó a reclamar la atención de Deborah Lawson acercándose a su camino de acceso. Deborah, agobiada, la miró mientras hacía entrar en el asiento trasero de su sedán a sus dos hijos rubios.

—Esa familia nueva, ¿es gente agradable? —preguntó Stella.

—Pues no lo sé —dijo Deborah—. No los conozco. El agente se ocupa de todo.

Pero no miró a Stella a la cara en todo el tiempo y casi la apartó para subirse al coche, con lo que Stella supo que mentía. Más tarde conocería la historia completa: el problema de Hector Lawson con el juego, que sumió a su familia en deudas. La mitad de los vecinos lo compadecían, la otra mitad achacaban la difícil situación de la familia a su irresponsabilidad. Uno podía sentir lástima por un hombre que había perdido tanto, pero no cuando su mala suerte perjudicaba a todo el vecindario. Aun así, Stella conservó la esperanza de que sus sospechas fuesen infundadas hasta que Blake llegó a casa de su partido de frontenis, enjugándose el sudor de la cara con la camiseta, y le anunció que la asociación se había rendido.

—El individuo de color amenazó con poner una demanda si no lo admitían —dijo Blake—. Además, contrató a un abogado importante. Consiguió asustar al viejo Percy. —Advirtió la expresión de desánimo de ella y la rodeó con el brazo por la cadera—. Va, no pongas esa cara, Stel. Todo saldrá bien. Seguro que no duran ni un mes aquí. Verán que no se los quiere.

—Pero después vendrán más...

—No si no pueden permitírselo. Fred me ha dicho que ese hombre pagó por la casa a toca teja. Es de otra órbita.

Casi daba la impresión de que lo admiraba. Pero ¿qué clase de persona amenazaba con una demanda para acceder a un vecindario donde no sería bienvenido? ¿Por qué habría de insistir hasta ese extremo? ¿Para dejar clara su postura? ¿Para pasarlo mal? ¿Para acabar en las noticias de la noche como todos esos manifestantes, apaleados o martirizados con la esperanza de convencer a los blancos de que cambiaran de actitud? Dos semanas antes había visto desde el brazo del sillón de Blake arder las ciudades de todo el país. Una única bala, dijo el locutor, y la potencia del disparo había arrancado la corbata de Luther King. Blake miró perplejo a negros desolados correr frente a edificios en llamas.

—Nunca entenderé por qué hacen eso —dijo—. Destruir sus propios barrios.

En los noticiarios locales, agentes de policía instaban a la calma, la ciudad todavía bajo los efectos de los disturbios de Watts de tres años atrás. Ella había entrado en el tocador, tapándose la boca con una mano para sofocar el llanto. ¿Sentiría desesperación Desiree en una noche como esa? ¿Había sentido alguna vez esperanza? Ahora el país era irreconocible, dijo Cath Johansen, pero a Stella le parecía el mismo de siempre. Tom Pearson, Dale Johansen y Percy White no irrumpirían en el porche de un hombre de color y lo sacarían a rastras de su cocina, no le pisotearían las manos, no le dispararían cinco veces. Esas eran personas decentes, buenas personas, que donaban a organizaciones benéficas y torcían el gesto al ver en las noticias a sheriffs sureños golpear con porras a estudiantes universitarios de color. Consideraban que Luther King era un excelente orador, quizá incluso coincidían con algunas de sus ideas. Ellos no le habrían metido una bala en la cabeza —tal vez incluso hubieran llorado al ver su funeral, a esa pobre familia, tan joven—, y aun así no habrían permitido a ese hombre mudarse a su vecindario.

—Podríamos amenazar con marcharnos —dijo Dale en la cena. Hacía girar un cigarrillo entre los dedos, mirando por la ventana como un centinela de guardia—. A ver qué opinaba la asociación de eso, ¿eh? Todos nosotros, podríamos levantarnos y marcharnos.

—¿Por qué tendríamos que ser nosotros quienes se marcharan? —dijo Cath—. Hemos trabajado mucho, hemos pagado nuestras cuotas.

—Es solo una táctica —respondió Dale—. Una táctica de negociación. Aprovechamos nuestra fuerza colectiva…

—Hablas como un bolchevique —dijo Blake con una sonrisa burlona.

Stella se rodeó con los brazos. Apenas había probado el vino. Quería pensar en cualquier cosa menos en la familia de color que se disponía a instalarse allí, lo cual era, por supuesto, el único tema de conversación que interesaba a todo el mundo.

—Me alegra que te tomes todo esto a risa —repuso Dale—. Tú espera a que todo el vecindario se parezca a Watts.

—Te aseguro que eso no ocurrirá —afirmó Blake, y se inclinó a encender el cigarrillo a Stella—. No entiendo por qué os alteráis todos tanto.

—Más vale que no ocurra —dijo Dale—. Yo me encargaré de eso.

Stella no sabía qué la inquietaba más, si representarse a una familia de color instalándose allí o imaginar lo que podía hacerse para impedírselo.

Al cabo de unos días, un camión amarillo de mudanzas ascendió lentamente por las tortuosas calles de Palace Estates, parando en cada cruce, en busca de Sycamore Way. Desde la ventana de su dormitorio, Stella escrutó a través de las persianas mientras el camión aparcaba frente a la casa de los Lawson. Tres hombres de color desgarbados salieron de la parte de atrás con camisas moradas a juego. Descargaron las piezas de una en una: un sofá de piel; un jarrón de mármol; una alfombra larga enrollada; un elefante de piedra enorme con la trompa en alto; una estilizada lámpara de pie. Un desfile interminable de muebles, sin familia a la vista. Stella observó tanto como pudo hasta que su hija se acercó por detrás y susurró:

—¿Qué pasa?

Como si jugaran a espías. Stella se sobresaltó y, de pronto avergonzada, se apartó de la persiana.

—Nada —dijo—. ¿Quieres ayudar a mamá a poner la mesa?

Después de semanas de preocupaciones, su primer encuentro con los nuevos vecinos fue accidental e intrascendente. Se cruzó con la mujer a primera hora de la mañana siguiente mientras salía con su hija por la puerta para llevarla al colegio. Estaba distraída, intentando mantener en equilibrio un diorama a la vez que cerraba la puerta con llave, y casi no advirtió la presencia, en un primer momento, de la atractiva mujer de color de pie en la otra acera. Bien arreglada y esbelta, tenía el cabello castaño y lo llevaba cortado en una melenita a lo Supremes. Lucía un vestido amarillo dorado de cuello redondo y tenía cogida de la mano a una niña con un vestido rosa. Stella, sosteniendo contra el abdomen la caja de zapatos que contenía el diorama, se detuvo. En ese momento la mujer sonrió y la saludó con un gesto, y Stella vaciló antes de alzar por fin la mano.

—Una bonita mañana —dijo la mujer. Tenía un leve acento, tal vez del Medio Oeste.

—Sí que lo es —convino Stella.

Debía presentarse. No lo había hecho ningún otro vecino, pero su casa se hallaba justo en la acera de enfrente; casi veía el salón de esa mujer. No obstante, optó por empujar a Kennedy hacia el coche. Empuñó el volante con fuerza durante todo el trayecto hasta el colegio, reproduciendo la conversación en su cabeza. La sonrisa relajada de esa mujer. ¿Por qué, para empezar, se sentía tan cómoda al dirigir la palabra a Stella? ¿Vio algo en ella, incluso desde la otra acera, que le inspiró confianza?

—He conocido a la vecina —anunció a Blake esa noche.

—Mmm —musitó él a la vez que se metía en la cama junto a ella—. ¿Es amable, por lo menos?

—Sí, supongo.

—Todo irá bien, Stel —aseguró él—. Llevarán una vida reservada, si saben lo que les conviene.

La habitación quedó a oscuras, el colchón chirrió cuando Blake rodó hacia ella para besarla. A veces, cuando él la tocaba, ella veía al hombre que había sacado a rastras a su padre al porche, el del cabello dorado rojizo. Alto, camisa gris parcialmente desabrochada, una costra en la mejilla como si se hubiese cortado al afeitarse. Blake le separó los muslos, y el hombre del cabello rubio rojizo se colocó sobre ella; casi olía su sudor, veía las pecas de su espalda. Eso daba paso de nuevo al olor a limpio del jabón Ivory de Blake, su voz susurrando su nombre. Era absurdo: esos dos hombres no se parecían en nada, y Blake nunca le había hecho daño. Pero podría, y eso la indujo a abrazarse a él aún con más fuerza mientras lo sentía penetrarla.

# 8

Los nuevos vecinos eran Reginald y Loretta Walker, y cuando corrió la noticia de que el mismísimo sargento Tommy Taylor se instalaba en Sycamore Way, incluso los más hostiles flaquearon en sus protestas. El sargento Taylor era, naturalmente, un apreciado personaje de *Manos en alto*, la serie policiaca más popular de la televisión. Era el escrupuloso compañero del belicoso héroe, a quien siempre incordiaba por cuestiones de burocracia y protocolo. «¡Rellena ese formulario!» era su frase característica, y durante meses Blake, cuando lo veía desde la acera de la calle sin salida, la repetía en voz alta a modo de saludo. Reg Walker, cortando el césped de su jardín o recogiendo el periódico del camino de acceso, siempre se sobresaltaba antes de exhibir su sonrisa distintiva, con un ligero encogimiento de hombros, como si considerara que eso era lo menos ofensivo que podía gritarle un hombre blanco desde el otro lado de la calle.

A Blake le encantaba, como si fuera una broma entre ambos. No se daba cuenta de la paciencia con que Reg Walker lo toleraba. Pero siempre abochornaba a Stella, que lo apremiaba a entrar. Ella apenas veía la televisión aparte de las noticias, y desde luego no tenía el menor interés en las series de policías, así que cuando se enteró de lo de los Walker, le dio igual que Reg actuara en un programa que le gustaba a Blake. Quizá eso se granjeara la buena voluntad de los maridos; si tenían que convivir con un negro, mejor que fuera famoso.

Incluso que inspirara confianza, un personaje que en la pantalla nunca veían sin su uniforme. Cabía imaginar su sorpresa cuando vieron por primera vez a Reg Walker: alto, delgado, el cabello corto en un peinado natural. Vestía pantalones verdes a cuadros con camisas de seda que se ceñían a su amplio torso. Un reloj de oro destellaba en su muñeca, reflejando la luz del sol cuando subía a su reluciente Cadillac negro.

«Ostentoso», había sido el adjetivo utilizado por Marge Hawthorne para describirlo con el mismo tono teatral con el que podría haber dicho: «Peligroso».

Los viernes por la noche Stella veía a los Walker subirse a su coche, Reg con un traje negro, Loretta envuelta en un vestido azul regio. De camino a una fiesta, quizá. Codeándose con actores de cine en una mansión de Hollywood Hills, entrando en un club nocturno de Sunset con jugadores de béisbol. Por un momento Stella se sintió como una tonta por desconfiar de ellos. Bob Hawthorne era dentista. Tom Pearson tenía un concesionario de Lincoln. Y tal vez los Walker consideraban a los demás vecinos indignos. Mirándose a sí misma, ya en pijama, no pudo sino estar de acuerdo.

—¿Y bien? —preguntó Cath sin aliento al desplomarse junto a ella en la siguiente reunión de la asociación de padres y profesores—. ¿Cómo son?

Stella se encogió de hombros.

—No lo sé —dijo—. Solo los he visto una o dos veces.

—He oído decir que el marido no está mal. Pero que su mujer es otro cantar.

—¿Qué quieres decir?

—Pues que es engreída a más no poder. Barb me dijo que quiere matricular a su hija en nuestro colegio el año que viene. ¡Si quieres saber mi opinión, eso es un disparate! O sea, hay colegios más que aceptables por toda la ciudad con muchos niños de color. Tienen autobuses y todo.

Loretta Walker no parecía de las que buscaban problemas, pero ¿qué sabía Stella de ella? Se mantenía a distancia, la observaba solo a través de las persianas. Reg Walker saliendo temprano en su Cadillac para el rodaje de la mañana, Loretta envuelta en una bata verde de seda despidiéndolo desde el porche. Loretta regresando del supermercado los lunes, siempre los lunes, descargando el maletero. En una ocasión se detuvo en el camino de acceso un Buick de color tostado y se apearon tres mujeres de color, con vino y tarta. Loretta bajó por el camino de acceso para recibirlas, riendo, la cabeza echada hacia atrás. Una amplia sonrisa que indujo a Stella a sonreír también. ¿Cuándo había visto sonreír a alguien así por última vez?

A través de las persianas, observaba a los Walker como si sus vidas fueran otro programa en su televisor. Pero nunca vio nada alarmante hasta la mañana en que descubrió a su hija jugar a muñecas en la calle sin salida con la hija de los Walker. No tuvo tiempo de pensar. Casi sin darse cuenta, cruzó apresuradamente la calle y agarró a su hija por el brazo. Las dos niñas se quedaron boquiabiertas mientras ella se llevaba a Kennedy a rastras de vuelta a casa. Temblando, manipuló torpemente el cerrojo de la puerta mientras su hija, gimoteando, se quejaba de que se había dejado la muñeca en la calle. Stella sabía ya que se había excedido: ¿acaso no había jugado ella con niñas blancas a la edad de Kennedy? Cuando se era muy pequeña, nadie le concedía importancia a esas cosas. Las gemelas solían acompañar a su madre al trabajo, donde jugaban con la niña blanca que vivía allí, hasta una tarde en que la madre de la niña la arrancó de pronto de su círculo. Stella repitió a su hija lo mismo que había oído decir a esa madre: «Porque nosotros no jugamos con negros». Y quizá fuera por la aspereza de su tono o por el hecho de que nunca había pronunciado esa palabra con desprecio ante su hija, pero allí acabó la historia.

O al menos eso pensó hasta después de la cena, cuando sonó el timbre de la puerta y Stella encontró a Loretta Walker en el felpudo de bienvenida, con la muñeca de Kennedy en la mano. Por un momento, bajo el tenue resplandor de las luces del porche, sujetando la muñeca rubia contra el vientre, Loretta casi pareció una niña ella misma. A continuación plantó la muñeca en manos de Stella y cruzó de nuevo la calle.

Durante tres semanas Stella eludió a Loretta Walker.

Atrás quedó lo de espiarla por curiosidad; ahora escudriñaba a través de las persianas antes de salir a recoger el correo, solo para asegurarse de que no se toparía con ella. Iba al supermercado los martes, nunca los lunes, por miedo a tropezarse con Loretta en el pasillo de la leche. Hasta el momento solo se había producido un encuentro accidental el domingo por la mañana, cuando las dos parejas salían al mismo tiempo camino de sus respectivas iglesias. Los maridos mantuvieron un trato cordial, pero las mujeres se centraron en ayudar a sus respectivas hijas a subir al coche y ni siquiera se hablaron.

—Ella no es muy simpática —masculló Blake mientras retrocedía por el camino de acceso, y Stella, quitándose los guantes, calló.

En realidad no tenía nada de que avergonzarse. Se había comportado tal como habrían hecho Cath Johansen o Marge Hawthorne. Aun así, no se lo contó a Blake. ¿Y si se preguntaba por qué había reaccionado ella así? ¿O si pensaba que había actuado como la chusma de Louisiana a la que, según la madre de él, pertenecía? Él creía en la moderación. Su mayor deseo, decía siempre al ver a los policías aporrear a los manifestantes en los noticiarios, era que todo el mundo se llevara bien. Así que si se lo contaba, él se abochornaría, y ya bastante abochornada estaba ella. Porque, pese a saber que no había obrado mal, se le revolvía el estómago cada vez que se representaba a Loretta en su porche, abrazada a la muñeca. Habría sido mejor que Loretta arremetiera contra ella, la llamara fanática retrógrada y de miras estrechas. Pero no lo había hecho. Se comportaba con decencia porque se sentía obligada, lo cual aumentaba aún más la sensación de vergüenza de Stella.

—¿Sabías que esa Walker mandó una carta al colegio? —le preguntó Cath un domingo, arrimándose a ella en el banco de la iglesia.

—¿Una carta? —dijo Stella.

En su estado de agotamiento le era imposible seguir el ritmo a Cath con sus trepidantes insinuaciones. Ni siquiera allí, en la iglesia, podía eludir a Loretta Walker.

—Una carta de un abogado —añadió Cath—. Un abogado importante, para anunciar que si no permiten a su hija venir aquí en otoño, los demandará. ¿Te imaginas? ¿Todo un pleito solo por esa niña? En serio, hay gente a la que le encanta llamar la atención…

—No creo que sea una persona así —respondió Stella.

—¿Y tú cómo lo sabes? —preguntó Cath. Cruzó los brazos ante el pecho.

Stella alzó las manos en un gesto de rendición.

—Tienes razón —dijo—. No lo sé.


En junio, convirtió su culpabilidad en una tarta de limón con glaseado de vainilla. La idea se le ocurrió de repente: sin darse tiempo para replanteárselo, sacó una bolsa de harina del armario, buscó huevos en la nevera. Enloquecería si seguía escondiéndose en su propia casa, mirando por la ventana cada vez que quería aventurarse a salir. Estaba harta de sentir un nudo en el estómago cuando imaginaba a la niña de los Walker abandonada en la acera junto a las muñecas desperdigadas, mirándola con aquellos grandes ojos. Para poder sentirse mejor, tenía que disculparse. Prepararía una tarta y se la llevaría como regalo de bienvenida al barrio. Así al menos podría mantener una relación cordial con ella. Tratarla bien. La hospitalidad y la amistad eran cosas distintas, y si alguien le preguntaba, diría que de niña la habían educado para ser hospitalaria. Nada más y nada menos. Una tarta de limón a cambio de su paz de espíritu le parecía un trueque fácil.

Por la tarde, respiró hondo antes de cruzar la calle con la tarta en una bandeja de cristal. El Buick de color tostado estaba en el camino de acceso de los Walker. Tanto mejor: Loretta tenía visita. Así le sería más fácil entregar la tarta, presentar sus disculpas y marcharse.

Loretta atendió la puerta con un vestido verde brillante, un pañuelo dorado en torno al cuello. Stella sintió un repentino bochorno al verse allí con su corriente vestido azul y la tosca tarta.

—Ah, hola, señora Sanders —saludó Loretta, apoyada en el marco de la puerta con una copa de vino blanco en la mano.

—Hola —dijo Stella—. Solo quería…

—¿Por qué no pasa?

Stella, que no se esperaba aquello, se quedó inmóvil. Del salón llegaron unas carcajadas, y la traspasó una intensa punzada. ¿Cuándo fue la última vez que, sentada con unas amigas, se había echado a reír?

—Ah, no, no puedo —respondió—. Tiene usted visita…

—Tonterías —atajó Loretta—. Es absurdo que nos quedemos hablando aquí fuera en el porche.

Stella se detuvo en la entrada, sorprendida ante la decoración palaciega: el suelo del salón adornado con una alfombra blanca de piel, una lámpara de pie con la pantalla dorada, el jarrón revestido de un mosaico de azulejos en la repisa de chimenea. Su casa era sencilla, un rasgo distintivo del buen gusto. Solo la clase baja vivía así, con muebles cubiertos de oro, cachivaches por todas partes. En el largo sofá de piel, tres mujeres de color bebían vino y escuchaban a Aretha Franklin.

—Señoras, les presento a la señora Sanders —anunció Loretta—. Vive en la acera de enfrente.

—Señora Sanders —dijo una de las mujeres—. Hemos oído hablar mucho de usted.

Stella se sonrojó, sabiendo, a juzgar por las sonrisas de las mujeres, qué habían oído exactamente. ¿Por qué había accedido a entrar? No, ¿por qué había llevado la tarta ya para empezar? ¿Por qué no podía actuar como el resto de los vecinos y mantener las distancias? Pero ya era demasiado tarde. Loretta la guio hacia la cocina, donde Stella dejó la tarta en la encimera.

—¿Le apetece una copa, señora Sanders? —preguntó Loretta.

—Me llamo Stella —dijo—. Y no puedo quedarme, solo quería venir y… bueno, dar la bienvenida a toda la familia al vecindario. Por otra parte, en cuanto a lo que pasó…

Esperó que Loretta la interrumpiera a media frase, le ahorrara la vergüenza de repetir el incidente. Sin embargo, la mujer enarcó una ceja y tendió el brazo hacia una copa de vino vacía.

—¿Seguro que no quieres una copa? —insistió.

—Solo pretendía disculparme —dijo Stella—. No sé por qué me comporté de ese modo. Yo no suelo ser así.

—¿Cómo?

Loretta sabía exactamente a qué se refería, pero se divertía jugueteando con ella. Stella volvió a ruborizarse.

—Quiero decir que no suelo… —Se interrumpió—. Esto es nuevo para mí, compréndelo.

Loretta la observó por un segundo y luego tomó un sorbo de vino.

—¿Crees que yo quería mudarme aquí? —dijo—. Pero a Reg se le metió entre ceja y ceja y para entonces…

Su voz se apagó gradualmente, pero Stella dedujo el resto. Cuando ella se hizo pasar por blanca por primera vez, le pareció tan fácil que no entendió por qué no lo había intentado antes. Casi se enfadó con sus padres por negárselo. Si ellos se hubieran hecho pasar por blancos, si la hubieran criado como blanca, todo habría sido distinto. Ningún hombre blanco habría sacado a su padre a rastras de la casa. No habrían tenido el salón lleno de cestos de ropa sucia. Podría haber terminado sus estudios en el colegio, y graduarse la primera de la promoción. Tal vez habría acabado en una universidad como Yale, haber conocido allí a Blake debidamente. Tal vez podría haber sido la clase de chica con que la madre de él quería que se casara. Podría haber tenido en la vida todo lo que ahora tenía, pero no solo ella, sino también su padre y su madre y Desiree.

Al principio, hacerse pasar por blanca le pareció sencillo, y no entendió por qué sus padres no lo habían hecho. Pero por entonces era joven. No era consciente del tiempo que se requería para convertirse en otra persona, ni de la soledad que se sentía al vivir en un mundo que no estaba hecho para una.

—Quizá las niñas puedan jugar alguna vez —dijo Stella—. Hay un parquecito precioso a una calle de aquí.

—Sí, puede ser.

La sonrisa de Loretta se prolongó un segundo más de la cuenta, como si quisiera añadir algo. Por un instante Stella se preguntó si había descubierto su secreto. Casi deseó que así fuera. La asustó su intenso deseo de ser afín a alguien.

—Tiene gracia —dijo Loretta por fin.

—¿Qué tiene gracia?

—Cuando nos trasladamos aquí, no sabía qué esperar —respondió Loretta—. Pero nunca imaginé que una mujer blanca se presentaría en mi cocina con la tarta más deforme que he visto.


Loretta Walker no sabía cómo había acabado en Los Ángeles. Fue así como lo contó, añadiendo un suspiro de hastío a la vez que daba otra calada al cigarrillo. Sentada en el banco del parque, observaba a las niñas jugar en los columpios. Aún era principios del verano, pero por la mañana empezaba a apretar el calor, y Stella se enjugó la frente húmeda con el pañuelo. Un rato antes, cuando empujaba el columpio de Kennedy, la niña de color llegó corriendo al parque, seguida por Loretta. La niña observó a Stella con recelo, buscando la mano de su madre, y por un momento Stella se planteó irse. Pero respiró hondo y se quedó.

Ahora Loretta contemplaba taciturna el cielo despejado.

—Tanto sol —comentó—. Es antinatural. Como estar en una película todo el tiempo.

Había nacido en St. Louis, pero conoció a Reg en Howard. Matriculado en la especialidad de teatro, estaba obsesionado con August Wilson y Tennessee Williams; ella estudiaba historia, con la esperanza de llegar a ser profesora algún día. Ninguno de los dos había imaginado que Reg alcanzaría la fama interpretando el papel de un aburrido agente de policía. Cuando ensayaba sus largos soliloquios, impresionando a Loretta con su elocución, él no preveía que años más tarde su frase más conocida sería: «¡Rellena ese formulario!».

—¿Te gustó? —preguntó Stella—. Howard. Es una universidad para personas de color, ¿no?

Lo dijo como si ella no se hubiese guardado todos los folletos universitarios que le había dado la señora Belton, abriendo tan a menudo el de Howard que se agrietó y se rasgó por el pliegue central. Todos aquellos estudiantes de color descansando en el césped, hojeando libros. Por entonces a ella la parecía un sueño.

—Sí —respondió Loretta—. Me gustó bastante.

—Yo siempre quise ir a la universidad —dijo Stella.

—Aún podrías.

Stella se rio y abarcó el vecindario con un gesto.

—¿Y para qué?

—No lo sé. ¿Porque quieres?

Loretta lo presentó como algo muy sencillo, pero Blake se reiría. Una pérdida de tiempo y dinero, diría. Además, ni siquiera había acabado el instituto.

—Ya es tarde para eso —dijo por fin.

—Bueno, ¿y qué te gustaría estudiar?

—Antes me gustaban las matemáticas.

Ahora fue Loretta quien se rio.

—Vaya, debes de ser muy lista —observó—. Nadie se divierte con las matemáticas.

Pero a ella le encantaba la simplicidad de las matemáticas, que un número aumentara o disminuyera según la función aplicada. Sin sorpresas, un paso lógico llevaba al siguiente. Loretta, observando jugar a las niñas, se inclinó hacia delante. No parecía en absoluto la mujer engreída de la que todos hablaban, la que quería abrirse paso por la fuerza hasta la academia Brentwood. Ni siquiera daba la impresión de que le gustara vivir en Los Ángeles. Su intención era volver a Missouri después de la universidad, quizá trabajar para pagarse un doctorado. Entonces se enamoró de Reg y se vio arrastrada por los sueños de él.

—¿Y por qué vinisteis aquí? —preguntó Stella—. A Estates, quiero decir.

Loretta levantó una ceja.

—¿Y vosotros?

—Bueno, los colegios. Es un buen vecindario, ¿no te parece? Limpio. Seguro.

Dio las respuestas oportunas, aunque albergaba sus dudas al respecto. Se había trasladado a Los Ángeles por el trabajo de Blake, y a veces pensaba que no había tenido elección en el asunto. En otras ocasiones recordaba lo apasionante que le había parecido la posibilidad de Los Ángeles, a tantos kilómetros de distancia de su antigua vida. Era una tontería fingir que no había elegido esa ciudad. Ella no era un pequeño remolcador, arrastrado por la marea. Se había creado a sí misma. Desde la mañana que salió del edificio de Maison Blanche como chica blanca, lo tenía todo decidido.

—¿Y no crees que también yo puedo querer esas mismas cosas? —preguntó Loretta.

—Sí, pero no… o sea, debe de ser más fácil si… ¿no?

—¿Si me hubiera quedado con los míos? —Loretta encendió otro cigarrillo y su rostro relució como el bronce.

—Pues sí —dijo Stella—. La verdad es que no entiendo por qué una persona querría hacer una cosa así. O sea, hay muchos buenos vecindarios de color, y la gente puede dejarse llevar por el odio.

—Van a odiarme de todos modos —respondió Loretta—. Para eso, que me odien en mi casa grande, llena de cosas bonitas.

Dando otra calada al cigarrillo, sonrió, y a Stella aquella sonrisa pícara le recordó a Desiree. Volvió a sentirse como una adolescente, fumándose a escondidas un pitillo en el porche mientras su madre dormía. Tendió la mano hacia el cigarrillo de Loretta, inclinándose hacia su resplandor.

Estaban los Johansen, claro, en Magnolia Way: Dale trabajaba en el centro, en asuntos financieros, Cath era la secretaria de la asociación de padres y profesores de la academia Brentwood, pese a que apenas levantaba actas durante las reuniones; Stella había echado un vistazo a su cuaderno muchas veces y lo había visto en blanco. También estaban los White, en Juniper: Percy trabajaba de contable en uno de los estudios cinematográficos, Stella no recordaba cuál, Blake debía de saberlo. Además, era presidente de la asociación de propietarios, pero se había presentado al cargo solo porque su mujer lo incitaba a ser más ambicioso. Lynn era de Oklahoma, una familia del sector del petróleo, y solo Dios sabía cómo había acabado cargando con Percy White. Viéndolo a él, podía llegar a entenderse, pero desde luego no era lo que ella tenía en mente cuando soñó con casarse con un hombre que trabajaba en Hollywood. Estaban asimismo los Hawthorne, en Maple: Bob tenía los dientes más blancos que ella había visto en su vida.

—Creo que sé quién es —dijo Loretta—. ¿Y grandes además de blancos? ¿A lo Mister Ed?

Stella se rio, y casi se le cayó el ovillo de hilo azul. En el otro extremo del sofá de piel, Loretta hizo una mueca como siempre que sabía que había dicho algo gracioso. Cosa que ocurría a menudo, ahora que iban por su segunda copa de vino.

—Pronto los conocerás a todos —dijo Stella—. Son gente amable.

—Lo serán contigo —precisó Loretta—. Como bien sabes, eres la única que ha pisado esta casa.

Stella lo sabía, pero procuraba no darle muchas vueltas a eso. Observó el hilo desenrollarse frente a ella, el movimiento de la aguja de ganchillo de Loretta en el aire. Al llamar a Loretta un rato antes y preguntarle si no querrían las niñas jugar otra vez, supuso que quedarían en el parque. No esperaba que Loretta la invitara a su casa, ni que ella aceptase. Ahora las niñas jugaban en el jardín de los Walker —se oían sus gritos a través de la mosquitera—, y ella, entonada por el vino, escuchaba a Loretta describir cómo había vivido ella el despegue de Reg en el mundo de la actuación, cuando por fin llegó. Cómo, pese a considerar *Manos en alto* una serie embrutecedora, él agradecía la oportunidad de interpretar por una vez a un policía, no a otro hampón callejero robando el bolso a una mujer en los créditos iniciales. Loretta lo acompañaba al plató de vez en cuando, pero todo aquello le resultaba tan insoportablemente aburrido que por lo general acababa haciendo ganchillo en algún rincón. A Stella la asombraba que Loretta se mostrase tan poco impresionada por los aspectos espectaculares de su vida. Siempre que Loretta hacía una pregunta, Stella se sentía incómoda, consciente de lo poco que tenía que ofrecer.

—Ya te lo he dicho —comentó ella—. La verdad es que no soy muy interesante.

—Bah, no me lo creo ni remotamente —dijo Loretta—. Seguro que en esa cabeza tuya giran las cosas más fascinantes.

—Te aseguro que no —insistió Stella—. Soy muy del montón.

En toda su vida había hecho una sola cosa interesante, pero se pasaría el resto de sus días ocultándola. Cuando Loretta le preguntaba por su infancia, ella siempre respondía con evasivas. No podía contar un solo recuerdo de su juventud sin evocar también a Desiree; todos sus recuerdos aparecían divididos por la mitad, su hermana arrancada de ellos, y qué solitarios se le antojaban ahora: Stella nadando sola en el río, paseando por campos de caña de azúcar, corriendo sin aliento para escapar de un ganso que la perseguía por la carretera. Un pasado solitario, un presente solitario. Hasta ahora. De algún modo Loretta Walker se había convertido en la única persona con la que podía hablar.

Se pasó todo el verano esperando las llamadas de Loretta. Podía estar viendo a su hija pintar acuarelas en el jardín trasero cuando sonaba el teléfono de la cocina, y así sin más, recogía el juego de pinturas y, tras lanzar un cauto vistazo a la calle, hacía cruzar a Kennedy. O se disponía a salir hacia la biblioteca pública para la hora del cuento cuando Loretta telefoneaba y de pronto los libros con el plazo ya vencido eran menos importantes que aventurarse a cruzar la calle. Cuando volvían a casa, decía a su hija que no mencionara a Blake que había ido a jugar con la vecina.

—¿Por qué? —preguntaba Kennedy.

Stella se arrodillaba frente a ella para desatarle los cordones de las zapatillas.

—Porque —contestaba— papá prefiere que nos quedemos en casa. Pero si no dices nada, podemos seguir yendo a la casa de enfrente. Te gustaría, ¿verdad?

Su hija apoyaba las manos en sus hombros, como si fuera a soltarle un severo sermón, pero solo lo hacía para no perder el equilibrio mientras se quitaba las zapatillas.

—Vale —decía. Lo aceptaba con tal sencillez que a Stella le dolía.

Como cualquier otra cosa, mentir a su hija pasó a ser más fácil con el tiempo. Estaba criando a Kennedy para que también ella mintiera, aunque la niña nunca lo sabría. Era blanca; nunca se veía a sí misma como otra cosa. Si alguna vez descubría la verdad, odiaría a su madre por engañarla. La idea asomaba a su cabeza cada vez que Loretta llamaba. Pero cada vez hacía acopio de valor, cogía a su hija de la mano y cruzaba la calle.


Los miércoles por la tarde el Buick de color tostado se detenía en el camino de acceso de los Walker poco después del almuerzo, y Cath Johansen telefoneaba a Stella para chismorrear. «Ya sabía yo que no vendría solo una», decía, convencida de que las mujeres de color iban allí para explorar el vecindario a fin de planear su propio traslado al cabo de un tiempo. Stella se apretaba el auricular contra la mejilla y escrutaba a través de la persiana de la cocina mientras las amigas de Loretta se apeaban. La más alta era Belinda Cooper; su marido componía bandas sonoras para Warner Bros. Mary Butler, con gafas de ojo de gato, estaba casada con un pediatra. Había pertenecido a la misma fraternidad que Eunice Woods, cuyo marido acababa de vender un guion a la MGM. Stella conocía información básica sobre esas mujeres que Loretta le había contado, pero no preveía conocer a ninguna de ellas hasta que un miércoles Loretta la telefoneó para decirle que Mary estaba enferma. ¿Le apetecía ser la cuarta en la partida?

—No se me da muy bien el whist —contestó ella.

Era una pésima jugadora de cartas, de cualquier juego que dependiera del azar.

—Cariño, da igual —insistió Loretta—. A veces ni siquiera sacamos la baraja.

Las partidas de whist, como descubrió, eran en esencia un pretexto para lo que aquellas mujeres de verdad querían hacer, que era beber vino y chismorrear. Belinda Cooper, mediada ya su segunda copa de riesling, habló sin parar de un actor de cine que mantenía una torpe aventura con una de las secretarias de la Warner, una joven guapa pero atrevida donde las hubiera, que recibía mensajes de la esposa y luego iba a la caravana de él a entregar mucho más que una llamada perdida.

—Las chicas de hoy día son cada vez más atrevidas —comentó Loretta. Dio otra calada al cigarrillo, sin tocar siquiera sus naipes—. Os diré que Reg y yo fuimos el otro día a casa de Carl y nos encontramos con Mary-Anne…

—¿Cómo está?

—Embarazada. Otra vez.

—¡Dios bendito!

—¿Y sabéis qué dijo? Euny, te toca a ti, cariño.

—Nunca le he caído bien a Mary-Anne —dijo Eunice—. ¿Os acordáis de aquella vez en la boda de Thelma?

Todas sus conversaciones transcurrían así, en bucles y bucles que Stella no podía seguir. No estaba previsto que entendiera sus claves o que dedujera complicados trasfondos del elenco de personajes que introducían, ni de hecho que asistiera a esa reunión. Pero ella se daba por contenta con estar allí en silencio, jugueteando con sus cartas, y escuchar. Si Belinda y Eunice tenían algún inconveniente en que ella estuviese allí, no lo decían. Pero, al hablar, la eludían, nunca se dirigían a ella, como para decir a Loretta: esto es responsabilidad tuya. Así y todo, la tarde discurrió plácidamente, hasta que las niñas entraron corriendo para comer algo. A Stella siempre le llamaba la atención la naturalidad que Loretta mostraba en presencia de Cindy. La niña se encaramaba a su lado, se frotaba contra su madre como un gato, y Loretta, sin interrumpir siquiera la conversación, tendía las manos hacia ella. Parecía saber lo que Cindy quería incluso antes de que la pequeña lo pidiera. Cuando las niñas volvieron arriba, Eunice dio una calada al cigarrillo y dijo:

—Todavía no sé porque estás tan empeñada en hacerlo.

—Hacer ¿qué? —preguntó Loretta.

—Ya lo sabes. Sé que ahora esta es tu nueva vida…

—Vamos, por favor…

—Pero tu hija va a pasarlo mal y eso lo sabemos todas. No vale la pena, solo por una cuestión de principios.

—No es una cuestión de principios —corrigió Loretta—. El colegio está a un paso, y Cindy es igual de lista que todos esos otros niños…

—Ya lo sabemos, cariño —dijo Belinda—. No es una cuestión de tener razón. Puedes tener razón hasta el fin de los tiempos. Pero esta es tu única hija y esta es su única vida.

—¿Te crees que no lo sé? —repuso Loretta. Un destello asomó a sus ojos, y acto seguido, en un esfuerzo de contención, se rio un poco y aplastó la colilla–. Gracias a Dios no todas nosotras pensamos como vosotras dos.

–Preguntémosle a tu nueva amiga –propuso Eunice–. ¿Qué opina de todo esto, señora Sanders?

Stella fijó la mirada en la mesa de juego, sintiendo ya el calor en el cuello.

–Pues no lo sé –dijo.

–Sin duda tendrá una opinión.

Eunice dirigía a Stella una sonrisa que le recordó a un perro de caza con un conejo entre los dientes. Cuanto más se agitaba uno, más apretaba el animal esas fauces en torno a su cuerpo.

–Yo no lo haría –dijo por fin–. Esos otros padres le harán la vida imposible, querrán que sirva de ejemplo. No sabes las cosas que dicen cuando tú no estás…

–Imagino que usted enseguida salta en su defensa –comentó Eunice.

–Ya basta –dijo Loretta en voz baja, pero no era necesario.

Para entonces los ánimos ya se habían agriado. Belinda y Eunice se marcharon antes del final de la partida. Stella lavó las copas de vino mientras las niñas, en el piso de arriba, recogían sus juguetes. Se estaba haciendo tarde, eran ya casi las cuatro. Blake pronto llegaría. A su lado, Loretta secaba en silencio las copas con un paño a cuadros.

–Lo siento –dijo Stella.

No sabía por qué se disculpaba exactamente. Lo sentía por haber ido a su casa, por haber estropeado la partida, por ser exactamente quien Eunice Woods la acusaba de ser. No defendía a Loretta, ni siquiera ante la tonta de Cath Johansen. Inducía a su propia hija a mentir por temor a que su marido se enterara de que se relacionaba con esa mujer.

Loretta le dirigió una extraña sonrisa.

–¿Crees que me interesa tu culpabilidad? –dijo–. Tu culpabilidad no me sirve de nada, cariño. Si quieres sentirte bien por sentirte mal, puedes ir a hacerlo a la acera de enfrente.

Stella dejó la copa mojada en la encimera. Se secó las manos con el paño. Así que era eso lo que Loretta pensaba realmente de ella: una mujer blanca que la frecuentaba para aliviar su sentimiento de culpabilidad. ¿Y acaso no era verdad? Se sentía culpable, pero de hecho tratar a Loretta aún la hacía sentir peor. Su vida real parecía, en comparación, todavía más falsa. Y sin embargo no quería distanciarse, ni siquiera en ese momento, cuando Loretta estaba enfadada con ella. Cuando Loretta fue a coger la copa mojada se le cayó de la encimera; la copa se hizo añicos a sus pies. De pronto exhausta, alzó la vista al techo. Era demasiado joven para aparentar tal cansancio, pero debía de sentirlo por tener que luchar continuamente. Stella nunca luchaba. Siempre cedía. En ese sentido era cobarde.

Loretta se agachó para recoger los cristales, pero Stella, sin pensar, extendió el brazo y dijo:

—Déjalo, cariño, te cortarás.

A continuación se arrodilló en las baldosas para limpiar el estropicio que había causado.


Primero Martin Luther King Jr. en Memphis, luego Bobby Kennedy en el centro de Los Ángeles. Pronto dio la impresión de que era imposible abrir un periódico sin ver el cuerpo ensangrentado de un hombre importante. Stella tomó por costumbre apagar las noticias cuando su hija entraba brincando en la cocina para desayunar. Loretta le contó que, hacía un par de meses, Cindy le preguntó qué significaba «magnicidio». Le dijo la verdad, por supuesto: que un magnicidio era cuando una persona mataba a otra por defender una postura.

Lo cual era exacto en gran medida, supuso Stella, pero solo cuando se trataba de un hombre importante. Los hombres importantes se convertían en mártires, los no importantes en víctimas. En el caso de los hombres importantes, se televisaban los funerales, se declaraban días de duelo público. Sus muertes inspiraban la creación de arte y la destrucción de ciudades. Pero a los hombres no importantes se los mataba para afirmar el hecho de que no eran importantes —de que no eran siquiera hombres— y de que el mundo seguía adelante.

A veces aún soñaba que alguien irrumpía en la casa. Más de una vez había sacado a Blake de la cama para que fuese a mirar. «Ya te he dicho que este es un vecindario seguro», mascullaba él cuando volvía a meterse entre las sábanas. Pero ¿no se había sentido ella segura en otro tiempo, hacía años, oculta en una casita blanca rodeada de árboles? Ahora dormía con un bate de béisbol detrás de la cabecera de la cama. «¿Qué vas a hacer con eso, bateadora?», decía Blake, dándole un apretón en el pequeño bíceps. Pero cuando él se marchaba en viaje de negocios, ella nunca conciliaba el sueño sin tocar antes la gastada empuñadura, solo para recordarse que estaba allí.


—Nunca hablas de tu familia —dijo Loretta.

Yacía en una hamaca en su jardín trasero, el rostro medio oculto detrás de unas gafas de sol. Llevaba un traje de baño morado, sus piernas salpicadas aún por el agua de la piscina. Stella alargó el cuello para ver chapotear a las niñas. El colegio empezaría de nuevo pasadas dos semanas, Kennedy de vuelta a la academia Brentwood, Cindy a St. Francis, en Santa Mónica. Un buen colegio, a solo media hora, dijo Loretta, y Stella sintió alivio. Quería decir a Loretta que eso era lo mejor —no había nada de malo en agachar la cabeza y tratar de sobrevivir—, pero entonces Loretta tendría aún más la sensación de haberse rendido. Ahora Loretta se quejaba de la visita de sus suegros, que llegaban de Chicago; se proponían quedarse diez días enteros, y Reg, por supuesto, había dicho que sí porque jamás les diría que no, y porque, naturalmente, sería ella quien tendría que ocuparse de ellos mientras él estaba en el plató.

—¿Y tú eso cómo lo llevas? —preguntó Loretta—. ¿Tu marido hace buenas migas con tus padres?

La incisiva pregunta cogió a Stella desprevenida; estaba distraída, planteándose ya qué haría esos diez días en que no podría ver a Loretta en ningún momento.

—Mis padres desaparecieron hace tiempo —dijo—. Están...

Incapaz de terminar la frase, su voz se apagó. Una expresión de pesar asomó al rostro de Loretta.

—Lo siento, cariño. Ya ves qué cosas hago: avivar malos recuerdos...

—No pasa nada —dijo Stella—. Fue hace mucho tiempo.

—¿Eras pequeña, pues?

—Bastante —contestó ella—. Fue un accidente. Nadie tuvo la culpa. Las desgracias ocurren, así sin más.

—¿Y tienes hermanos? —preguntó Loretta.

—Hermanos varones no. —Stella guardó silencio por un momento y después añadió—: Tuve una hermana gemela. Tú me recuerdas un poco a ella.

No tenía intención de decirlo, y se arrepintió en cuanto lo dijo. Pero Loretta se limitó a reírse.

—¿Y eso?

—Bueno, no sé. Por algunos detalles. Ella era graciosa. Atrevida. No como yo, la verdad. —Sintió que se le saltaban las lágrimas, se apresuró a secarse los ojos—. Lo siento, no sé por qué hablo de esto...

—No lo sientas —dijo Loretta—. ¡Perdiste a toda tu familia! Si algo merece lágrimas, es eso. Encima una hermana. ¡Dios mío!

—Todavía pienso en ella —prosiguió Stella—. No sabía que seguiría pensando en ella de esta manera...

—Claro que piensas en ella. Perder a una hermana gemela. Debe de ser como perder la mitad de ti misma.

A veces imaginaba que descolgaba el teléfono y llamaba a Desiree, solo por oír su voz. Pero no sabía cómo ponerse en contacto con ella y, por otra parte, ¿qué podía decirle? Habían pasado muchos años. ¿De qué serviría volver la vista atrás? Estaba cansada de justificar una decisión que ya había tomado. No deseaba verse arrastrada a una vida que ya no era la suya.

—Gemelas —repitió Loretta, como si fuese una palabra mágica—. ¿Sabes qué decía mi madre? Que siempre podía adivinar si una mujer tendría gemelos solo con mirarle la palma de la mano.

Stella se rio.

—¿Cómo?

—Tal como lo oyes. ¿Nunca te han leído la palma de la mano? Ven, te enseñaré. —De pronto, Loretta cogió la mano de Stella—. ¿Ves esta línea de aquí? Es la línea de los hijos. Si se bifurca, quiere decir que tendrás gemelos. Pero tú tienes uno solo. Y esta de aquí… esta es la línea del amor. ¿Ves lo profunda y recta que es? Eso quiere decir que seguirás casada mucho tiempo. Y esta es la línea de la vida. Fíjate en cómo se divide.

—¿Y eso qué significa?

—Significa que tu vida se ha interrumpido.

Loretta sonrió, y Stella se preguntó una vez más si acaso lo sabía. Quizá Loretta le había seguido la corriente desde el principio. La idea era humillante pero extrañamente liberadora. Quizá Stella podía contárselo todo y quizá Loretta lo entendería. Que ella no pretendía traicionar a nadie pero había necesitado ser una persona nueva. Era su vida, ¿por qué no podía decidir si quería una vida nueva? Pero Loretta se rio. Solo hablaba en broma. Era imposible conocer la vida de una persona a través de su mano, y más aún una vida tan complicada como la de Stella. Así y todo, le gustaba estar allí, mientras Loretta le recorría la palma de la mano con una uña.

—Vale —dijo Stella—. ¿Qué más dice?

# 9

En Nueva Orleans, Stella se escindió en dos.

Al principio no se dio cuenta porque había sido dos personas toda su vida: era ella y era Desiree. A las gemelas, hermosas y poco comunes, nunca las llamaron las chicas, siempre «las gemelas», como si se tratara de un título formal. Siempre se había visto como parte de ese par, pero en Nueva Orleans se transformó en una mujer totalmente nueva cuando la despidieron de la lavandería Dixie. Durante su turno se había abandonado a sus ensoñaciones, pensando una vez más en la mañana en que visitó el museo haciéndose pasar por blanca. Ser blanca no era la parte más apasionante. La emoción residía en ser otra persona. Convertirse en otra a la vista de todo el mundo, sin que nadie alrededor se diera cuenta. Nunca se había sentido tan libre. Pero se distrajo tanto con sus recuerdos que casi se atrapó la mano en el escurridor. El amago de accidente, por el peligro que representó, bastó para que Mae la despidiera. Cualquier lesión en el puesto de trabajo era mal asunto, pero un accidente en el que se viera envuelta una chica contratada ilegalmente era un riesgo excesivo.

«Tienes suerte de que esto acabe solo en un despido», le dijo Mae. ¿Suerte porque solo había perdido un trabajo, no una mano, o suerte porque solo la habían despachado y Desiree había recibido una severa advertencia? En cualquier caso, necesitaba otro empleo. Durante semanas se presentó en la agencia de contratación y se pasó las tardes en salas de espera abarrotadas, marchándose con la promesa de que podía intentarlo otra vez al día siguiente. Cada noche al volver a casa temía encontrarse cara a cara ante Desiree, y ver menguar el dinero del tarro. De pronto, el domingo previo al pago del alquiler, vio una oferta de empleo en el periódico. Maison Blanche buscaba jóvenes con buena letra y conocimientos avanzados de mecanografía para cubrir una plaza en el departamento de marketing, no se requería experiencia administrativa. Siempre había sacado buenas notas en mecanografía, pero unos grandes almacenes nunca contratarían a una chica de color para algo más que guardar zapatos o rociar perfume en los mostradores. Aun así, Desiree le dijo que se presentara.

—Ahí pagarán mucho más que en la lavandería Dixie —aseguró—. Tienes que ir, y a ver qué pasa.

Estuvo a punto de negarse. De decir a Desiree que se olvidara. ¿Qué más daba si sabía mecanografía? ¿Por qué someterse a la humillación de que una remilgada secretaria blanca le anunciara que las chicas de color no podían presentarse al puesto? Sin embargo, a la mañana siguiente se despertó, se puso su vestido bonito y fue en tranvía a Canal Street. Ella era la culpable de que se les estuviera acabando el dinero; como mínimo debía intentarlo. El ascensor la llevó a la sexta planta, donde entró en una sala de espera llena de chicas blancas. Se detuvo en el umbral de la puerta, preguntándose si debía marcharse. Pero la secretaria rubia le indicó que se acercara con un gesto.

—Necesito tu muestra de mecanografía, querida —dijo.

Stella podría haberse ido. En cambio, rellenó con sumo cuidado la solicitud y mecanografió el párrafo de muestra. Le temblaban las manos al pulsar las teclas. La aterrorizaba que la descubrieran, pero casi temía más que eso no ocurriera. ¿Y después qué? Aquello no era lo mismo que colarse en el museo de arte. Si la contrataban, tendría que ser blanca todos los días, y si no podía estar en esa sala de espera sin que le temblaran las manos, ¿cómo iba a conseguir eso otro? Cuando la secretaria anunció que el puesto estaba concedido, Stella sintió alivio. Había presentado la solicitud; al menos podía decir a Desiree que había hecho todo lo posible. Se apresuró a recoger su abrigo y su bolso, y ya se disponía a dirigirse hacia el ascensor cuando la secretaria preguntó si la señorita Vignes podía empezar a la mañana siguiente.

En Maison Blanche, Stella ponía las direcciones en sobres para el señor Sanders. Era el director asociado más joven del departamento de marketing, y apuesto como un actor de cine, así que las otras chicas del edificio la envidiaban. Carol Warren, una rubia de amplio pecho de Lafayette, dijo a Stella que no sabía lo afortunada que era. Carol trabajaba para el señor Reed, que era relativamente amable, suponía, pero a ella le era imposible dejar de mirarle el vello gris que asomaba de sus orejas cuando le dictaba mensajes. ¡No se imaginaba, en cambio, lo que debía de ser trabajar para el señor Sanders! Carol masticaba vorazmente su ensalada, esperando a que Stella compartiera algún detalle sabroso sobre él, pero ella no supo qué decir. Apenas hablaba con aquel hombre, excepto por las mañanas, cuando él dejaba su abrigo y su sombrero en el escritorio de ella, y cuando regresaba del almuerzo y ella le entregaba sus mensajes. «Gracias, querida», decía siempre, y empezaba a leer los papeles mientras se encaminaba hacia su despacho. Stella creía que él ni siquiera sabía cómo se llamaba.

—Está como un tren, ¿a que sí? —susurró Carol una vez al sorprender a Stella mirándolo.

Ella se sonrojó y se apresuró a negar con la cabeza. Lo último que necesitaba era verse atrapada en los chismorreos de la oficina. Era reservada, llegaba puntualmente, se marchaba cuando correspondía. Almorzaba en su escritorio y hablaba lo menos posible, convencida de que diría algo indebido y despertaría las sospechas de alguien. Desde luego procuraba no hablar en presencia del señor Sanders, limitándose a devolverle el saludo en voz baja cuando él llegaba. Una mañana él se detuvo ante su escritorio, el maletín balanceándose junto a su costado.

—No hablas mucho —observó.

No era una pregunta, pero ella se sintió obligada a responder.

—Lo siento, señor. Siempre he sido callada.

—Y que lo digas. —Se dirigió hacia su despacho, pero de pronto se volvió—. Permíteme llevarte hoy a comer. Me gusta conocer a las chicas que trabajan para mí.

A continuación dio unas palmadas en el escritorio como si ella hubiera contestado afirmativamente para demostrar que la decisión estaba tomada.

Stella pasó toda la mañana tan alterada que se equivocó una y otra vez al escribir las direcciones en los sobres. A la hora del almuerzo, esperó que el señor Sanders se hubiera olvidado de su ofrecimiento. Pero él salió de su despacho y le indicó que lo siguiera, así que se marcharon juntos. En Antoine's, Blake pidió ostras y, al ver que ella se quedaba mirando la carta en silencio, sopa de caimán para los dos.

—No eres de por aquí, ¿verdad? —preguntó.

Stella movió la cabeza en un gesto de negación.

—No, señor. Nací… bueno, en un pueblecito al norte de aquí.

—Los pueblecitos no tienen nada de malo. Me gustan los pueblecitos.

Le sonrió, llevándose la cuchara a la boca, y ella trató de devolverle la sonrisa. Más tarde esa noche, cuando Desiree le pidió detalles, Stella no recordaría el papel pintado de color verde esmeralda, los marcos con fotografías de ciudadanos ilustres de Nueva Orleans, el sabor de la sopa. Nada salvo esa sonrisa que el señor Sanders le dirigió. Ninguno hombre blanco le había sonreído jamás tan amablemente.

—Te diré lo que haremos —propuso él—. Todo lo que quieras saber sobre la ciudad, lo que sea, me lo preguntas. No te sientas tonta por preguntar. Sé lo extraña que puede resultar una ciudad nueva.

Ella guardó silencio por un momento. Luego, señalando las ostras, preguntó:

—¿Cómo se come eso?

Él se rio.

—¿Nunca has comido ostras? Pensaba que en Louisiana os encantaban a todos.

—No teníamos mucho dinero. Siempre he sentido curiosidad.

—No era mi intención burlarme —dijo él—. Te enseñaré. Es muy fácil. —Mirándola, cogió el tenedor—. Este es tu sitio, Stella. Nunca pienses que no lo es.

En el trabajo, Stella se convirtió en la señorita Vignes o, como Desiree la llamaba, la Stella Blanca. Después Desiree siempre se reía, como si la sola idea le pareciera absurda, cosa que exasperaba a Stella. Habría querido que Desiree viera que representaba su papel de manera muy convincente, pero la suya era una interpretación donde no podía haber público. Solo una persona que conociese su verdadera identidad valoraría su actuación, y en el trabajo nadie podía conocerla jamás. Al mismo tiempo, Desiree nunca podría conocer a la señorita Vignes. Stella solo podía ser ella cuando Desiree no estaba presente. Por la mañana, durante el trayecto a Maison Blanche, cerraba los ojos y se convertía lentamente en ella. Imaginaba otra vida, otro pasado. Sin pisadas atronadoras en los peldaños del porche, sin hombres blancos rubicundos agarrando a su padre, sin el señor Dupont arrimándose a ella en la despensa. Sin su madre, sin Desiree. Dejaba la mente en blanco, borrando toda su vida, hasta convertirse en una persona nueva y limpia como un bebé.

Pronto ya no se ponía nerviosa cuando subía en el ascensor hacia el cielo y entraba en la oficina. Este es tu sitio, le había dicho Blake. Pronto pensó en él como Blake, no como el señor Sanders, y empezó a notar que ahora él se entretenía ante su escritorio cuando le daba los buenos días, que la invitaba a almorzar más a menudo, que comenzó a acompañarla a la parada del tranvía después del trabajo.

—Esta zona no es segura —le dijo una vez, deteniéndose en el cruce—, una chica guapa como tú sola en la calle.

Cuando estaba con Blake, nadie la molestaba. Los hombres blancos lascivos que intentaban coquetear con ella en la parada ahora permanecían en silencio; los hombres de color sentados al fondo ni siquiera miraban en dirección a ella. En Maison Blanche, oyó una vez a otro director asociado llamarla «la chica de Blake», y ella tuvo la sensación de que esa distinción permanecía incluso fuera de las paredes del edificio. Como si por el mero hecho de adentrarse en el mundo como la chica de Blake, algo en ella hubiese cambiado.

Pronto empezó a esperar con impaciencia el momento de cruzar las puertas de cristal, de pasear lentamente por la acera con Blake. Pronto se fijó en que cuando él parpadeaba, tenía las pestañas oscuras y pobladas como las de una muñeca. Que los días que tenía una presentación importante, se ponía unos gemelos en forma de bulldog, que reconoció, casi tímidamente, que eran un regalo de su anterior prometida. La relación había fracasado, pero él consideraba aún que le daban suerte.

—Eres observadora, Stella —dijo—. Creo que nadie me había preguntado nunca por estos gemelos.

Ella se fijaba en todos sus detalles, pero no se lo contaba a nadie, en particular a Desiree. Esa vida no era real. Si Blake hubiese sabido quién era ella realmente, la habría echado de la oficina sin darle tiempo siquiera a recoger sus cosas. Pero ¿qué había cambiado en ella? Nada, en realidad. No había adoptado un disfraz o siquiera un nombre nuevo. Había entrado siendo una chica de color y salido siendo blanca. Se había convertido en blanca solo porque todo el mundo pensaba que lo era.

Cada noche repetía el proceso a la inversa. La señorita Vignes subía al tranvía y allí se transformaba de nuevo en Stella. En casa, a Stella no le gustaba hablar del trabajo, ni siquiera cuando Desiree le preguntaba. No le gustaba pensar en la señorita Vignes cuando no era ella, aunque a veces aparecía de repente, tal como uno podía pensar en una vieja amiga. Una noche, tendida en el apartamento, de pronto se preguntaba qué estaría haciendo en ese momento la señorita Vignes. Y entonces la veía: la señorita Vignes ociosa en su suntuosa casa, los pies descalzos sobre una alfombra de piel, no en ese exiguo estudio que compartía con una hermana que siempre olía a almidón. Otra noche, mientras esperaban frente a un restaurante a que las sirvieran por la ventanilla de las personas de color, pensaba: la señorita Vignes no recibiría su comida por la ventanilla de un callejón como un perro abandonado. No habría sabido decir si era ella quien se sentía ofendida o si era la señorita Vignes quien se ofendía en su nombre.

A veces se preguntaba si la señorita Vignes era otra persona totalmente distinta. Quizá no era una máscara que Stella se ponía. Quizá la señorita Vignes era ya una parte de ella, como si se hubiera escindido por la mitad. Podía convertirse en cualquiera de las dos mujeres si así lo decidía, según el lado de la cara que orientase hacia la luz.


En Estates, nadie sabía cómo interpretarlo: que Stella Sanders cruzara la calle para visitar a aquella mujer de color. Marge Hawthorne juró que la vio hacerlo meses atrás, Stella con la cabeza agachada y una tarta en las manos. «Dando la bienvenida a esa mujer, ¿podéis creerlo?», preguntó Marge, y nadie la creyó, no al principio. Marge siempre andaba imaginándose cosas; había jurado dos veces que había visto a Warren Beatty en el túnel de lavado de coches. Pero un día Cath Johansen sorprendió a Stella y Loretta en el parque, sentadas juntas en un banco. Sus hombros distendidos, tranquilas y relajadas. Loretta dijo algo que hizo reír a Stella, y Stella cogió el cigarrillo de Loretta y dio una calada. ¡Se llevó a su propia boca el cigarrillo de aquella mujer de color! Ese detalle —específico y extraño— dio credibilidad a la historia, aparte del hecho de que la contaba Cath. Siempre había estado un poco enamorada de Stella, orbitando en torno a ella como un satélite, encantada de bañarse en su luz.

Pero cuando Cath contó a las otras mujeres lo de Stella y Loretta, dijo que nunca había conocido bien a Stella, en realidad no, y además siempre había percibido algo extraño en esa mujer. Betsy Roberts la interrumpió para contar al grupo que ese mismo lunes había visto a Stella cruzar la calle con su hija.

—Eso es lo más triste —afirmó—. Meter a esa niña en todo esto.

Pero a saber qué quería decir con «todo esto». Nadie dijo una sola palabra a Blake Sanders, que había notado la extraña conducta de Stella pero había aceptado ya que su esposa era la clase de mujer que se sumía en estados de ánimo indescifrables para él. Su madre lo había prevenido sobre Stella, le había dicho que esta no merecía el esfuerzo. Por entonces él empezaba a salir con Stella, pero era su secretaria desde hacía ya dos años; hablaba con ella más que con ninguna otra persona presente en su vida. Por la posición de los hombros, sabía si estaba de mal humor; por la inclinación de su letra, adivinaba si albergaba alguna preocupación. Pero salir con Stella se le antojaba como desentrañar un misterio totalmente nuevo. No había conocido a ninguna persona que formara parte de su vida. Ni parientes, ni amigos, ni amantes anteriores. Por entonces, su actitud distante lo fascinaba. Incluso le parecía romántica. Pero su madre afirmó que Stella ocultaba algo.

—No sé qué será —había dicho—, pero te aseguro una cosa: su familia aún vive.

—¿Y entonces por qué afirma lo contrario?

—Porque —contestó su madre— probablemente su familia es chusma de algún rincón perdido de Louisiana y no quiere que tú te enteres. En fin, no tardarás en enterarte.

Su madre quería que él se casara con otra clase de chica, una joven con cierto pedigrí. En la universidad, Blake había acompañado a chicas así a docenas de bailes, chicas de la alta sociedad con las que se moría de aburrimiento. Tal vez por eso lo había atraído la guapa secretaria que procedía de ninguna parte y no tenía a nadie. Sus secretos le traían sin cuidado. Ya los descubriría a su debido tiempo. Pero habían pasado los años y ella seguía tan inescrutable como siempre. Una tarde llegó a casa pronto del trabajo, llamándola, y encontró la casa vacía. Cuando por fin su mujer y su hija regresaron, al cabo de una hora, Stella, sorprendida de verlo, se inclinó a besarlo.

—Perdona, cariño —dijo—. Estábamos en casa de Cath, y he perdido la noción del tiempo.

En otra ocasión Blake llegó antes que Stella porque ella se había quedado hasta tarde en casa de Betsy Roberts.

—¿De qué habéis hablado? —preguntó él después.

Sentada frente a su tocador, se cepillaba el cabello. Cien pasadas cada noche antes de acostarse; lo había leído una vez en *Glamour*. El cepillo rojo se desdibujaba ante sus ojos, hipnotizándolo.

—En fin, ya sabes —dijo—. Las niñas. Esas cosas.

—Lo que pasa es que nunca te había visto así.

—Así ¿cómo?

—Bueno, sociable.

Stella se rio.

—Solo intento mantener un trato amable con los vecinos. ¿No estás siempre diciéndome que salga más?

—Pero ahora te pasas todo el día fuera de casa.

—¿Qué se supone que he de hacer? —protestó ella—. ¿Decirle a Kennedy que no puede tener amigas?

Blake había sido un niño tímido, así que nunca tuvo muchos amigos, ni blancos ni de color. Pero sí jugaba con Jimbo, un muñeco de trapo negro y feo con la cabeza de plástico y unos extraños labios rojos. A su padre lo horrorizaba que su hijo fuera de aquí para allá con un muñeco, y para colmo negro, pero Blake lo llevaba a todas partes, susurrando todos sus secretos a aquellas orejas de plástico. Eso era un amigo, alguien que guardaba sus sentimientos detrás de aquella sonrisa roja estática. Un día salió al jardín y vio trozos de algodón esparcidos por la hierba. En el camino de tierra estaba Jimbo, destripado, los brazos y las piernas desmadejados, asomando sus entrañas. Lo habrá cogido el perro, dijo su padre, pero Blake siempre imaginó que fue él, su propio padre, quien incitó al perro a hincar los dientes en el muñeco y tirar de él. Blake se arrodilló y cogió a Jimbo por uno de los brazos. Siempre se había preguntado cómo debía de ser por dentro el muñeco. Por alguna razón había pensado que el algodón sería marrón.

Cuando llegaron las navidades, Stella había pasado tantas tardes en casa de Loretta que, por costumbre, el lunes anterior le dijo que la vería al día siguiente. «Mañana es Nochebuena, querida», le recordó Loretta, y se rio. Stella se rio también, abochornada por haberse olvidado. Siempre temía las fiestas. No podía dejar de pensar en su familia, pese a que sus celebraciones de aquellos tiempos no se parecían en nada a las de ahora. Un árbol tan alto que la estrella rozaba el techo, tanta comida en la cena que luego se hartaba de comer sobras, y montañas de regalos esperando a Kennedy. Cada diciembre entraba en los grandes almacenes en compañía de las otras madres, con la carta a Papá Noel firmemente sujeta en la mano, e intentaba imaginar una infancia como esa. Las gemelas siempre recibían un regalo cada una, algo útil como un vestido nuevo para ir a la iglesia. Un año Stella recibió un cerdito de la granja de Delafosse al que puso el nombre de Rosalee. Durante meses dio de comer a Rosalee, y se echaba a correr cuando el cerdo la perseguía por el jardín. Hasta que llegó el Domingo de Pascua, y su madre mató al cerdo para la cena.

«Y me comí hasta el último bocado», dijo una vez a su hija. Pensó que tal vez la anécdota enseñara a Kennedy a ser un poco más agradecida; no esperaba que la niña rompiera a llorar, mirándola como si fuera un monstruo. Quizá lo era. Ella no recordaba haber derramado una sola lágrima por aquel cerdo.

—¿Vais a hacer algo interesante para estas fiestas? —preguntó Loretta.

—Solo van a venir unos cuantos invitados —dijo Stella—. Una celebración pequeña, lo que hacemos cada año.

La fiesta no fue una reunión pequeña; habían contratado un servicio de catering y un cuarteto de cuerda, e invitado a todo el vecindario. Pero naturalmente eso no podía decírselo a Loretta. Sabía, mientras lamía los sobres de las invitaciones, que nunca podría invitar a los Walker.

En Nochebuena, los Johansen fueron los primeros en llegar, con una tarta de fruta dura como un ladrillo; luego llegaron los Pearson, que llevaban bourbon para el ponche de huevo. Los Roberts, profundamente católicos, llegaron con un pequeño ángel rubio para el árbol. Los siguieron los Hawthorne, saludándolos desde los peldaños de la entrada, con dulce de azúcar casero; los White, con una irónica esfera de nieve que contenía una playa, y pronto todos los presentes atestaban el salón. Stella se acaloró entre toda esa multitud, o por el vino caliente, o tal vez incluso por saber que, al otro lado de la calle, Loretta debía de oír la música. Seguramente habría visto el interminable desfile de vecinos subir por los peldaños de la entrada. O quizá no. Sus propios padres habían llegado esa tarde; Stella había visto a la anciana pareja apearse del Cadillac, a Reg sacar el equipaje del maletero, a Loretta rodearlos con los brazos mientras ellos recorrían el vecindario con la mirada, tan aturdidos como si hubiesen aparecido de pronto en otro país. ¿No miraría su propia madre esa nueva vida suya de la misma manera? Al menos los padres de Loretta estarían orgullosos. Había obtenido sus cosas bonitas de manera honrada, no robando una vida que no estaba concebida para ella. Por otra parte, Loretta y ella habían acabado las dos en Estates mediante buenos matrimonios. Quizá, al fin y al cabo, no había tantas diferencias entre ambas.

Blake le cambió el vaso vacío por otro con vino caliente y se inclinó para besarla en la mejilla. Le encantaba organizar fiestas, pese a que en ellas Stella solo quería encontrar un rincón donde esconderse. Betsy arrastrándola a una conversación sobre la ropa de cama, Cath preguntando donde había comprado una mesa auxiliar, Dale sosteniendo muérdago sobre su cabeza. Ella permanecía en la periferia de un corrillo, preguntándose si su hija los observaba aún a través de la barandilla, temiendo siempre perderse algo emocionante. De pronto el corrillo de vecinos prorrumpió en risas, y mirándola sonrientes, se quedaron esperando una respuesta.

—Lo siento —dijo ella—. ¿Cómo decís?

En esas fiestas se avergonzaba a la mínima. Se veía atrapada en la periferia de una conversación política —la situación de Vietnam, o unas inminentes elecciones—, y alguien le preguntaba qué pensaba. A pesar de que leía los periódicos y tenía sus opiniones como todo el mundo, se le quedaba la mente en blanco. Siempre temía decir algo inapropiado. Ahora Dale Johansen le sonreía con aire de suficiencia.

—He dicho que me pregunto cuándo aparecerá tu nueva amiga —repitió.

—Pues no sé —respondió ella—. Creo que ya está aquí todo el mundo.

Cuando los demás cruzaron miradas de burlona complicidad, ella se ruborizó. Detestaba ser el blanco de una broma.

—¿A qué te refieres, Dale? —preguntó.

Dale se rio.

—Solo quería saber si va a venir tu amiga de la casa de enfrente. Seguro que desde allí oye la música.

Stella guardó silencio por un momento, latiéndole con fuerza el corazón.

—No es mi amiga —dijo.

—Pues la gente dice que la visitas —repuso Cath.

—¿Y qué?

—¿Es verdad, pues? ¿Vas a verla?

—Métete en tus puñeteros asuntos —dijo Stella.

Betsy Roberts ahogó una exclamación. Tom Pearson dejó escapar una risa incómoda, como si quisiera que se lo tomara como una broma. De pronto Stella se sintió como si se hubiera transformado a ojos de los demás en una criatura totalmente nueva. Algo salvaje y arisco. Cath, sonrojada, dio un paso atrás.

—Pues es la comidilla de todo el mundo —dijo—. Solo he pensado que deberías saberlo.


Vaya desfachatez la de esa mujer.

Delante del espejo del cuarto de baño, Stella, fuera de sí, se echaba agua a la cara. ¿Qué se había creído esa Cath Johansen? Irrumpiendo en su casa con aquel mazacote de tarta de fruta y diciendo ante sus narices, en su propia casa, delante de todo el mundo, que el barrio entero la estaba juzgando. Dale sonriendo estúpidamente a su lado, Blake mirando con aquella expresión de perplejidad en la cara, como si hubiera despertado de una siesta y encontrado a todos aquellos desconocidos en su salón. Ella se había marchado arriba hecha una furia y se había fumado un cigarrillo asomada a la ventana del dormitorio. Oía el quedo murmullo de la fiesta abajo. Sin duda Blake estaría disculpándose por ella. Bah, no le hagáis caso a Stella, siempre está un poco irritable en esta época del año. Sí, es la depre navideña, quién sabe; en cualquier caso, quién la entiende la mitad del tiempo. Luego los Johansen y los Hawthorne y los Pearson se alejaron con cuidado por la acera, dejando atrás los jardines bien cuidados, hasta cruzar las puertas de entrada idénticas de sus casas para murmurar sobre ella. Si ellos supieran. Se regodeó en la idea, como siempre que pensaba al atravesar un paso elevado, de dar un volantazo y precipitarse a toda velocidad por encima de la baranda. No existía nada más fascinante que la perspectiva de la destrucción total.

—¡Habrase visto! —le dijo a Blake—. ¡En mi propia casa! Hablarme de esa forma. O sea, ¿cómo se atreve?

Se aplicó airadamente la crema de noche en la cara. Blake, detrás de ella, se desabrochaba la camisa.

—¿Por qué no me lo habías dicho? —preguntó. Más que enfadado, parecía preocupado.

—No hay nada que decir —contestó Stella—. A las niñas les gusta jugar juntas…

—¿Por qué no me lo dijiste, pues? ¿Por qué me mentiste diciéndome que habías ido a casa de Cath…?

—¡No lo sé! —exclamó ella—. Es que pensé… me pareció que era lo más fácil, ¿entiendes? Sabía que me saldrías con un montón de preguntas…

—¿Me lo echas en cara? —preguntó él—. Nunca te he visto así. Ni siquiera querías que se mudaran aquí…

—¡Bueno, a las niñas les gusta jugar! ¿Qué iba yo a hacer?

—No mentirme —replicó él—. No decirme que hacías una cosa y luego ir allí a escondidas a todas horas.

—A todas horas no.

—¡Según Cath, esta semana han sido dos veces!

Stella se echó a reír.

—No hablarás en serio —dijo—. No es posible que te pongas del lado de Cath Johansen contra mí.

—¡No es cuestión de bandos! Debes saber que también yo me he dado cuenta. No eres la de siempre. Vas de aquí para allá como si tuvieras la cabeza en las nubes. Y ahora andas detrás de esa Loretta. No es normal. Es… —Se acercó a ella por detrás y ahuecó las manos en torno a sus hombros–. Lo entiendo, Stella, de verdad. Te sientes sola. Es eso, ¿no? Ya de buen comienzo nunca quisiste mudarte a Los Ángeles y ahora te sientes muy sola. Y Kennedy se hace mayor. Así que probablemente... bueno, deberías tomar clases o algo así. Algo que siempre hayas querido hacer. Como estudiar italiano o cerámica. Ya te encontraremos algo interesante que hacer, Stel. No te preocupes.

Una noche, en Nueva Orleans, hacía mucho tiempo, Blake la invitó a un banquete de trabajo. «No me gusta la idea de ir solo –le dijo–, ya sabes cómo son esas cosas», y ella asintió, pese a que, por supuesto, no lo sabía. Dijo a Desiree que tenía que quedarse a trabajar hasta tarde y pidió prestado un vestido a otra secretaria. Blake se reunió con ella en el vestíbulo del salón de banquetes, tan apuesto como el protagonista de una película. «Eres un regalo para la vista», le susurró, acercando los labios a su pelo. No se apartó de ella en toda la velada, manteniendo en todo momento la mano apoyada en la parte baja de su espalda. Al final de la noche la llevó a una cafetería, y mientras ella comía su tarta de cereza, él le anunció que se volvía a Boston. Su padre estaba enfermo, y él quería estar más cerca de casa.

—Oh –dijo ella, y se le cayó el tenedor.

No se había dado cuenta de que deseaba con locura más noches como esa a su lado hasta que tomó conciencia de que nunca habría otra. Pero él le tocó la mano y, para sorpresa de ella, dijo:

—Sé que es un disparate, pero tengo una oferta de empleo en Boston y... –Tras una breve vacilación, se rio–. Es un disparate, Stella, pero ¿vendrías conmigo? Allí necesitaré una secretaria, y he pensado que...

Aún no se habían besado siquiera, pero su pregunta parecía tan seria como una propuesta de matrimonio.

—Solo tienes que decir que sí –instó él, y a Stella la palabra le supo a cereza, dulce y ácida y fácil.

Sí, y así, sin más, podía convertirse en la señorita Vignes para siempre. No se permitió pensárselo dos veces. No planeó cómo abandonar a su hermana, cómo establecerse sola en una ciudad nueva. Por primera vez en la vida, no se planteó ningún detalle práctico al decir que sí a Blake Sanders. La parte más difícil de convertirse en otra persona era decidirlo. Lo demás se reducía a una cuestión de logística.

Ahora lo miró en el espejo mientras Blake la observaba con aquella expresión de ternura y preocupación en los ojos. Había creado una nueva vida con un hombre que nunca la conocería, pero ¿cómo podía abandonar esa vida ahora? Era la única que le quedaba.


La mañana de Navidad, apoyada en el pecho de Blake, contempló a su hija chillar y zambullirse en la montaña de regalos. Una Barbie que hablaba al tirar de un cordón, una cocinita Suzy Homemaker, una bicicleta Spyder roja. ¡Mira esto, mira aquello, debe de haberse portado muy bien este año! A diferencia de todos aquellos miserables niños pobres ante árboles vacíos que seguro que se lo merecían, malos porque eran pobres, pobres porque eran malos. Ella nunca había querido participar en la creación del mito de Papá Noel, pero Blake insistió en que era importante preservar la inocencia de Kennedy.

—Es solo una especie de cuento —dijo él—. Tampoco es que vaya a odiarnos cuando lo descubra.

Ni siquiera podía obligarse a pronunciar la palabra «mentira». Lo que era una mentira en sí mismo.

Los trozos del papel de regalo quedaron esparcidos por la moqueta, y Kennedy se desplomó en medio de una bruma de dicha. Stella abrió las cajas con los obsequios de Blake para ella y fue descubriendo regalos que no había pedido: un abrigo de visón hasta el suelo, un brazalete de diamantes, un collar con una esmeralda que él le puso ante el espejo del dormitorio.

—Es demasiado —susurró ella, acariciando la gema con el dedo.

—Para ti, nada es demasiado, cielo —dijo él.

Stella era una de las afortunadas. Un marido que la adoraba, una hija feliz, una casa preciosa. ¿Cómo podía quejarse de nada? ¿Quién era ella para querer más, cuando ya había recibido tanto? Ese juego absurdo con Loretta Walker debía acabarse. Debía dejar de fingir que las dos tenían algo en común, que existían en el mismo universo. Que podían siquiera ser amigas. Debía decirle a Loretta que no podía verla más.

En la cocina, prensó patatas hasta que le ardieron los brazos. Insertó cuñas de piña en los pliegues del jamón y lo introdujo en el horno. Blake, mientras veía a los Lakers arrollar a los Suns, le dijo que Kennedy se había ido a jugar con los otros niños del vecindario. Pero cuando ella salió, no vio las bicicletas de los hijos de los Pearson pasar a toda velocidad ni a las hijas de los Johansen tirar de sus carretillas ni a nadie lanzar un balón de fútbol. Ningún niño en absoluto, la calle vacía excepto por Kennedy y Cindy, que estaban en el jardín de los Walker, las dos llorando. Loretta arrodillada entre ellas, exhausta, todavía con el delantal puesto. Stella cruzó la calle corriendo, agarró a su hija, buscó cortes o arañazos en su piel. Pero no encontró nada, y estrechó a Kennedy entre sus brazos.

—¿Qué pasa? —preguntó a Loretta—. ¿Ha ocurrido algo?

Una pelea por un juguete nuevo, quizá. La Barbie parlante estaba tirada en el suelo entre ellas. Pero Loretta se puso en pie y cogió a su hija de la mano.

—Tú deberías saberlo —respondió.

Adoptó un tono de voz extrañamente frío. Tal vez había oído la música de la fiesta la noche anterior, tal vez seguía dolida por no haber sido invitada. Stella acarició el pelo de su hija.

—Tienes que compartir, cielo —dijo—. ¿Qué te ha dicho mamá de eso? Perdona, Loretta, es hija única, ya me entiendes…

—No, ha compartido más que suficiente —replicó Loretta—. Mantenla apartada de mi hija.

—¿Cómo? —Stella se levantó, estrechando el hombro de Kennedy en actitud protectora—. ¿A qué viene eso?

—¿Sabes qué le ha dicho a Cindy? Pues mira, las niñas estaban jugando a algo y Kennedy iba perdiendo, y va y suelta: «No quiero jugar con una negra».

Se le contrajo el estómago.

—Loretta, yo…

—No, lo entiendo —atajó Loretta—. No la culpo. Solo repite lo que oye en casa, ¿sabes? Y yo, como una tonta, te dejé entrar en la mía. La mujer más sola de este maldito barrio. Debería haberlo sabido. Aléjate de mí.

Loretta se estremeció, impotente en su ira, y más iracunda aún por eso mismo. Stella se sintió aturdida. Guio a su hija al otro lado de la calle. En cuanto cerró la puerta, agarró a Kennedy y la abofeteó. La niña chilló.

—¿Yo qué he hecho? —preguntó, llorando otra vez.

A sus espaldas, la multitud bramó en el televisor, y Blake se sumó a los vítores. Stella miró a la cara a su hija, viendo en ella a todos aquellos a quienes alguna vez había odiado; al cabo de un momento veía otra vez a su hija, que la observaba con los ojos empañados y una mano sobre la mejilla enrojecida. Stella, arrodillándose, estrechó a su hija y le besó la cara húmeda.

—No lo sé —dijo—. No lo sé. Mamá lo siente.


Años más tarde Stella solo recordaría haber hablado con Reg Walker tres veces: una mañana, al salir a recoger el periódico cuando él, a punto de irse al plató, se detuvo en el camino de acceso y dijo: «Un día precioso, ¿no?». Ella coincidió en que así era y lo observó mientras subía a su lustroso coche negro. La segunda vez, al llegar él a casa, la encontró sentada en el sofá con su mujer y se detuvo un momento en la puerta, como si se hubiese equivocado de casa. «Ah, hola», saludó, de pronto cohibido, y Loretta se rio a la vez que tendía la mano hacia la copa de vino. «Siéntate un rato con nosotras, cariño», propuso. Él no se quedó, pero, antes de irse, se inclinó para encenderle el cigarrillo, cruzando ambos una mirada tan íntima que Stella apartó la vista. Y la tercera vez, cuando Reg ayudó a Stella a descargar la compra. Ella debería haber retrocedido cuando él se acercó, pero le permitió llevar las bolsas adentro, y el recorrido desde el camino de acceso hasta la encimera de la cocina se le hizo anormalmente largo. Ni siquiera Loretta había estado antes dentro de su casa. Lo acompañó por el pasillo solitario y estéril hasta que él dejo las bolsas en la encimera.

—Ahí tiene —dijo. Ni siquiera la miró.

Pero una semana después de Navidad, en su círculo de costura, dijo a Cath Johansen y Betsy Roberts que ese hombre la incomodaba.

—No sé —explicó a la vez que tiraba de un punto mal colocado—. Nunca me ha gustado la forma en que me mira.

Al cabo de tres días, alguien lanzó un ladrillo a través de la ventana del salón de casa de los Walker, e hizo añicos el jarrón de mosaico que Loretta había comprado en Marruecos. Tom Pearson y Dale Johansen se atribuyeron el mérito, aunque no fue ninguno de los dos; como Stella descubrió más tarde, fue el rubicundo Percy White, que veía en la presencia de los nuevos vecinos una afrenta personal, como si se hubieran trasladado allí solo para empañar su presidencia. Algunos lo aplaudieron, pero otros vieron ese hecho con inquietud.

«Esto es Brentwood, no Mississippi», dijo Blake. Arrojar ladrillos contra las ventanas parecía algo propio de chusma desdentada. Pero al cabo de una semana otro vecino, en su necesidad de demostrar lo hombre que era, dejó una ofensiva bolsa de excrementos de perro en la escalinata de los Walker. Días después otro ladrillo traspasó la ventana del salón. Según el periódico, en ese momento la hija estaba viendo la televisión. El médico tuvo que extraer esquirlas de cristal de su pierna.

En marzo, los Walker abandonaron Estates tan repentinamente como habían llegado. La mujer estaba muy deprimida, dijo Betsy Roberts a Stella, y habían comprado una casa nueva en Baldwin Hills.

—No sé por qué no hicieron precisamente eso ya de buen comienzo —comentó Betsy—. Allí serán mucho más felices.

Por entonces Stella no había hablado con Loretta desde el día de Navidad. Aun así, a través de las persianas, observó cuando el camión de mudanzas amarillo se detuvo y un grupo de jóvenes de color sacó lentamente las cajas de cartón de la casa. Se imaginó que cruzaba la calle para dar explicaciones. Que entraba en el amplio salón de Loretta y la encontraba apoyada en una caja mientras cerraba otra con cinta. Loretta no parecería enfadarse al verla; no reaccionaría en modo alguno, y su rostro inexpresivo la heriría aún más. Stella le diría que solo había hecho esos comentarios espantosos sobre Reg porque sentía la necesidad desesperada de esconderse.

—Yo no soy una de ellos —diría—. Soy como tú.

—Eres de color —respondería Loretta.

No sería una pregunta, sino la constatación de un hecho patente. Stella se lo diría porque la otra se iba; en cuestión de horas, desaparecería de esa parte de la ciudad y de la vida de Stella para siempre. Se lo diría porque, a pesar de todo, Loretta era su única amiga en el mundo. Porque sabía que, si al final todo se reducía a una cuestión de su palabra contra la de Loretta, siempre la creerían a ella. Y al saber eso se sintió, por primera vez, verdaderamente blanca.

Imaginó a Loretta apartar la caja y avanzar hacia ella. Su rostro detenido en una expresión de asombro, como si hubiera visto algo hermoso y conocido.

—No tienes que explicarme nada —diría—. Es tu vida.

—Pero no lo es —contestaría Stella—. Nada de eso me pertenece.

—Bueno, tú lo elegiste —insistiría Loretta—. Así que es tuyo.

# CUARTA PARTE

# ENTRADA DE ARTISTAS
## (1982)

# 10

En otoño de 1982, si uno iba a Park's Korean Barbecue, en la esquina de Normandie con la Octava, probablemente encontraría a Jude Winston limpiando una de las mesas altas, mirando por la ventana empañada. A veces, antes de empezar su turno, se sentaba a leer en un reservado del fondo. El ruido nunca la distraía, eso las otras camareras no lo entendían. En su primer día dijo al señor Park que prácticamente se había criado en un restaurante —una cafetería, en realidad—, pese a que nunca había trabajado de camarera. No le dijo que la mayor parte de ese tiempo lo había dedicado a leer, no a observar a su madre atender el local, pero quizá como padre él mismo, se solidarizaba con las personas cuya infancia había transcurrido en un restaurante. Quizá respetaba su interés en encontrar trabajo; apenas había pasado una semana desde que se graduó en la universidad, y no estaba holgazaneando en la playa como habrían hecho sus propios hijos. O quizá sencillamente la recordaba de la primavera anterior, siempre sentada a una mesa alta estudiando de un libro ajado que había pedido prestado a una compañera de equipo para presentarse a la prueba de acceso a la facultad de medicina. Cuando él le servía su panceta y le preguntaba cómo le iba, ella siempre lo miraba con una expresión de aturdimiento, como si se lo hubiera preguntado en coreano. Era una chica lista, se le notaba. Muchos chicos anodinos querían estudiar medicina, pero solo las chicas listas reunían valor para presentarse. Él mismo había completado dos cursos en la facultad de medicina, allá en Seúl, así que entendía el desasosiego de ella y le deseaba suerte. Ahora siempre le deseaba suerte, pese a que ella le decía que no tendría noticias de ninguna universidad durante meses. Ah, bien, pues buena suerte.

—No necesitas suerte —dijo Reese—. Entrarás.

Le robó una gamba del plato con sus palillos. A veces la visitaba durante el descanso de la cena, pero al señor Park no le importaba. Era un jefe justo; ella podía considerarse afortunada de trabajar para alguien como él. Y aun así, solo podía pensar en las cartas que llegarían en primavera. Rechazos en su mayoría, pero tal vez un sí. Solo hacía falta un sí para ser feliz; la facultad de medicina a ese respecto era como el amor. Algunos días sus perspectivas se le antojaban prometedoras, otros días se aborrecía a sí misma por aferrarse a ese sueño absurdo. ¿Acaso no había necesitado Dios y ayuda para sacarse la química? ¿No había pasado apuros con la biología? Necesitaba algo más que un buen promedio general para entrar en la facultad de medicina. Había que competir con estudiantes que se habían criado en familias ricas, habían ido a colegios privados, habían contratado a profesores particulares. Con personas que desde el parvulario habían soñado con ser médicos. Que tenían fotos de familia en las que aparecían con pequeñas batas blancas, aplicando un estetoscopio de plástico al vientre de un oso de peluche. No con personas que se habían criado en pueblos de mala muerte, donde había un médico al que solo iban a ver cuando estaban echando las tripas. No con personas a quienes se les había ocurrido de pronto estudiar medicina después de diseccionar un corazón de oveja en una clase de anatomía.

En ese preciso momento siete facultades estaban leyendo su solicitud y, pasados unos meses, decidirían su futuro. Le entraban náuseas solo de pensarlo.

—He descubierto la manera de arreglar ese techo —dijo Reese—. Sé que te saca de quicio.

Era noviembre, y llovía más de lo habitual. Esa semana todas las mañanas habían tenido que atravesar charcos profundos en Normandie, temiendo que se les calara el coche. En casa colocaban un cubo plateado bajo la gotera del techo, que Reese vaciaba en el patético trozo de hierba de detrás de los Gardens Apartments. El paradisiaco nombre de su edificio siempre lo hacía reír. ¿Por qué no llamarlo Bloque de Ladrillos o Sin Agua Caliente o Agujero en el Tejado? Pero Jude no le veía la gracia. Volvió a echar un vistazo al reloj, solo le quedaban cinco minutos de descanso.

—¿Por qué no llamas al señor Song, y punto? —preguntó ella.

—Ya sabes que es muy viejo para subirse a esa escalera.

—Entonces debería contratar a alguien.

—Muy tacaño —corrigió él, y le dio un apretón en la cadera.

Reese había encontrado un nuevo trabajo en la tienda de Kodak, donde vendía cámaras y revelaba fotografías. Echaba de menos la camaradería del gimnasio, pero la tienda de Kodak ofrecía descuento en los rollos de película a los empleados. Aunque en realidad de un tiempo a esa parte no los necesitaba. Hacía seis meses que no sacaba una sola fotografía. Había dedicado su tiempo libre a ayudar al señor Song a recoger el agua del sótano o a colocar ratoneras o a realizar cualquier tarea en el edificio para reducir mediante su trabajo el precio del alquiler. Desatascó el inodoro de los Park, arregló el estante roto de la despensa de los Shaw, rescató del fregadero la alianza nupcial de la señora Choi. Si alguna tarea lo desbordaba, pedía ayuda a Barry.

«Ya te advertí que ese sitio era un cuchitril», dijo Barry. Pero ¿qué iban a hacer? Su antiguo casero había subido el alquiler, así que tuvieron que mudarse al barrio coreano. En cierto modo era una aventura. Las nuevas comidas que probar, los letreros que no entendían, el idioma en que la gente hablaba alrededor, en el autobús o en la calle, eso le permitía a uno sumirse en sus pensamientos. Los vecinos de Gardens, en su mayor parte ancianos como los Choi y los Park y los

Song, que compadecían a los dos jóvenes inquilinos del apartamento de la gotera y les llevaban pegajosos pasteles de arroz por Navidad. Pero el techo. El dormitorio sin apenas espacio. La cocina minúscula. Reese sostenía que, con esos apaños en Gardens, tal vez se ahorraran de alquiler lo suficiente para encontrar un sitio nuevo. Pero para entonces Jude esperaba haberse marchado ya.

—Te preocupas por nada —le dijo su madre una vez por teléfono—. Eres lista.

—Hay mucha gente lista, mamá.

—No tanto como tú —aseguró su madre.

Siempre que colgaban, Jude se sentía un poco culpable, consciente de que la vida que más temía era la que su madre vivía. Sirviendo mesas eternamente, viviendo en una casa exigua. Al menos ella tenía a Reese. Al menos no estaba en Mallard. Podía dar gracias por eso, aunque no pudiera evitar que sus pensamientos la llevaran al futuro. Cada vez que mencionaba la primavera, Reese cambiaba un poco de posición, una mirada distante asomaba a sus ojos, como si no quisiera hablar del tema.

Aquella noche, después de que ella cerrara el restaurante de Park, volvieron a pie a casa, rodeándole Reese los hombros con el brazo. En la esquina frente a Gardens, una mujer pálida de cabello oscuro pasó junto a ellos y Jude contuvo el aliento. Pero era solo una mujer blanca avanzando bajo la luz de las farolas.


No podía ser Stella. Durante años, desde aquella fiesta en Beverly Hills, Jude apenas había pensado en otra cosa.

A veces la mujer del abrigo de piel le parecía idéntica a su madre, hasta la curva de la sonrisa. Otras, era solo esbelta y morena, con un parecido fugaz en el mejor de los casos. Al fin y al cabo, solo había alcanzado a vislumbrar a esa mujer antes de que el vino le salpicara la pierna. Acto seguido, se afanaba en recoger los cristales rotos mientras todos los asistentes a la fiesta miraban boquiabiertos. Eso, por supuesto, también se le quedó grabado. Que mientras buscaba a tientas servilletas de cóctel en la mesa, Carla la apartó de un empujón y empezó a secar desesperadamente la alfombra estropeada. Cuando ella tiró las servilletas manchadas de vino, Carla le dijo que se marchara y no volviera nunca más. Ella recogió en silencio el bolso, tan avergonzada que ni siquiera echó un vistazo alrededor por miedo a que su mirada se cruzara con la de alguno de los numerosos testigos de su humillación. Alzó la vista una vez al cerrar la puerta a sus espaldas y no vio a la mujer, sino solo a la chica de los ojos violeta, que la observó irse, sus labios rosados torcidos en una mueca de suficiencia.

Una mujer de cabello oscuro que podría haber sido cualquiera. Tal vez sencillamente echaba tanto de menos a su madre que se había convencido a sí misma del parecido. Tal vez se sentía culpable por no ir a casa, por no ir nunca a casa, y esa mujer era una proyección de su subconsciente. O tal vez… no, no contemplaría siquiera esa posibilidad. Que había estado en el mismo salón que Stella, que había cruzado incluso una mirada con ella antes de que se le cayera la botella de vino y lo hiciera añicos todo.

—¿Qué pasa, cariño? —había preguntado Reese esa noche—. Estás temblando.

Iban a pie a reunirse con Barry en el Mirage. Jude había llegado a casa antes de lo previsto y apenas había hablado desde entonces, pero Reese, aparentemente preocupado, se detuvo bajo el semáforo, y ella supo que debía contarle la verdad.

—Me he quedado sin trabajo —anunció.

—¿Cómo? ¿Qué ha pasado?

—Es una estupidez. He visto a Stella. O sea, he pensado que era ella. Te juro que era idéntica…

Al expresarlo en voz alta, tuvo la sensación de que estaba aún más loca. Por el hecho de habérselas arreglado para que la despidieran por vislumbrar, en una fiesta multitudinaria, a una mujer que quizá se pareciera a su madre.

—No me explico cómo he podido ser tan tonta –dijo.

Él la abrazó.

—Bah, no pasa nada. Ya encontrarás otro trabajo.

—Pero yo quería ayudarte. Pensaba que si los dos ahorrábamos dinero…

Él dejó escapar un gemido.

—¿Por eso has estado trabajando como una condenada?

—Es que pensaba que si los dos…

—Pero yo no te lo he pedido –interrumpió él.

—Ya lo sé –dijo ella–. Pero quería hacerlo. No te enfades, cariño. Solo pretendía ayudarte.

Jude lo rodeó con los brazos y al cabo de un momento él la estrechó también.

—No me enfado –dijo–. Es solo que no me gusta sentirme como si necesitara caridad.

—Sabes que no pienso en ti de esa manera.

—Tienes que contármelo todo –la instó él–. A veces eres muy reservada.

Quizá era eso lo que los unía. Quizá era esa la única forma en que sabían amar, acercándose y luego apartándose. Reese le toco la mejilla, y Jude intentó sonreír.

—De acuerdo –dijo–. No ocultaré nada más.


Durante años Stella apareció en sus sueños. Stella vestida con un abrigo de visón, Stella encaramada en una repisa, Stella encogiéndose de hombros, sonriendo, entrando y saliendo por una puerta. Siempre Stella, nunca su madre, como si, aun dormida, las distinguiera. Siempre despertaba alterada. Se sentía exhausta a todas horas. Encontró un nuevo empleo de friegaplatos en una cafetería del campus por dos dólares la hora, y allí pasaba su turno sola, lavando al vapor pilas de platos mugrientos. Cada noche llegaba a casa con los dedos entumecidos, los hombros encorvados. Llegado un punto, llevaba tres semanas de retraso con un trabajo de historia, y su media empezaba a flaquear tan peligrosamente que el entrenador de atletismo la llamó a su despacho.

«Tu inteligencia da para más», le dijo, y ella asintió, humillada, y abandonó a toda prisa el claustrofóbico despacho en cuanto él la dejo ir. Sí, sí, trabajaría con más ahínco. Se aplicaría más. Claro que se tomaba en serio la universidad, claro que quería competir en primavera. Claro que no podía perder la beca. Era solo que por entonces estaba un poco descentrada, nada grave. Lo superaría. Pero no lo superó, porque cada vez que intentaba estudiar solo imaginaba a Stella.

—¿Aún piensas en ella? —preguntó una tarde a su madre.

—¿En quién?

Jude guardó silencio mientras se enrollaba el cable del teléfono en torno al dedo.

—En tu hermana —dijo por fin.

No pudo obligarse a pronunciar el nombre de Stella, como si temiera que se apareciese otra vez. Stella paseándose por la acera, Stella dejándose ver a través de la ventana empañada.

—¿Y por qué me preguntas eso ahora? —quiso saber su madre.

—No lo sé, solo por curiosidad. ¿Es que no puedo sentir curiosidad?

—La curiosidad no sirve para nada —contestó su madre—. Yo hace mucho que dejé de sentir curiosidad. Ni siquiera creo que esté aún aquí.

—¿Viva? —dijo Jude—. Pero ¿y si lo está? O sea, ¿y si está por ahí en algún sitio?

—Sentiría su presencia —respondió su madre en voz baja, y Jude empezó a pensar en Stella como una corriente bajo la piel de su madre.

Bajo su propia piel, latente hasta aquella fiesta en que cruzó una mirada con ella desde el otro extremo del salón. De pronto, un sobresalto, una chispa, una sacudida y el brazo se apartó de su costado. Ahora intentaba olvidar esa descarga. Pensó, una o dos veces, en hablar a su madre de la mujer de la fiesta, pero ¿de qué serviría? Era Stella, no lo era, estaba muerta, estaba viva, estaba en Omaha, Lawrence, Honolulu. Cuando Jude salía a la calle, imaginaba que se tropezaba con ella. Stella deteniéndose en la acera, admirando un bolso en un escaparate. Stella en el autobús, cogida al agarrador de vinilo… no, Stella en una impecable limusina negra, oculta tras el cristal tintado. Stella en todas partes, siempre, y en ninguna al mismo tiempo.

En noviembre de 1982 se estrenó una comedia musical titulada *The Midnight Marauders* en un teatro semiabandonado del centro de Los Ángeles. El autor, un hombre de treinta años que aún vivía en casa de sus padres en Encino, estaba decidido a alcanzar el éxito en una ciudad donde, según decía a sus amigos, nadie valoraba el teatro. Había escrito *The Midnight Marauders* a modo de broma, y por supuesto, considerando que la broma fue a costa suya, fue su único éxito. La obra se representó en el Stardust Theater durante cuatro fines de semana, fue nominada para un premio local, y obtuvo tibios elogios en el *Herald-Examiner*. Pero Jude nunca habría oído hablar de ella si Barry no hubiese conseguido un papel en el coro. Durante las semanas previas a la audición, era un manojo de nervios, y brincaba sin cesar mientras ensayaba «Somewhere Over the Rainbow». Nunca había cantado vestido de sí mismo delante de nadie.

«Me sentí desnudo allí —dijo a Jude después de la audición—. Sudaba como un cerdo en Domingo de Pascua.»

Jude se alegró por él cuando consiguió el papel en la compañía. Barry le envió entradas para la noche del estreno, pero ella dijo a Reese que tenía que trabajar.

«Pídeles la noche libre —la instó él—. Tenemos que apoyarle. Y ya nunca salimos. Tendríamos que divertirnos un poco.»

El mes anterior le había fallado el motor del coche y se había gastado sus ahorros en arreglarlo. Todos aquellos billetes arrugados en el cajón de los calcetines volaron. Había empezado a trabajar de portero en el Mirage para ganar un dinero extra los fines de semana. Era el gorila, en rigor, aunque en realidad era solo un rostro agraciado que recibía a los clientes. Hasta el momento solo había intervenido en una reyerta entre borrachos, por lo que, en agradecimiento, se había llevado un corte en su agraciado rostro. En el cuarto de baño, hizo una mueca cuando Jude le aplicó alcohol en la herida, echando ambos de menos aquellos fines de semana que antes dedicaban a perseguir la luz del sol por el puerto deportivo en busca de la toma perfecta. Reese mordiéndose el labio al oírse el chasquido del obturador. Ahora, los viernes y los sábados por la noche se marchaba con una camiseta negra y unos vaqueros negros y volvía a casa al amanecer, sus manos salpicadas de purpurina de ayudar a las gogós a subir al escenario. Luego se iba a la tienda de Kodak, o ayudaba al señor Song. Algunos días Jude apenas lo veía, solo advertía que se desplomaba en la cama a su lado.

Ella no podía permitirse perder una noche de trabajo para sentarse en un teatro húmedo y soportar tres horas de una interpretación amateur con la esperanza de alcanzar a ver a Barry en el coro. Así y todo, accedió, deslizando los dedos por el cabello de Reese. Necesitaban salir una noche, una noche en la que ella no pensara en las decisiones de primavera, en la que él no estuviera obsesionado con el dinero, en la que ninguno de los dos se preocupara por nada.

La noche del estreno, se puso un vestido morado y se enfundó unas medias mientras Reese, haciéndose el nudo de la corbata, le sonreía a través del espejo. Se arreglaban más de la cuenta porque nunca tenían ningún sitio agradable al que ir; esa noche era un pretexto para fingir lo contrario. Podían fingir que eran cualquier cosa: una pareja en su primera cita, un joven matrimonio alejándose a hurtadillas de sus hijos, un par de sofisticados aficionados al teatro que nunca se preocupaban por el dinero, que nunca recortaban cupones, que nunca contaban el cambio.

—Qué elegantes, qué elegantes —bromeó Luis cuando todos se reunieron en el vestíbulo con una docena de los otros chicos que ella normalmente veía ir de aquí para allá en corsé entre bastidores. Pronto, entre risas, accedieron todos al teatro mohoso, y se quedaron expectantes al apagarse las luces.

—Más vale que sea buena —comentó Reese en un susurro, pero estaba de tan buen humor que ella se dio cuenta de que le daba igual.

La besó cuando la orquesta empezó a tocar una alegre obertura. El telón se levantó, y ella se inclinó al frente en un esfuerzo por ver a Barry. Este alzaba las piernas a la par que los otros bailarines, vestido con un chaleco de piel con flecos y un sombrero vaquero. Jude se rio al verlo hacer girar a una pelirroja. A continuación, los bailarines retrocedieron y apareció en el centro del escenario la actriz principal, una chica rubia con un vestido largo abombado. Aunque su voz no era nada del otro mundo, no cantaba mal; así y todo, tenía su encanto. Pronunciaba sus frases con una ironía que a Jude le resultó tan familiar que, en la oscuridad, buscó su programa de la obra. Y ahí estaba, la chica rubia de los ojos de color violeta.


Después de bajar el telón, después de hacer Barry su reverencia muy sonriente, después de marcharse el público lentamente por la alfombra roja descolorida hacia el vestíbulo, analizando las lagunas en la trama y los lapsus flagrantes de los actores, Jude formó un corrillo con sus amigos frente a la entrada de artistas. El grupo, muy locuaz, hacía planes para ir de copas mientras esperaba a que saliera Barry a fin de abochornarlo con un atronador aplauso. Pero ella se abrazó a sí misma, desplazando el peso del cuerpo de un pie a otro, fijando la mirada en el callejón, esperando a que, en cualquier momento, apareciera el fantasma de su madre.

Se había escabullido del teatro durante el intermedio, convencida de que en la oscuridad había confundido a la chica del programa con la chica de la fiesta de Beverly Hills. Pero allí estaba, a plena luz. «Nacida en Brentwood, Kennedy Sanders estudió en la USC pero abandonó los estudios antes de acabar para dedicarse a la actuación. Recientemente ha interpretado los papeles de Cordelia (*Rey Lear*), Jenny (*Muerte de un viajante*) y Laura (*El zoo de cristal*). Esta es su primera actuación en el Stardust Theater, aunque esperamos que no sea la última.» En la foto, la chica sonreía, y el cabello rubio ondulado le caía de forma angelical hasta los hombros. Ahí se la veía inocente, muy distinta de la joven insolente que le había exigido un martini en una fiesta, y Jude podría haber creído que esa era otra chica blanca totalmente distinta a no ser por los ojos. Nunca los olvidaría.

Si esa chica trabajaba en la obra, ¿significaba que la mujer del abrigo de piel estaba también allí? Y si era Stella ¿qué? Y si no lo era ¿qué? Había deambulado por el vestíbulo hasta que las luces de la sala parpadearon, pero no vio a ninguna mujer que se pareciera a su madre. Ahora se sentía aún más enloquecida que antes.

—¿Estás bien, cariño? —preguntó Reese.

Ella asintió, intentando sonreír.

—Es solo que tengo frío —dijo.

Él la rodeó con los brazos para darle calor. Entonces se abrió la puerta de artistas, pero no fue Barry quien salió al callejón, sino Kennedy Sanders, tratando de abrir un paquete de Marlboro. Pareció sorprenderse al ver a aquella muchedumbre, y, por un segundo, desplegó una sonrisa expectante antes de caer en la cuenta de que allí no había nadie interesado en verla a ella. De pronto, posó la mirada en Jude. Esbozó una mueca de suficiencia.

—Vaya —dijo—. Eres tú.

La recordaba, tres años después. Claro que la recordaba. ¿Quién iba a olvidarse de una chica de piel oscura que había derramado vino en una alfombra cara?

—Un amigo mío trabaja en esta obra —explicó Jude.

Kennedy se encogió de hombros a la vez que, sacudiendo el paquete de tabaco, dejaba caer un cigarrillo en la palma de su mano. Vestía una camiseta raída de los Sex Pistols que le llegaba justo por encima del ombligo y un vaquero corto sobre unas medias de redecilla y calzaba botas negras de cuero; no se parecía en nada a la princesa de Beverly Hills de aquella fiesta. Echó a andar por el callejón, y Jude corrió tras ella.

—Barry —dijo—. ¿Está en el coro?

—¿Es tu novio? —preguntó Kennedy.

—¿Barry?

—No, tonta. Ese. —Señaló el grupo con una inclinación de cabeza—. El del pelo rizado. Es una monada. ¿De dónde lo has sacado?

—De la universidad —contestó ella—. Bueno, en realidad de una fiesta…

—¿Tienes fuego? —Kennedy se llevó un cigarrillo a la boca. Cuando Jude negó con la cabeza, dijo—: Tanto mejor, es malo para la voz de una cantante, ¿sabes?

—Creo que esta noche has estado impresionante —la elogió Jude. En realidad no lo pensaba, pero tendría que adular a esa chica para sonsacarle algo—. Tus padres deben de estar orgullosos.

Kennedy dejó escapar un resoplido.

—Por favor. Les horroriza que me dedique a esto.

—¿Por qué?

—Porque me enviaron a la universidad para que al final trabajara en algo práctico, ya me entiendes. No para que colgara los libros y malgastara mi vida. Al menos eso es lo que dice mi madre. Eh, ¿tienes fuego? —Hizo una seña a un hombre blanco de cabello greñudo que fumaba en la esquina—. ¡Bueno, hasta la vista!

Se encaminó apresuradamente hacia el hombre de la esquina, que le sonrió al inclinarse para encenderle el cigarrillo. Un destello en la oscuridad, luego desapareció.


Barry dijo que Kennedy Sanders era una ricachona.

—Ya sabes cómo son —dijo a Jude—. Un par de solos en el coro del instituto, y ya se cree que es Barbra Streisand.

Se estaba maquillando en el camerino para la sesión de tarde del Mirage, su único horario disponible ahora que *The Midnight Marauders* le ocupaba las veladas. Le disgustaba que la función empezara tan temprano y que acudiera tan poco público, pero disfrutaba tanto en el papel de Bianca que no podía esperar tres semanas hasta que la obra dejara de representarse. Hizo una seña hacia atrás, y Jude cogió el cepillo que asomaba de su bolsa de deporte.

—¿Y a qué se dedican sus padres? —preguntó.

—¿Quién sabe?

—¿No han ido al teatro?

—No, por Dios —dijo Barry—. ¿Te crees que iban a acercarse a semejante cuchitril? Ni por asomo, es una familia de mucha pasta. Gente muy estirada, con una casa grande en las afueras y demás. Pero ¿por qué me preguntas por ella?

—Por nada en particular.

Pero esa tarde fue en autobús al centro para acercarse al Stardust Theater. Aún faltaba media hora para la primera sesión del domingo. Como el acomodador, un adolescente, no la dejó pasar sin entrada, se paseó por la acera bajo los aleros verdes. Se sentía ya como una tonta por haber ido hasta allí. ¿Qué podía decirle a Kennedy? Se preguntó qué haría Early en su lugar. La clave para dar caza a alguien, le había dicho, es hacerse pasar por otra persona. Pero Jude nunca había sido capaz de ser otra persona más que ella misma, así que cuando el acomodador la echó, se fue derecha a la calle. Precisamente entonces, cómo no, se tropezó con Kennedy, que se dirigía apresuradamente hacia la entrada. Llevaba unos vaqueros tan cortos que le asomaba por debajo el forro de los bolsillos y botas camperas gastadas.

—Perdón —se disculparon las dos, y Kennedy se echó a reír.

—Vaya, ¿qué pasa aquí? —dijo—. ¿Estás siguiéndome o qué?

—No, no —se apresuró a contestar Jude—. Busco a mi amigo, pero no me dejan pasar. No tengo entrada.

Kennedy alzó la vista al cielo.

—Esto es como la base militar de Ford Knox —comentó. Luego dijo al acomodador—: Viene conmigo.

Y Jude, así sin más, la siguió a trompicones por el vestíbulo, entre bastidores y hasta su camerino. Este era poco mayor que un armario y la pintura amarilla se desconchaba.

Bajo las tenues luces del espejo, Kennedy se dejó caer en la gastada silla de cuero.

—Donna quería despellejarte viva —dijo.

—¿Cómo? —preguntó Jude.

—Cuando le estropeaste la alfombra. Dios mío, tendrías que haberla visto, corriendo de aquí para allá como si hubieras sacrificado a su primogénito. ¡Mi alfombra! ¡Mi alfombra! Fue la monda. Bueno, no para ti, seguramente. —Se volvió en la silla y se miró en el espejo—. Por cierto, ¿cómo te llamas?

—Jude.

—¿Como en la canción?

—Como en la Biblia.

—Me gusta —dijo Kennedy—. Hey Jude, no te lo tomes a mal ni nada por el estilo, pero tengo que cambiarme.

—Ah. Perdona.

Jude se dispuso a salir, pero Kennedy dijo:

—No te vayas. Puedes ayudarme. Nunca consigo enfundarme esto yo sola.

Sacaba a tirones del armario el enorme vestido con miriñaque del número inicial. Jude alisó las arrugas de la tela de color naranja mientras Kennedy se quitaba la camiseta. Esbelta y bronceada, llevaba sujetador y bragas rosa a juego. Jude procuró no mirar, optando por fijar la vista en el desordenado tocador cubierto de paletas de maquillaje, una plancha para ondular el cabello, pendientes de oro, el envoltorio arrugado de un caramelo.

—¿Y de dónde eres, Hey Jude? —preguntó Kennedy—. Tráeme eso, ¿quieres? Dios mío, cómo odio esto. Siempre me hace estornudar.

Levantó los brazos, y Jude le miró las tersas axilas mientras la ayudaba a pasarse el vestido por encima de la cabeza. Fiel a su palabra, Kennedy soltó un remilgado estornudo antes de enfundarse las mangas en los brazos.

—De Louisiana —dijo Jude.

—¿Ah, sí? Mi madre también. Yo soy de aquí. Bueno, no sé si puede decirse que eres de un sitio si nunca te has marchado. ¿No te parece? No sé cómo son esas cosas. ¿Me subes la cremallera?

Hablaba tan deprisa que a Jude la mareaba seguirla.

—¿Dónde está? —preguntó.

—Oye, ¿puedes darte prisa? Sube el telón dentro de veinte minutos, y aún no me he maquillado.

Se apartó el cabello rubio del hombro. Jude se situó detrás de ella y tiró de la cremallera.

—¿Cuál es el apellido de tu madre? —dijo—. A lo mejor conozco a su familia.

Kennedy se echó a reír.

—Lo dudo.

¿Qué estaba haciendo? ¿Había visto a una mujer que tal vez se parecía a su madre y ahora había acabado acechando a una chica blanca y ayudándola a ponerse ese traje ridículo? En cualquier caso, ¿qué más le daba? Jude ni siquiera había conocido a Stella. Kennedy se inclinó hacia el espejo para empolvarse. Por primera vez guardó silencio y se concentró, como Barry justo antes de una actuación. «Tengo que entrar en mi zona», decía siempre, echando a Jude antes de que lo llamaran a escena. A veces ella se quedaba en la puerta, y mientras lo observaba, parecía caer un velo ante su rostro. De pronto era Barry, acto seguido era Bianca. Vio que Kennedy entró en ese instante en un estado similar. Presenciar ese momento le pareció más íntimo que verla en ropa interior. Se volvió para marcharse.

—No conocerás a nadie que se llame Vignes, ¿verdad? —preguntó Kennedy alzando la voz cuando ella ya salía—. Ese es el apellido de mi madre. O lo era. —Lanzó una ojeada por encima del hombro—. Estelle Vignes. Pero todo el mundo la llama Stella.

# 11

Desde un punto de vista estadístico, la probabilidad de encontrarse con una sobrina a quien no se conocía en una fiesta de jubilación en Beverly Hills era baja pero no nula. Cosa que Stella Sanders, al menos en el plano intelectual, podría haber comprendido. Continuamente ocurrían sucesos improbables, intentaba explicar a sus alumnos, porque la improbabilidad es una ilusión basada en nuestras preconcepciones. Con frecuencia no tienen nada que ver con la verdad estadística. Al fin y al cabo, es sumamente improbable que cualquier persona esté viva. Un espermatozoide en particular fertilizando un óvulo en particular, generando un feto viable. Existen más probabilidades de que los gemelos nazcan muertos, los gemelos idénticos son más vulnerables que los mellizos, y sin embargo allí estaba ella, dando clases de Introducción a la Estadística en la universidad de Santa Mónica. Probable no significa seguro. Improbable no significa imposible.

Había descubierto la estadística inesperadamente durante su segundo curso en la universidad de Loyola Marymount. Por entonces no le gustaba presentarse como alumna de segundo; le resultaba tonto porque tenía diez años más que sus compañeros de clase. Ni siquiera sabía qué quería estudiar, solo que le gustaban los números. La estadística la fascinó porque mucha gente la malinterpretaba. En Las Vegas, había permanecido sentada al lado de Blake en un casino lleno de humo mientras él perdía cuatrocientos dólares en la mesa de dados, quedándose en la partida más tiempo del que debía en su convicción de que ya le tocaba ganar. Pero los dados no le debían nada a nadie.

—Da igual lo que ya ha salido —le dijo ella por fin, exasperada—. Si los dados no están trucados, cada número tiene las mismas probabilidades. Y no están trucados.

—Está haciendo un curso —aclaró Blake al jugador sentado junto a ellos.

El hombre se rio a la vez que daba una calada a su puro.

—Yo nunca me retiro —dijo—. Prefiero perder a saber que habría ganado si no hubiese pecado de prudente.

—Bien dicho.

Blake y el hombre entrechocaron sus vasos. La verdad estadística, como cualquier otra verdad, era difícil de digerir.

En la mayoría de las personas, era el corazón el que decidía, no la cabeza. A este respecto, Stella era como todo el mundo. ¿Acaso la decisión de seguir a Blake desde Nueva Orleans no había sido emocional? ¿O la de seguir a su lado a lo largo de los años? ¿O la de acceder, por ejemplo, a asistir a la fiesta de jubilación de Bert Hardison, incluso a persuadir a su hija de que se presentara, porque, según sostenía Blake, necesitaban mostrar un frente unido? Una gran familia feliz: era importante para el resto de los socios. Blake era un experto en marketing que comprendía el valor de su propia marca, y Stella y Kennedy no eran sino una prolongación de esta. Así que Stella accedió a ir a esa fiesta. Con todo, se paseó por el salón, en el papel de esposa solícita, pese a que Bert Hardison, con aliento a coñac, se le pegó toda la noche, apoyando la mano en su cintura (¡cómo si ella no se diera cuenta!). Pero naturalmente Blake, en un rincón con Rob Garrett y Yancy Smith, no lo vio; entretanto Stella intentaba dar conversación a Dona Hardison, sin perder de vista a su hija, que seguía acercándose a la barra, y evitando la mancha roja en la alfombra blanca, que un negro flaco limpiaba apáticamente con sifón.

Poco antes se había producido un alboroto: una chica negra derramó vino en la alfombra, lo que, por unos minutos, captó la atención de todos los presentes en la fiesta. Stella acababa de llegar, así que solo vio las secuelas. Una chica de color carbón fregando desesperadamente para limpiar una mancha de merlot caro de la alfombra aún más cara antes de que Donna, a gritos, le dijese que no hacía más que empeorar las cosas. Incluso después del despido de la muchacha, los asistentes siguieron hablando de ella.

—No me lo puedo creer —dijo Donna a Stella—. ¿Qué sentido tiene contratar camareras si no son capaces de sujetar una maldita botella de vino?

El asunto aburría a Stella, a decir verdad. Era la clase de accidente menor en el que se cebaba la gente durante una fiesta en la que no había nada más interesante de que hablar. A diferencia de los saraos del departamento de matemáticas, donde las conversaciones saltaban de un tema a otro, inescrutables, pretenciosas pero nunca aburridas. Siempre se consideraba afortunada de estar en presencia de personas tan brillantes. Pensadores. Los colegas de Blake consideraban la inteligencia un medio para alcanzar un fin, y el fin era siempre amasar dinero. En cambio, en el departamento de matemáticas de la universidad de Santa Mónica, nadie esperaba hacerse rico. Les bastaba con saber. Ella tenía suerte de dedicar a eso sus días, a acumular saber.

Esa noche, mientras volvía a casa en coche de la fiesta, pensó de pronto en Loretta Walker. Stella llevaba el abrigo de visón con el que Blake la había sorprendido esa Navidad, y quizá fue el roce en las pantorrillas de la lujosa piel lo que la hizo pensar en ella. O tal vez se debiera a que esa mañana, cuando ella dijo a Blake que llegaría tarde a la fiesta, se pelearon otra vez por el empleo que ella tenía solo por Loretta. Durante meses, tras la marcha de los Walker, ella se sumió en una depresión profunda incluso para lo que era normal en ella. Sufría por razones que no podía explicar. Como si hubiese vuelto a perder a Desiree. Blake le propuso que se matriculara en algún curso, cosa que después lamentó, porque Stella lo sacaba a relucir cada vez que él se quejaba de que ella trabajara.

—Lo dijiste tú mismo —recordó Stella en su última discusión—. Estaba volviéndome loca en casa.

—Sí, pero… —Blake se interrumpió—. Pensé que, no sé, que harías un curso de arreglos florales o algo así.

Pero ella siempre se había avergonzado de no haber terminado sus estudios en el instituto. Le entraba complejo de tonta cuando alguien empleaba un término que no entendía. Le disgustaba pedir indicaciones incluso cuando se perdía. Temía el día en que su hija supiera más que ella, en que se quedase mirando las tareas de Kennedy, incapaz de ayudarla. Así que le dijo a Blake que quería estudiar para sacarse el graduado escolar.

—Me parece estupendo, Stel —respondió él, solo por apaciguarla, naturalmente, pero ella se matriculó de todos modos.

Se quedó en el aparcamiento frente a la biblioteca pública, sin atreverse a entrar, dos noches consecutivas. Se sentiría como una tonta, con la mirada pérdida en la pizarra. ¿Cuándo había hecho por última vez un cálculo más complicado que cuadrar su contabilidad? Por fin entró, y entonces el profesor empezó a explicar un problema de álgebra; poco a poco ella volvió a sentirse como a los dieciséis años, cuando sacaba sobresalientes en los exámenes de la señora Belton. Eso era lo que le gustaba de las matemáticas: seguían siendo igual que antes; siempre había una respuesta correcta, la supiera o no. Eso le resultaba reconfortante.

Blake pareció alegrarse por ella cuando por fin recibió el título por correo. Pero no mostró el mismo entusiasmo cuando Stella anunció que quería ir a estudiar a la Universidad de Santa Mónica para sacarse el grado, o cuando se trasladó a Loyola Marymount para la licenciatura, o cuando, el año anterior, la Universidad de Santa Mónica la contrató como profesora adjunta para la asignatura de Introducción a la Estadística. La remuneración era insignificante, pero se sentía revitalizada durante sus clases, de pie ante la pizarra frente a una docena de estudiantes. Su mentora en el claustro, Peg Davis, la animaba a matricularse después en un curso de postgrado, o incluso a empezar a pensar en el doctorado. Podía llegar a ser una profesora en toda regla y obtener algún día una plaza de titular. Sonaba bien eso de doctora Stella Sanders, ¿no?

—Esto es culpa de esa feminista —se quejaba Blake siempre que Stella se quedaba a trabajar en el campus hasta tarde—. Es ella quien te mete esas ideas en la cabeza.

—Aunque te sorprenda, pienso por mi cuenta —replicaba ella.

—No es eso lo que quiero decir...

—¡Es exactamente lo que quieres decir!

—Ella no es como tú. Tú tienes una familia. Obligaciones. Ella solo tiene sus ideas políticas.

Pero ¿cuándo había basado Stella sus decisiones en una obligación para con su familia? Eso entraba en el ámbito del corazón. Y tal vez a ella siempre la había guiado la cabeza. Se había convertido en blanca porque era práctico, tan práctico que, en su momento, la decisión le pareció risiblemente obvia. ¿Por qué no habrías de ser blanca si podías serlo? Seguir siendo lo que uno era o convertirse en algo nuevo, todo se reducía a elegir, se lo mirara por donde se lo mirara. Ella sencillamente había tomado la decisión racional.

—Ya te lo he dicho, no tienes por qué hacer esto —decía siempre Blake, señalando las pilas de exámenes que ella sostenía bajo el brazo—. Yo siempre he mantenido a esta familia.

Pero Stella no había aceptado el empleo porque le preocupara el dinero. Sencillamente había dado prioridad a su cerebro sobre su corazón, y tal vez era eso lo que Loretta había visto al señalar esa larga línea en la palma de su mano.

—Te has perdido mi brindis —dijo Blake cuando regresaron de casa de los Hardison. Estaba quitándose la corbata ante la puerta de su cuarto ropero.

—Ya te dije que tenía que colgar las notas —repuso ella.

—Y yo te dije que esta noche era importante.

—¿Qué quieres que te diga? He hecho todo lo posible.

Blake suspiró con la mirada fija en la ventana a oscuras.

—Pues ha sido un buen brindis —aseguró—. Una buena fiesta.

—Sí —coincidió ella—. La fiesta ha sido magnífica.


—Sé por qué has venido —dijo Kennedy.

En el restaurante a medio aforo, una semana después del estreno de *The Midnight Marauders*, sonrió a Stella por encima de la mesa a la vez que jugueteaba con el mantel blanco. Siempre enseñaba todos los dientes cuando sonreía, cosa que sacaba de quicio a Stella. Cómo se le ocurría mostrar tanto de sí misma. En otra mesa, una mujer asiática corregía exámenes semestrales entre cucharadas de crema de guisantes. Dos hombres blancos jóvenes conversaban en voz baja sobre John Stuart Mill. Stella dijo que había elegido un restaurante cerca del campus de la USC porque quedaba cerca, aunque eso, naturalmente, no era verdad. Albergaba la esperanza de que el ambiente universitario indujera a su hija a replantearse sus propias decisiones o, como mínimo, a avergonzarse de ellas.

Stella desdobló la servilleta y se la extendió sobre el regazo.

—Claro que lo sabes —dijo—. He venido a comer contigo.

Kennedy se rio.

—Claro, mamá. Seguro que esa es la única razón por la que has cruzado toda la ciudad en coche…

—No sé por qué has de convertirlo todo en una gran conspiración. ¿No puedo quedar para comer con mi hija?

Hacía años que no se acercaba al campus, y de hecho lo había visitado solo unas pocas veces: la visita guiada por la universidad, en la que había seguido a su hija, lanzando miradas de escepticismo a las enredaderas de los espaldares que cubrían las paredes de ladrillo rojo, preguntándose cómo llegaría a ingresar allí una chica con sus notas; el día del traslado al centro, porque las mediocres notas no eran un obstáculo que no pudiera salvarse mediante donaciones familiares; unas pocas y vergonzosas semanas más tarde, para suplicar al decano de primero después de que el supervisor de la residencia sorprendiera a Kennedy fumando hierba en su habitación. Las drogas preocupaban a Stella menos que la indiscreción. Solo una chica perezosa se dejaba descubrir, y su hija era lista pero perezosa, felizmente ajena al esfuerzo que había representado para su madre mantener la mentira que era su vida.

Ahora Kennedy sonreía con expresión de suficiencia mientras revolvía lentamente su crema.

—Bien —dijo—. Nos ahorraremos el sermón hasta los postres.

No habría sermón, Stella se lo había prometido a Blake. Se limitaría a animar a Kennedy a hacer lo que le convenía. La chica sabía que necesitaba volver a la facultad. De momento solo había perdido un semestre: podía ir a la secretaría, explicar que había sufrido problemas de concentración y rogar que la readmitieran. Quedaría un semestre por detrás de sus compañeros de promoción; quizá podía graduarse tras los cursos de verano. Stella barajó en su cabeza distintas posibilidades, siempre incapaz de ir más allá de su propia ira. ¡Dejar los estudios para ser actriz! La idea era tan estúpida que apenas pudo contenerse de decirlo tan pronto como tendió la mano hacia la carta.

¿Y qué era lo más desconcertante? Stella creía que Kennedy ya había superado sus años difíciles. Las llamadas de los profesores del instituto porque había vuelto a faltar a clase, las pésimas notas, las noches que Stella oía el chirrido de la puerta al abrirse a horas intempestivas y alargaba la mano hacia su bate de béisbol antes de caer en la cuenta de que era solo su hija borracha al entrar furtivamente en la casa. Los chicos desastrados que se asomaban desde sus coches frente a la casa y tocaban el claxon.

«Es mi niña descontrolada», dijo Blake una vez, entre risas, como si fuera algo de lo que enorgullecerse.

Pero ese descontrol asustaba a Stella, perturbaba la cauta vida que ella había forjado. Por las mañanas, durante el desayuno, miraba por encima de la mesa a una hija que ya no reconocía. Su niña de rostro dulce ya no existía; la había sustituido una mujer de cabello rubio oscuro y extremidades largas que cambiaba de idea a diario sobre la persona que quería ser. Una mañana colgaba de sus esqueléticos hombros una camiseta descolorida de los Ramones; a la mañana siguiente llevaba una minifalda a cuadros que dejaba a la vista buena parte de los muslos, y al otro día lucía un vestido largo hasta los tobillos. Se había teñido el pelo de rosa, dos veces.

—¿Por qué no puedes ser tú misma, y punto? —preguntó Stella en una ocasión.

—A lo mejor no sé quién soy —replicó su hija.

Y Stella lo comprendió, sin duda. Eso era lo emocionante de la juventud, la idea de que uno podía ser cualquiera. Eso era lo que a ella la había fascinado en la tienda de bisutería hacía muchos años. Luego llegaba la vida adulta, las decisiones tomadas previamente se consolidaban, y uno caía en la cuenta de que todo lo que era se había puesto en marcha años antes. El resto eran las secuelas. Así que entendía por qué su hija buscaba una identidad, y Stella incluso se culpaba por ello. Tal vez algo en la chica no estaba bien asentado, una pequeña parte de ella era consciente de que algo fallaba en su vida. Como si, al hacerse mayor, hubiera empezado a tocar los árboles y descubierto que eran solo decorados de cartón.

—No hay sermón —aseguró Stella—. Solo quiero cerciorarme de que estamos pensando en el próximo semestre…

—Ahí lo tienes.

—No has perdido mucho tiempo, cariño. Sé que esa obra te entusiasma…

—Es un musical.

—Como quieras llamarlo…

—Bueno, lo sabrías si hubieras venido al estreno.

—¿A ver qué te parece esto? —propuso Stella—. Iré a ver tu obra si tú vas a la secretaría…

—Chantaje emocional —dijo Kennedy—. Eso es nuevo para ti.

—¡Chantaje! —Stella se inclinó sobre la mesa y bajó la voz—. ¿Querer lo mejor para ti es chantaje? ¿Querer que recibas una formación, que te superes a ti misma…?

—Lo que tú entiendes por lo mejor para mí no tiene por qué coincidir con lo que entiendo yo —dijo su hija.

Pero ¿qué era lo mejor para Kennedy, pues? Stella se había horrorizado, y abochornado un poco, al enterarse de que su hija había pasado el último semestre en riesgo de expulsión por sus malos resultados. «Es joven, ya lo resolverá», dijo Blake, pero Stella se negó a aceptarlo. Ella era una pobre chica de color de un rincón perdido de Louisiana y, a pesar de eso, había logrado mejores notas que dos aprobados justos y dos insuficientes, más un solitario bien en teatro. El teatro ni siquiera era una asignatura, ¡era un pasatiempo! Un pasatiempo que, meses después de ese deplorable semestre, había llevado a su hija a abandonar los estudios para dedicarse plenamente a él. ¿Qué sentido tenía, pues, dárselo todo a una hija? Comprarle libros, matricularla en los mejores colegios, contratar profesores particulares, suplicar para que se le permitiera acceder a la universidad: ¿qué sentido tenía todo eso para que acabara siendo así, una chica aburrida mirando alrededor en un restaurante donde se reunían algunas de las mentes más destacadas de la nación y revolviendo apáticamente la crema?

—La universidad no es para todo el mundo, ¿sabes? —dijo Kennedy.

—Bueno, sí es para ti.

—¿Y eso cómo lo sabes?

—Porque sí. Eres inteligente. Sé que lo eres. Pero no te esfuerzas. Ni siquiera sabemos de qué serás capaz cuando te esfuerces de verdad…

—¡Quizá no soy capaz de más! Yo no soy una lumbrera como tú.

—Pues yo no creo que eso sea lo máximo que puedes dar.

—¿Y tú cómo lo sabes?

—¡Porque yo renuncié a muchas cosas por ti para que ahora cuelgues los estudios!

Kennedy se echó a reír y alzó las manos.

—Ya estamos otra vez con esa mierda. Yo no tengo la culpa de que de niña fueras pobre, mamá. No puedes culparme de cosas que pasaron antes de que yo naciera.

Un joven camarero negro se inclinó para rellenarle el vaso de agua, y Stella guardó silencio. Ella había elegido hacía años su propia vida, y Kennedy no había hecho más que afianzarla en ella. Reconocer eso no era lo mismo que culparla. Se había sacrificado por una hija que no podía saber lo que ella había perdido. El tiempo de la sinceridad entre ellas dos había pasado hacía mucho. Stella se limpió los labios con la servilleta blanca y volvió a plegarla sobre su regazo.

—Baja la voz —dijo—. Y no uses ese vocabulario.


—No es el fin del mundo —dijo Peg Davis—. Muchos estudiantes se toman un descanso.

Stella suspiró. Estaba frente al desordenado escritorio de Peg, en su despacho, siempre tan caótico que Stella tenía que retirar libros de la silla o dedicar diez minutos a buscar las gafas de lectura de Peg, que se hallaban debajo de una pila de exámenes trimestrales. No habría estado de más que Peg contratara a alguien para ayudarla a organizarse. Stella incluso se había ofrecido a ayudarla. El despacho le recordaba su vida con Desiree, que destinaba mucho más tiempo a buscar cosas perdidas que el que le habría requerido mantener en orden su lado de la habitación, pero cuando Stella se lo decía, Desiree alzaba la vista al techo y respondía que dejara de tratarla como si fuera su madre. Peg reaccionaba con el mismo desdén.

«Ah, están por aquí en algún sitio», decía cada vez que se le extraviaban las llaves, y con eso empezaba otra búsqueda del tesoro.

Uno podía ser un poco desastre cuando era un genio. Peg daba clase de teoría de los números, un área de las matemáticas tan complicada que bien podría haber sido magia. La matemática teórica tenía poco en común con la estadística, pero Peg se había prestado de todos modos a supervisar a Stella. Era la única mujer con plaza de titular en el departamento de matemáticas, así que se ocupaba de todas las alumnas. En su primera reunión de supervisión, Peg se había echado atrás en la silla para examinarla. La profesora tenía el cabello largo y rubio, ya cano, y llevaba unas gafas redondas que le cubrían media cara.

—A ver, cuéntame —había dicho—. ¿Cuál es tu historia?

Stella nunca se había encontrado bajo la atenta mirada de una mujer tan brillante. Nerviosa, hizo girar la alianza nupcial en el dedo.

—No sé —respondió—. ¿A qué se refiere? No tengo ninguna historia que contar. O sea, nada de especial interés.

Por supuesto mentía, pero, para su desconcierto, Peg se echó a reír.

—Como que me lo voy a creer —dijo—. No todos los días un ama de casa decide de pronto que quiere estudiar matemáticas. No te importa que te describa así, ¿verdad?

—Que me describa ¿cómo?

—Como ama de casa.

—No —respondió Stella—. Es lo que soy, ¿no?

—¿Lo eres?

Las conversaciones con Peg siempre transcurrían así: con giros y circunloquios, preguntas que parecían respuestas, respuestas que parecían preguntas. Stella siempre tenía la impresión de que Peg la ponía a prueba, lo que no hacía más que inducirla a querer demostrar su mérito. La profesora le dio libros —Simone de Beauvoir, Gloria Steinem, Evelyn Reed—, y ella los leyó todos, pese a las caras que ponía Blake al ver las portadas. No entendía qué tenía que ver nada de aquello con las matemáticas. Peg la invitaba a manifestaciones, y aunque a Stella la inquietaba la idea de unirse a una muchedumbre vociferante, después siempre leía las noticias al respecto en el periódico.

—¿Qué se proponen esta vez las chicas de Peggy? —preguntaba Blake, echando un vistazo por encima del hombro de Stella a la sección de información local.

Allí estaban, manifestándose contra el concurso de Miss América, un anuncio sexista en *Los Angeles Magazine*, el estreno de una nueva película de terror que ensalzaba la violencia contra las mujeres. Las chicas de Peggy eran todas blancas, y cuando Stella preguntó una vez si había alguna negra en el grupo, Peg se puso a la defensiva.

—Tienen sus propias preocupaciones, como ya sabrás —contestó—. Pero si quieren unirse a nosotras en la lucha, bienvenidas sean.

¿Quién era Stella para juzgarla? Al menos Peg defendía algo, luchaba por algo. Declaraba la guerra a la universidad por cualquier cosa: la baja por maternidad remunerada, la contratación sexista de profesorado, la explotación de los profesores no numerarios. Pugnaba por esas cosas pese a que no tenía hijos y contaba ya con una plaza de titular; pugnaba pese a que sus alegatos no la beneficiarían en absoluto. Eso a Stella la desconcertaba, que protestara por sentido del deber, o tal vez incluso por diversión.

Ahora, sentada en el despacho de Peg, tendió la mano hacia un libro sobre los números primos y dijo:

—Es un descanso si al final uno vuelve.

—Bueno, tal vez ella vuelva —respondió Peg—. Por propia iniciativa. Eso hiciste tú.

—Eso es distinto.

—¿En qué sentido?

—Yo no tuve elección —explicó Stella—. Tuve que dejar el instituto. A su edad, yo lo único que quería era ir a la universidad. Y ella la desecha sin más.

—Bueno, ella no es tú —dijo Peg—. Es injusto que esperes que lo sea.

Tampoco era eso, o al menos no era solo eso. Su hija le parecía una desconocida, y si viviera aún en Mallard, le divertiría ver lo distintas que eran en muchos sentidos. Incluso lo mucho que su hija le recordaba en muchos sentidos a Desiree. Podría reírse con su hermana de eso. ¿Estás segura de que no es tuya? Pero, en este mundo, su hija le parecía una desconocida, y eso la aterrorizaba. Si tenía la sensación de que su hija no era realmente suya, nada en su vida era real.

—Quizá lo que pasa es que estás disgustada contigo misma —observó Peg.

—¿Conmigo? ¿Por qué?

—Llevas años hablando del posgrado, y al final nada.

—Sí, pero… —Stella se interrumpió.

Ese era otro asunto totalmente distinto. Cada vez que hablaba con Blake sobre la posibilidad de solicitar plaza en un curso de posgrado, él reaccionaba de manera tan infantil como ella preveía. ¿Estudiar más? Por Dios, Stella, ¿hasta cuándo piensas seguir estudiando? La acusaba de abandonar a la familia, Stella lo acusaba de abandonarla a ella, los dos se dormían enfadados.

—A ver, está claro que tu marido cree que aún puede mangonearte —dijo Peg—. Lo asustas. Una mujer con cerebro. Nada los asusta más.

—No sé si eso es verdad —contestó Stella.

Blake seguía siendo su marido; no le gustaba oír a nadie hablar de sus defectos.

—Solo digo que todo es una cuestión de poder —aclaró Peg—. Él lo quiere, y no quiere que lo tengas tú. ¿Por qué te crees que los hombres se follan a sus secretarias?

Una vez más lamentó haber contado a Peg cómo se habían conocido Blake y ella. Su historia, romántica por entonces, pasó a ser con los años cada vez más vulgar. Ella era joven, de la edad que ahora tenía su hija; nunca había conocido a un hombre como Blake. Lógicamente fue incapaz de resistirse. La primera vez que se acostaron, ella solo tenía diecinueve años, y había acompañado a Blake en un viaje de trabajo a Filadelfia. Para entonces, había descubierto que ser una secretaria era un poco como ser una esposa; memorizaba su agenda, colgaba su sombrero y su abrigo, le servía whisky. Le llevaba el almuerzo, soportaba sus humores, lo escuchaba quejarse de su padre, le recordaba que enviase flores a su madre por su cumpleaños. Para eso la había invitado a Filadelfia, se dijo Stella, hasta la última noche del viaje, cuando él se inclinó hacia ella en el bar del hotel y la besó.

—No sabes cuánto tiempo hace que deseaba hacer esto —dijo—. Desde que comimos en Antoine's. Se te veía tan dulce y perdida. Entonces supe que me había metido en un aprieto. Les había dicho: buscadme una chica con una letra excelente, aunque no tenga muy buena presencia. Esperaba que no la tuvieras. No necesitaba esas distracciones. No soy de esos hombres, compréndelo. Pero naturalmente la letra más bonita pertenecía a la chica más bonita. Y desde entonces me has estado atormentando.

Blake se rio un poco, pero la miraba con tal seriedad que ella notó el rubor en el cuello.

—No era mi intención. Atormentarte, quiero decir.

—¿Me odias por decirte estas cosas?

El nerviosismo de Blake la tranquilizó. Había salido alguna que otra vez con hombres blancos, pero nunca había pasado de los besos en sus coches. Siempre temía que, de algún modo, pudieran descubrir su mentira al ver su cuerpo desnudo. Tal vez su piel, en contraste con las sábanas blancas, parecía más oscura, o tal vez la notarían distinta al estar dentro de ella. Si la desnudez no revelaba quién era una, ¿qué podía revelarlo?

En la habitación del hotel, Blake la desnudó lentamente. Le bajó la cremallera de la falda, le desabrochó el sujetador, se agachó para quitarle las medias. Forcejeó para quitarse los calzoncillos, y ella sintió bochorno por él, bochorno por todos los hombres, en realidad, obligados a exhibir su deseo tan abiertamente. No se le ocurría nada más horrendo que no poder ocultar lo que una quería.

No habría podido decirle que no, comprendió después, pero tampoco quería. Y tal vez esa era la diferencia, o tal vez la diferencia residía en pensar que había una diferencia.

—No me mires así —dijo Peg.

—¿Cómo?

—Como si se te acabara de morir el gato. —Peg se inclinó sobre el escritorio—. Lo que pasa es que no me gusta ver que te rebajas por él. Solo porque nunca te verá como te ves a ti misma.

Stella desvió la mirada.

—No lo entiendes —dijo—. Cuando pienso en quién era yo antes de conocerlo… Es como ser una persona totalmente distinta.

—¿Y quién eras tú entonces? —preguntó Peg.

Ser gemela a veces era como vivir con otra versión de una misma. Todo el mundo tenía otra versión de sí mismo, quizá, una identidad alternativa que vivía solo en la mente. Pero la suya era real. Stella se volvía en la cama cada mañana y la miraba a los ojos. Otras veces se sentía como si viviera con una desconocida. ¿Por qué no te pareces más a mí?, pensaba, echando una ojeada en dirección a Desiree. ¿Cómo me he convertido en mí misma y cómo te has convertido tú en ti misma? Tal vez ella era callada solo porque Desiree no lo era. Tal vez habían pasado juntas sus vidas modelándose mutuamente, compensando aquello de lo que la otra carecía. Como en el funeral de su padre, en el que Stella apenas habló, y cuando alguien le hacía una pregunta, era Desiree quien contestaba. Al principio, eso la ponía nerviosa, que una persona le hablara a ella y respondiera Desiree. Como si renunciara a su propia voz. Pero pronto le resultó cómodo desaparecer. Podía no decir nada y, siendo nada, se sentía libre.

Contempló por la ventana a los alumnos que pasaban en bicicleta y miró de nuevo a la profesora.

—Ni siquiera me acuerdo —dijo.

# 12

Después de sus dos primeras semanas como nueva acomodadora del Stardust Theater, Jude ya conocía dos aspectos fundamentales de Kennedy Sanders: quería ser una estrella de Broadway y se comportaba como toda actriz llena de resentimiento, en parte orgullosa, en parte dolida. El orgullo era imposible pasarlo por alto; se complacía en hacer esperar a los demás, en cruzar parsimoniosamente toda puerta que le abrían. Discutía con el director por la enunciación de las frases, a menudo por diversión, o esa impresión daba. Aparcaba su deportivo rojo en el otro extremo del garaje porque, según ella, una vez se lo había rallado con una llave una actriz suplente envidiosa. Le gustaba inventarse historias sobre su vida, como si la realidad fuese demasiado anodina para repetirla. A veces se corregía a sí misma en medio de una conversación, como cuando contó a Jude que el coche había sido un regalo de graduación al acabar el instituto.

—No, más bien un regalo de «no nos podemos creer que te hayas graduado» —dijo—. En el instituto yo era un incordio. Pero ¿no lo éramos todos? Bueno, quizá no. A mí tú no me pareces un incordio.

—No, no lo era —respondió Jude.

—Ya sé que no lo eras. Verás, yo me doy cuenta de esas cosas. De quién se comía su brócoli y escuchaba a papá y quién era un puto gamberro. Eh, Jude, sé buena y ve a tirar esto, ¿quieres?

En su camerino, echó en las manos abiertas de Jude unos envoltorios arrugados de caramelos. Esos dos últimos fines de semana, Jude había viajado en autobús hasta el decrépito teatro, donde barría las palomitas de maíz, fregaba los lavabos y limpiaba los camerinos. A su debido tiempo, le prometió el supervisor, ascendería, hasta ocuparse de controlar las entradas y acompañar a los espectadores a sus asientos. Poco sabía él que ella estaba ahora justo donde quería estar. Pero, por supuesto, no se lo dijo. Le había ofrecido únicamente la versión sencilla: que se había graduado recientemente en la universidad y buscaba alguna manera de ganar un dinero extra los fines de semana. Podía trabajar los viernes y los sábados por la noche y el domingo por la tarde. Las sesiones correspondientes a *The Midnight Marauders*. Él le dijo que se presentara vestida de negro a la primera función del domingo.

—Eso no me gusta —dijo Reese.

Apoyado en la encimera de la cocina, con el gastado cinturón de las herramientas del señor Song todavía en torno a la cintura, se lo veía tan preocupado que Jude se arrepintió de habérselo dicho.

—Es solo un trabajito complementario —respondió, quitándole importancia—. Nos vendría bien el dinero.

—No lo es, y tú lo sabes.

—Bueno, ¿y qué quieres que haga? ¿Seguir fingiendo que ella no es la hija de Stella? Eso me es imposible. Tengo que entablar relación con ella. Tengo que conocer a Stella.

—¿Y cómo piensas conseguirlo?

Pero no tenía ningún plan más allá del Stardust Theater. Antes de cada sesión, se reunía con Kennedy en su camerino y la ayudaba a ponerse el enorme vestido por encima de la cabeza. También le hacía otros pequeños favores: le llevaba agua caliente con limón, iba a buscarle sándwiches a una cafetería cercana, corría a por Coca-Colas a la máquina del vestíbulo. Siempre se sentía como una tonta allí de pie frente al camerino con un tazón humeante de té, hasta que Kennedy aparecía, sin aliento y sin disculparse.

«Eres mi salvadora», decía, o «Te debo una». Nunca simplemente gracias.

Durante el primer acto, antes de preparar el puesto de las bebidas para el intermedio, Jude entraba sigilosamente en el pasillo lateral de la sala para ver una obra que más tonta le resultaba cuanto más la veía. Un musical del Oeste sobre una chica con agallas que llega a un pueblo fantasma y lo encuentra ocupado por auténticos fantasmas.

—A mí me parece muy inteligente —dijo Kennedy—. Una especie de *Hamlet,* si te paras a pensarlo.

La obra no se parecía en nada a *Hamlet,* pero lo decía con tal convicción que uno casi se lo creía. Era el primer papel protagonista que había logrado desde que dejó la universidad hacía dos meses, contó a Jude una noche después de la representación. Sentadas en una cafetería en la acera de enfrente, Kennedy untaba patatas fritas en salsa ranchera.

—Mi madre todavía no ha venido a ninguna función —dijo—. De tan cabreada como está porque he dejado la universidad. Cree que estoy echando a perder mi futuro. Y puede que así sea. Casi nadie lo consigue, ¿no?

Por primera vez dejó de lado la fanfarronería y ofreció una imagen de inseguridad tan genuina que Jude casi le dio un apretón en la mano. Ese repentino arranque de empatía la sorprendió. ¿Era así como se sentía esa chica? ¿Una decisión imprudente que despertaba la compasión de otro, y no el desdén, un único momento de duda que obligaba a una casi total desconocida a afirmar que ella era, en realidad, especial?

—Tampoco todo el mundo entra en la facultad de medicina —respondió Jude.

—Ah, no es lo mismo. A mi madre le encantaría que yo fuera médico, créeme. Supongo que a ella y a la mayoría de las madres. Todas quieren que tengamos vidas mejores que las suyas, ¿no?

—¿Cómo fue la de ella?

—Difícil. Ya me entiendes, auténtica chusma blanca, en plan *Las uvas de la ira*. Caminaba quince kilómetros cada día para ir al colegio, cosas así.

—¿Es de una familia numerosa?

—No, no. Era hija única. Pero sus padres murieron hace años. Solo queda ella.

A veces podía entenderse por qué Stella se hizo pasar por blanca. ¿Quién no soñaba con dejarse a sí mismo atrás y empezar de cero como una nueva persona? Pero ¿cómo pudo matar a las personas que la habían querido? ¿Cómo pudo abandonar sin siquiera mirar atrás a las personas que, después de tantos años, aún la echaban de menos? Esa era la parte que Jude no entendería jamás.

—No me explico cómo la soportas —dijo Barry—. ¡Esa chica no para de hablar! Le metería ese gorro suyo en la boca.

Como el resto del reparto, consideraba insufrible a Kennedy. Pero Jude necesitaba oírla hablar. Rastreaba a Stella en todas sus anécdotas. Así que levantaba aquel vestido para pasárselo por la cabeza, escuchando a Kennedy hablar sobre el viaje a la India que *se proponía hacer en verano, pero que me tiene muy preocupada, ¿sabes? En un sitio como ese ni siquiera puedes beber agua,* y tenía una amiga —bueno, en realidad no una amiga, una vecina de la infancia, Tammy Roberts— *que fue allí con las misiones y volvió enferma por comer fruta. ¿Te imaginas, fruta? Yo preferiría morirme con una aguja clavada en el brazo a dejarme matar por un mango.* En otra ocasión Kennedy le contó que un antiguo ligue estaría entre el público, un surfista casado que vivía en su mismo edificio. Se acostaron una vez cuando él trajo una botella de absenta de Francia.

«Menudo viaje psicodélico», comentó, estirada descalza en el irregular sofá.

Faltaban quince minutos para subir el telón y aún no se había vestido. Nunca estaba centrada, preparada. Cuando Jude llegaba para ayudarla a vestirse, siempre le abría la puerta un poco sorprendida, como si no hubiese sido ella quien había solicitado la presencia de Jude. Siempre mencionaba a su madre de repente, como cuando le contó antes de una función que había empezado a actuar a los once años. Su madre la había inscrito en un sinfín de actividades distintas porque eso era lo que hacían los padres en Brentwood, lanzar a sus hijos como una red de pesca con la esperanza de que capturaran algún talento. Así que ella había tomado clases de tenis y ballet, de clarinete y piano, de instrumentos suficientes para montar su propia orquesta sinfónica, de hecho. Pero nada dio resultado. Era de una mediocridad espantosa. Su madre se avergonzaba.

—Nunca lo dijo, pero yo lo notaba —explicó Kennedy—. De verdad quería que yo fuera especial.

Y en un arrebato, se presentó a una audición para una obra en el colegio sobre la fiebre del oro y consiguió un pequeño papel de trabajador chino del ferrocarril. Solo siete frases, pero su madre la ayudó a memorizarlas, sosteniendo el guion en una mano, removiendo una salsa para pasta con la otra. Kennedy arrastrando su pico invisible por el suelo de la cocina.

—O sea, era de lo más ridículo —afirmó—. Ya me ves allí, interpretando a un culi con uno de aquellos sombreros de paja. Ni siquiera se me veía la cara. Pero mi madre me dijo que lo hice bien. Estaba... no sé, parecía entusiasmada por una vez.

Hablaba de su madre con melancolía, como todo el mundo al referirse a Stella. Eso era lo único que parecía real.


Durante el resto de noviembre, Jude Winston trabajó en las sesiones de *The Midnight Marauders*. Rellenaba las máquinas de palomitas de maíz, distribuía los programas en la puerta, ayudaba a las ancianas a encontrar sus localidades. Por la noche, se dormía oyendo aún la obertura. Cerraba los ojos y veía a Kennedy en el centro del escenario, resplandeciente bajo la luz de los focos. No podían ser primas. Cada vez que esa chica rubia entraba majestuosamente en el teatro, su rostro oculto tras unas gafas de sol, la idea le resultaba incluso más absurda. Un pariente perdido hacía mucho tiempo: ¿no debería tener algo en común con ella? Tal vez uno al principio no lo detectaba, pero con el tiempo percibiría de algún modo esa misma sangre. Pero cuanto más tiempo pasaba cerca de Kennedy, más ajena le parecía.

Un viernes por la noche, el elenco salió a tomar una copa antes de retirarse. Barry tiró del brazo de Jude para convencerla de que los acompañara, pero antes de que ella tuviera ocasión de contestarle que estaba agotada, Kennedy apareció de pronto a su lado. Así que naturalmente los acompañó. A ella nunca le decía que no. Buscaba su presencia con desesperación. La obra pronto dejaría de representarse y apenas había averiguado nada sobre Stella. En el bar en penumbra, el pianista encontró un polvoriento piano vertical al fondo y empezó a tocar unos acordes. Poco a poco, los miembros de la compañía se desplazaron hacia allí, un poco achispados y todavía deseosos de actuar. Pero Kennedy se sentó con Jude en el extremo de la gastada mesa, rozándose las rodillas de ambas.

—No tienes muchas amigas como yo, ¿verdad? —preguntó Kennedy.

—¿Qué quieres decir?

Se refería a personas blancas, probablemente, pero, para sorpresa de Jude, Kennedy contestó:

—Chicas. Cuando te vi, ibas con una pandilla de chicos.

—No —dijo Jude—. La verdad es que no tengo ninguna amiga.

—¿Por qué no?

—No lo sé. En realidad, ya no tenía amigas de niña. Es por el sitio de donde soy. Allí no les gusta la gente como yo.

—Los negros, quieres decir.

—De piel oscura —corrigió ella—. Con los de piel clara no tienen inconveniente.

Kennedy se echó a reír.

—Vaya tontería.

Las dos consideraban inescrutables sus respectivas vidas, ¿y acaso podía ser de otro modo? ¿No se preguntaba Jude cómo sería eso de vivir sin tener que preocuparse por su educación, saber que, incluso si ocurría lo peor, saldría adelante? ¿No detestaba los estridentes chirridos de punk rock procedentes de los altavoces cuando Kennedy entraba en el aparcamiento? Sí, y alzaba la vista al techo cada vez que Kennedy llegaba tarde. Le molestaba que Kennedy le pidiera té con limón. Se ponía a la defensiva cuando Barry la llamaba niña mimada pese a que lo era, claro que lo era. A veces esa chica era exasperante, pero tal vez Jude habría sido así si su madre no se hubiera casado con un hombre de piel oscura. En otra vida, las gemelas se hacían pasar las dos por blancas. Su madre se casaba con un hombre blanco y ahora se despojaba de abrigos de visón en fiestas elegantes, no atendía mesas en una cafetería de pueblo. En esa realidad, Jude tenía la piel clara y era hermosa, conducía un Camaro rojo por Brentwood, sacando la mano por la ventanilla. Cada noche se pavoneaba en el escenario, radiante, echaba atrás su melena dorada mientras el mundo aplaudía.

El chico del piano empezó a aporrear «Don't Stop Me Now», y Kennedy, dejando escapar un chillido, agarró a Jude de la mano. Jude nunca cantaba delante de nadie. Pero de algún modo acabó cantando junto con el desenfadado grupo, molestando al resto de la clientela, hasta que el camarero los echó. Esa noche se metió en la cama pasadas las tres con un zumbido en la cabeza, sintiendo aún el brazo de Kennedy en torno a los hombros. No eran parientes de verdad, ni eran amigas de verdad, pero eran algo. ¿O no?

—¿Dónde tienes la cabeza? —preguntó Reese mientras se besaban en la cama, pero a ella, distraída, la música le resonaba aún en los oídos.

—Perdona —se disculpó—. Solo estaba pensando.

—¿En esa chica blanca? —Reese dejó escapar un suspiro—. Cariño, tienes que acabar con eso. Es un juego peligroso.

—No es un juego —respondió Jude—. Es mi familia.

—Esa gente no es tu familia. No quieren serlo, y tú no puedes obligarlos.

—No pretendo…

—Entonces ¿por qué andas husmeando alrededor de esa chica? No puedes obligar a nadie a ser lo que no quiere ser. Y si tu tía quiere ser una mujer blanca, es su vida.

—No lo entiendes —dijo Jude.

—En eso te doy la razón —contestó él, alzando las manos—. No te entiendo en absoluto.

—Yo no quería decir eso —repuso ella, o quizá sí.

Él no había visto a su madre pasarse años añorando a Stella, ni a Early conducir miles de kilómetros en su busca. Él no había estado presente las mañanas que Jude, revolviendo entre las cajas del fondo del armario, entresacó las cosas de Stella. Trastos inútiles en su mayoría, unos cuantos juguetes viejos o un pendiente o un calcetín. Ignoraba si su abuela había decidido conservar esos recuerdos o si había olvidado que las cajas estaban allí. Pero ella las había examinado, intentando descubrir en qué se diferenciaba Stella. ¿Cómo había encontrado una manera de marcharse de Mallard cuando su madre solo sabía cómo quedarse?

Durante todo noviembre se presentó en el camerino de Kennedy Sanders para ayudarla a levantar el gran vestido y pasárselo por la cabeza. Después, cada noche, se quedaba entre bastidores escrutando al público en busca de Stella. No la vio ni una sola vez. Aun así, trataba de localizarla mientras se desvanecía la obertura y Kennedy salía por fin al escenario. De algún modo, tan pronto como empezaba la función, Kennedy perdía aquel tono pedante ante el que los miembros de la compañía alzaban la vista al techo. Cuando se encendían los focos ya no era la chica sarcástica que fumaba un cigarrillo tras otro en el callejón. Se convertía en Dolly, la doña nadie encantadora y desenfadada perdida en un pueblo abandonado.

—No sé —dijo—. Siempre me ha gustado el escenario. Todo el mundo mirándote. Tiene algo de emocionante, ¿no crees?

Un sábado, después de la última función, se ofreció a llevar a Jude a casa. Le lanzaba ojeadas desde su asiento, sonriéndole, y Jude, azorada, miraba por la ventanilla. Le molestaba que Kennedy la mirara tan directamente, como si la retara a desviar la vista.

—No —contestó Jude—. Me horrorizaría que todo el mundo estuviera atento a mí de esa manera.

—¿Por qué?

—No lo sé. Me haría sentir… desprotegida, supongo.

Kennedy se rio.

—Sí, pero actuar es distinto —dijo—. Solo muestras a la gente lo que tú quieres mostrar.

# 13

En diciembre, un anuncio de *West Side Story* cubría ya el cartel de *The Midnight Marauders* en el exterior del Stardust Theater. Jude debía de parecer tan compungida que el hombre que cambiaba el cartel sobre la marquesina miró desde lo alto de su escalera de mano y dijo: «A veces las reponen». Pero ella no pensaba en la obra; solo pensaba en Stella, que aún no había dado señales de vida. Ahora la representación terminaba, ¿y qué había sacado ella en claro? Unas cuantas anécdotas sobre una mujer a quien nunca conocería.

La última noche, entró en el teatro vacío para barrer el suelo y encontró a Kennedy sola, de pie en el escenario en penumbra. Nunca llegaba temprano, así que Jude preguntó si le pasaba algo. Kennedy se rio.

—Siempre llego pronto a la última representación —dijo—. Es por la que la gente te recordará, ¿sabías? Tus méritos son solo los de la última actuación.

Llevaba unos vaqueros rotos y un gran sombrero morado de ala flexible que le ocultaba la mitad de la cara. Siempre vestía así, como una niña que saca ropa de un baúl de disfraces.

—¿Por qué no subes aquí? —propuso Kennedy.

Jude se rio y echó una mirada al teatro vacío.

—Pero ¿qué dices? —preguntó—. Estoy trabajando.

—¿Y qué? Aquí no hay nadie. Sube solo un segundo, será divertido. Seguro que ni siquiera has estado nunca en un escenario como este.

Así era, pese a que había pensado presentarse a las pruebas para la obra del colegio todos los años. Su madre había interpretado el papel protagonista en *Romeo y Julieta*: aprendió todas esas palabras raras, tuvo que dejar que Ike Goudeau la besara delante de todo el colegio. Pero cómo disfrutó al hacer la reverencia final ante unos aplausos atronadores. A su madre le habría encantado ver a Jude ser la protagonista de cualquier cosa. Y casi había reunido valor para acudir a una audición, no porque quisiera el papel sino porque actuar era algo que entusiasmaba a su madre en otro tiempo. Deseaba demostrarse que se parecían. Pero nada más entrar en el teatro para las pruebas se imaginó a todo el pueblo riéndose de ella, y se escabulló de los bastidores antes de que el profesor de teatro la llamara.

Ahora, apoyó la escoba en las butacas de la primera fila.

—Una vez estuve a punto de presentarme a una audición para una obra —explicó a Kennedy mientras subía por los peldaños—. Pero me rajé.

—Bueno, a lo mejor ese es tu problema —dijo Kennedy—. Te dices que no a ti misma antes de que te lo diga nadie.

Desde el escenario, el teatro sí se veía distinto: las luces de la sala se atenuaban, y los rostros de toda esa gente que te observaba quedaban en penumbra. Qué extraño debía de ser, no saber qué pensaba la gente que te miraba.

—Yo tenía unas pesadillas horrendas —explicó Kennedy—. Cuando era pequeña. O sea, espantosas.

—¿Con qué soñabas?

—Esa es la cuestión, nunca me acordaba. Pero cuando empecé a actuar, desaparecieron. Fue rarísimo. Como si hubiera algo malo dentro de mí intentando salir y solo pudiese librarme de eso aquí. —Golpeteó el suelo del escenario con el pie—. Pero eso es absurdo, ¿no? Según los médicos, las personas creativas tienen sueños de lo más vívidos. No sé por qué. Quizá tú lo descubras cuando seas médico.

Ella no quería ser psicóloga, pero agradeció la confianza

de Kennedy. Cuando seas médico. Dicho por ella, parecía muy fácil.

—Sí —dijo—. Quizá.

La siguió peldaños abajo. Oía llegar a los demás miembros de la compañía, corriendo alborotados entre bastidores, para vestirse los trajes de escena en la última función. Barrería el suelo del teatro y luego ocuparía su lugar en la oscuridad por última vez. Y por primera vez desde que había averiguado quién era, después de bajar el telón no sabría cuándo volvería a ver a Kennedy Sanders.

—Deberías venir a la fiesta del elenco —dijo Kennedy—. Trae a tu novio. Seguro que el teatro le pagará por sacar unas cuantas fotos.

Esa sugerencia revelaba una consideración sorprendente; le había dicho una vez a Kennedy que Reese era fotógrafo, pero no esperaba que lo recordase.

—Gracias. Lo llamaré.

Kennedy se encaminó a bastidores pero de pronto se detuvo.

—No sé qué va a pasar después de esto.

—¿Qué quieres decir?

Tal vez, para un actor, las bambalinas a oscuras de un teatro eran un espacio tan íntimo como una iglesia; en cualquier caso, Kennedy empezó a confesarse. No sabía qué haría al día siguiente; no sabía, literalmente, qué haría al despertar a la mañana siguiente, porque esa obra era lo único que le había proporcionado cierto sentido de finalidad en los últimos meses. Era lo único que se le daba bien: actuar. Había dejado los estudios porque era un desastre, era un desastre en todo lo demás. Y quizá su madre tenía razón, quizá había cometido un gran error. Quizá actuar era una pérdida de tiempo. Quizá sus padres discutían tanto porque iban a separarse. Quizá su madre prefería corregir tareas de matemáticas a hablar con ella. Quizá todo eso era verdad. Y quizá solo había conseguido su mayor papel hasta la fecha porque el chico con quien se acostaba le dijo una noche, estando los dos colocados, que su hermano mayor había escrito una obra cómicamente mala que cierta compañía iba a representar en un teatro del centro. Y pese a lo mala que era la obra, ella había llorado al leerla. Una chica solitaria que vivía en un mundo rodeada solo de fantasmas. Nada podía recordarle más su propia vida.

Tal vez el director, Doug, lo percibió, o tal vez solo le gustaba mirarle las tetas, o tal vez el chico dijo a su hermano que moviera los hilos, que hiciera lo que fuera necesario para asegurarse que el nombre de ella apareciera en lo alto del orden de audición. En cualquier caso, consiguió el papel protagonista.

—Pero nunca podría explicar a mi madre nada de esto —dijo—. Solo diría que ella tenía razón. Le preocupa más tener razón que ser mi madre. A veces creo que ni siquiera me aprecia mucho. ¿No es increíble? Pensar que tu propia madre ni siquiera te soporta.

Sonreía, pero sus ojos de color violeta se empañaron.

—Seguro que eso no es verdad —dijo Jude.

—Bueno, tú no la conoces, ¿verdad que no? —replicó Kennedy.


Aquella noche, por última vez, presenció la transformación de Kennedy Sanders bajo los focos.

El pavoneo de Kennedy en el número inicial en la plaza del pueblo, su solo contemplativo en el cementerio, su baile en la barra alzando las piernas acompañada de un coro de fantasmas ebrios durante el último acto. En el escenario, era imposible adivinar que esa chica acababa de llorar. Se renovaba cada vez que salía bajo los focos. Al terminar el primer acto, resonando los aplausos en la sala, Jude se abrió paso entre el público hasta el puesto de bebidas. Echaba palomitas tibias en una bolsa de papel cuando por fin vio a Stella.

Su madre, pero sin ser ella. Solo podía pensar en Stella de ese modo. Como si fuera el rostro de su madre trasplantado al cuerpo de otra mujer. Stella lucía un vestido verde largo, con el cabello recogido en un moño bajo. Pendientes de diamantes, zapatos de tacón negros. Se deslizó por el vestíbulo, jugueteando con una cartera de piel, y ladeó la cabeza a la vez que sonreía al hombre alto que le abrió la puerta. Por un segundo, en esa sonrisa, fue su madre. A continuación, la máscara cubrió de nuevo su rostro y asumió el control otra mujer.

No había tiempo para pensar. Jude abandonó el puesto de palomitas y, abriéndose paso a empujones a través del vestíbulo abarrotado hacia la puerta, la siguió. Fuera, encontró a Stella de pie bajo los aleros, buscando a tientas un cigarrillo. Sorprendida ante esa súbita intromisión, miró de soslayo, y Jude se quedó petrificada. En un primer momento pensó tontamente que tal vez Stella la reconocería. Vería algo familiar en su rostro —sus ojos, o incluso su boca— y se quedaría atónita, se le caería la cartera al suelo. Pero los ojos de Stella se vidriaron y dirigió una mirada taciturna hacia la calle. Solo Jude tenía el corazón acelerado.

—Hola —saludó—. Soy amiga de su hija.

No se le ocurrió nada más que decir. Stella se quedó inmóvil por un momento y luego encendió el cigarrillo.

—¿De la universidad? —preguntó. Su voz era más tersa, más suave.

—No, del teatro.

—Ah. Estupendo —dijo Stella.

Era una palabra que su madre nunca habría utilizado. *Estupendo*. Stella esbozó una sonrisa y luego, dando una calada, alzó la vista hacia el alero.

—¿Querías un cigarrillo? —ofreció.

Jude estuvo a punto de aceptarlo. Al menos así tendría un motivo para quedarse allí.

—No —respondió—. No fumo.

—Buena chica —dijo Stella—. Dicen que es muy malo para la salud.

—Ya lo sé. Mi madre está intentando dejarlo.

Stella le lanzó una mirada.

—Cuesta mucho dejarlo —comentó—. Como pasa con todas las cosas buenas.

El intermedio casi había terminado; pronto Stella volvería a entrar y desaparecía en la oscuridad del teatro. Cuando terminara la función, se fundiría con el público que salía a la calle. Y tal vez más tarde esa noche, en un momento de calma, pensaría en la chica de piel oscura que la había interrumpido mientras fumaba; luego no volvería a recordar ese momento.

—Me ha dicho Kennedy que es usted de Louisiana —dijo por fin Jude—. Yo también. Soy de Mallard.

Stella le lanzó otra mirada, enarcando ligeramente una ceja. En su cuerpo nada cambió, nada indicó que la hubiese siquiera oído, excepto por ese mínimo gesto con la ceja.

—Ah —dijo—. Lo siento, no lo conozco.

—Mi madre... —Jude respiró hondo—. Mi madre se llama Desiree Vignes.

Ahora Stella se volvió hacia ella.

—¿Tú quién demonios eres? —preguntó en voz baja.

—Ya se lo he dicho, mi madre...

—¿Quién eres? ¿Qué haces aquí? No lo entiendo.

Medio sonreía, pero mantenía la mano del cigarrillo apartada del cuerpo, como advirtiendo a Jude que no se acercara. Estaba furiosa; eso Jude no lo esperaba. Había pensado que Stella se quedaría confusa. Que incluso se sobresaltaría. Pero quizá, una vez superada la sorpresa, Stella se alegraría de conocerla. Quizá incluso se maravillaría por el hecho de que los azares de la vida las hubieran unido. En lugar de eso, Stella negó con la cabeza, como si tratara de sacudirse una pesadilla.

—Quería conocerla —dijo Jude.

—No, no, no, no lo entiendo. ¿Quién eres en realidad? No te pareces en nada a ella.

A través del ventanal, las luces del vestíbulo parpadearon. A esas alturas Jude debería ya haber estado acompañando a los espectadores de regreso a sus butacas. Probablemente el supervisor andaba buscándola desesperado. Y qué encontraría si salía en ese momento: a una chica negra suplicando a una mujer blanca que la reconociera.

—Me contó que usted y ella se escondían en el cuarto de baño —dijo Jude—. En aquella lavandería de Nueva Orleans. Y también que usted casi se cortó la mano. —Ahora divagaba, en su deseo de decir cualquier cosa que impidiera a Stella marcharse.

Stella dio una calada trémula, lanzó el cigarrillo a la acera y acto seguido lo pisó.

—Ella nunca habría vuelto a Mallard —dijo.

—Bueno, no le quedó más remedio. Para huir de mi padre. Él le pegaba.

—¿Le pegaba? —Stella guardó silencio por un momento, ablandándose—. O sea, ¿todavía está… mi madre todavía…?

—Allí siguen las dos. Mi madre trabaja en la cafetería.

—¿En la de Lou? Dios mío. No pensaba en esa cafetería desde… —Stella se interrumpió—. En fin, debió de ser un horror para ti.

Jude desvió la mirada. Detestaba la idea de que Stella la compadeciera.

—Mi madre estuvo buscándola —dijo.

Stella curvó los labios, como si fuera a sonreír o llorar, detenido su rostro, de algún modo, entre lo uno y lo otro. Como si lloviera e hiciera sol. Cuando eso ocurría, su madre siempre repetía un dicho: Eso es que el diablo golpea a su esposa. Y esa era la imagen que acudía a la cabeza de Jude siempre que oía la cólera de su padre. El diablo podía amar a la mujer a la que golpeaba; el sol podía asomar en una tormenta. Nada era tan sencillo como uno quería. Sin pensar, tendió la mano hacia su tía, pero Stella la apartó. Le brillaban los ojos.

—No debería haberlo hecho —dijo Stella—. Debería haberse olvidado de mí.

—¡Pero no se olvidó! Puede llamarla. Podemos llamarla ahora mismo. Se alegraría tanto…

—Tengo que irme —atajó Stella.

—Pero…

—Esto es demasiado para mí —dijo ella—. No puedo volver a cruzar esa puerta. Es otra vida, ¿lo entiendes?

Unos faros las iluminaron, y por un segundo Stella, bañada en luz amarilla, pareció presa del pánico, como si fuera a colocarse de un salto en la trayectoria del automóvil. A continuación, aferró la cartera firmemente y desapareció en la noche.


En la fiesta del elenco, todos los actores y músicos se congregaron para ver a la actriz principal emborracharse y quejarse, a quien quisiera oírla, de que su madre no se había presentado. «¿Os lo podéis creer? —repetía una y otra vez—. La última noche, y solo se comprometió a intentarlo. ¡Por lo que se ve, no es que se haya esforzado mucho!» Nadie la había visto nunca de tan mal humor. Apenas se había quedado un momento en el escenario al bajar el telón, no había hecho el menor caso a los miembros de la compañía que se acercaron a felicitarla, había tirado a la papelera las rosas que el director le había regalado. Ni siquiera se había ofrecido a plasmar su autógrafo en ejemplares del programa en la entrada de artistas. Ahora dedicaba la primera media hora de la fiesta del elenco a darle al tequila a solas en la barra.

—Mi primer gran papel —dijo a Jude—. Bastaba con que se quedara sentada en la butaca. Y ni siquiera ha sido capaz de hacer eso.

En el otro extremo del bar, Reese iba de aquí para allá, tomando fotos informales del elenco. Jude debería haberse alegrado por él, viéndole otra vez detrás de la cámara. En lugar de eso, estaba sentada a la barra junto a una chica hosca y ebria, y seguía alterada. Había conocido a Stella, pero Stella no quería saber nada de ella. No debería haberse sorprendido. Stella había evitado toda relación con la familia durante décadas, así que nada había cambiado. Pero ¿por qué se sentía Jude como si hubiera perdido a alguien? Una vez más se vio tender la mano hacia Stella, y a Stella apartarla. Se sentía como si hubiera tendido la mano hacia su madre y esta la hubiera rechazado.

—He de irme —dijo. Tenía mucho calor en la concurrida fiesta, necesitaba aire con desesperación.

—Pero ¿qué dices? —dijo Kennedy—. La fiesta acaba de empezar.

—Ya lo sé. Lo siento. No me puedo quedar.

—Vamos —insistió Kennedy—. Tómate solo una copa conmigo. Por favor.

Se la veía tan vulnerable que Jude estuvo a punto de acceder. Casi accedió. Pero se representó a Stella desapareciendo en la noche, mirando por encima del hombro, presa del pánico, como si la persiguieran, y negó con la cabeza.

—No puedo, de verdad —contestó—. Mi novio está listo para marcharse.

En el otro extremo del local, Reese recogía su cámara y charlaba con Barry. Kennedy lanzó un vistazo en esa dirección y los observó a los dos por un segundo.

—No sabes la suerte que tienes —comentó. Aún sonreía, pero la malevolencia se filtró en su voz.

—¿Qué quieres decir? —preguntó Jude.

—Nada. Pero tú ya me entiendes. La verdad es que resulta chocante que una persona como él esté contigo, ¿no? —Kennedy se rio—. Ya sabes que no lo digo por nada en particular. Hablo por hablar. En general, a vuestros hombres les gustan las chicas de piel clara, ¿no?

Años más tarde Jude siempre se preguntaría qué fue exactamente lo que motivó en ella su posterior reacción. Aquella sonrisa taimada, o la manera en que Kennedy, con tanta despreocupación, había dicho «vuestros hombres», como si la excluyera a ella. O tal vez fue porque Kennedy tenía razón. Sabía lo afortunada que Jude se sentía de ser amada. Sabía, por más que Jude hubiera intentado ocultarlo, cómo herirla exactamente.

Durante semanas había seguido a Kennedy por el Stardust Theater. La había ayudado a vestirse, le había llevado el té, había escuchado sus trinos vibrantes desde el vestíbulo. Había limpiado váteres para hablar con ella, siempre preguntándose cómo era posible que esa chica tan extraña y ella estuvieran emparentadas. Pero al final lo comprendió: Kennedy Sanders no era más que una chica engreída de Mallard que se había creído la ficción que le habían contado.

–Mira que eres tonta –dijo Jude–. No sabes ni lo que eres.

–¿Y qué soy?

–¡Tu madre es de Mallard! De donde es la mía. Son gemelas. Son idénticas, e incluso tú lo verías…

Kennedy se rio.

–Estás loca.

–No, la loca es tu madre. Lleva mintiéndote toda tu vida.

Se arrepintió de decirlo en cuanto esas palabras salieron de su boca, pero ya era tarde. Había tañido la campana, y la nota reverberaría en el aire durante toda su vida.


El señor Park les llevó bulgogi a casa y dejó el plato en la mesa.

–Qué tristes –dijo–. Nunca os he visto tan tristes.

Vaya imagen debían de ofrecer: Jude secándose los ojos hinchados, Reese sombrío a su lado, con el mismo aspecto desvalido que siempre tenía cuando ella lloraba. Le dio un apretón en el hombro y dijo:

–Vamos, cariño, come.

Pero Jude no tenía apetito. En el trayecto de vuelta a casa, le había contado lo ocurrido esa noche horrenda. Se lo había contado todo excepto lo que Kennedy había dicho con la intención de herirla, porque había puesto el dedo en la llaga y prefería no repetirlo siquiera ante él.

–Tenías razón –dijo ella–. Tenías razón en todo. Nunca debería haber ido a buscar…

–Tranquila –respondió él–. Querías conocerlas. Ahora ya las conoces. Ya puedes pasar página.

—No puedo decírselo a mi madre.

Nunca antes le había ocultado un secreto así a su madre. Pero si era cruel no decirle que Stella vivía —incluso que la había conocido—, ¿no era aún peor decirle que Stella no quería saber nada de ella? ¿De qué le serviría a su madre descubrir que la hermana que había buscado durante años no se dignaba siquiera a llamarla? Tal vez su madre comprendiera que perderla era lo mejor. Tal vez, con el paso del tiempo, sencillamente se olvidara de Stella, tal como a Jude ya había empezado a borrársele de la memoria el rostro de su padre. Desintegrándose sus recuerdos, no de repente, sino despacio. Al final, recordar se convertía en imaginar. Qué escasa era la diferencia entre lo uno y lo otro.

Su madre nunca se olvidaría de Stella. Durante el resto de su vida recordaría su pérdida al mirarse en el espejo. Pero Jude no exacerbaría su dolor. Hablaría con su madre por teléfono, pasados unos días, y no diría una sola palabra sobre Stella. Tal vez en ese sentido era como su tía. Tal vez, al igual que Stella, se convertía en una persona nueva allí donde vivía, y ya era irreconocible para su madre, una chica que guardaba secretos. Una embustera.


Al día siguiente de esa última función, Stella despertó con el corazón acelerado.

Apenas había abierto los ojos cuando la noche anterior la asaltó de nuevo: la espantosa obra a la que por fin había asistido, pese a saber que la interpretación era una pérdida de tiempo y de talento para su hija. Pero había ido porque era la última representación: había permanecido allí durante todo aquel espectáculo horrendo, complacida y un tanto sorprendida de ver que su hija era el único aspecto positivo. En el intermedio, había aplaudido tan sonoramente como cualquiera, con la esperanza de que su hija la viera. Pero la chica se escondió entre bastidores con los demás y Stella salió a fumar un cigarrillo. Allí de pie, frente al sórdido teatro, pensaba cómo arreglar las cosas. Podía llevar a Kennedy a cenar después de la función, disculparse por no haber asistido antes. Proponerle que tomara más clases de interpretación, siempre y cuando volviera a la facultad. Y fue entonces cuando aquella chica de piel oscura surgió de las sombras. Después Stella cruzó la calle precipitadamente, sin pensar siquiera adónde iba. Tambaleante, recorrió dos manzanas hacia el centro antes de recordar dónde había aparcado.

La chica de piel oscura no podía ser hija de Desiree. No se parecía en nada a ella. Era de un negro puro, como si Desiree jamás la hubiese siquiera tocado. Podía ser cualquiera. Pero ¿cómo conocía entonces esas anécdotas de Nueva Orleans? ¿Quién más podía conocerlas si no Desiree? Bueno, tal vez ella se lo había contado a alguien. Acaso esa chica había pensado que podía presentarse en California y amenazar a Stella con delatarla. ¡Chantajearla incluso! Las diversas posibilidades cobraron una forma cada vez más horripilante en su cabeza, y ninguna tenía sentido. ¿Cómo la había encontrado esa chica? Y si hubiese querido chantajearla, ¿por qué no había dado un precio? En lugar de quedarse allí encogida en la acera, como si hubiera herido sus sentimientos. Como si Stella, de algún modo, la hubiera decepcionado.

—El corazón te late muy deprisa —observó Blake.

Levantó la cabeza y, soñoliento, le sonrió. Le gustaba quedarse dormido con la cabeza en sus pechos, y ella se lo permitía porque le resultaba muy tierno.

—He tenido un sueño extraño —dijo ella.

—¿Que daba miedo?

Stella le deslizó los dedos entre el cabello rubio ya algo canoso.

—Antes tenía pesadillas —explicó—. Que unos hombres me sacaban a rastras de la cama. Me parecían muy reales. Sentía sus manos en los tobillos, incluso después de despertar.

—No será por eso que tienes ahí ese bate, ¿eh?

Ella se dispuso a contestar, pero se volvió con lágrimas en los ojos.

—Pasó una cosa —dijo—. Cuando era niña.

—¿Qué pasó?

—Vi algo… —Pero se le quebró la voz y no pudo seguir hablando.

Blake la besó en la mejilla.

—Cielo, no llores —susurró—. No sé qué te da tanto miedo. Siempre velaré por tu seguridad.

Stella lo besó antes de que él pudiera decir nada más. Hicieron el amor con desesperación, como cuando ella, a los diecinueve años, tocó al señor Sanders por primera vez. De joven se habría ruborizado ante esa imagen: dos personas de mediana edad aferrándose a sus respectivos cuerpos, apartando las sábanas, mientras el sol penetraba a través de las persianas y sonaba el despertador, llamándolos a ambos a iniciar sus respectivos días. El cuerpo de ella había cambiado, el cuerpo de él estaba cambiando, los dos familiares y desconocidos al mismo tiempo. Cuando uno se casaba con alguien, prometía amar a todas las personas en que se convertiría. Él prometió amar a todas las personas que ella había sido. Y allí estaban, intentándolo aún, pese a que el pasado y el futuro eran misterios.

Esa mañana llegó tarde a clase. Una ducha rápida, y acto seguido se ponía una blusa sobre los hombros húmedos, mientras Blake, afeitándose, le sonreía a través del espejo.

—Creo que vas a llegar tarde al trabajo por mi culpa, señora Sanders —dijo él, lo que no sonaba tan bien como doctora Sanders, pero quizá diera igual.

Quizá bastaba con ser la señora Sanders, quizá bastaba con tener su clase de Introducción a la Estadística, y su casa, y su familia. Aquella chica de piel oscura. Volvió a verla, intentó quitársela de la cabeza. Había sido arrogante, ese era su problema. Tan centrada en lo que venía a continuación que no valoraba aquello de lo que se había librado. No podía permitirse cometer ese error otra vez. Tendría que estar atenta. Permanecer alerta.

Salía corriendo por la puerta cuando tropezó con su hija, que llevaba a rastras escalera arriba una bolsa de ropa sucia. Las dos se sobresaltaron, y después Kennedy exhibió aquella sonrisa encantadora que había heredado de su padre. Era imposible enfadarse ante esa sonrisa, y Kennedy la había puesto a prueba a menudo: cuando suplicó un cachorro pero dejó que Yolanda cuidara de él, cuando suspendió la geometría de noveno pese a los intentos de Stella para ayudarla, cuando se estrelló con su primer Camaro y, de algún modo, convenció a Blake de que le comprara un segundo.

«Bueno, tiene su modo de salirse con la suya», dijo él, y Stella, harta de ser siempre ella la que ponía pegas, accedió. Aunque tampoco tenía mucha voz en el asunto. Kennedy había descubierto hacía mucho que si quería algo tenía que pedírselo a su padre. Decírselo a Stella era una mera formalidad.

—Quería hablar contigo —dijo Stella—. Oye, en cuanto a anoche…

—Ya sé, ya sé, lo sientes. Pero si no ibas a venir, podrías habérmelo dicho. Le habría dado la entrada a otra persona…

—¡Vi la obra! Lo que pasa es que tuve que marcharme antes, así de simple. No me encontraba bien, por algo que comí, seguramente. Pero te prometo que estuve allí. Me pareció muy ingeniosa. Con los fantasmas y demás. Y esa canción tuya en el salón… Me encantó. De verdad.

Su hija llevaba unas gafas de sol grandes y brillantes, por lo que Stella no veía sus ojos, sino solo el reflejo de su propio rostro. Se vio tranquila, natural. No como una mujer que había despertado con el corazón acelerado.

—¿De verdad te gustó? —preguntó Kennedy.

—Claro, cariño. Te encontré maravillosa.

Abrazó a su hija y deslizó una mano por sus delgados hombros.

—Bueno —dijo—. Llego tarde. Que pases un buen día.

Mientras forcejeaba con el maletín en busca de las llaves, oyó que su hija decía por encima del hombro:

—No has estado en un sitio que se llama Mallard, ¿verdad?

Stella nunca había esperado oír esa palabra en labios de su hija y por primera vez esa mañana flaqueó.

—¿Qué quieres decir? —preguntó.

—He conocido a una chica de allí... dice que te conoce.

—Nunca he oído hablar de ese sitio. ¿Mallard, has dicho?

Otra vez la sonrisa encantadora. Kennedy se encogió de hombros.

—Da igual —dijo—. Quizá pensaba en otra persona.


Cuando Blake llegó a casa del trabajo esa noche, Stella le habló de la chica de piel oscura.

Durante toda la tarde se había debatido entre decir algo o callar, y al final se decidió. Un ataque preventivo. No quería que él pensara que tenía algo que esconder, y prefería que se enterase de aquello por ella. La horrorizaba la idea de que su marido y su hija cuchichearan sobre ella a sus espaldas. Así que mientras se desvestía para acostarse, contó a Blake que una chica de piel oscura, afirmando ser pariente suya, había arrinconado a Kennedy después de la representación. Observó su cara en todo momento, a fin de detectar el menor cambio. Un asomo de reconocimiento, tal vez. Alivio ante el hecho de que una pregunta que siempre se había planteado encontrase por fin respuesta. Pero él se limitó a dejar escapar un resoplido mientras se desabrochaba la camisa.

—Es por el Camaro —dijo—. Seguro que esa chica lo vio y pensó, pumba, día de paga.

—Exacto —convino Stella—. Tal cual. Eso es lo que he estado intentando decirle.

—Esta ciudad... te juro que a veces...

Últimamente venían hablando de la posibilidad de abandonar Los Ángeles. Mudarse a Orange County, tal vez, o incluso más al norte, a Santa Bárbara. Al principio, ella se había resistido, porque no quería dejar su trabajo, pero ahora imaginaba a todas horas a esa chica de piel oscura acercándose a ella subrepticiamente, asomando la cabeza a las puertas, golpeteando en las ventanas. O peor aún, siguiendo a Kennedy por la ciudad, presentándose en sus funciones, acechándola entre audiciones. ¿Qué podía querer? Su rostro asomó una vez más a la mente de Stella. Su presencia bajo aquel alero, dolida.

El error de Stella había sido pensar que podía fijar su residencia en algún sitio. Uno tenía que seguir en movimiento o el pasado siempre lo alcanzaba.

—Ya conoces a esa gente del centro —dijo—. Están fuera de sus cabales, la mitad de ellos.

—Uf, más de la mitad —convino Blake, y se metió en la cama su lado.

La primera vez que Stella se hizo pasar por blanca, estaba impaciente por contárselo a Desiree. Desiree nunca se lo creería; no consideraba a Stella capaz de nada sorprendente. Pero aquella noche, cuando Stella regresó a casa, se cruzó con su hermana en el pasillo y no dijo nada. Una transgresión secreta era aún más emocionante que si la compartía. Lo había compartido todo con Desiree. Quería tener algo propio.

Ahora tenía cuarenta y cuatro años; había pasado una parte mayor de su vida sin Desiree que con ella. Aun así, conforme transcurrían las semanas, sintió tensarse la atracción de Desiree en ella, como una mano que la agarrase del cuello. A veces se le antojaba una suave fricción; otras veces la ahogaba. Culpaba de eso a la chica de piel oscura, pese a que no la había visto desde aquella noche frente al Stardust Theater. La ciudad era grande; la chica no volvería a encontrarla. Stella nunca pensaba en ella como sobrina. «Sobrina» no le parecía la palabra adecuada para describir a una chica a quien no conocía, una chica que no se parecía en nada a ella. Aunque, claro, ¿no pensaría lo mismo Desiree de Kennedy? A veces incluso Stella miraba con atención a su hija y veía a una desconocida. No era culpa de Kennedy que Stella hubiese decidido, mucho tiempo atrás, convertirse en otra persona. Ahora toda su vida se había construido sobre esa mentira y las otras mentiras que Stella acumulaba a fin de mantenerla, hasta que apareció una chica de piel oscura y amenazó con derribarlas todas.

—¿Tenías una hermana? —preguntó Kennedy una noche.

Stella, inclinada mientras recogía las migas de la mesa, se tensó.

—¿Qué quieres decir? —preguntó—. Ya sabes que no.

—Solo pensaba…

—No seguirás pensando en aquella chica negra, ¿no?

Pero su hija se mordió el labio y fijó la mirada en la ventana a oscuras. Sí pensaba en ella, solo que no había dicho nada al respecto, lo que le parecía una traición aún mayor.

—Dios mío —dijo Stella—. ¿A quién crees? ¿A una loca o a tu propia madre?

—Pero ¿por qué habría de mentir ella? ¿Por qué habría de decirme esas cosas?

—¡Quiere dinero! O a lo mejor solo quiere divertirse a tu costa. A saber por qué los locos hacen lo que hacen.

Blake entró en la cocina y se detuvo, como siempre hacía antes de inmiscuirse en una de sus discusiones, como para recordarse que no era demasiado tarde para desentenderse y fingir que aquello no tenía nada que ver con él. La chica de piel oscura no le había despertado tanto interés como para hablar mucho del tema: se había limitado a decir que si Kennedy volvía a verla, debía avisar a la policía. Dio un apretón en el hombro a su hija.

—Déjalo correr, Ken —dijo—. No debes permitir que esa chica te altere.

—Ya lo sé, pero…

—Te queremos —afirmó él—. No te mentiríamos.

Pero a veces mentir era un acto de amor. Stella llevaba demasiado tiempo mintiendo para empezar a decir de pronto la verdad, o quizá no quedaba nada que revelar. Quizá esa era la persona en quien se había convertido.

En junio, Stella y Blake sorprendieron a su hija con las llaves de un nuevo apartamento en Venice. Pagarían el alquiler durante un año mientras ella se presentaba a audiciones; después, tendría que volver a la facultad o buscar un empleo. En rigor, no era un soborno, pero cuando Stella entregó las llaves a su hija eufórica, la invadió tal alivio que tuvo la impresión de que sí lo era. Tal vez ahora su hija dejaría de asaetearla a preguntas sobre su pasado. Siempre le había preocupado que Kennedy descubriera su secreto y la rechazara, que Blake la abandonara, que toda su vida se desintegrara en sus manos. Lo que no había concebido era la duda. Casi habría sido mejor que Kennedy creyera sin más a la chica de piel oscura. En cambio, parecía dar vueltas y vueltas a sus afirmaciones, a veces contemplando la posibilidad, a veces rechazándola, y Stella no sabía en qué quedaría aquello. No era capaz de predecir qué podía preguntar Kennedy, o adivinar qué pensaba, y la incertidumbre la enloquecía. Al menos, el nuevo apartamento sería una distracción. Tal vez incluso una solución.

Un sábado por la mañana, Blake y ella ayudaron a su hija con la mudanza. Blake montó los muebles en el dormitorio, y Stella limpió los cajones de la cocina, mientras recordaba el apartamento que Desiree y ella habían compartido en Nueva Orleans. Las paredes eran finas como el papel, los suelos siempre crujían, una mancha de agua se propagaba por el techo. Y sin embargo, a pesar de eso, a ella le encantaba aquel sitio. Se había alegrado tanto de marcharse del piso de Farrah Thiboudeaux que ni siquiera le preocupó tener tan poco espacio en el nuevo apartamento. Era suyo y era de Desiree, y ella se sintió como si las dos estuvieran en el umbral de vidas demasiado grandes para imaginarlas siquiera. Se le saltaron las lágrimas, y Kennedy, abrazándola desde atrás, la sobresaltó.

—No te pongas tan sentimental —dijo—. Seguiré yendo a cenar.

Stella se rio a la vez que se enjugaba los ojos.

—Espero que este sitio te guste —comentó—. Es un apartamentito muy agradable. Deberías haber visto el mío en Nueva Orleans.

—¿Cómo era?

—Bueno, habrían cabido en este dos como aquel. Siempre estábamos una encima de la otra...

—¿Quiénes?

Stella guardó silencio por un momento.

—¿Cómo dices?

—Has dicho «estábamos».

—Ah. Claro. Mi compañera de apartamento. Una chica con la que viví, que era de mi pueblo.

—Nunca me lo habías contado —dijo Kennedy—. Nunca me cuentas nada de tu vida.

—Kennedy...

—No es por eso —atajó ella—. No es por esa chica ni mucho menos. Es solo que... es imposible saber nada de ti. Tengo que suplicarte solo para que me hables de una compañera de piso que tuviste, y eres mi madre. ¿Por qué no quieres que te conozca?

Había imaginado, más de una vez, que contaba a su hija la verdad sobre Mallard, y Desiree, y Nueva Orleans. Que se había hecho pasar por otra persona porque necesitaba un empleo, y al cabo de un tiempo la simulación se convirtió en la realidad. Podía decir la verdad, pensaba, pero ya no había una única verdad. Había vivido escindida entre dos mujeres, cada una de ellas real, cada una de ellas falsa.

—Es que yo siempre he sido así —respondió Stella—. No soy como tú. Tan abierta. Esa es una buena manera de ser. Espero que continúes así.

Entregó a su hija una lámina de papel para forrar estantes, y Kennedy sonrió.

—No sé ser de ninguna otra forma —dijo—. ¿Qué tengo yo que esconder

# QUINTA PARTE

# *PACIFIC COVE*
## (1985/1988)

# 14

En 1988, cansada de buscar la seriedad artística y, más importante aún, cerca ya de los treinta años, Kennedy Sanders empezaría a aparecer en sucesivos culebrones televisivos, y un mes después de cumplir los veintisiete, conseguiría por fin un papel para tres temporadas en *Pacific Cove*. Sería el trabajo de interpretación más largo de su vida hasta ese momento, e incluso décadas más tarde la pararía a veces en un centro comercial algún admirador sensiblero llamándola Charity Harris. Era el papel para el que había nacido, le dijo el director, tenía la cara ideal para los culebrones. Kennedy debió de fruncir el entrecejo, porque él se rio y le tocó el brazo demasiado cerca de las tetas.

—No es una crítica, nena —aclaró—. Solo quiero decir… en fin, me doy cuenta de que tienes un don para lo dramático.

El melodrama no tenía nada de malo, les dijo a sus padres cuando los llamó para darles la noticia. De hecho, algunas de las actrices clásicas más importantes —Bette Davis, Joan Crawford, Greta Garbo— se dedicaron en eso de vez en cuando. Su padre se alegró de que volviera a California. Su madre se alegró de que trabajara. Después de colgar, se acercó a un centro comercial de Burbank donde, un año más tarde la pararía una mujer de mediana edad frente a un estante de zapatos y le pediría un autógrafo. Se azoraba cada vez que alguien la abordaba en público. ¿Cómo era posible que la reconocieran sin los trajes de escena, sin el peinado, sin el maquillaje?

Al principio, la emocionaba, más adelante empezó a inquietarla, la idea de que una persona se fijara en ella antes de que ella se fijara en esa persona.

Una lista incompleta de personajes que interpretó en el mundo de los culebrones antes de obtener el papel en *Pacific Cove*: una trabajadora voluntaria de hospital que, como parte de una confabulación, roba un bebé; una maestra que seduce al padre de su alumno; una azafata que derrama agua en el protagonista, tal vez fortuitamente, tal vez de manera intencionada, en el guion no quedaba claro; la hija de un alcalde seducida por el villano de la serie; una enfermera que muere estrangulada en un coche; una florista que entrega una rosa al actor principal; una azafata que sobrevive a una accidente aéreo para morir más tarde estrangulada en un coche. Se ponía pelucas negras, pelucas castañas, pelucas rojas, y al final, cuando interpretó a Charity Harris, lució sus propios bucles rubios. Solo interpretaba papeles de chicas blancas, es decir, nunca se interpretó a sí misma.

En el plató de *Pacific Cove*, el reparto y el equipo la llamaban Charity, nunca usaban su verdadero nombre, y más tarde, en una entrevista para *Soap Digest,* dijo a un periodista que eso la ayudaba a centrarse en el personaje. Prefería que los lectores pensaran que era una actriz del método a que supieran la verdad: que nadie se había molestado en saber su verdadero nombre porque no preveían que siguiera en ese ambiente por mucho tiempo. En todo caso, tres temporadas en el mundo de los culebrones era como tres segundos, y cuando la serie terminó en 1994, Charity Harris aparecería en el episodio final durante un milisegundo al recorrer la cámara las fotografías colgadas en la pared. Solo los admiradores más entusiastas recordarían su participación más destacada, los nueve meses que pasó secuestrada por la acechadora de su amante y atada en un sótano. Durante meses se retorció en la silla —gritando, suplicando, rogando—, y solo años después caería en la cuenta de que su principal línea argumental era no formar realmente parte de la serie.

Una vez llevó a su madre al plató. Le había advertido de antemano que en el estudio de sonido podría hacer frío, de modo que su madre, ridículamente, se puso un jersey de color azul vivo a pesar de los más de treinta grados de Burbank. Kennedy la llevó a dar una pequeña vuelta por los decorados, mostrándole el exterior de la casa Harris, el ayuntamiento, el puesto de artículos para surfistas donde Charity trabajaba. Incluso la llevó al sótano donde Charity estaba atrapada en ese momento, solo tres meses después del secuestro.

—Espero que te dejen salir de ahí pronto —comentó su madre, fundiendo en una sola a Kennedy y Charity como el resto del equipo.

Era el máximo reconocimiento que le había expresado su madre como actriz. Resultaba curioso que el mayor cumplido que podía recibir una actriz era que había desaparecido dentro de otra persona. La interpretación no consistía en ser visto, le había dicho una vez un profesor de teatro. La verdadera interpretación era ser invisible para que solo quedara a la vista el personaje.

—Deberías cambiarte el nombre y llamarte Charity —le dijo el director de *Pacific Cove*—. No te ofendas, pero cuando oigo tu nombre, solo pienso en un hombre que recibió un disparo en la cabeza.


He aquí algo en lo que ella no pensaba desde hacía mucho tiempo:

Una vez, cuando tenía unos siete años, sentada en el peldaño de una escalerilla en la cocina, observaba a su madre mientras glaseaba un pastel. Encajonada en un rincón, intentaba aprender un nuevo truco con el yoyó, limitándose, en su apatía, a lanzar el juguete y hacerlo rodar ruidosamente por las baldosas, en espera de que su madre, enojada, la obligara a parar. Hacía esas cosas a menudo: comportamientos desesperados, tan nimios que difícilmente la meterían en apuros pero lo bastante molestos para captar la atención. Pero su madre ni siquiera la miraba; no era de las que transforman una tarea doméstica en una oportunidad para establecer vínculos afectivos. Cielo, déjame enseñarte a amasar pan. O ven aquí, cariño, así es como se glasea. Su madre pareció aliviada cuando Kennedy dejó atrás la edad en que una niña se ofrece a ayudar en la cocina.

«No es que no quiera que me ayudes —decía siempre—. Pero yo sola voy más deprisa.» Como si esa última parte contradijera la primera, no la justificara.

¿Por qué estaba preparando un pastel ya de buen comienzo? No era de las que preparaban un pastel porque sí. Contribuía con galletas compradas en la tienda a las ventas de repostería de la parroquia, colocándolas en una caja de hojalata para que nadie se diera cuenta. El cumpleaños de su padre, quizá. Pero era verano, no primavera, de lo contrario ella, en pleno día, habría estado en el colegio, no en casa muerta de aburrimiento observando a su madre mientras alisaba las diminutas ondas de azúcar glas.

—¿Cómo has aprendido a hacer eso? —preguntó.

Su madre, muy concentrada, como si restaurase un óleo dañado.

—No lo sé —contestó por fin—. Lo fui descubriendo con el tiempo.

—¿Te enseñó tu madre? —Había pensado que tal vez su madre diría que sí, le pediría que se acercase y le entregaría un cuchillo. Pero ella ni siquiera levantó la mirada.

—No teníamos dinero para pasteles —dijo.

Más tarde Kennedy se daría cuenta de que su madre muy a menudo recurría al dinero para eludir cualquier conversación sobre su pasado, como si la pobreza fuese tan inconcebible para Kennedy que podía explicarlo todo: por qué su madre no tenía fotografías de familia, por qué nunca la llamaba ninguna amiga del instituto, por qué nunca los habían invitado a ninguna boda ni funeral ni reunión. «Éramos pobres», atajaba su madre si ella preguntaba demasiado, extendiéndose la pobreza a todos los aspectos de su vida. Todo su pasado, un estante vacío en la despensa.

—¿Cómo era? —preguntó Kennedy—. La abuela.

Su madre siguió sin volverse, pero se le tensaron los hombros.

—Se me hace raro pensar en ella así —dijo.

—¿Cómo?

—Como abuela.

—Pues lo es. Aunque uno esté muerto, sigue siendo abuelo de alguien.

—Supongo que sí —respondió su madre.

Kennedy debería haberlo dejado ahí. Pero estaba enfadada, viendo a su madre tan absorta en el maldito pastel, como si eso fuera lo importante, como si hablar con su hija fuera la tarea temida. Quería que su madre interrumpiera lo que estaba haciendo, se fijara en ella.

—¿Dónde murió? —preguntó.

Esta vez su madre se dio la vuelta. Llevaba un delantal de color melocotón, tenía las manos salpicadas de glaseado de vainilla y el entrecejo fruncido. No estaba enfadada exactamente, pero sí confusa.

—¿A qué viene esa pregunta? —dijo.

—¡Es solo por curiosidad! Nunca me cuentas nada...

—¡En Opelousas, Kennedy! —exclamó su madre—. El sitio donde me crie. Nunca salió de allí, nunca fue a ninguna parte. ¿Y no tienes nada más que hacer en este momento?

Kennedy casi se echó a llorar. Por aquel entonces lloraba con facilidad y a menudo, avergonzando a su madre, que solo lloraba al ver alguna que otra película triste, y después siempre se reía de sí misma, disculpándose a la vez que se enjugaba las lágrimas de las comisuras de los ojos. Kennedy lloraba revolcándose en el suelo del supermercado si quería una bola rebotadora rosa que su madre, llevándosela a rastras por el pasillo, se negaba a comprarle. En el patio del colegio cuando perdía jugando a la pelota voladora. Por la noche, cuando la despertaban las pesadillas que no recordaba.

Entonces parpadeó para quitarse las lágrimas de los ojos, aun sabiendo que lo que su madre decía no era cierto.

—Tú no eres de ahí —dijo.

—Pero ¿qué dices? Claro que soy de ahí.

—No, no lo eres. Me dijiste que eras de un pueblecito. Empieza por M. M algo más. Me lo dijiste cuando era pequeña.

Su madre guardó silencio durante tanto rato que Kennedy empezó a encolerizarse, como Dorothy al final de *El mago de Oz*. ¡Y tú estabas allí, y tú también estabas allí! Pero la historia sobre el pueblo era real, salvo que Kennedy recordaba solo algunos detalles: que ella estaba en la bañera, y su madre, inclinada sobre ella. Sin embargo ahora su madre no hacía más que reír.

—¿Y cuándo se supone que te conté yo eso? —dijo—. Aún eres pequeña.

—No lo sé…

—Te falla la memoria. Entonces solo eras un bebé. —Su madre dio un paso al frente, y el pastel con la superficie y el contorno alisados quedaron a sus espaldas—. Ven aquí, cielo. ¿Quieres lamer la cuchara?

Esa fue la primera vez que Kennedy tomó conciencia de que su madre era una mentirosa.


Eso del pueblo se le quedó grabado.

No pudo quitárselo de la cabeza, pese a no recordar el nombre. Porque la realidad era que ni siquiera recordaba su nombre. Durante años no volvió a mencionárselo a su madre. Pero una noche, en la universidad, estando un poco colocada, sacó una enciclopedia de la estantería de su novio.

—¿Qué haces? —preguntó él con apatía, más interesado en el porro que estaba liando, así que Kennedy, indiferente a él, pasó las hojas hasta llegar a Louisiana.

Bajó y bajó a lo largo de la lista de ciudades y pueblos ordenados alfabéticamente. Mansfield, Marion, Marksville.

—Eh —dijo él—, deja esa mierda, joder, no me digas que ahora vas a ponerte a estudiar.

Mer Rouge, Milton, Monroe.

—Vamos, tía, ese libro no puede ser más interesante que yo.

Moonshine, Moss Bluff, Mount Lebanon. Reconocería el nombre cuando lo viese, estaba segura. Pero recorrió toda la lista, y ninguno le resultó familiar. Volvió a colocar el libro en el estante.

—Perdona —dijo—. No sé qué me ha dado.

Después de esa noche, nunca más intentó buscar el pueblo. Sería algo sobre lo que siempre sabría que estaba en lo cierto pero nunca podría demostrar, como la gente que juraba haber visto a Elvis pasearse por el supermercado y golpear los melones con los nudillos. A diferencia de esos chiflados, ella no se lo diría a nadie. Sería un delirio secreto, y eso la traía sin cuidado. Hasta que conoció a Jude Winston. La noche de la fiesta del elenco, Jude pronunció la palabra *Mallard* y a Kennedy le sonó como una canción que no oía desde hacía años. Ah, la letra era así.


En 1985, casi tres años después de la última función de *The Midnight Marauders*, volvió a ver a Jude en Nueva York.

Ella acababa de llegar a la ciudad y sobrevivía a duras penas a su primer invierno. Jamás había imaginado la posibilidad de vivir fuera de Los Ángeles, pero la ciudad se le había empezado a quedar pequeña por momentos. No había visto a Jude desde la fiesta del elenco, pero imaginaba que se topaba con ella cada vez que doblaba una esquina. La veía sentada junto a los ventanales de los restaurantes. En una ocasión se equivocó al pronunciar sus frases en *El violinista en el tejado* porque vio a Jude en la primera fila. Aquella mujer se parecía mucho a ella —de piel oscura, piernas largas, un poco insegura, un poco serena—, pero para cuando hubo tomado conciencia de su error, ya había echado a perder toda la escena. El director ordenó a los tramoyistas que sacaran sus cosas del camerino incluso antes de bajar el telón. Culpó a Jude. La culpó de todo.

«No lo entiendo —dijo su madre cuando ella anunció que se trasladaba a Nueva York—. ¿Por qué te vas tan lejos? Puedes ser actriz aquí.»

Pero ella quería también alejarse de su madre. Al principio, su madre se negó a hablar siquiera de las afirmaciones de Jude. Luego intentó razonar. ¿Te parezco negra? ¿Y tú te ves negra? ¿Tiene algún sentido la sola idea de que estemos emparentadas con ella? No, ninguno, pero en la vida de su madre pocas cosas tenían sentido. ¿De dónde era? ¿Cómo era su vida antes de casarse? ¿Quién había sido, a quién había amado, qué había querido? Lagunas. Cuando miraba ahora a su madre, solo veía lagunas. Y Jude, al menos, había ofrecido a Kennedy un puente, un cauce para entender. ¿Cómo iba a dejar de pensar en ella?

«Me gustaría que dejaras de preocuparte por eso, de verdad —decía su madre—. Vas a volverte loca. De hecho, estoy segura de que te dijo todas esas cosas por eso. Te envidia y quiere meterse en tu cabeza.»

Había contestado a las preguntas de Kennedy, exasperada pero nunca con ira. Por otro lado, su madre normalmente era tranquila y racional. Si se proponía mentirle, lo haría con la misma calma y la misma racionalidad con que hacía todo lo demás.

En Nueva York, Kennedy vivía en un apartamento en un sótano de Crown Heights con su novio, Frantz, que daba clases de física en Columbia. Había nacido en Port-de-Paix pero se había criado en Bed-Stuy, en uno de aquellos bloques de viviendas protegidas de ladrillo que ella veía desde el autobús. Le gustaba contarle historias de terror sobre su infancia: ratas que le roían los dedos de los pies, cucarachas que se amontonaban en un rincón del armario, drogadictos que rondaban por la portería del edificio esperando para robarle las zapatillas. Él quería que Kennedy lo comprendiera, pensaba ella al principio, pero más tarde se dio cuenta de que sencillamente le gustaba tener un trasfondo dramático que contrastaba con el hombre en el que se había convertido: cuidadoso, diligente, limpiándose continuamente las gafas de montura de concha.

No era un tío enrollado. Eso a ella le gustaba. No era uno de esos chicos negros que había admirado de lejos, chicos desenfadados que se repantigaban en coches destartalados o se congregaban frente al cine para silbar a las chicas que pasaban. Sus amigas y ella fingían molestarse, pero en el fondo les complacía la atención de esos chicos a quienes nunca podrían besar, chicos que nunca podrían ir a sus casas de visita. Ay, cómo se encaprichaba de aquellos chicos. Sin correr ningún riesgo, tal como se estremecía al ver, por ejemplo, a Jim Kelly. Se encaramaba al brazo del sillón de su padre durante los partidos de los Lakers solo por ver a Kareem Abdul-Jabbar con sus gafas. Eran encaprichamientos inocuos, en realidad, pero sabía que no debía contárselos a nadie. Frantz fue su primer amante negro. Ella fue su cuarta amante blanca.

—¿La cuarta? —preguntó—. ¿De verdad? ¿Cómo eran las otras tres?

Frantz se echó a reír. De pie en la cocina de su supervisor universitario durante una fiesta del departamento, bebían cerveza de jengibre. Por esas fechas empezaban a salir y ella se había arreglado en exceso: llevaba una falda larga y zapatos de tacón, imaginándose en una sofisticada película de los años sesenta, colgada del brazo de su marido profesor con gafas en un salón lleno de humo. En lugar de eso, se hallaba hacinada con un grupo de treintañeros descontentos en un piso de un edificio de tres plantas sin ascensor escuchando a Fleetwood Mac.

—Eran distintas —dijo.

—Distintas ¿cómo?

—Distintas a ti —precisó él—. Todas las personas son distintas, las chicas blancas también.

Él era distinto de todas las personas a quienes ella había conocido. Su lengua materna era el criollo, y hablaba inglés con un marcado acento. Tenía memoria casi fotográfica, así que cuando la ayudaba con los textos de sus papeles, siempre se los aprendía antes que ella. Se habían conocido en el 8 Ball, el antro donde ella trabajaba. De algún modo, en medio de los fornidos moteros apiñados en torno a mesas altas, en medio de las chicas tatuadas que echaban monedas en la gramola para oír a Joan Jett, en medio de los propios intentos de Kennedy para integrarse, se fijaron el uno en el otro. Por entonces ella aún buscaba su primer bolo como actriz, y nadie entendía por qué se había marchado de Los Ángeles para eso. Pero a ella le gustaba el teatro. En Los Ángeles, todos los actores a quienes conocía estaban obsesionados con abrirse camino en Hollywood, porque todos los que tenían sentido común sabían que era en Hollywood donde estaba el dinero. Pero todo ese proceso le resultaba un tostón. Despertar al amanecer, colocarse durante horas delante de una cámara, repetir las mismas frases hasta contentar a un director gilipollas. El teatro era totalmente distinto: algo nuevo en cada función, cosa que la aterrorizaba y la entusiasmaba. Cada representación era distinta, cada público único, cada noche colmada de posibilidades. El hecho de que no hubiera dinero en lo que hacía era solo una gratificación más. Por entonces tenía veinticuatro años, aún veía romántica la idea de su propio sufrimiento.

—Eso ya lo sé —dijo a Frantz—. Por eso te pregunto cómo eran.

Pronto, cuando empezaron a tropezarse con sus exnovias por la ciudad, lamentó haberlo preguntado. Sage la poeta, que publicaba largos y digresivos artículos sobre el cuerpo femenino que aún enviaba a Frantz en espera de sus comentarios. Hannah la ingeniera, que estudiaba cómo mejorar las instalaciones sanitarias en los países pobres. Kennedy había imaginado a una chica desaliñada vadeando aguas negras, no a aquella rubia alegre con la que se encontraron en el metro, manteniendo el equilibrio perfectamente sobre sus botas con tacones de diez centímetros. Christina tocaba el clarinete en la Filarmónica de Brooklyn. En la cena, Kennedy revolvía sus espinacas a la crema mientras Christina y Frantz hablaban de Brahms. Él tenía razón: eran todas distintas. Se sintió como una tonta por sorprenderse. Parte de ella había imaginado que sus otras novias blancas eran versiones modificadas de ella misma si hubiera, pongamos, crecido en Jersey o decidido, por un antojo, teñirse el pelo de rojo. Pero el gusto de él por las chicas blancas era variado, y ella no sabía qué era peor: si ser la última versión de una serie de amantes similares, o ser radicalmente distinta de las que habían pasado antes que ella. Al menos, ceñirse a una pauta inspiraba seguridad; ser singular entrañaba un riesgo. ¿Qué era exactamente lo que a Frantz le gustaba de ella? ¿Qué esperanzas podía tener ella de mantener su interés?

—¿Y si te dijera que no soy blanca? —preguntó.

No tenía pensado decir eso, sencillamente se le escapó. Frantz sonrió y se llevó la cerveza a los labios.

—¿Qué eres, pues?

—Bueno, no del todo blanca —contestó Kennedy—. También soy en parte negra.

Nunca había dicho eso en voz alta antes. Se había preguntado si al decirlo lo sentiría como algo más real, como si algo innato fuera a despertar dentro de ella al sonido de esas palabras. Pero la afirmación sonó falsa, como si recitara las frases de un papel. Ni siquiera fue convincente para ella misma. Frantz la escrutó por un momento con los ojos entornados.

—Ah, sí —dijo—. Ahora lo veo.

—¿Sí?

—Claro —contestó él—. Conozco a muchos negros con el pelo tan rizado como el tuyo.

Lo decía en broma. Pensó que ella no hablaba en serio, y con el tiempo eso se convirtió en un juego entre ellos. Si Kennedy llegaba tarde, él decía que tenía el sentido del tiempo de las personas de color. Si ella le levantaba la voz, Frantz decía: «Tranqui, hermana». Pronto también ella empezó a verle la gracia. A lo de Jude, al secreto de su madre, a todo aquello. En caso de ser negra, Kennedy lo sabría, decidió. Una no podía pasarse la vida entera sin saber algo tan básico sobre sí misma. Lo percibiría de algún modo. Lo vería en los rostros de otros negros, algún tipo de conexión. Pero no sentía nada. Los miraba de reojo en el metro con el vago desinterés de una desconocida. Incluso Frantz era, en esencia, ajeno a ella. No porque fuera negro, aunque eso, quizá, lo subrayaba. Sino que su vida, su lenguaje, incluso sus intereses lo separaban de ella. A veces Kennedy entraba en el pequeño ropero que él había convertido en despacho y lo observaba garabatear ecuaciones que ella nunca entendería. Había muchas maneras de estar distanciado de una persona, pocas de sentirse realmente unido a ella.

Su madre aborrecía a Frantz. Lo llamó engreído.

—Y no por la razón que tú crees —dijo.

Sentadas junto a la cristalera de una cafetería, veían pasar a la gente. Su madre había ido en avión a visitarla durante el puente de Acción de Gracias. Kennedy había insistido en que no podía interrumpir el trabajo y las audiciones para ir a verlos, pero en realidad solo quería que su madre conociera su vida neoyorquina. La idea le producía un placer perverso, como si fuera una niña arrastrando a su madre a ver un dibujo que había hecho en la pared. ¡Mira la que he montado! Su madre se esforzó en no reaccionar. Mantuvo los labios apretados durante la gran visita guiada al apartamento del sótano. Asintió en silencio cuando Kennedy la llevó al 8 Ball. Pero Frantz fue la gota que colmó el vaso, la única parte de su vida inaceptable que su madre no pudo pasar por alto.

—¿Y cuál es la razón? —preguntó Kennedy.

—Ya la sabes. —Junto a ellas, dos mujeres negras comían cruasanes. Su madre nunca lo diría en voz alta—. No es por eso. Solo que no me gustan las personas que se comportan como él...

—¿Cómo se comporta?

—Como si su «ya sabes qué» no apestara.

Debía de ser la única madre en todo Brooklyn demasiado educada para decir la palabra «mierda» en público.

—No entiendo por qué no te cae bien —dijo Kennedy—. Te ha tratado muy amablemente.

—Yo no he dicho lo contrario. Pero va por el mundo como si fuera el más listo del lugar.

—¡Es que lo es! Se doctoró en Dartmouth, por Dios. A su lado, yo siempre tengo complejo de tonta.

—Sencillamente no lo entiendo. Antes la gente como él no te gustaba.

En el instituto, ella salía con chicos que llevaban cazadoras de cuero tachonadas y el pelo largo y grasiento como los Ramones. Su primer novio apenas veía si no se apartaba los largos mechones de los ojos. Ella lo encontraba encantador, pero a su padre lo sacaba de quicio. Como les pasaba a todos los padres, imaginaba que ella saldría con chicos que le recordaran a sí mismo de joven, el cabello corto, pulcramente vestidos, con una clara orientación profesional. No aquellos chicos desgalichados que ella llevaba a casa, siempre un poco colocados, sin llegar a la irreverencia absoluta pero casi. Salía con chicos de bandas que tocaban tan mal que ella no habría podido soportar escucharlos a no ser por amor. En la universidad había salido con un luchador, y se pasaba horas viéndolo correr envuelto en bolsas de basura para intentar perder peso. Nunca podría amar a un hombre tan interesado en algo, se decía después, pero ahí estaba, viviendo con uno que escribía ecuaciones en el espejo del cuarto de baño para no olvidarlas.

—Bueno, ya era hora de variar —dijo.

Su fase de los chicos malos había terminado. Su madre debería haber sentido alivio, pero solo se la veía preocupada.

—No será por aquella chica, ¿verdad? —preguntó.

No hablaban de Jude desde hacía dos años. Pero esta no las había abandonado. Kennedy supo al instante a quién se refería su madre.

—¿De qué hablas?

—Bueno, nunca te había gustado nadie así. Hasta que de pronto aquella tonta se te metió en la cabeza. Solo espero que no estés intentando demostrar nada.

Se la veía tan alterada, recorriendo con el dedo el asa de la taza de café, que Kennedy desvió la vista. Si salir con Frantz había sido una especie de experimento, había fracasado totalmente. Amar a un hombre negro solo le había servido para sentirse más blanca que antes.

—No intento nada —replicó ella—. Venga, vamos al museo.

El invierno que volvió a ver a Jude Winston, Kennedy protagonizaba un musical titulado *Silent River* en un teatro alternativo. Interpretaba el papel de Cora, la hija rebelde del sheriff que ansía fugarse con un rudo peón de granja. Desde hacía meses la obsesionaba, más de lo normal, el temor a ponerse enferma. Bebía tanto té caliente con limón que en febrero ya apenas resistía el olor y lo tragaba tapándose la nariz. Engullía pastillas de zinc blancuzcas y antes de salir daba tres vueltas a la bufanda con que se envolvía el cuello. Se lavaba las manos febrilmente después de apearse del metro. Ya en circunstancias normales, no estaba hecha para un invierno en Nueva York, y en ese momento, tras conseguir su papel más importante desde que vivía en la ciudad, ciertamente sus circunstancias no podían calificarse de normales. La noche que la llamaron para darle la noticia, Frantz la llevó a cenar. Ella reaccionó con entusiasmo, él con alivio.

—Empezaba a pensar… —dijo Frantz, pero no terminó la frase.

Tenía cinco años más que ella, y al margen de la edad, era un hombre serio que creía en objetivos serios. Cada vez se hacía más evidente que la carrera interpretativa de Kennedy no despegaba. Al principio, Frantz parecía fascinado. Mi soñadora de California, la llamaba. Repasaba los textos con ella en el salón e iba a buscarla a las audiciones para que en el metro le resumiera lo ocurrido. Pero ahora, mientras él sonreía lastimeramente al otro lado de la mesa, Kennedy advirtió que, más que contento, estaba sorprendido, como un padre al descubrir que Papá Noel de hecho era real. Había contestado a las cartas y se había comido las galletas y había dejado los regalos bajo el árbol, pero nunca se habría esperado que un hombre gordo bajara deslizándose por la chimenea.

Ella trabajó con más ahínco en aquel musical que en ninguna otra cosa. Colgó vistosos folletos con publicidad de la obra en los escaparates de todas las tiendas y en las farolas que encontraba. Padeció las miradas coléricas de los vecinos cuando ensayaba sus canciones en la escalera, donde la acústica era mejor. Por la mañana, practicaba sus números de claqué en el embaldosado del cuarto de baño, ensayando la coreografía mientras se lavaba los dientes. Cuando no estaba ensayando, descansaba la voz. Nadie que la conociera hubiera dado crédito a aquello pero era cierto: durante semanas, apenas habló. Para entonces había dejado el 8 Ball y empezado a trabajar en el café Gulp, cerca del teatro. Las funciones le ocupaban las noches, y además en el 8 Ball, como camarera de barra, la charla era inevitable. Servir café requería menos conversación. En sus descansos, bebía té y no hablaba con nadie. En casa, Frantz le regaló una pequeña pizarra blanca donde ella le escribía mensajes. ¿Cena? Salgo. Ha llamado tu madre. A él todo aquello le parecía cómico, como si se hubiese visto arrastrado a un número de performance art.

Era asombroso lo ruidosa que resultaba la ciudad cuando una decidía quedarse callada. Kennedy tenía los nervios a flor de piel y se espantaba tan fácilmente como un caballo. La sobresaltaba incluso el sonido repentino del molinillo de café. Pero cuando Jude entró por la puerta, Kennedy no oyó nada, ni el tintineo de la campanilla, ni el bullicio de la calle que se filtró con el frío. Durante tres años había imaginado lo que le diría a Jude si alguna vez volvía a verla. Ahora Jude se hallaba al otro lado de la barra, pero cuando Kennedy abrió la boca, no le salió nada. Ni siquiera pudo susurrar.

—Me ha parecido que eras tú —dijo Jude.

Seguía delgada y fibrosa, arrebujada en un enorme abrigo blanco con él que su piel despedía un brillo aún más oscuro. Y sonreía. Sonreía, por Dios, como si fueran viejas amigas.

—He visto un folleto con tu nombre —añadió—. Pasábamos por delante, y he visto ese folleto en la cristalera y... qué fuerte, de verdad eres tú.

Reconoció al novio de Jude de pie junto a la puerta, el cabello rizado más largo, la barba más oscura pero, así y todo, inconfundiblemente él. Se quedó junto a la cristalera, echándose el aliento a las manos para calentárselas, sus hombros salpicados de hielo. Kennedy no pudo evitarlo: la sorprendió que siguieran juntos. Conocía a esa clase de chicos —guapos a rabiar—, y no era la clase de chicos que quería a una chica como Jude. Sin duda esta era atractiva a su manera, pero un chico guapo como él nunca se prendaría de una chica de una belleza difícil. Pero ahí estaban, todavía juntos y en Nueva York. ¿Qué demonios hacían allí, tan lejos?

—¿Cómo te ha ido? —preguntó Jude.

Actuaba con despreocupación, pero en su amistad nada había sido pura coincidencia. En lo que a Jude Winston se refería, Kennedy ya no creía en la magia del azar. Entró en el café un hombre blanco con un abrigo gris, y Kennedy le hizo una seña para que se acercase. Si hubiese estado en Los Ángeles, probablemente habría insultado a Jude. Pero allí, al resguardo de su silencio autoimpuesto, solo podía mostrarle indiferencia. Jude pareció sorprenderse, pero se apartó de la cola.

El hombre pagó su café y se marchó. Luego Jude deslizó un papel sobre la barra.

—Aquí es donde nos alojamos —dijo—. Por si te apetece hablar.


Telefoneó. Claro que telefoneó.

Supo que lo haría incluso después de guardarse el papel en el bolsillo del delantal. No lo tiró: esa fue la primera señal. La segunda fue el hecho de que no podía quitárselo de la cabeza. Un papelito en su bolsillo que bien podría haber sido una cuchilla hincándosele en el costado. No tenía sentido que un papelito la incordiara tanto, y dos veces durante su turno decidió hacerlo pedazos. Pero cuando lo sacaba, se quedaba mirando la letra menuda y pulcra de Jude. Hotel Castor, habitación 403, y el número de teléfono. Cuando lo sacó por tercera vez ya era demasiado tarde. Había memorizado el número.

Después del trabajo, entró en la cabina de la acera de enfrente y marcó. No contestó nadie, y en el tren pensó en volver a llamar cuando llegara a casa, pero no quería que Frantz la oyera. ¿Cómo podía explicarle eso a él? Que una chica negra, afirmando ser su prima, se hubiese presentado misteriosamente en la ciudad. Pensaría que volvía a hablar en broma. Llamó a la mañana siguiente, justo antes de irse al trabajo, y esta vez contestó Jude.

—Se supone que no he de hablarte —dijo Kennedy.

Jude guardó silencio. Durante un segundo Kennedy pensó que no reconocía su voz, pero ella por fin dijo:

—¿Por qué no?

—Porque —respondió Kennedy— actúo en un musical.

—Perdona —dijo Jude sin alterarse—. No lo entiendo.

—Se supone que no he de hablar con nadie. Estoy descansando la voz.

—Ah.

—Así que lo que tengas que decirme, dilo. No voy a perder el tiempo en discusiones contigo.

—No he venido en busca de pelea.

—¿Por qué demonios has venido, pues?

—Reese ha de operarse.

Desde el primer momento había especulado sobre lo que Jude podía querer. Venganza, después de su comentario malévolo en la fiesta del elenco. Dinero, como su madre sugería. Pues por ese lado mal lo tenía. Bastaba con echar un vistazo a su vida para darse cuenta de que estaba sin blanca. Apenas podía permitirse el pago del alquiler. Imaginó que se lo decía a Jude —un poco avergonzada, un poco orgullosa—, pero resultaba que no había aparecido en Nueva York por Kennedy ni mucho menos. Su novio estaba enfermo —quizá incluso al borde la muerte—, y Kennedy iba y daba por supuesto que Jude pensaba en ella. «¿Sabes cuál es tu problema? —le había dicho una vez un director—. Consideras que tu tema de conversación más fascinante eres tú misma.» Ella siempre había pensado que todo el mundo se sentía como el protagonista en el escenario, rodeado de comparsas y villanos y personajes románticos. Aún no sabía qué papel secundario interpretaba Jude en su vida, pero ella no ocupaba espacio alguno en la de Jude.

—¿Es grave? —preguntó—. O sea, ¿está bien?

—No es que se vaya a morir —respondió Jude—. Pero es grave. Sí, diría que es grave.

—Entonces, ¿por qué habéis venido hasta aquí? ¿No hay más cirujanos en Los Ángeles?

Jude guardó silencio por un momento.

—Ya no vivimos en Los Ángeles —dijo—. Y es una operación especial. Solo puede hacerla un tipo de médico especial.

Hablaba con vaguedad, lo cual, por supuesto, avivó la curiosidad de Kennedy. Pero no podía preguntarlo abiertamente. No era asunto suyo, ni la vida de Reese ni la de Jude. Esta vez, al parecer, su encuentro era solo fruto del azar.

—¿Dónde vivís, pues? —preguntó.

—En Mineápolis.

—¿Qué demonios hacéis allí?

—Estudio medicina.

A su pesar, sintió cierto orgullo. Jude llevaba la vida que ya años atrás decía que quería. Amada aún por el mismo hombre, camino de convertirse en médico. ¿Y qué había logrado Kennedy en ese tiempo? Un apartamento en un sótano con un hombre al que apenas entendía, sin título universitario, sirviendo café para poder entonar canciones en un teatro medio vacío cada noche.

—Me alegro de que hayas llamado —dijo Jude—. Creía que no lo harías.

—Ya, bueno, ¿no habría sido comprensible?

—Oye, sé que las cosas acabaron de una manera un poco rara…

Kennedy se echó a reír.

—Bueno, eso es quedarse corto.

—Pero si nos viéramos diez minutos… tengo una cosa que enseñarte.

Su madre había dicho que Jude era una loca. Tal vez lo fuera. Pero volvía a captar la atención de Kennedy. Podría haber colgado. Podría haber colgado en ese mismo momento y no hablarle nunca más. Podría haber intentado olvidarla. Pero Jude estaba ofreciéndole una clave para comprender a su madre. ¿Cómo podía negarse a eso sin más?

—Ahora mismo no puedo —respondió—. Estoy en el trabajo.

—Luego, pues.

—Luego tengo función.

—¿Dónde? —preguntó Jude—. Iremos Reese y yo. No se han agotado las entradas ¿verdad?

La compañía aún no había agotado las localidades en ninguna representación; así y todo, Kennedy guardó silencio, como si se lo pensara.

—Puede que no. Normalmente quedan unas cuantas.

—Estupendo —dijo Jude—. Iremos esta noche. Queríamos ver un espectáculo de verdad mientras estábamos en Nueva York, así que perfecto.

Parecía de una inocencia insufrible, no la chica dura y cauta que Kennedy conocía. Casi la cautivó, pero sobre todo daba la impresión de que hubiera encontrado de nuevo la seguridad en sí misma. Dio a Jude el nombre del teatro y le dijo que tenía que colgar.

—De acuerdo —dijo Jude—. Nos vemos esta noche. Y por cierto, Kennedy...

—En serio, tengo que colgar...

—De acuerdo, perdona. Es solo que... bueno, me hace mucha ilusión. Verte actuar otra vez, quiero decir. Me encantó tu última función.

Kennedy, a su pesar, se sintió halagada. Colgó sin despedirse.

# 15

En *Pacific Cove*, Charity Harris venía a ser como la vecina de la casa de al lado, es decir, la mitad del público la adoraba y la otra mitad la consideraba una pelmaza absoluta. Cuando Kennedy se esfumó en un crucero en su última aparición, incluso recibió cartas de admiradores para decirle que se alegraban de su desgracia. En su momento eso no la molestó. La traía sin cuidado si los seguidores la adoraban o la aborrecían, era atención en cualquier caso, y hasta entonces nadie había albergado sentimientos tan intensos con respecto a los personajes que había interpretado como para escribirle. Aun así, al marcharse en coche del aparcamiento de los estudios, acariciaba la esperanza de que esa no fuera la última escena de Charity.

«Así son los culebrones —dijo el director—. Nada es definitivo excepto una cancelación.»

Charity merecía un final mejor, diría ella en estado de ebriedad a sus amigos en los bares hasta bien entrados los cuarenta años, mucho más allá del tiempo en que habría sido adecuado que la preocupara tanto. Aunque no pudiera esperar el regreso milagroso de Charity —un destino con el que soñaban todos los actores eliminados de un culebrón—, ella al menos hubiera querido que la historia de Charity terminara limpiamente, con un rótulo absurdo donde se explicara que la chica abandonaba *Pacific Cove* para marcharse a Perú a criar llamas, o lo que fuera.

«Pero ¿desaparecer sin más? —dijo una vez—. ¿En el mar? ¿Y se acabó? O sea, hay que joderse.»

«*Merecer* es una palabra estúpida —dijo su novio, instructor de yoga—. Ninguno de nosotros merece nada. Conseguimos lo que conseguimos.»

Quizá tenía la sensación de que a Charity le habían robado algo porque era buena chica. Una chica mejor que Kennedy, desde luego, que había cometido no pocos errores. Se había acostado con dos directores casados; había robado dinero a sus padres cuando, por orgullo, se resistió a pedir más créditos; había mentido a amigas sobre los horarios de las audiciones para tener ventaja. En cambio, Charity era un encanto. Había encontrado al amor de su vida, el galán Lance Garrison, cuando ella estaba rescatando a un perro a punto de ahogarse, por amor de Dios. Sin embargo cuando desapareció, Lance esperó solo media temporada antes de echarle los tejos a la seductora hija del inspector. Cinco años más tarde los dos celebraron una magnífica boda con la que *Pacific Cove* batió el récord de audiencia: veinte millones de espectadores según *TV Guide,* que incluyó la boda entre los cincuenta mejores momentos en la historia de los culebrones. ¡El episodio incluso fue nominado para un Emmy! Y en ninguna de las entusiastas reseñas se mencionó siquiera a Charity, o el hecho de que la feliz pareja no habría llegado a conocerse si Charity no hubiera subido a ese crucero, desde cuya cubierta se había despedido jubilosamente mientras se alejaba hacia el cielo de la televisión del horario diurno.

Quizá le fastidiaba, incluso más que perder el empleo, no haber protagonizado una gran boda en un culebrón. Le molestaba más eso que no haberse casado en la vida real.

—Yo nunca represento a la chica de la casa de al lado —le dijo una vez una actriz invitada negra—. Supongo que nadie quiere ser mi vecino de la casa de al lado.

Pam Reed sonrió irónicamente junto a la mesa del servicio de catering a la vez que se echaba un tomate cherry entre los labios. Ella sí era una verdadera actriz, oyó decir Kennedy a dos tramoyistas. En la década de 1970, había interpretado el papel de una mujer policía en una popular serie de películas de acción hasta que, en la tercera entrega, la mató el villano. Luego había sido juez en un drama de abogados para una cadena de televisión. Haría papeles de juez durante el resto de su carrera, y a veces Kennedy, mientras hacía zapping en la televisión, veía a Pam Reed en el estrado, inclinada al frente con actitud severa, la barbilla apoyada en la mano.

—En la televisión les encantan las juezas negras —le dijo Pam—. Es gracioso: ¿te imaginas cómo sería este mundo si nosotros decidiéramos lo que es justo?

Aquella tarde había interpretado a una juez en *Pacific Cove*. Incluso entre tomas, intimidaba con su toga negra, razón por la cual Kennedy, tendiendo la mano hacia un racimo de uva, dijo la primera estupidez que se le pasó por la cabeza.

—Yo vivía al lado de la casa de una familia negra. Bueno, en la acera de en frente. La hija se llamaba Cindy; en realidad, fue mi primera amiga.

No añadió que su amistad terminó cuando, en un arrebato de rabia infantil, llamó «negra» a Cindy. Aún se avergonzaba al recordar a Cindy rompiendo a llorar. Ridículamente, también ella empezó a llorar, y su madre le dio una bofetada: la primera y única vez que le pegó. La bofetada la desconcertó menos que el beso posterior, el hecho de que la ira y el amor de su madre entraran en una colisión tan violenta. En aquel momento pensó que decir «negra» era tan malo como repetir cualquier palabra malsonante; su madre se habría alterado y abochornado en igual medida si ella hubiese vociferado «joder» en aquella calle sin salida. Pero después de lo de Jude, Kennedy recordó la expresión en el rostro de su madre cuando la llevó a rastras al interior de la casa. Estaba furiosa, sí, pero, más que eso, parecía aterrorizada. Asustada por su propia emoción o, lo que resultaba más perturbador, por su hija, que había demostrado ser una persona tan deplorable.

Nunca volvió a utilizar esa palabra con una connotación racial, ni de pasada, ni repitiendo chistes, no hasta que Frantz se lo pidió en la cama. Era como un juego, le había dicho, acariciándole la espalda, porque sabía que ella no lo diría con mala intención. No supo por qué pensó en Frantz en ese momento. Decirle esa palabra a él era distinto de decírsela a Cindy. ¿O no?

Pam Reed se limitó a reírse un poco a la vez que se limpiaba la boca con una servilleta de papel.

—Afortunada ella —dijo.


La noche que Jude Winston fue a la función, Kennedy se separó de su cuerpo en el escenario.

Cualquier actor podría decir que eso mismo le había pasado ya a él; mejores actores lo habían experimentado mucho antes en sus carreras, ella estaba segura. Esa noche de invierno fue la primera vez que supo verdaderamente lo que se sentía al salir de sí misma. Cantar se le antojó como respirar, bailar algo tan natural como andar. Cuando entonó su dueto con Randy el Granjero —un estudiante de teatro larguirucho de la Universidad de Nueva York—, se sintió, casi, como si se enamorara de él. Tras bajar el telón, el resto de los actores la rodearon y la vitorearon, y parte de ella supo, ya en ese momento, que era la mejor interpretación que haría en su vida. Y lo había conseguido solo porque sabía que en algún lugar, en el teatro a oscuras, Jude la veía.

En el camerino, se cambió despacio, a la vez que desaparecía la magia del escenario. Frantz estaría esperándola en el vestíbulo. Los jueves por la noche pasaba por allí después de sus horas de despacho. Le diría que esa noche había estado bien, incluso magnífica. Percibiría una diferencia en ella, tal vez incluso se preguntara cuál había sido la causa. Y allí, esperando también en el vestíbulo, estarían Jude y Reese. Lo que no preveía era hallarlos a los tres esperando juntos. Frantz, al verla, le dirigió una sonrisa y le indicó con una seña que se acercara.

—No me has dicho que habían venido a visitarte unos amigos —comentó—. Venga, vamos a tomar una copa.

—No quiero excluir a nadie —dijo.

—Tonterías. Han venido hasta aquí. Solo una copa.

Aturdida como estaba, no recordaba apenas la caminata hasta el 8 Ball. Solo había elegido ese bar porque sabía que incomodaría a Jude. Y en efecto, tan pronto como entraron, Jude echó una ojeada al local en penumbra, abrumada por la estridente música punk que sonaba por los altavoces. Se fijó en las obscenidades escritas en las superficies de las mesas en rotulador permanente, miró a los moteros apiñados junto a la barra, y puso cara de preferir estar en cualquier otro sitio. Bien, así nadie tendría la tentación de quedarse mucho tiempo. Estúpidamente, no había previsto que esas dos partes de su vida se fundieran. Su idea era que vería a Jude después de la función durante un minuto y esta le enseñaría lo que fuera que quería enseñarle. Nunca habría imaginado que Jude y Frantz pudieran entablar conversación y descubrir que los dos la conocían. Una amiga de la facultad, debía de haberle dicho Jude, porque Frantz preguntaba una y otra vez cómo era Kennedy en la universidad.

—Cariño —dijo Kennedy—, deja de darles la lata. Tomemos algo, y punto.

—Yo no doy la lata —repuso Frantz. Se volvió hacia Jude—. ¿Estoy dando la lata?

Ella sonrió.

—No, no te preocupes. Es solo que esto está un poco agobiante.

—La verdad es que las grandes ciudades no son lo nuestro —intervino Reese. Fue un comentario tan simplón y encantador que Kennedy habría podido vomitar.

—Tampoco eran lo mío —dijo Frantz—. Vine a vivir aquí de pequeño. La ciudad todavía me impresiona, ¿sabéis? Eh,

¿cuánto tiempo vais a quedaros? Seguro que a Ken le encantaría llevaros a ver algún que otro sitio…

—Primero pidamos las copas —insistió Kennedy—. Ya pensaremos después en las visitas turísticas.

Frantz se echó a reír.

—Sí, claro. —Salió a empujones del reservado e hizo una seña a Reese—. ¿Me echas una mano?

Los dos se encaminaron hacia la barra. Kennedy se quedó sola con Jude por primera vez desde hacía años. Nunca había deseado más una copa.

—Tu amigo es simpático —dijo Jude.

—Oye, perdona por lo que te dije aquella vez, en la fiesta del elenco —se disculpó Kennedy—. Sobre ti y Reese. Estaba borracha. No lo dije en serio.

—Sí lo dijiste en serio —replicó Jude—. Y estabas borracha. Las dos cosas pueden ser ciertas.

—Bien, pero ¿por eso has venido? ¿Por eso estás jugando conmigo? Estoy cansada de todo esto.

—¿Qué es todo esto?

—Lo que sea que te traes entre manos. Este juego o lo que sea.

Jude fijó la mirada en ella por un momento y luego tendió la mano hacia el bolso.

—Tenía el presentimiento de que volvería a verte —dijo.

—Estupendo, eres vidente.

Kennedy vio que los chicos estaban pidiendo en la barra y cayó en la cuenta de que ni siquiera había dicho a Frantz qué quería. Una pequeña muestra de intimidad, pero, aun así, llamativa: Frantz sabía lo que ella quería antes de que ella lo pidiera.

—No quería decírtelo —explicó Jude—. En la fiesta del elenco. Pensé que preferirías no saberlo. Solo dije algo por rabia. Tú hiciste aquel comentario, y yo quise hacerte daño. No fue justo. —Extrajo algo blanco de su billetero—. No hay que decir la verdad a los demás solo porque uno quiera hacerles daño.

Hay que decírsela porque quieren saberla. Y creo que tú ahora quieres saberla.

Entregó a Kennedy un papel blanco cuadrado. Una fotografía. Kennedy supo, incluso antes de mirar, que sería un retrato de su madre.

—Dios, han tardado una eternidad —se quejó Frantz, y volvió a acomodarse en el reservado con las copas—. Eh, ¿qué es eso?

—Nada —respondió Kennedy—. Sal de ahí, tengo que ir al váter.

—Venga, Ken, acabo de sentarme —protestó él, pero se apartó igualmente, y ella, aferrada a la fotografía, abandonó el reservado.

Fue realmente al lavabo, pero solo porque necesitaba más luz. Jude bien podría haberle entregado una foto de cualquiera. Por un segundo se quedó inmóvil ante el espejo del baño, sosteniendo la foto contra el vientre.

No tenía por qué mirarla. Podía romperla, y después de esa noche ya no hablaría con Jude nunca más. Pronto Reese se habría operado, y se marcharían de la ciudad para siempre. Kennedy podía negarse a saberlo. Esa era una posibilidad, ¿o no?

En fin, es fácil saber qué ocurrió a continuación. Ella también lo sabía, incluso antes de dar la vuelta a la foto. La memoria funciona así: es como ver hacia delante y hacia atrás al mismo tiempo. En ese momento veía en las dos direcciones. Se veía a sí misma de niña, ilusionada, molestando, trepando para estar cerca de una madre que nunca la quería cerca. Una madre a quien en realidad nunca había conocido. Luego se vio enseñándole a su madre la fotografía, la prueba de que se había pasado toda la vida mintiendo. Cuando Kennedy dio la vuelta a la foto, distinguió las figuras de dos gemelas vestidas de negro y, de pie entre ellas, una mujer. La fotografía era antigua, gris y desvaída; aun así, bajo la luz del fluorescente, supo cuál de esas dos chicas idénticas era su madre. Se la veía incómoda, como si, en caso de ser posible, hubiera escapado del encuadre.

A su madre nunca le había gustado tomar fotografías. No le gustaba verse inmovilizada en un sitio.

—Qué simpáticos son tus amigos —comentó Frantz más tarde esa noche al meterse en la cama.

En el metro, de camino a casa, ella apenas había hablado. No se encontraba bien, había dicho a todos después de una copa, prefería dar la noche por terminada. En los lavabos, se había escondido la fotografía bajo la cinturilla del pantalón, como cuando, de niña, trataba de sacar chucherías de la cocina a hurtadillas. Solo que en lugar de una tableta de chocolate fundiéndose bajo la camiseta, sintió los afilados ángulos hincarse en su piel durante todo el camino a la estación. Parte de ella deseaba que Jude pensara que se había desprendido de la foto. Que la había tirado al inodoro o algo así. Jude parecía decepcionada cuando se despidieron. Tanto mejor. Pues que se sintiera decepcionada. En cualquier caso, ¿quién se había creído que era? Irrumpiendo en su vida por segunda vez, y en cualquier caso no podía descartarse que Jude mintiera. No se parecía en nada a ninguna de las chicas de la foto ni a la mujer que estaba entre ellas, de piel más oscura pero todavía clara, con una mano en el hombro de cada una de las chicas. Las tres constituían un conjunto, como si formaran parte de una misma cosa. Pero Jude no pegaba con ninguna de ellas. ¿Y Kennedy? ¿Con quién pegaba?

—No somos amigos —contestó—. En realidad no. O sea, son solo personas que conocía.

—Ah. Bueno.

Frantz se encogió de hombros y luego, dándose la vuelta, la besó en la nuca. Ella se apartó.

—Para, por Dios —dijo Kennedy.

—¿Qué pasa?

—¿Qué quieres decir? Ya te lo he dicho, no me encuentro bien.

—Bueno, Dios santo, no la tomes conmigo.

Él le dio la espalda, taciturno, y apagó la luz.

—Ya sabía que no eran amigos tuyos —dijo.

—¿Cómo?

—Tú no tienes amigos negros. A ti no te gusta ningún negro excepto yo, y nosotros en realidad no somos amigos, ¿verdad?


Por la mañana volvió a llamar al hotel Castor, pero nadie contestó.

Se quedó sola tendida en la cama, observando aquella fotografía descolorida, hasta que tuvo que marcharse a trabajar. Las gemelas, una al lado de la otra con aquellos lúgubres vestidos negros. Su madre y la que no era su madre, su abuela entre ellas. Toda una familia donde, según su madre, no existía ninguna, y Jude, de algún modo, lo sabía todo. Una vez, cuando tenía trece años, su madre la llevó a un centro comercial a comprar un vestido nuevo para su cumpleaños. Para entonces, Kennedy había empezado ya a distanciarse, y lamentaba no haber ido a Bloomingdale's con sus amigas en lugar de allí. Pero su madre apenas estaba pendiente de ella. Se detuvo en medio de la tienda y acarició las mangas de encaje de un vestido negro.

—Me encanta ir de tiendas —dijo, casi para sí—. Es como probarse a todas las demás personas que una podría ser.


Durante el descanso del almuerzo, Kennedy volvió a telefonear a la habitación del hotel. Tampoco hubo respuesta. Esta vez probó en recepción.

—La chica ha avisado que hoy pasarían todo el día en el hospital —contestó el recepcionista—. Por si llamaba alguien.

—¿Qué hospital?

—Lo siento, señorita, no lo ha dicho.

Por supuesto, ¿qué cabía esperar de una chica de pueblo que ponía los pies por primera vez en Nueva York? Por supuesto, ni se le había ocurrido pensar en la cantidad de hospitales que había solo en Manhattan. Pese a su irritación, pasó las hojas del listín telefónico para localizar el hospital más cercano al hotel. La recepcionista le dijo que no podía facilitar el nombre de ningún paciente, y Kennedy, a la vez que colgaba, cayó en la cuenta de que en todo caso no sabía el apellido de Reese. Aun así, salió del trabajo antes de hora y fue en autobús al hospital. En el puesto de enfermeras, pidió a una pelirroja menuda que llamara por el altavoz a una tal Jude Winston. Esperó cinco minutos, arrugada en su bolsillo la hoja del listín, preguntándose si tendría que ir de hospital en hospital hasta la parte alta de la ciudad para encontrarlos. De pronto, se abrieron las puertas del ascensor. Salió Jude, en un primer momento alterada, pero enseguida asomó a su rostro una expresión de alivio al advertir que solo era Kennedy.

—No has dejado el nombre del hospital —le reprochó Kennedy—. Podría haberme pasado el día entero buscándote.

—Pero no ha sido así —repuso Jude.

—Ya, bueno, pero podría haber sido así. —Por Dios, reñían ya como hermanas—. Esta es una ciudad grande, ¿sabías?

Jude guardó silencio por un instante. Al final, dijo:

—Oye, ahora mismo tengo la cabeza en otras cosas.

Esa era precisamente la clase de respuesta que su madre habría dado: taimada, para someterla por medio de la culpabilidad.

—Perdona —dijo—. ¿Reese está bien?

Jude se mordió el labio.

—No lo sé —contestó—. Sigue anestesiado. No me dejan verlo. Porque no soy familia y tal.

De pronto a Kennedy se le ocurrió pensar que si de repente tenía un ataque al corazón, allí mismo en el vestíbulo del hospital, Jude sería su pariente más cercana. Primas. Eran primas. Pero si Jude se lo decía a una enfermera, insistiendo en el derecho de visita, ¿quién se lo creería?

—Es absurdo —dijo Kennedy—. Aquí solo te tiene a ti.

—Pues ya ves. —Jude se encogió de hombros.

—Debería casarse contigo, y problema resuelto. Ya lleváis juntos mucho tiempo, y así no tendríais que preocuparos por chorradas como esta.

Jude la miró fijamente por un segundo, y Kennedy pensó que tal vez la mandara a la mierda. Seguramente se lo merecía. Pero Jude se limitó a alzar la vista al techo.

—Hablas como mi madre —dijo.


La fotografía era de un funeral, le explicó Jude. En la cafetería, las chicas se sentaron una frente a otra a una larga mesa metálica, donde bebieron café tibio con la foto entre ambas. Un funeral, eso ya lo había deducido —los vestidos negros y demás—, pero ahora volvió a contemplar el retrato, a las gemelas. Cintas en el pelo a juego, leotardos a juego. Por primera vez advirtió que una de las gemelas tenía agarrado el vestido de la otra, como para evitar que se moviera. Tocó la foto, recordándose así que era real. En cierto modo necesitándolo, para fijarse al sitio donde estaba.

—¿Quién había muerto? —preguntó.

—Su padre. Lo mataron.

—¿Quién?

Jude se encogió de hombros.

—Un grupo de blancos.

Kennedy no supo qué la sorprendía más, si la revelación o la despreocupación con la que Jude se la dio a conocer.

—¿Cómo? —dijo ella—. ¿Por qué?

—¿Tiene que haber una razón?

—¿Cuando matan a alguien? Suele haberla.

—Pues esta vez no la hay. Pasó sin más. Delante de ellas.

Kennedy intentó imaginar a su madre de niña, testigo de un hecho tan horrendo, pero solo logró representársela ocho años atrás, de pie al fondo del pasillo a oscuras con un bate de béisbol. Kennedy, un poco borracha, entraba furtivamente en casa después de una fiesta; esperaba que su madre le gritase por incumplir el horario de llegada acordado. En cambio, la encontró al final del pasillo, tapándose la boca con una mano. El bate cayó ruidosamente al suelo de madera y rodó hacia sus pies descalzos.

—Nunca habla de él —dijo Kennedy.

—La mía tampoco —dijo Jude.

En el extremo de la mesa, un anciano judío tosió en la manga de su jersey. Jude lo miró de reojo, jugueteando con el envoltorio de un caramelo.

—¿Cómo es? —preguntó Kennedy—. Tu madre.

—Tozuda —respondió ella—. Como tú.

—Yo no soy tozuda.

—Si tú lo dices.

—Bueno, y aparte de eso, ¿cómo es? Seguramente no solo es tozuda.

—No lo sé —dijo Jude—. Trabaja en una cafetería. Dice que no le gusta nada, pero no iría a ningún otro sitio. Nunca abandonaría a maman.

—¿Es así como llamas a tu abuela? —Kennedy aún no podía obligarse a decir *nuestra*.

Jude asintió.

—Me crie en su casa —dijo—. Ahora ya está vieja. Se olvida de las cosas. Aún pregunta a veces por tu madre.

Prorrumpió un aviso por el sistema de megafonía. Kennedy añadió otro sobre de azúcar al café que nunca se terminaría.

—Esto es extraño para mí. No creo que entiendas lo extraño que es todo esto.

—Ya lo sé —dijo Jude.

—No, no lo sabes. Dudo mucho que nadie pueda saberlo.

—De acuerdo, no lo sé.

Jude se puso en pie y tiró el café a la papelera. Kennedy se apresuró a seguirla, temiendo de pronto que la dejara allí. ¿Y si había ahuyentado a Jude y ahora esta decidía no decirle nada más? Saber un poco era peor que no saber nada. Así que fue detrás de ella hasta el ascensor, subió en silencio al cuarto piso y se sentó a su lado en la sala de espera junto a una planta marchita.

—No tienes que quedarte —dijo Jude.

—Ya lo sé —respondió Kennedy. Pero se quedó.


El hospital dio el alta a Reese esa noche. Cuando Jude lo sacó en silla de ruedas, Kennedy alzó la vista y se sorprendió al descubrir el cielo ya teñido de azul marino. Había pasado horas sentada junto a Jude en la sala de espera, hojeando distraídamente revistas, bajando a la cafetería a por más café, a veces permaneciendo allí inmóvil sin más, con la mirada fija en la foto. Llamó al teatro para decir que estaba enferma y no podía ir. Reconoció que al final había sucumbido a la gripe. Y aunque tenía sobradas razones para marcharse, se quedó allí en aquella sala de hospital silenciosa, hasta que una cortante enfermera blanca les dijo que podían irse. Pensó en llamar a casa. Frantz siempre intentaba telefonearla antes de la función y se preocuparía si contestaba la suplente. Así y todo, paró un taxi y ayudó a Jude a subir a Reese. Estaba aún un poco grogui por la anestesia, y durante todo el trayecto al hotel se le caía una y otra vez la cabeza sobre el hombro de Kennedy. Jude apretó el muslo a Reese, y Kennedy desvió la mirada. No imaginaba lo que era necesitar a alguien tan abiertamente.

Podría haberse despedido frente al hotel, pero también subió. Jude y ella no hablaron. Rodeando ambas la cintura de Reese con los brazos, lo entraron entre las dos. Pesaba más de lo que parecía, y para cuando llegaron al ascensor, a Kennedy le ardían los hombros. Pero aguantó hasta la habitación, y lo dejaron en la cama con cuidado. Jude se sentó en el borde del colchón y le apartó los rizos de la frente.

—Gracias —susurró, pero seguía mirando a Reese. Esa ternura en la voz solo iba dirigida a él.

—Bueno... —dijo Kennedy.

Debería haberse ido, pero se quedó en la habitación. Jude pasaría unos días más en la ciudad mientras Reese se recuperaba. Tal vez Kennedy podía volver a pasarse por el hotel al día siguiente. Seguramente Jude no podía quedarse en aquella habitación sórdida todo el día, viéndolo dormir. Quizá podían salir a tomar un café o comer. Kennedy podía enseñarle la ciudad, para que pudiera decir que en Nueva York había hecho algo más que ver un musical mediocre y estar en la sala de espera de un hospital. Jude la acompañó al vestíbulo, y Kennedy se envolvió lentamente el cuello con la bufanda.

—¿Cómo es? —preguntó—. Mallard.

Había imaginado un pueblo como Mayberry, rústico y acogedor, mujeres dejando tartas a enfriar en los alféizares de sus ventanas. Un pueblo tan pequeño que todo el mundo se conocía por sus nombres. En una vida distinta, ella podría haber ido de visita en verano. Podría haber jugado con Jude delante de la casa de su abuela. Pero Jude se limitó a reírse.

—Horrible —contestó—. Allí solo les gustan los negros de piel clara. Tú encajarías perfectamente.

Lo dijo tan a la ligera que Kennedy casi no se dio cuenta.

—Yo no soy negra —replicó.

Jude volvió a reírse, esta vez incómoda.

—Pues tu madre sí lo es.

—¿Y?

—Y eso te convierte a ti también en negra.

—No me convierte en nada —repuso Kennedy—. Mi padre es blanco, ¿sabes? Y no hace falta que vengas tú a decirme qué soy.

No era una cuestión racial. Sencillamente no le gustaba la idea de que alguien le dijera quién tenía que ser. En ese sentido era como su madre. Si hubiera nacido negra, lo habría aceptado plenamente. Pero no era así, ¿y quién era Jude para decirle que era alguien que no era? En realidad, nada había cambiado. Había averiguado algo sobre su madre, pero ¿qué trascendencia podía tener eso en el contexto de toda su vida? Se había suprimido un único detalle para sustituirlo por otro. Cambiar un ladrillo no convertía una casa en un cuartel de bomberos. Ella seguía siendo ella. Nada había cambiado. Nada había cambiado en absoluto.

Esa noche Frantz le preguntó dónde había estado.

—En el hospital —respondió Kennedy, tan agotada que fue incapaz de mentir.

—¿En el hospital? ¿Qué ha pasado?

—No, a mí nada. He estado con Jude. Han operado a Reese.

—¿De qué lo han operado? ¿Está bien?

—No lo sé. —No lo había preguntado—. Algo relacionado con el pecho, según parece. Ya está bien. Solo un poco grogui.

—Tendrías que haberme llamado. Te he esperado despierto.

Iba a abandonarlo. Siempre había sabido juzgar el momento correcto para marcharse. Llamémoslo intuición o desasosiego, llamémoslo como queramos. Nunca había sido de las que se quedaban donde no las querían. Supo cuándo era el momento de marcharse de Los Ángeles, y un año después sabría marcharse de Nueva York. Sabía cuándo debía estar con un hombre seis semanas o seis años. El momento de marcharse era igual, en cualquier caso. Marcharse era sencillo. Quedarse era la parte que nunca había dominado del todo. Así que esa noche, cuando miró a Frantz en la cama, su piel de color marrón oscuro reluciente en contraste con las sábanas plateadas, supo que no se quedaría con él mucho más tiempo. Aun así, se sentó en el borde de la cama y le quitó las gafas, desdibujándose ante él.

—¿Seguirías queriéndome si no fuera blanca? —preguntó.

—No —dijo, y tiró de ella hacia sí—. Porque entonces no serías tú.

Cuando abandonó a Frantz, vagó durante un año, sin decir a nadie adónde iba. Su musical había terminado, y ella empezaba a cansarse del teatro, aunque perseveraría aún unos años, incorporándose a compañías de comedia de improvisación, presentándose a audiciones para obras experimentales. Aparentemente, la interpretación era lo único que no sabía cuándo dejar. Antes de huir, vio a su madre por última vez. Sentadas en el jardín trasero, bebían chardonnay junto a la piscina. Era un día de invierno anormalmente soleado. A ella la sorprendió el calor, la sorprendió que hubiera existido una época en que la idea de que un día de febrero fuese cálido no le pareciera un hecho extraordinario. Cerró los ojos, con las piernas al sol, sin pensar siquiera en el pobre Frantz, acurrucado junto a su ruidoso radiador.

—Yo venía aquí por las mañanas —dijo su madre—. Cuando tú estabas en el colegio. Nunca tenía nada que hacer, pero por alguna razón siempre acababa aquí, pensando.

Era un día magnífico. Kennedy lo recordaría más tarde: que podría no haber dicho nada, que podría haber permanecido allí tendida al sol eternamente. Sin embargo, entregó la fotografía a su madre.

—¿Qué es esto? —preguntó a la vez que ladeaba la cabeza para mirarla.

—Es del funeral de tu padre —contestó Kennedy—. ¿No lo recuerdas?

Su madre calló, inexpresiva. Fijó la mirada en la foto.

—¿De dónde la has sacado? —quiso saber.

—¿Tú qué crees? —dijo Kennedy—. Resulta que me encontró. ¡Te conoce mejor que yo!

No había sido su intención levantar la voz. Solo esperaba que su madre sintiera algo. Creía que, al enseñarle una foto de su familia, se echaría a llorar. Que se enjugaría las lágrimas y finalmente contaría a su hija la verdad de su vida. Kennedy se lo merecía, ¿o no? Un momento de sinceridad. Pero su madre le devolvió la foto.

—No sé por qué haces esto —dijo—. No sé qué quieres que te diga...

—¡Quiero que me digas quién eres!

—¡Ya sabes quién soy! Esta —hincó el dedo en la foto— no soy yo. ¡Mírala! No se parece en nada a mí.

No supo a cuál de las chicas señalaba su madre, si a su hermana o a sí misma.


Jude había dejado su número de teléfono al dorso de la foto. Kennedy no llamó durante años.

Sin embargo conservó la foto. La llevó a todas partes en sus viajes: Estambul y Roma, Berlín, donde vivió tres meses, compartiendo un piso con dos suecos. Una noche se colocaron y ella les enseñó la foto. Aquellos dos chicos rubios le sonrieron con expresión de perplejidad y se la devolvieron. No significaba nada para nadie excepto para ella, y en parte por eso la conservó. Era el único aspecto real de su vida. No sabía qué hacer con el resto. Todas las historias que conocía eran ficción, así que empezó a crear otras nuevas. Era hija de un médico, de un actor, de un jugador de béisbol. Estaba tomándose un descanso de la carrera de medicina. Tenía un novio en su país que se llamaba Reese. Era blanca, era negra, se convertía en una persona nueva en cuanto cruzaba una frontera. Se reinventaba continuamente su vida.


A principios de la década de 1990, empezó a tener serias dificultades para conseguir trabajos de interpretación. Ningún director necesitaba a una rubia de más de treinta años que aún no se había consolidado como estrella. Interpretó unos cuantos papeles de hermana mayor en un puñado de series de televisión, luego a un par de maestras, y después su agente dejó de llamarla. Se sentía demasiado joven para el declive, pero había que reconocer que antes la había favorecido una inverosímil racha de buena suerte. A decir verdad, toda su vida había sido un regalo de la fortuna: se le había concedido una piel blanca. Cabello rubio, una cara bonita, buen tipo, un padre rico. Se había librado de multas por exceso de velocidad a base de sollozos, había accedido a innumerables segundas oportunidades mediante el coqueteo. Su vida entera, un conjunto de pródigos dones que no había merecido.

Durante dos años fue instructora de spinning, y el gimnasio colocaba fotos de Charity Harris en el folleto para atraer a los clientes. Pero se cansó de sudar a todas horas, de las contracturas y los calambres en las piernas, así que, en 1996, decidió por fin volver a estudiar. No a estudiar realmente, decía a todo el mundo, riéndose ante la idea, sino a hacer un curso de agente inmobiliario. Había vendido productos patéticos en anuncios de la televisión en horario diurno durante años, ¿por qué no iba a poder vender una casa? En su primer día, sentada incómoda en el pequeño pupitre, fijó la mirada en el impreso que el profesor repartía fila por fila.

**Qué valoran los clientes en un agente inmobiliario:**
- Sinceridad
- Conocimiento del mercado de bienes raíces
- Capacidad de negociación

Podía aprender casi todo eso, se dijo, excepto lo primero de la lista. Había estado actuando durante toda su vida, lo que significaba que era la mejor mentirosa que conocía. Bueno, la segunda mejor.


Durante su primer año en la agencia inmobiliaria del Valle de San Fernando, Kennedy vendió siete casas. Su jefe, Robert, le dijo que tenía el toque de Midas, pero ella, para sí, lo llamaba el efecto Charity Harris. Tenía la clase de rostro que la gente recordaba vagamente, incluso aquellos que nunca habían visto *Pacific Cove*. Todos creían conocerla. Y naturalmente los admiradores de *Pacific Cove* siempre se presentaban en sus jornadas de puertas abiertas, mucho después de terminar la serie.

«Siempre pensé que no estuvo bien lo que te pasó», le susurró una vez una mujer en una casa piloto de una urbanización de Tarzana. Ella sonrió educadamente, guiando a la mujer por el pasillo. Podía ser Charity si era eso lo que ellos necesitaban. Podía ser cualquiera en realidad.

Antes de cada jornada de puertas abiertas, se sentía como si volviera a estar en el escenario, esperando a que se levantara el telón. Retocaba la decoración, cambiaba las fotografías enmarcadas de familia. Una familia negra daba paso a una blanca, un puf en forma de balón de fútbol se convertía en una pelota de baloncesto, un cuerno de la abundancia metido en un armario sustituía a una menorá. Una casa piloto no era más que un decorado, si uno se paraba a pensarlo; la jornada de puertas abiertas, una gran interpretación dirigida por ella. Siempre se situaba detrás de la puerta, con la cabeza inclinada, tan nerviosa como la primera vez que salió al escenario, sabiendo que su madre estaría allí entre el público viéndola. Luego adoptaba su amplia sonrisa de Charity Harris y abría la puerta. Desaparecía dentro de sí misma, dentro de aquellas casas vacías donde en realidad no vivía nadie. A medida que el lugar se llenaba de desconocidos, encontraba siempre al potencial cliente, y guiaba a la pareja a través de la cocina señalando los apliques de luz, el mármol de detrás del fregadero, los techos altos.

«Imagínense su vida aquí —decía—. Imagínense quiénes podrían ser.»

# SEXTA PARTE

# LUGARES
## (1986)

# 16

En 1981, Mallard ya no existía, o al menos ya no se llamaba Mallard.

En realidad, el pueblo nunca había sido un pueblo. Los funcionarios del estado lo consideraban una aldea, pero el Departamento de Geología de Estados Unidos solo hacía referencia a él como poblado. Y aunque los vecinos tal vez habían creado sus propios límites, un poblado carecía de demarcación jurídica. Así que después del Censo de 1980, la parroquia trazó de nuevo el término municipal, y los residentes de Mallard, al despertar una mañana, descubrieron que habían sido asignados a Palmetto. En 1986, Mallard había sido borrado de todos los mapas de carreteras de la zona. Para la mayoría de la gente, el cambio de nombre no significó gran cosa. Mallard siempre había sido más una idea que un lugar, y una idea no podía redefinirse en términos geográficos. Pero el cambio de nombre confundió a Stella Vignes, quien, de pie en la estación de tren de Opelousas, se quedó mirando el mapa durante diez minutos hasta que por fin le hizo una seña a un joven mozo negro y le preguntó cuál era la mejor manera de llegar a Mallard. Él se rio.

—Ah, usted debe de ser de los viejos tiempos —dijo el chico—. Ya no se llama así.

Ella se sonrojó.

—¿Cómo se llama, pues?

—Ah, de muchas formas, de muchas formas. Lebeau, Port Barre. En principio es Palmetto, pero algunos lo llaman todavía Mallard. La gente es así de tozuda.

—Entiendo —dijo Stella—. Hacía tiempo que no venía.

Él le sonrió, y ella desvió la mirada. Había viajado con la mayor sencillez posible, temiendo atraer la atención. Una simple bolsa, la alianza nupcial guardada dentro. Vestía su pantalón más barato, llevaba el cabello recogido por detrás como antes, aunque ahora le asomaban ya mechones grises. Así que se había aplicado un toque de tinte antes de salir, avergonzada de su propia vanidad. Pero ¿y si Desiree se teñía? Ella no podía ser la gemela vieja. La idea la aterrorizó: mirar a Desiree a la cara y no verse a sí misma.

A la hora de regresar, igual que cuando se marchó, la parte más difícil fue decidirlo. Durante meses había buscado otra solución, pero estaba desesperada. No sabía nada de su hija desde que esta había ido a verla desde Nueva York con una fotografía, y Stella se descubrió mirando directamente a su pasado. No recordaba que se hubieran tomado fotos en el funeral de su padre pero, claro, no recordaba gran cosa de aquel día. Aquel encaje negro que le raspaba las piernas. Un trozo de bizcocho, esponjoso y dulce. Un féretro cerrado. Desiree apretada contra su costado. Su hermana, sabiendo de algún modo lo que Stella quería decir pese a que ella era incapaz de despegar los labios.

En el jardín trasero, contemplando esa fotografía, se quedó igual de callada. Supo, aun antes de abrir la boca, que mentiría, tal como siempre había mentido, pero esta vez su hija no la creería.

«Es como si fueras incapaz de decir la verdad —le reprochó Kennedy—. Solo sabes mentir.»

Durante meses rechazó las llamadas de Stella. Stella dejó mensajes en el contestador, humillada por la idea de que Frantz, aquel engreído, escuchara sus súplicas. Incluso habían hablado una o dos veces; él siempre prometía transmitir sus mensajes, pero ella no sabía si lo decía solo para que se tranquilizara y dejara libre la línea. Hasta que un día, hacía seis meses, Frantz le dijo que su hija se había marchado. «Se ha ido —informó—, y no sé adónde. Una mañana se fue sin más. Ni siquiera dejó una dirección de reenvío. Aún quedan cajas con cosas suyas, y no me ha dicho adónde mandarlas.» Parecía más molesto por los trastos que estaba guardando que por el hecho de que Kennedy lo hubiera abandonado. Stella, naturalmente, sintió pánico, pero al cabo de unas semanas Blake recibió una postal desde Roma, escrita en la letra apresurada de su hija.

«He venido a encontrarme a mí misma —escribió—. Estoy bien. No te preocupes por mí.»

Lo que más molestó a Stella fue la expresión elegida. Una no iba a «encontrarse a sí misma» como si su identidad estuviera esperándola en algún sitio; tenía que forjarla. Tenía que crear a la persona que quería ser. ¿Y no estaba su hija haciendo ya eso? Stella culpó a la chica de piel oscura, que había acechado a su hija en Los Ángeles, que de algún modo le había seguido el rastro hasta la otra punta del país. La chica estaba empeñada en demostrar la verdad a Kennedy y no iba a desistir. A menos que... Stella, en su despacho, dejó de pasearse y se apoyó contra la puerta.

Sabía lo que tenía que hacer: decir a Desiree que pusiera freno a su hija. Tenía que volver a Mallard.

Así que cuando Blake se fue a Boston por razones de trabajo, ella reservó pasaje en un vuelo a Nueva Orleans. Mientras el avión descendía, se retorció las manos y contempló la llanura marrón por la ventanilla. Siempre podía regresar. Darse media vuelta, comprar un billete a Los Ángeles, olvidar toda esa idea absurda. Pero de pronto se imaginó a la chica de piel oscura aparecer una y otra vez, y se aferró al reposabrazos mientras el avión se posaba en la pista con una suave vibración. Ahora, en la estación de tren, el mozo desgarbado le sonreía y sabía de algún modo, de eso Stella estaba segura, que había regresado de un lugar que, según creía, nunca podría abandonar. Señaló una parada de autobús.

—La dejará justo a las afueras de Mallard —indicó—. Me temo que desde allí tendrá que ir a pie.

Stella no se subía en un autobús desde hacía años. El mozo señaló con la cabeza un teléfono público.

—También podría llamar a los suyos —sugirió—. Para que alguien venga a buscarla.

Pero ella ya no sabía si tenía a alguien allí. Por tanto, se limitó a decir:

—Me vendrá bien estirar las piernas.


Cuando Mallard dejó de llamarse Mallard, algunos comentaron en broma que el nombre de la cafetería también debía cambiar para dar paso al que la gente venía utilizando desde hacía tiempo: la cafetería de Desiree. «Pasaos por la cafetería de Desiree» se convirtió en una frase tan común que en la década de 1980 había niños que no recordaban que la cafetería se hubiera llamado antes de otra forma. El pueblo era indiferente a la taza de café del tejado, donde aún se leía el nombre de Lou, cosa que a él no le hacía ninguna gracia, pero ya era viejo. Dependía de Desiree para todo; ella era la camarera jefa y la encargada, contrataba y despedía a los cocineros, cambiaba el menú cuando le apetecía. Era la cara del establecimiento, enmarcada, durante años, por sus ventanas blancas y negras. Lou le dejaría la cafetería cuando muriese, siempre lo había dicho, aunque Desiree sostenía que no la quería.

—Tengo una vida fuera de esta cafetería —afirmaba—. No quiero quedarme aquí eternamente.

Pero ¿a qué vida se refería, para ser exactos? A veces ni siquiera ella misma lo sabía. Early, que seguía con sus idas y venidas. Su madre, que perdía la memoria por momentos. Su hija, instalada en la otra punta del país. Había ido a Mineápolis a verla en el invierno de 1985. Las dos habían paseado cogidas del brazo por las aceras cubiertas de nieve medio derretida, cuidándose de no pisar placas de hielo inesperadas. Ella no veía esa clase de nieve, nieve auténtica, desde hacía casi treinta años; en una esquina, cerró los ojos y sintió los gruesos copos que caían en sus pestañas. Recordó su propio primer invierno en Washington, cuando Sam la llevaba a patinar al centro de la ciudad y se reía de ella al verla tambalearse. La pista estaba llena de jóvenes de color como ellos, cogidos de la mano, y los patinadores más diestros giraban y surcaban el hielo llamativamente. Incluso el Papá Noel que agitaba su campana en el borde de la pista era de color. Nunca había visto un Papá Noel negro, y lo miró tan fijamente que casi perdió el equilibrio.

—Dicen que va a nevar toda la semana —comentó su hija—. Lo siento, mamá.

—¿Por qué lo sientes? Tú no puedes controlar el tiempo.

—Lo sé, pero… quería que hiciera buen tiempo por ti.

Desiree sacudió el hielo del cabello de Jude.

—Tampoco está tan mal —aseguró—. Venga, vamos.

En el supermercado, bajo las intensas luces, su hija la siguió, empujando lentamente el carrito. Desiree cogió un manojo de apio. Se había ofrecido a cocinar; había insistido, de hecho, después de ver el lamentable estado de los armarios de su hija. Nada más que cereales fríos y comida en lata.

—Tendría que haberte enseñado a cocinar —dijo.

—Cocino.

—Son demasiadas las chicas listas que ya no saben cómo llevar una casa.

—Pues yo sí sé, y Reese también cocina.

—Ah, eso sí. Todos sois… ¿cómo lo llamas?

—Modernos.

—Modernos —repitió ella—. Es un buen chico.

—¿Pero?

—Pero nada. Parece encantador. Es solo que no entiendo por qué no se casa contigo. ¿A qué espera, a que llegue la parca?

—Ya, ¿y tú qué? —preguntó Jude.

—¿Yo qué?

—Y Early.

Desiree tendió la mano hacia un pimiento morrón, sorprendida por la repentina ternura que la invadió solo de oír su nombre. Lo echaba de menos. Quién iba a imaginarlo, tan mayor como era y aún lo echaba de menos. Lo había telefoneado al aterrizar en Minnesota. Nunca había viajado en avión, se sentía tan valiente como si hubiera saltado de un lado a otro de la luna. Deseaba que Early estuviera con ella, pero él se había ofrecido a quedarse en casa con su madre. Desiree empezaba a comprender que podía ser peligroso dejarla sola.

—Bueno, no es lo mismo —dijo.

—¿En qué sentido?

—Vosotros sois jóvenes. ¿No queréis empezar una vida juntos? Dame esa cebolla.

—Tenemos una vida juntos —afirmó Jude—. Para eso no hace falta casarse.

—Ya lo sé, es solo que… —Se interrumpió—. No quiero que dejes de hacerlo por miedo. Por lo que me pasó a mí.

Desiree, para no mirar a su hija, examinó un tomate en mal estado. No le gustaba pensar en las peleas que su hija quizá hubiera presenciado, aquella brutal educación en cuestiones de amor. Jude la rodeó con los brazos.

—No es eso —dijo—. Te lo prometo.

Para la cena, Desiree preparó gambas a la criolla con arroz en la diminuta cocina. Revolvió el contenido de la sartén a la vez que contemplaba el apartamento: las sillas disparejas del comedor, el sofá de dos plazas naranja, las fotografías de Reese enmarcadas en la pared. Había empezado a trabajar por su cuenta para el *Minnesota Daily Star*. Pequeños encargos, normalmente, como partidos de la liga infantil de béisbol o inauguraciones de comercios. Cuando el trabajo escaseaba, hacía fotos en bar mitzvahs y bodas y bailes de graduación. A veces se paseaba durante horas hasta que se le enrojecían las yemas de los dedos, fotografiando los tentáculos de hielo que se formaban a través de un lago, o a un sintecho acurrucado en un portal, o un mitón rojo maltrecho atrapado en una acumulación de aguanieve. Decía que detestaba el frío, pero nunca había sido tan productivo. Había vendido una fotografía por doscientos dólares. Quería ahorrar para comprar una casa.

—Solo quiero que usted sepa que voy en serio —dijo a Desiree—. En cuanto a su hija.

Y sí daba la impresión de que iba en serio, allí sentado en el borde del sofá, retorciéndose las manos, tanto que ella podría haberse reído de semejante formalidad. En lugar de eso, le dio un apretón en el brazo.

—Lo sé, encanto —dijo.

Cuando Desiree había vuelto a Mallard, jamás se imaginó que acabaría allí, sentada en un sofá de segunda mano en Minnesota, junto a un hombre que amaba a su hija. Toda esa semana acompañó a Jude al campus, viendo avanzar penosamente a los estudiantes, tapados hasta los ojos, y aún no daba crédito a que su hija fuera una de ellos. Su niña había salido al mundo, como había hecho Desiree en su juventud. Una parte de ella aún abrigaba la esperanza de tener tiempo para hacerlo otra vez.

—Es absurdo —había dicho a Early al llamarlo—. ¿Qué sentido tiene que me plantee ahora empezar de cero? Pero no sé. A veces me lo pregunto. ¿Qué otras cosas habrá ahí fuera?

—No es absurdo en absoluto —dijo él—. ¿Qué quieres hacer?

Ella no lo sabía, pero la avergonzaba reconocer que cuando se imaginaba marchándose de Mallard, solo se veía con él en su coche, por una larga carretera hacia ninguna parte. Una simple fantasía, claro. Nunca dejaría la cafetería de Lou, no ahora, no mientras su madre aún la necesitara.

En su última noche en Mineápolis, la nieve azotó el tejado, y Desiree entreabrió las persianas para mirar afuera. Sostenía un tazón de café que Reese había alegrado con whisky mientras Jude recogía los platos. Sus fotografías cubrían la mesa, instantáneas de su vida en Los Ángeles. Jude apoyó la mano en su nuca mientras él, inclinado, señalaba las distintas partes de la ciudad que había retratado. El muelle de Manhattan Beach, el edificio de Capitol Records como una pila de discos, una ballena jorobada que habían visto en Santa Bárbara. Personas a quienes habían conocido, los amigos que dejaron atrás, tomas de habitaciones abarrotadas durante fiestas. Resultaba extraño, ver a través de los ojos de su hija una ciudad que ella solo había visto por televisión.

—¿Quién es esa? —preguntó.

Señalaba una foto en particular, tomada en un bar lleno de gente. No se habría fijado en ella a no ser por la chica rubia en segundo plano, sonriendo por encima del hombro de Jude, como si acabara de oír un chiste. Su hija volvió a meter la foto entre la pila.

—Nadie —dijo—. Una chica que conocimos.

Más tarde esa noche, mientras la vencía el sueño en la cama junto a su hija, puesto que el novio se había ofrecido galantemente a dormir en el hundido sofá, llevándose un poco avergonzado su almohada y una manta —como si Desiree no supiera lo que ocurría entre ellos dos cuando ella no estaba bajo su techo, como si no supiera lo que probablemente ocurriría tan pronto como ella se fuese, entre dos personas que eran jóvenes y estaban enamoradas y sentirían un gran alivio por liberarse de aquella vieja que no dejaba de preguntarles cuándo se casarían—, seguía pensando en la chica rubia de la fotografía. Ignoraba por qué le había llamado tanto la atención. La chica parecía la típica californiana, o al menos tal como ella se las imaginaba: esbelta y bronceada y rubia y feliz. Pensó en llamar a Early, y lo habría hecho si no hubiera sido tan tarde, si no fuese a verlo al día siguiente, si no le hubiera dado tanta vergüenza el hecho de seguir deseando llamarlo a pesar de todo eso. ¿Y qué te parece eso de Jude, le habría preguntado, eso de que tenga amigas blancas? Este es un mundo nuevo, ¿no? ¿Sabías que el mundo era tan nuevo?

En 1986, Big Ceel había muerto, hecho que Early Jones solo descubrió al leer el periódico en la consulta del doctor Brenner. Estaba esperando con su suegra o, mejor dicho, con una mujer a quien había empezado a considerar como tal, cuando vio la foto de aquel hombre, en una página ya avanzada del *Times-Picayune*, debajo del titular USURERO HALLADO MUERTO. Apuñalado, resultó, por una partida de naipes que se torció. Parecía lógico, en cierto modo, que Ceel, un hombre que se había forjado una vida prestando y recaudando, encontrara su final por una cuestión de dinero. Por otro lado, parecía ignominioso morir por una suma tan insignificante. Cuarenta dólares, decía el periódico. Joder, cuarenta dólares. A esas alturas, naturalmente, Early sabía de sobra que los hombres estaban dispuestos a morir o matar por muy poco. Había visto casos peores, gente que arriesgaba más por menos. Así y todo, quedó estupefacto al enterarse del fallecimiento de Ceel a través de aquella desapasionada letra impresa, casi tanto como al descubrir que el nombre oficial de Ceel era Clifton Lewis.

Ah, comprendió, Ceel era por sus iniciales: C.L. Mientras cerraba el periódico, al llamar el doctor Brenner a Adele, cayó en la cuenta de que, en cierto modo, Ceel había sido su amigo más antiguo.

Por entonces hacía tres meses que no recibía un encargo de Ceel. «Debería organizarte una fiesta de jubilación –había dicho Ceel en su última llamada telefónica–. Ya no eres el chaval que yo conocí. Has perdido tu instinto asesino.» Early colgó, sabiendo que Ceel solo pretendía provocarlo, sabiendo que Ceel aún lo necesitaba, porque el viejo le había dicho, más de una vez, que era el mejor cazador que había tenido. En otro tiempo sus insultos tal vez habrían surtido efecto. Pero ahora la vida había cambiado. Early ya no era un chaval. Tenía responsabilidades. Una mujer a quien quería. La madre de ella, a quien también quería, que casi había quemado la casa al encender el fogón para hervir agua para el café, olvidarse y echarse a dormir. Aquel día Early fue a Fontenot a comprar una Mr. Coffee para la cocina y enseñó a Adele a utilizarla. Pero después de esa mañana ella no volvió a preparar café. Cuando Desiree se marchaba para abrir la Egg House de Lou, él se levantaba y preparaba una taza a Adele. Y si se ausentaba por algún encargo de Ceel, ¿quién estaría en casa para ocuparse de eso?

Por primera vez en su vida, encontró un empleo, uno de verdad, en la refinería. Ahora iba a trabajar a diario —como Dios manda, habría dicho en otro tiempo Adele—, con un mono gris en el que llevaba bordado el nombre sobre el corazón. Early el Último en Llegar, lo llamaba el capataz, porque era el trabajador más viejo de su cuadrilla. Trabajaba por las mañanas cuando Desiree cerraba, por las tardes cuando ella entraba temprano, alternando sus horarios para que Adele nunca se quedara sola.

Una mañana, llevó a Adele a pescar al río. Las golondrinas revoloteaban por encima de ellos y se deslizaban entre los pinos como exhalaciones. Adele, arrebujándose en el jersey, miró en esa dirección. Ahora llevaba el cabello recogido en dos trenzas largas. Desiree la peinaba cada mañana, o lo hacía Early si ella tenía que ir a la cafetería. Una tarde le enseñó a hacer trenzas con la ayuda de dos porciones de hilo. Él practicó, una y otra vez, asombrado de que sus dedos fueran capaces de realizar una tarea tan delicada. Le gustaban las mañanas en que le trenzaba el cabello a Adele. Esta solo se lo permitía porque estaba olvidando, y también él podía olvidar, que ella no era su madre.

—¿Tiene frío, señora Adele? —preguntó.

Ella movió la cabeza en un gesto de negación, arrebujándose aún más.

—Desiree me ha dicho que le gusta salir a pescar —comentó Early—. ¿Es verdad?

—¿Desiree ha dicho eso?

—Sí, señora. Le he dicho que le traeríamos un poco de
pescado para freírlo esta noche. Le parece bien, ¿no?

Ella contempló los árboles, retorciéndose las manos.

—Yo también debería irme a trabajar —dijo Adele.

—No, señora. Tiene el día libre.

—¿Todo el día?

Ella se quedó tan sorprendida y complacida ante la idea
que él no tuvo valor para decirle que no iba a trabajar desde
hacía nueve meses. Los blancos para los que limpiaba habían
sido los primeros en notar su pérdida de memoria. Platos que
acababan en cajones que no les correspondían, ropa plegada
antes de secarse, judías enlatadas que se enfriaban en el frigo-
rífico mientras el pollo se pudría en un estante de la despensa.

«Ay, es la vejez —había dicho—. Ya saben lo que pasa. Una
empieza a olvidarse de las cosas.»

Pero el doctor Brenner dictaminó que era alzhéimer y no
haría más que empeorar. Desiree lloró por teléfono cuando
llamó a Early para contárselo. Él interrumpió un encargo en
Lawrence para estar con ella. Todo iría bien, le había dicho,
meciéndola, aunque no se le ocurría nada más aterrador que
mirar un día a Desiree a la cara y ver solo a una desconocida.

—¿Eres mi hijo? —preguntó Adele.

Él sonrió a la vez que tendía la mano hacia la caña de
pescar.

—No, señora.

—No —repitió ella—. No tengo ningún hijo varón.

Adele se volvió, satisfecha, hacia los árboles, como si él
acabara de ayudarla a resolver un acertijo que la inquietaba.
Después lo miró de soslayo, casi tímidamente.

—No eres mi marido, ¿verdad?

—No, señora.

—Tampoco tengo de eso.

—Solo soy su Early —dijo él—. Nada más.

—¿Early? —Ella soltó de pronto una carcajada—. ¿Qué nombre absurdo es ese?

—Es el único nombre absurdo que tengo.

—Ya sé quién eres —dijo ella—. Aquel chico de la granja que siempre andaba rondando a Desiree.

Early le tocó el extremo de la trenza gris.

—Eso es —respondió él—. Exacto.


Al volver a casa, encontraron una mujer blanca sentada en el porche.

Early había pescado dos truchas de arroyo pequeñas, para satisfacción de Adele, que las observó retorcerse en el sedal. Ahora, mientras regresaban a casa, tarareando Adele cogida de su brazo, Early vio a la mujer blanca a través del claro y sujetó a Adele con más fuerza. En una ocasión, una funcionaria del condado se pasó por allí para ver cómo estaba Adele. Desiree se sintió humillada, porque una blanca desconocida se paseara por su casa para asegurarse de que las condiciones de vida eran adecuadas.

—Bastante adecuadas deben de ser —comentó Desiree a Early—: ¡Hace sesenta años que vive aquí!

Early detestaba la idea de que una funcionaria se presentara a husmear, como si ellos dos no fueran capaces de cuidar de una mujer con pérdida de memoria, pero las ayudas estaban supeditadas a esas visitas. Necesitaban dinero para los medicamentos, los médicos, las facturas. Aun así, a Early no le entusiasmaba la idea de encontrarse con la funcionaria del condado. Ya suponía lo que pensaría de él.

Dio unas palmadas a Adele en la mano.

—Si esa mujer pregunta, le diremos que soy su yerno —advirtió.

—¿De qué hablas?

—Esa mujer blanca del porche —aclaró él—. La funcionaria del condado. Para agilizar las cosas.

Ella se apartó.

—Déjate de bobadas —dijo—. Esa no es ninguna mujer blanca. Es Stella.

Después de tantos años de buscar a Stella, de imaginarla, de soñar con ella, se había agrandado ante sus ojos. Era más lista que él. Astuta, se escabullía cada vez que él se acercaba. Pero esa mujer no blanca, esa Stella Vignes, parecía tan corriente que a Early se le cortó la respiración. No era como Desiree; no las habría confundido, ni siquiera a cierta distancia, mientras Stella se ponía en pie. Vestía un pantalón azul marino y unas botas de cuero y llevaba el cabello recogido en una coleta. Negro azabache, como si no hubiera envejecido en absoluto, a diferencia de Desiree, que empezaba a tener las sienes plateadas. Ahora bien, no era solo por su ropa, sino también por la actitud corporal. Tensa, como una cuerda de guitarra enrollada. Parecía asustada, pero ¿qué temía? ¿A él? Bueno, tal vez tenía razones para ello. Deseaba arremeter contra ella por todas las noches que Desiree se había dormido pensando en su hermana, no en él.

Pero Stella no lo miraba a él. Mantenía la vista fija en su madre, boquiabierta, como una trucha boqueando para respirar. Adele apenas la miró.

—Chica, ven a ayudarnos a limpiar estos pescados —dijo Adele—. Y ve a buscar a tu hermana.


Su madre había perdido la razón.

Stella tomó conciencia de eso, lentamente, mientras la seguía por el estrecho pasillo hacia la cocina, donde un desconocido sacó los pescados de una nevera portátil. Siempre que había imaginado lo que su madre diría si ella volvía a casa —se enfurecería, tal vez incluso la abofetearía—, nunca había concebido aquella posibilidad: su madre convertida en un cascarón de sí misma, trajinando en la cocina como si preparar la cena fuera lo único que tuviera en la cabeza. Tan indiferente a Stella como si se hubiera ausentado veinticinco minutos, no años. Aquel desconocido que la seguía, que cogía un cuchillo que ella había dejado, que la mantenía alejada de los fogones, que finalmente la convencía de que se sentara a la mesa mientras él le preparaba un café.

—¿Es usted el marido de Desiree? —preguntó Stella.

Early dejó escapar una risa grave.

—Algo por el estilo.

—¿Quién es usted, pues? ¿Qué hace aquí con mi madre?

—¿Por qué te comportas así, Stella? —terció su madre a la vez que le entregaba una cuchara—. Ya sabes que este es tu hermano.

No podía ser el padre de la chica de piel oscura. No era ni mucho menos tan negro como ella, aunque sí canoso y aparentemente rudo, la clase de hombre que podría maltratar a una mujer.

—¿Cuánto hace que está así? —preguntó Stella.

—Un año, más o menos.

—Dios mío.

—Chica, no pronuncies el nombre del Señor en vano —la amonestó su madre—. No es eso lo que yo te enseñé.

—Lo siento, mamá —se apresuró a decir Stella—. Mamá, lo siento mucho…

—No sé de qué estás hablando —la interrumpió su madre—. Seguramente no necesito saberlo. Ponte a limpiar ese pescado.

Su padre la había enseñado a destripar un pescado. Lo acompañaba por la orilla del río, chapoteando con el agua hasta las rodillas. Desiree encabezaba la marcha, pisando tan fuerte que, decía su padre, espantaría a todos los peces. Ellas eran sus hadas gemelas, que lo seguían a través del bosque. La parte de la pesca siempre aburría a Desiree, que se alejaba, se tendía en algún sitio y ensartaba margaritas; pero Stella podía quedarse sentada con él durante horas, muy quieta, imaginando que veía a través del agua turbia todos los seres vivos que se arremolinaban en torno a los dedos de sus pies descalzos. Después enseñaba a las gemelas a limpiar el pescado que había capturado. Colócalo plano, clava el cuchillo en el vientre, ¿y luego qué? No lo recordaba. Deseó echarse a llorar.

—No sé cómo se hace —dijo.

—Lo que pasa es que no te gusta ensuciarte las manos —la reprendió su madre—. ¡Desiree!

—Está en el trabajo, señora Adele —terció el hombre.

—¿El trabajo?

—En el pueblo.

—Pues alguien debería ir a buscarla. Va a perderse la cena.

—Stella irá a por ella —propuso el hombre—. Yo me quedaré aquí con usted.

Rodeó los hombros de la madre de Stella con un brazo, en actitud protectora. Protegiéndola de mí, comprendió ella a la vez que dejaba con cuidado el cuchillo. Salió al porche delantero y miró hacia el bosque. Solo cuando caminaba ya por la tierra cayó en la cuenta de que no sabía adónde iba.


Lo primero que ha de saberse sobre el Reencuentro, como más tarde se lo llamaría, es que no hubo verdaderos testigos. En la Egg House de Lou nunca había nadie entre el almuerzo y la cena, que era cuando Jude la telefoneaba desde el centro de estudiantes. A Desiree le encantaban esas llamadas ruidosas, pese a que Jude siempre parecía agobiada, con prisas por llegar a una clase o un laboratorio. Esa tarde intentaba convencer a Desiree para que fuera a visitarla otra vez.

—Ya sabes que no puedo —dijo Desiree.

—Ya lo sé —respondió Jude—. Es solo que te echo de menos. A veces me preocupo por ti.

Desiree tragó saliva.

—Pues no te preocupes —dijo—. Tú estás allí viviendo tu vida. Eso es lo único que quiero para ti. No te preocupes por mí. Mamá ya se las arreglará.

No oyó la campanilla de la puerta hasta después de colgar el teléfono. La sorprendió. La cafetería se hallaba vacía cuando ella fue a la parte de atrás a atender la llamada, excepto por Marvin Landry, que nunca estaba sobrio pasado el mediodía, víctima de sus trastornos a causa de la guerra, y esa tarde en concreto permanecía desplomado en un reservado del fondo, con una botella de whisky bajo la cazadora. No había probado el bocadillo de pavo que Desiree había colocado ante él. Ni siquiera despertó al entrar Stella Vignes. No la vio detenerse en el umbral, mirar alrededor los suelos de linóleo bufado, los taburetes de cuero con el relleno a la vista, el vagabundo roncando en el rincón. No oyó a Desiree gritar desde la parte de atrás:

—¡Enseguida salgo!

Landry desde luego no vio a Desiree salir de la cocina atándose de nuevo el delantal. Ella no se fijó en él en absoluto, porque cuando se dio la vuelta, tenía ante los ojos a Stella.

—Ah —dijo Desiree.

Eso fue lo único que se le ocurrió decir. Ah. Más un sonido que una palabra. Soltó los cordones del delantal, y la prenda quedó colgando inútilmente de ella. Al otro lado de la barra, Stella sonreía pero tenía los ojos llenos de lágrimas. Avanzó hacia Desiree, pero esta alzó una mano.

—No —dijo, conteniendo la ira.

Stella, de pie ante ella, presentándose sin previo aviso, sin una disculpa, regresando solo cuando por fin Desiree se la había quitado de la cabeza. Vestida con aquella blusa que ella a veces recordaría de color crema, otras veces de color hueso, una blusa que parecía no haberse manchado o arrugado nunca. Diminutos botones de nácar. Una pulsera de plata reluciente. Sin alianza nupcial, con los puños apretados, como hacía Stella a veces cuando se ponía nerviosa, y en ese momento estaba nerviosa, ¿o no?; nunca se había puesto nerviosa en presencia de Desiree. Pero ¿cómo no iba a estarlo? Después de tantos años, ¿cómo tenía la desfachatez de dejarse ver de nuevo? ¿De pretender que la recibieran con los brazos abiertos? Un sinfín de pensamientos desfiló atropelladamente por la cabeza de Desiree. Apenas podía seguirlos. Y la sonrisa de Stella se desvaneció, pero dio otro corto paso adelante.

—Hablo en serio —advirtió Desiree. Su voz grave, amenazadora.

—Perdóname —dijo Stella—. Perdóname.

Seguía repitiendo esas palabras cuando rodeó la barra. Desiree intentó apartarla de un empujón, pero Stella tiró de ella. De pronto estaban forcejeando y de pronto estaban abrazándose, Desiree, agotada, gimoteaba; Stella suplicaba perdón con la cara en el cabello de su hermana. Y esto fue lo que Marvin Landry contó que vio al despertar por fin: un bocadillo de pollo en un plato ante él, y una botella de Coca-Cola empañada, y detrás del mostrador, a Desiree Vignes abrazada a sí misma.


Está cambiada.

Las mismas palabras pasaron por la cabeza de las dos gemelas. Desiree, observando cómo sostenía Stella el cuchillo y el tenedor, casi sin sujetar el metal. Stella, fijándose en la desenvoltura con que Desiree se movía ahora por la cocina. Desiree, observando a Stella frotarse la nuca, un gesto que reflejaba tal cansancio que la sorprendió. Stella, escuchando a Desiree hablar a su madre, su voz tierna y tranquilizadora. Y durante todo el tiempo, para Adele Vignes, las gemelas eran tal como siempre habían sido. El tiempo se desmoronaba y expandía; las gemelas eran distintas e iguales al mismo tiempo. Podría haber habido quince pares de gemelas sentadas a esa mesa, una silla para cada una de las personas que habían sido desde la última vez que hablaron: una esposa maltratada y una esposa aburrida, una camarera y una profesora, cada mujer sentada junto a una desconocida.

En lugar de eso, solo estaban allí las gemelas, y Early sentado entre ellas. Este tuvo la sensación, viendo a Stella cortar remilgadamente el pescado, de qué no conocía a Desiree en absoluto, de que tal vez era imposible conocer a la una sin la otra. Después de la cena, él recogió la mesa mientras las gemelas salían al porche delantero, llevándose Desiree una botella polvorienta de ginebra que había encontrado al fondo de la despensa. La había cogido aun sin saber si a Stella le gustaba siquiera la ginebra, pero Stella posó la mirada en la botella, luego otra vez en ella, y Desiree sintió la emoción de una conversación muda. La sacó afuera a escondidas, seguida por Stella.

—No os quedéis ahí hasta demasiado tarde —advirtió su madre alzando la voz—. Mañana hay colegio.

Ahora se pasaban la botella con indolencia y hacían una mueca cada vez que tomaban un sorbo de aquella ginebra añeja, regalo de boda de Marie Vignes. Los Decuir se habían escandalizado —¡Vaya un regalo de una suegra!— y por alguna razón la controvertida botella había caído en el olvido durante años. Desiree tomaba un sorbo, luego bebía Stella, y las gemelas entraron en un ritmo relajado.

—Ahora hablas de otra manera —observó Desiree.

—¿Qué quieres decir? —preguntó Stella.

—Con ese acento. ¿Cómo has aprendido a hablar así?

Stella guardó silencio por un momento y luego sonrió.

—En la televisión —respondió—. Me pasaba horas y horas viéndola. Solo para aprender a hablar como ellos.

—Dios mío —dijo Desiree—. Aún me cuesta creer que hicieras una cosa así, Stella.

—No es tan difícil. Tú también podrías haberlo hecho.

—Tú no quisiste que lo hiciera. Me abandonaste. —A Desiree le horrorizó su tono dolido. Después de tantos años, iba y gimoteaba como una niña abandonada en el patio del colegio.

—No fue eso —dijo Stella—. Conocí a alguien.

—¿Has hecho todo eso por un hombre?

—No fue por él. Es solo que me gustaba quién era yo con él.

—Una blanca.

—No —dijo Stella—. Una persona libre.

Desiree se echó a reír.

—Es lo mismo, cariño. —Tomó otro sorbo de ginebra, que le costó tragar—. Bueno, ¿y quién era?

Stella guardó silencio otra vez.

—El señor Sanders —contestó por fin.

A pesar de todo, Desiree se rio a carcajadas como no se reía desde hacía semanas, años incluso, se rio hasta que Stella, riendo también, le agarró la botella de las manos antes de que se le cayera.

—¿El señor Sanders? —repitió—. ¿Aquel jefe tuyo? ¿Te fugaste con él? Farrah dijo…

—¡Farrah Thibodeaux! No pensaba en ella desde hacía años.

—Dijo que te había visto con un hombre…

—¿Qué fue de ella?

—No lo sé. De eso hace años… se casó con un concejal…

—¡La mujer de un político!

—¿No es increíble?

Las gemelas, riendo, hablando a la vez, camino de apurar aquella botella. Desiree, atenta por si aparecía su madre, tal como hacía cuando eran adolescentes y salían a fumar al porche. A esas alturas estaba ya un poco borracha. Ni siquiera sabía lo tarde que era.

—¿Cómo te las has apañado? —preguntó—. Tantos años.

—No me quedaba más remedio que seguir adelante —respondió Stella—. No puedes volver atrás cuando tienes una familia. Cuando hay personas que dependen de ti.

—Tenías una familia —señaló Desiree.

—Bueno, no me refiero a eso —dijo Stella, desviando la mirada—. Con un hijo es distinto. Tú eso ya lo sabes.

Pero ¿en qué se diferenciaba exactamente? Era más fácil desprenderse de una hermana que de una hija, de una madre que de un marido. ¿Qué tenía ella para que fuera tan fácil abandonarla? Pero eso no se lo preguntó, naturalmente. Se habría sentido aún más como una niña de lo que ya se sentía, mirando por encima del hombro para asegurarse de que su madre no la sorprendía bebiendo.

—Así que estáis tú y el señor Sanders…

—Blake.

—Tú y Blake y…

—Tenemos una hija —dijo Stella—. Kennedy.

Desiree intentó imaginársela. Por alguna razón, solo consiguió representarse a una niñita blanca muy educada en la banqueta de un piano, sus manos cruzadas sobre el regazo, impecable.

—¿Y cómo es? —preguntó Desiree—. Tu hija.

—Obstinada. Encantadora. Es actriz.

—¡Actriz!

—Trabaja en obras menores en Nueva York. No en Broadway ni nada por el estilo.

—Aun así —dijo Desiree—. Una actriz. A lo mejor puedes traerla la próxima vez.

Supo que había dicho lo que no debía al ver que Stella apartaba la vista. Una mínima expresión, que Desiree supo interpretar de todos modos. Cuando sus miradas volvieron a cruzarse, Stella tenía los ojos empañados.

—Sabes que no puedo —dijo.

—¿Por qué no?

—Tu hija…

—¿Qué pasa con ella?

—Me encontró, Desiree. En Los Ángeles. Por eso he venido.

Desiree dejó escapar un resoplido. ¿Cómo podía Jude haber encontrado a Stella? Su hija, una estudiante universitaria, tropezándose con ella en una ciudad tan grande como Los Ángeles. Y aunque de algún modo su hija hubiera encontrado a Stella, se lo habría dicho. Jamás le habría ocultado un secreto así.

—No te lo ha contado —dijo Stella—. No la culpo. Me comporté fatal con ella. No era mi intención… yo estaba asustada, una chica que apareció de la nada, que dijo que me conocía. No se parece en nada a ti, ya lo sabes. ¿Qué iba yo a pensar? Pero encontró a mi hija. Se lo contó todo sobre mí, sobre Mallard. Luego apareció otra vez en Nueva York…

Desiree se levantó súbitamente del peldaño del porche. Tenía que llamar a Jude. Le daba igual que fuera tarde, que estuviera entonada, que milagrosamente Stella se hallara sentada en su porche. Pero Stella la agarró de la muñeca.

—Desiree, por favor —dijo—. Escúchame. Sé razonable…

—¡Soy razonable!

—¡Ella nunca cejará! Tu hija seguirá intentando contarle a la mía la verdad, y ya es demasiado tarde para eso. ¿Es que no lo ves?

—Claro que sí, es el fin del mundo. Tu hija enterándose de que no es blanca como una azucena…

—Que yo le mentí —precisó Stella—. Nunca me lo perdonará. No lo entiendes, Desiree. Eres una buena madre, lo noto. Tu hija te quiere. Por eso no te ha hablado de mí. Pero yo no he sido una buena madre. He pasado tanto tiempo escondiéndome…

—¡Porque tú así lo decidiste! ¡Tú lo quisiste!

—Lo sé —dijo Stella—. Lo sé, pero, por favor… por favor, Desiree. No la apartes de mí.

Se inclinó, llorando en las manos, y Desiree, exhausta, regresó al peldaño junto a ella. Rodeó los hombros de Stella con el brazo, mirándole la nuca, haciendo como si no viera las canas que asomaban entre el negro. Siempre se había sentido como la hermana mayor, pese a que solo lo era por cuestión de minutos. Pero tal vez en esos siete minutos en que se habían separado por primera vez, cada una había vivido toda una vida, emprendiendo sus distintos caminos. Descubriendo cada una de ellas quién podía llegar a ser.

Al principio, Early Jones nunca podía conciliar el sueño en casa de los Vignes. La comodidad lo perturbaba. Estaba acostumbrado a dormir bajo las estrellas o encogido en su coche o tendido en el duro camastro de una cárcel. O antes de eso, en un colchón relleno de musgo, junto a ocho de sus hermanos, cuyos nombres ya no recordaba, y menos aún sus caras. No estaba acostumbrado a eso: una cama grande y un edredón hecho en casa, la cabecera labrada por un hombre del que nadie hablaba pero que seguía presente en todos los muebles. En los primeros tiempos, se tendía en la cama junto a Desiree, bajo un techo sin goteras, y perseguía el sueño con desesperación. A veces acababa paseándose frente a la casa, fumando a las tres de la mañana, sintiéndose como si la propia casa lo rechazara. En otras ocasiones se quedaba dormido en el porche y no despertaba hasta que Desiree tropezaba con él a la mañana siguiente.

«Es como un perro salvaje —había oído decir a Adele—. Le proporcionas una buena cama, y aun así está más a gusto durmiendo en la tierra.»

No se equivocaba. Al fin y al cabo, él era un cazador. No estaba hecho para los edredones acolchados y las butacas amplias. Solo se sentía él mismo con la nariz pegada a un rastro. Razón por la cual, a la mañana siguiente, cuando oyó salir a Stella furtivamente por la puerta de la casa, la siguió al exterior.

—Es demasiado temprano para el tren —advirtió.

Ella se sobresaltó y casi se le cayó la pequeña bolsa de viaje. Pareció avergonzarse de que la hubiera sorprendido.

—Tengo que volver a casa —dijo.

—No está bien marcharse así —comentó él—. Sin despedirse.

—Es la única manera —afirmó ella—. Si tengo que despedirme de Desiree, nunca me marcharé, y he de irme. He de volver a mi vida.

Early lo comprendió. A su pesar, lo comprendió. Tal vez solo así sus padres habían sido capaces de desprenderse de él. Si se hubieran despedido, él se hubiera puesto a chillar y se hubiera agarrado a sus piernas. Nunca los habría dejado ir.

—¿Quiere que la lleve? —preguntó.

Stella echó una ojeada al bosque oscuro y asintió. Early la guio hasta su coche. Se ofreció a acompañarla no por amabilidad si no porque Desiree quería a Stella, y así funcionaba el amor, ¿o no? Una transmisión, que te asaltaba si te acercabas demasiado. Llevó a Stella más allá de la parada del autobús, hasta la estación de tren. Ella ocupó el asiento delantero del maltrecho vehículo, aferrando con las dos manos la bolsa en el regazo.

—Nunca fue mi intención que las cosas acabaran así —dijo.

Early dejó escapar un gruñido. Prefirió no mirarla cuando ella se apeó del coche. No quería ser el único que se despidiera de ella. Ya sabía que mentiría a Desiree cuando llegara a casa. Fingiría no haber oído a Stella cruzar con sigilo el pasillo. Tal como sabía, cuando Stella le puso la alianza nupcial en la palma de la mano, que tampoco eso se lo diría jamás a Desiree.

—Véndala —dijo, sin mirarlo—. Cuide de mi madre.

Early intentó devolverle el anillo, pero para entonces Stella se apeaba ya del coche, Stella se dirigía hacia la estación, Stella desaparecía tras las puertas de cristal. Ese anillo de diamantes se le antojó frío en la palma de la mano. Ignoraba cuánto podía valer aquello, y no lo sabría con certeza hasta semanas más tarde, cuando lo llevó a tasar. Aquel blanco calvo observándolo a través de su lupa, mirando después a Early con recelo y preguntando cómo había llegado el anillo a sus manos. Herencia familiar, respondió Early. Como la mayoría de las verdades, resultó un poco falsa.

Cuando Desiree despertó esa mañana, tendió la mano por encima de la cama y solo palpó aire. No le sorprendió; aun así, dejó escapar una exclamación a la vez que tocaba el espacio vacío al otro lado de la cama. La noche anterior se había dormido junto a su hermana, dos mujeres apretujadas en una cama demasiado pequeña. Stella en su sitio de siempre, Desiree donde había dormido años y años. Durante horas habían permanecido en vela, susurrando en la oscuridad hasta que se les enturbió la visión, sin querer ninguna de las dos ser la primera en cerrar los ojos.

Un mes después de que Stella fuera a Mallard, su hija telefoneó por fin a casa y anunció que volvía a California. Lo suyo con Frantz —¿y acaso no era muy propio de ella reducir una relación seria a «lo suyo»?— había tocado a su fin, ella se había gastado todo el dinero en Europa, los musicales ya no la llenaban. Ofreció unas cuantas excusas distintas, pero a Stella, escuchándola, con el corazón en un puño, no le importaban las razones. Ni siquiera le importó que su hija no hubiera dicho que quería estar cerca de sus padres, que los echaba de menos. Ella había vuelto a casa y ahora su hija volvía también. Eran dos sucesos inconexos, por supuesto, pero ella, en su cabeza, los vinculó, como si un regreso hubiera desencadenado el otro. Canceló su clase de esa tarde para ir a recibir a Kennedy al LAX. Y allí estaba, atravesando la terminal, arrastrando una voluminosa maleta. Se la veía más delgada y se había cortado el pelo, cayéndole las ondas rubias hasta medio cuello.

Stella la abrazó, estrechándola tanto tiempo que los que esperaban junto a la cinta transportadora las miraron.

—¿Estás bien? —preguntó su hija—. Te noto cambiada.

—Cambiada ¿cómo?

—No lo sé. Cansada.

Durante el último mes había sido incapaz de dormir toda una noche seguida. Cada vez que cerraba los ojos, veía a Desiree.

—Estoy bien —contestó, cogiendo a Kennedy de la mano—. Es que me alegro mucho de tenerte de vuelta.

—¿Qué ha sido de tu anillo? —preguntó su hija.

Ella estuvo a punto de mentir. La asustó, la naturalidad con que mentía. Estuvo a punto de contar a su hija lo mismo que había contado a Blake al volver a casa, con las manos desnudas por primera vez en más de veinte años. Que se había quitado el anillo en el trabajo para lavarse las manos, que debía de haberlo dejado en el platillo del jabón del cuarto de baño del profesorado, que había perseguido a todos los bedeles que encontró pero ninguno pudo localizarlo. Parecía tan disgustada que él acabó consolándola.

—Bah, no pasa nada, Stel —dijo—. En todo caso, creo que ya te tocaba una mejora de nivel.

Blake había encargado que personalizaran el anillo nuevo en la joyería preferida de ella. Una mentira le había valido el primer anillo, otra mentira le había valido el segundo. Nunca podría ser totalmente sincera con su marido, pero de algún modo, en el aeropuerto, fue incapaz de obligarse a mentir de nuevo a su hija. Tal vez fuera por el agotamiento, o por el alivio de tener por fin a su hija en casa, o tal vez fuera que, al tender la mano hacia la voluminosa maleta, supo que su hija también llevaba en la sangre el deseo de huir. Siempre sentiría el impulso de escapar y nunca entendería por qué, no si Stella no se lo explicaba. Su hija, que sería siempre la única persona en su vida que realmente la conocía.

Con la mirada fija en la moqueta, agarró el asa.

—Se lo di a mi hermana —dijo—. Ella lo necesita más que yo.

Kennedy se detuvo.

—¿Tu hermana? —preguntó—. ¿Has vuelto allí?

—Vamos, cielo —dijo Stella—. Podemos hablar en el coche.

El tráfico sería una pesadilla. Ella lo sabía mucho antes de acceder lentamente a la 405. Una hilera de coches casi pegados, luces de posición rojas hasta donde alcanzaba la vista. Cuando se trasladó a Los Ángeles, el tráfico le resultaba vagamente hermoso. Toda esa gente yendo a algún sitio. Le daba miedo conducir por la autovía, pero en cuanto se habituó, salía a conducir sola en pleno día por la paz que le inspiraba. Le gustaba observar el cielo despejado, las montañas de color azul tenue al frente. Su hija, un bebé, bien sujeta en el asiento trasero, balbuceando al son de la radio.

—Puedes preguntarme lo que quieras —dijo, sujetando con fuerza el volante—. Pero cuando lleguemos a casa...

—Lo sé, lo sé —la interrumpió su hija—. No puedo decir nada.

—Hablar duele. ¿Lo entiendes? Pero quiero que me conozcas.

Su hija desvió la mirada hacia la ventanilla. No estaba lejos de casa, pero aquello era Los Ángeles. Dieciocho kilómetros podían alargarse toda una vida.

Al muerto le pusieron Freddy.

Víctima de un corazón agrandado, tenía veintiún años, medía un metro ochenta y cinco, pesaba ochenta kilos. En sus momentos más macabros, el laboratorio lo llamaba Fred el Muerto. En la Universidad de Minnesota, todos los estudiantes de medicina ponían nombre a sus cadáveres. Eso personalizaba la muerte, decían los profesores, devolvía la dignidad al indigno proceso de la muerte. Al indigno proceso de la ciencia. Eso era lo que la gente pensaba cuando se planteaba la posibilidad de donar su cuerpo para la investigación: un grupo de veinteañeros en bata de laboratorio buscando nombres en broma, y cada año al menos un grupo era tan perezoso como para apodar Yorick a su muerto y quedarse tan tranquilo. Extrañamente, a Jude, al llamar Freddy a su cadáver, el contacto con su cuerpo se le antojaba menos íntimo. No era su verdadero nombre. Había vivido y muerto siendo un hombre totalmente distinto, un hombre al que nunca conocería más allá de los detalles consignados en su historial. Apenas había vivido, en realidad, y ahora muy posiblemente llevaría una vida más interesante aquí en la mesa del laboratorio del sótano.

Una vez superado el olor, a Jude le gustaba trabajar con cadáveres. No necesitaba bromear en torno a ellos para camuflar su malestar; nunca sentía náuseas al ver un muerto. Las clases la aburrían, pero se embelesaba en los laboratorios, siendo siempre la primera en coger el escalpelo cuando el profesor pedía voluntarios. Las personas vivían en cuerpos que eran en gran medida incognoscibles. Uno nunca descubriría algunas cosas sobre sí mismo; algunas cosas nadie las descubriría sobre uno hasta después de su muerte. Le fascinaba el misterio de las disecciones, así como el desafío. Tenían que buscar nervios minúsculos que era imposible localizar. Era casi como la búsqueda de un pequeño tesoro.

«Eso es asqueroso, cariño», decía Reese. Siempre se apartaba cuando ella llegaba a casa oliendo a formaldehido. La obligaba a ducharse antes de besarlo. Nunca quería que lo tocara después de estar en contacto con los muertos. Él siempre había sido más sentimental, al menos eso pensaba Jude, hasta la tarde que su madre la llamó para decirle que su abuela había muerto. Permaneció en pie en su despacho sin ventanas, sujetando el auricular contra la mejilla. Ese semestre era profesora ayudante y le habían asignado un despacho que casi nunca utilizaba. Nadie tenía el número de teléfono, excepto Reese y su madre, por si surgía una urgencia. Le sorprendió tanto oír la voz de su madre que no adivinó la única razón por la que podía llamarla.

—Ya sabes que estaba enferma —añadió. Intentaba consolarla, o tal vez solo aliviar su conmoción.

—Lo sé —dijo Jude—. Aun así.

—No ha sufrido. Estuvo sonriendo y hablándome, hasta el final.

—¿Estás bien, mamá?

—Bueno, ya me conoces.

—Por eso te lo pregunto.

Su madre se rio un poco.

—Estoy bien —dijo—. En todo caso, el oficio será el viernes. Solo quería que lo supieras. Sé que estás ocupada en la facultad...

—¿El viernes? —repitió Jude—. Cogeré un avión...

—Espera. No hace falta que vengas desde tan lejos...

—Mi abuela ha muerto —dijo Jude—. Vuelvo a casa.

Su madre ya no intentó disuadirla. Jude lo agradeció. Ya había actuado como si comunicarle el fallecimiento de su abuela fuera un inconveniente. ¿Qué clase de vida pensaba su madre que llevaba para no poder interrumpirla con una noticia así? Colgaron, y Jude salió al pasillo. Los estudiantes pasaban a toda prisa. Un amigo del Departamento de Biología la saludó alzando su café en dirección a ella a la vez que entraba en la sala de descanso. Una chica enclenque de cabello naranja clavaba en el tablón de anuncios un póster verde sobre una manifestación. Eso era lo que tenía la muerte. Solo los detalles concretos dolían. La muerte, en sentido general, era un ruido de fondo. Ella se hallaba ahora en el lado silencioso.

West Hollywood era un cementerio, dijo Barry la última vez que la llamó. A diario, una nueva letanía de los que morían. Estaban los hombres que uno medio conocía, como Jared, el camarero rubio del Mirage que tendía a cargar las copas. Guiñaba el ojo y luego ladeaba la botella de ginebra sobre el vaso, como si le hiciera a uno un favor personal y no obsequiara su generosidad a todo el mundo. El oficio de difuntos se celebró en Eagle Rock. Estaban los ex o enemigos como Ricardo, conocido como Jessica, una drag queen que se había acostado con Barry más veces de las que él admitiría jamás. Había pedido que lo incineraran, y Barry había estado presente en la orilla de Manhattan Beach mientras esparcían las cenizas en el mar. Luego estaban los hombres a quienes uno quería. Luis acababa de ingresar en el Good Samaritan Hospital, y cuando Jude telefoneó, él no paró de hablar de una enfermera que le contó que Bobby Kennedy había muerto allí.

—¿Te lo puedes creer? —dijo—. O sea, aquí murió un presidente.

Jude no tuvo valor para decirle que Bobby Kennedy no fue presidente. Murió cuando hacía campaña para el cargo, un joven prometedor.

—Tampoco tan joven —comentó Barry cuando ella lo llamó después—. Pasaba de los cuarenta.

—¿Eso no es joven?

Él no contestó, y ella lamentó haber hablado.

Los fines de semana, Jude asistía a acaloradas reuniones de activistas que organizaban peticiones y campañas para la redacción de cartas y manifestaciones con la intención de echar en cara al gobierno su indiferencia. Se ofreció voluntaria para colaborar con un grupo estudiantil que repartía condones y agujas hipodérmicas limpias en el centro de Mineápolis. Visitaba a pacientes sin familia. Les llevaba revistas y barajas de naipes. Pensaba en la muerte sin cesar, y sin embargo solo la tarde que murió su abuela descubrió que era incapaz de tocar el cadáver. Era una tontería, pero ni siquiera pudo mirarlo. Una y otra vez se imaginaba a su abuela tendida inerte en una mesa en algún sitio. Maman nunca donaría su cuerpo a la investigación. Le horrorizaba la idea de que un desconocido la tocara, y además era una católica convencida de que la incineración era pecado. El Día del Juicio Final su cuerpo resucitaría, así que lo necesitaba intacto.

«Basta con que me enterréis en el jardín en una caja vieja de pino», decía maman. De eso hacía años, cuando su abuela empezó a darse cuenta de que estaba enferma. Sus recuerdos iban y venían como la marea.

A lo largo de ese año Jude había leído todos los libros que encontró sobre el alzhéimer. Estudió la enfermedad con desesperación, como si comprenderla fuera a cambiar algo. Naturalmente no fue así. Solo era una estudiante de primero, y además quería ser cardióloga. El corazón era un músculo que entendía. El cerebro la desconcertaba. Así y todo, sacaba libros en préstamo de la biblioteca de medicina, leía todo lo que podía. En el cerebro de su abuela, fragmentos de proteínas se endurecían y formaban placas entre las neuronas. Los tejidos cerebrales se encogían. Las células del hipocampo degeneraban. Al final, cuando la enfermedad se propagara por la corteza cerebral, su abuela perdería la capacidad de realizar tareas rutinarias. Perdería la razón, el control de las emociones, el lenguaje. Sería incapaz de comer por sí sola, reconocer a la gente, controlar sus funciones fisiológicas. Perdería la memoria. Se perdería a sí misma.

«No malgastéis todo ese dinero en mí —había dicho su abuela—. Yo no estaré presente para verlo.»

Le daba igual que la enterraran vestida de una manera u otra, la frase de la Biblia que grabaran en su lápida, con qué flores la adornaran. Pero nada de incineración, eso ni hablar. A ese respecto fue tajante. Jude nunca insistió al respecto, pese a que no lo entendía. Si Dios podía rehacer un cadáver en descomposición, ¿por qué no iba a poder reanimar las cenizas? Pero tampoco quería imaginar eso, su abuela quemada, motas de hueso y piel arremolinadas en una urna. Se marchó del laboratorio antes de hora.

En casa, Reese revolvía una sopa en el fogón. Iba sin camisa, con vaqueros y descalzo. De un tiempo a esa parte siempre iba sin camisa. Se habría dicho que vivían en una cabaña en Miami, no congelados en el norte.

—Pillarás una pulmonía —advirtió ella.

Él sonrió y se encogió de hombros.

—Acabo de salir de la ducha.

Aún tenía el cabello mojado, diminutas gotas de agua salpicaban sus hombros. Ella le rodeó la cintura con los brazos y le besó la espalda húmeda.

—Mi abuela ha muerto —dijo.

—Dios mío. —Se volvió de cara a ella—. Lo siento, cariño.

—No pasa nada. Estaba enferma…

—Aun así. ¿Te encuentras bien? ¿Cómo está tu madre?

—Bien. Todos están bien. El funeral es el viernes. Voy a ir.

—Claro. Tienes que ir. ¿Por qué no me has llamado?

—No lo sé. La verdad es que no podía pensar. Ni siquiera podía mirar el cadáver. ¿No es una estupidez? O sea, ya antes sabía qué era un cadáver. ¿Qué tiene de distinto hoy?

—¿Qué quieres decir? —preguntó Reese—. Hoy es distinto.

—La verdad es que no teníamos una relación muy cercana.

—Eso da igual —dijo, y la abrazó—. Un pariente es un pariente.

Esa tarde, en una caravana de maquillaje en Burbank, el teléfono sonó siete veces antes de que el peluquero lo descolgara de un tirón de la horquilla y se lo tendiera bruscamente a la rubia sentada en su silla.

—Yo no soy tu secretario particular —dijo en un sonoro susurro a la vez que le entregaba el auricular.

No sabía por qué esa monada de chica —cosa que en efecto era, a pesar de los propios gustos del peluquero— no respetaba su tiempo, por qué llegaba siempre tarde, por qué no decía a su novio acechador, o a quien quiera que la llamaba una y otra vez, que la molestara más tarde. Ella le dijo que no esperaba una llamada, pero se levantó a contestar de todos modos, su cabello a medio peinar en un estilo que la abochornaría décadas más tarde cada vez que veía en internet unas imágenes granuladas de *Pacific Cove*.

—¿Sí? —dijo.

—Soy Jude —anunció la voz—. Tu abuela ha muerto.

Tontamente, Kennedy pensó primero en la madre de su padre, que había muerto cuando ella era pequeña, su primer funeral. Fue el *tu* lo que la despistó, no *nuestra* abuela. Su abuela, la que no había conocido. La que nunca conocería. Muerta. Se apoyó en la encimera y se tapó los ojos.

—Por Dios —dijo.

El peluquero, percibiendo la tragedia en el otro extremo de la línea, salió. Ya sola, Kennedy cogió un paquete de tabaco. Había estado intentando abandonar el hábito. Su madre al final lo consiguió, y ahora la agobiaba con eso continuamente. A veces se decía que lo dejaría de golpe. Tiraría todos los paquetes que tuviera. Luego siempre encontraría alguno suelto escondido en los cajones, en la guantera del coche, reservado para su futuro yo. Se sentía como una yonqui, de hecho. Solo al abandonarlo se sentía adicta. Pero podía abandonarlo más adelante. Su abuela había muerto. Se merecía un cigarrillo, ¿o no?

–Deberías hacer un esfuerzo por mejorar tu trato con el paciente –le reprochó a Jude.

Imaginó que Jude sonreía al otro lado de la línea.

–Perdona –dijo–. No sabía de qué otra manera plantearlo.

–¿Cómo está tu madre?

–Bien, creo.

–Dios mío, lo siento. No sé qué decir.

–No tienes que decir nada. También es tu abuela.

–No es lo mismo –dijo Kennedy–. Yo no la conocía como tú.

–Bueno, así y todo he pensado que debías saberlo.

–Pues vale. Ya lo sé.

–¿Vas a decírselo?

Kennedy se echó a reír.

–¿Cuándo le he dicho yo algo?

No le contó a su madre, por ejemplo, que aún hablaba con Jude. No a todas horas, pero sí bastante a menudo. A veces Kennedy la llamaba, le dejaba mensajes en el contestador. Hey Jude, decía siempre, porque sabía que a ella la irritaba. A veces era Jude quien telefoneaba primero. Sus conversaciones transcurrían invariablemente como esa: entrecortadas, un poco combativas, familiares. Nunca hablaban mucho tiempo, nunca planeaban reunirse, y en ocasiones las llamadas parecían más mecánicas que otra cosa, como si se aplicaran mutuamente el dedo a la muñeca en busca del pulso. Después de mantener el dedo apretado durante unos minutos, lo dejaban.

No hablaron a sus madres de esas llamadas. Las dos lo mantenían en secreto, cada una en un extremo de las vidas independientes de las gemelas.

—Quizá eso querría saberlo —dijo Jude.

—Créeme, no quiere —aseguró Kennedy—. Tú no la conoces como yo.

Los secretos eran el único idioma en el que hablaban. Su madre le demostraba su amor mintiendo, y Kennedy, por su parte, hacía lo mismo. Nunca volvió a mencionar la fotografía del funeral, aunque conservó esa imagen descolorida de las gemelas, aunque la miraría detenidamente la noche que su abuela murió y no se lo diría a nadie.

—Yo no la conozco en absoluto.


Esa noche en la cama, ya tarde, Jude pidió a Reese que la acompañara en el viaje a casa.

Ella recorría con el dedo sus pobladas cejas, la barba que no se había recortado en mucho tiempo, tanto que había empezado a llamarlo leñador. Él estaba cambiando, siempre. Ahora tenía la mandíbula más definida, los músculos más firmes, el vello de los brazos tan espeso que, cuando se acercaba a ella por la moqueta a través de la habitación, siempre la sobresaltaba. Incluso olía distinto. Desde su separación, poco antes de trasladarse a Minnesota, ella percibía hasta el más mínimo cambio en él. Reese no quería dejar su vida en Los Ángeles. No quería seguirla al Medio Oeste, colgado de ella como un peso muerto. Un día, dijo, ella despertaría y se daría cuenta de que podía conseguir a alguien mucho mejor que él.

Durante toda la primavera, habían roto lentamente, poco a poco, enfrascándose en pequeñas discusiones, haciendo las paces, haciendo el amor, iniciando después el ciclo completo una vez más. En dos ocasiones ella estuvo a punto de mudarse a casa de Barry; era mejor romper ya que retrasar lo inevitable, se dijo, pero cada noche dormía en la cama de Reese. No lograba conciliar el sueño en ningún otro sitio.

Ese año las primeras nieves llegaron antes de lo que preveía, en forma de pequeños copos ya en Halloween. Ella, desde la ventana de Moss Tower, había observado a los estudiantes pasar a toda prisa con sus disfraces. Pensó en su vaquero sentado en el sofá en aquella fiesta tan concurrida y, una vez más, procuró no llorar. Pero esa noche lo encontró frente a la puerta de su apartamento con un gorro de punto negro cubierto de copos de nieve, una bolsa de lona colgada al hombro.

—Maldita sea —dijo él—. A veces soy de lo más tonto, ¿sabes?

En la universidad, Jude conoció a una endocrina negra dispuesta a extenderle a Reese una receta de testosterona. Tenían que privarse de muchas cosas todos los meses para poder pagarla, pero aquellas otras drogas callejeras le destrozarían el hígado, dijo la doctora Shayla. Era franca pero amable; dijo a Reese, mientras garabateaba en su bloc, que le recordaba a su propio hijo.

Ahora, tendida en la cama a su lado, Jude le besó los párpados cerrados.

—¿Qué dices? —preguntó ella.

—¿En serio? —dijo—. ¿Quieres que vaya?

—Creo que no puedo volver allí sin ti.

Se había enamorado de él a los dieciocho años. No había dormido una sola noche separada de él desde hacía tres años. En una sórdida habitación de un hotel de Nueva York, le había retirado lentamente los vendajes, conteniendo la respiración mientras el aire fresco besaba su nueva piel.


El alzhéimer era hereditario, lo que significaba que Desiree viviría siempre con la preocupación de contraer la enfermedad. Empezaría a hacer crucigramas porque había leído en alguna revista femenina que los pasatiempos de agilidad mental podían ayudar a prevenir la pérdida de la memoria.

—Hay que ejercitar el cerebro —diría a su hija—, igual que cualquier otro músculo.

Su hija no tuvo el valor de decirle que el cerebro, de hecho, no era un músculo. Hizo lo posible por ayudarla con las pistas de los crucigramas a la vez que imaginaba a Stella, ya olvidando, en algún lugar del mundo.

El pueblo de Jude Winston, que nunca había sido un pueblo en absoluto, ya no existía. Y sin embargo seguía igual que siempre. Ella miraba por la ventanilla de la camioneta de Early, que la había sorprendido cuando él los fue a buscar a Lafayette: se esperaba aún la vieja El Camino.

—Ese trasto tenía más años que tú —dijo Early, y se echó a reír—. Tuve que llevarlo al chatarrero.

Vestía su mono de la refinería, cosa que también la sorprendió: Early de uniforme. Estrechó enérgicamente la mano de Reese y a ella la abrazó, besándola en la frente. La raspó con la barba, como ella recordaba.

—Mírate —dijo él—. Ya tan mayor. No me lo puedo creer.

Aún se lo veía fuerte, pese a que empezaba a tener el pelo canoso, extendiéndose el color plateado por sus patillas, veteándole la barba. Cuando ella se burló de Early al respecto, él se tocó el mentón riéndose.

—Voy a afeitármela —dijo—. Mejor ir por ahí con cara de niño que parecer un Papá Noel.

—¿Cómo está mamá? —preguntó Jude.

Early se echó atrás la gorra de béisbol y se enjugó la frente.

—Ah, bien —respondió—. Ya conoces a tu madre. Tiene aguante. Lo superará.

—Ojalá hubiera estado yo aquí —dijo Jude, aunque no estaba segura de que fuera verdad.

En todo caso, nunca había sabido qué decir en presencia de su abuela. Pero deseaba haber podido estar allí por su madre, que no debería haber sobrellevado aquello sola. Tendría que haber habido dos mujeres para reconfortar a su abuela en sus últimos momentos, una a cada lado de la cama, cogiéndole de las manos.

—Descuida —dijo Early—. No podrías haber hecho nada. Pero nos alegramos de tenerte aquí ahora.

Dio un apretón a Reese en el muslo. Él se lo devolvió. Miraba por la ventanilla, los labios un poco separados. Jude sabía que él echaba de menos aquello, no las playas moteadas por el sol ni las aceras urbanas heladas, sino una llanura marrón y a lo lejos hectáreas de bosque. La casa blanca alargada apareció a la vista, con el mismo aspecto que ella recordaba, lo que se le antojó extraño, porque su abuela no estaría sentada en el porche para recibirlos. Su muerte la golpeaba en ondas. No era una inundación, sino agua que le lamía regularmente los tobillos.

Uno podía ahogarse en cinco centímetros de agua. Quizá lo mismo pasaba con el dolor.


Esa noche ayudó a su madre a cocinar para el ágape. Early fue a ultimar los detalles en la funeraria y se llevó a Reese. Jude, desde la ventana de la cocina, los observó subir a la camioneta, preguntándose de qué demonios hablarían.

—¿Aún eres feliz? —preguntó su madre—. ¿Te trata bien?

Desiree, inclinada sobre el horno para extraer la bandeja de boniatos, no la miraba.

—Me quiere —dijo Jude.

—No es eso lo que he preguntado. Lo uno no tiene nada que ver con lo otro. ¿Crees que no puedes herir a alguien a quien quieres?

Jude troceaba apio para la ensalada de patata, sintiendo la familiar oleada de culpabilidad. Sabía lo de Stella desde hacía cuatro años y se lo había callado. No esperaba que Stella reapareciese por propia iniciativa, que una mañana su madre la llamara, conteniendo las lágrimas, y le reprochara sus mentiras. Ella se disculpó en la medida de lo posible, pero, pese a que su madre la perdonó, supo que algo había cambiado entre ellas. Jude se había hecho mayor a ojos de su madre, no era ya su hija sino una mujer aparte, con sus propios secretos.

—¿Crees…? —Se interrumpió a la vez que rallaba el apio en un cuenco—. ¿Crees que papá te quería?

—Creo que todo el mundo que me ha hecho daño me quería —dijo su madre.

—¿Tú crees que a mí me quería?

Su madre le acarició la mejilla.

—Sí —contestó—. Pero no pude quedarme para verlo.


La mañana del funeral Jude despertó en la cama de su abuela, porque, dijo su madre, dos personas que no estaban casadas no compartirían cama bajo su techo. A fuerza de pequeños empujones intentaba acercarlos al altar, si es que una declaración tan evidente como esa podía considerarse un pequeño empujón. No sabía que Jude y Reese habían hablado, una o dos veces, del matrimonio. No podían casarse, no sin una partida de nacimiento nueva para Reese; aun así, hablaban de ello, tal como los niños hablan de bodas. Tristemente. Su madre los veía como intelectuales modernos que se consideraban por encima del matrimonio. Lo cual era mejor que la perspectiva de que llegara a darse cuenta de lo románticos que eran.

Jude llevó sábanas limpias a su antigua habitación, ayudó a Reese a hacerse la cama, sin señalar siquiera que su madre y Early tampoco estaban casados, ni a ojos de la ley ni de la Iglesia. No pudo dormirse hasta la madrugada. Se preguntó, tontamente, si percibiría de algún modo la presencia de su abuela. Pero no sintió nada, y eso fue peor.

En el pasillo, se volvió, recogiéndose el cabello, para que Reese le subiera la cremallera del vestido negro.

—Apenas he podido pegar ojo —dijo—. Sin tenerte a ti allí.

Él la besó en la nuca. Llevaba su traje negro para las ocasiones. Su madre le había pedido que ayudara a acarrear el ataúd. Jude los había oído hablar la noche anterior en la cocina mientras se cepillaba los dientes. Su madre dijo a Reese que lo consideraba un hijo, con boda o sin ella, pero confiaba en que al menos no la hiciera esperar eternamente para convertirla en abuela.

—No digo que tenga que ser ya —decía su madre—. Sé que estáis los dos muy ocupados. Pero sí algún día, solo eso. Antes de que yo esté vieja y canosa y apenas pueda moverme. Tú serías un buen padre, ¿no crees?

Él guardó silencio por un momento.

—Eso espero —respondió.


Hacia el final de su vida, Adele Vignes contó a Desiree historias sobre su infancia tan vívidas que Desiree se preguntó si su madre las confundía con escenas de culebrones. Una niña a quien ella detestaba en el colegio que había intentado tirarla a un pozo. Sus hermanos vestidos totalmente de negro para robar carbón. Un chico pobre llevándole un ramillete de claveles para el baile de fin de curso en el último año de instituto. Sacaba a relucir esas anécdotas delante del televisor, donde veía sus culebrones cada tarde. Las series parecían la forma perfecta de entretenimiento para ella. Las tramas avanzaban cada día un poco, pero al final de la semana el mundo permanecía en esencia intacto, los personajes exactamente tal como siempre habían sido.

La primera vez que su madre la llamó Stella, Desiree acababa de ayudarla a sentarse en su sillón. Buscaba el mando a distancia entre los cojines del sofá, pero de pronto se quedó inmóvil.

—¿Qué? —dijo—. ¿Cómo me has llamado? —Estaba tan confusa que balbuceó—: Soy yo, mamá, Desiree.

—Claro —respondió su madre—. Eso quería decir.

Parecía abochornada por el desliz, como si solo hubiera sido una descortesía. El doctor Brenner les dijo que no le corrigieran los errores. Ella decía lo que, en su cabeza, creía que era verdad; corregirla no serviría más que para causarle agitación o confusión. Y normalmente Desiree no la corregía. No cuando su madre llamaba Leon a Early, no cuando olvidaba los nombres de objetos corrientes: sartén, bolígrafo, silla. Pero ¿cómo podía su madre olvidarse de ella? ¿La hija que había vivido con ella durante los últimos veinte años? La que le preparaba las comidas, la ayudaba a meterse en la bañera, le administraba lentamente las pastillas. El doctor Brenner explicó que así era la enfermedad.

—Los sucesos lejanos los recuerdan —dijo—. Nadie sabe por qué. Es como si vivieran la vida marcha atrás.

He aquí la historia marcha atrás: el presente y su tedio en retroceso, todas esas visitas al médico, las interminables pastillas, un desconocido enfocándole los ojos con una luz, los programas de televisión que nunca podía seguir, la hija observándola, poniéndose en pie cada vez que Adele se levantaba de su sillón, cada vez que Adele intentaba ir a algún sitio. De pronto se encontraba en los lugares más raros. Salía a dar un paseo y se quedaba dormida en un campo durante horas hasta que su hija, llorando, la envolvía con una manta y la llevaba a casa. Era un bebé, quizá. La chica era su madre, o su hermana. Su rostro cambiaba cada vez que Adele la miraba. En otro tiempo había dos. O tal vez aún las había, tal vez cada vez que cerraba los ojos aparecía una nueva. Solo recordaba el nombre de una. Stella. Estrella, encendida y remota.

—¿Adónde has ido, Stella? —preguntó una vez.

Eso era ya hacia el final o, más bien, el principio. Esperaba a que Leon llegara a casa de la tienda. Le había prometido unos narcisos. Stella, sentada a su lado, se frotaba las manos con una loción granulosa.

—A ningún sitio, mamá —respondió. No la miraba—. He estado aquí todo el tiempo.

—Sí —dijo Adele—. Has ido a algún sitio…

Pero no se le ocurría adónde podía ser. Stella se metió en la cama con ella y la abrazó.

—No. No me he ido.


Desiree Vignes cogió y se marchó de Mallard, diría la gente, como si hubiera algo de repentino en su marcha. Nadie había esperado que se quedara más de un año; permaneció allí casi veinte. Entonces murió su madre, y ella decidió, por fin, que ya había tenido bastante. Quizá no podía vivir en la casa de su infancia después de perder a su padre y a su madre, aunque los momentos finales de ambos no podrían haber sido más distintos. Su padre murió en el hospital, mirando a la cara a sus asesinos. Su madre simplemente se fue a dormir y ya no despertó. Tal vez aún estuviera soñando.

Pero no eran solo los recuerdos lo que la expulsaron de allí. Más bien pensaba en el futuro. Por una vez en la vida, miraba al frente. Así que después de enterrar a su madre, vendió la casa, y Early y ella se trasladaron a Houston. Él encontró trabajo en la refinería Conoco, y ella en una agencia de telemarketing. No trabajaba en una oficina desde hacía treinta años. En su primera mañana, se estremeció bajo el aire acondicionado al tender la mano hacia el teléfono, intentando recordar su guion. Pero su supervisora, una chica rubia de treinta y tantos años, le aseguró que lo estaba haciendo bien. Ella posó la mirada en la mesa, ruborizándose por el elogio.

—No sé —le dijo a su hija—. Simplemente me ha parecido que era hora de pasar a otra cosa.

—Pero ¿eso te gusta?

—Es distinto. El tráfico. El ruido. Tanta gente. Verás, es que hacía tiempo que no me veía rodeada de tanta gente.

—Lo sé, mamá. Pero ¿te gusta?

—A veces creo que debería haberme marchado antes. Por ti y por mí. Podríamos haber ido a cualquier sitio. Yo podría haber sido como Stella, vivido a lo grande.

—Me alegra que no seas como ella —dijo su hija—. Me alegra haber acabado contigo.

En la agencia de telemarketing, se sentaba cada mañana para marcar los números de teléfono de las listas. No era un trabajo fácil, le dijo su joven supervisora el primer día. Tienes que aceptar el rechazo, que la gente te cuelgue, que te maldiga.

—No será peor que algunas de las cosas que me han dicho a la cara —respondió ella, y la supervisora se rio.

Desiree le caía bien. A ella y a todas las chicas jóvenes. La llamaban Mamá D.

Tras su primera semana, ya se sabía de memoria el guion, recitándolo para sí cuando se sentaba en un banco frente a la oficina, esperando a que Early pasara a recogerla. Hola Nombre —siempre había que personalizarlo—, me llamo Desiree Vignes, de Royal Travel, aquí en Houston. En una promoción de temporada, regalamos tres días y dos noches de alojamiento en un hotel de la zona metropolitana Dallas-Fort Worth-Arlington. Ahora seguro que se está usted preguntando dónde está la trampa, ¿no? En ese punto siempre se interrumpía y dejaba escapar una breve risa, con lo cual se granjeaba la simpatía de su interlocutor o le daba la oportunidad de colgar. Le sorprendía la frecuencia con que seguían al aparato.

—Tienes una vocecilla agradable —le dijo Early una vez, sonriéndole en el porche.

Pero más probablemente la gente se sentía sola. A veces se imaginaba llamando sin previo aviso a Stella. ¿Reconocería su voz? ¿Sonaría aún igual que la de ella? ¿Le parecería Stella una persona solitaria que quería que ella siguiera hablando, solo por oír otra voz en la línea?

Adele Vignes fue enterrada en la parte de personas de color del cementerio de St. Paul. Nadie esperaba otra cosa. Siempre había sido así, los blancos en el lado norte, las personas de color en el sur. Nadie se quejó hasta el año que los ministros eucarísticos de la parroquia blanca, dueña del cementerio, limpiaron las lápidas para el día de Todos los Santos, pero solo las del lado norte. Cuando Mallard protestó, el diácono no quiso discutir, así que envió a dos monaguillos malhumorados con cubos de agua jabonosa a restregar también las lápidas del lado de la gente de color. Jude casi se rio cuando su madre se lo contó: esa fue la solución, no suprimir la segregación en el camposanto, sino sencillamente limpiar las lápidas de los dos lados. El cementerio podía inundarse a causa de un huracán, y abrirse los viejos ataúdes con el balanceo, llenándose de agua marrón. Luego algún enterrador escarbaría en el barro en busca de relojes de oro y anillos de diamantes, maravillándose de su buena suerte, pisando los huesos, sin distinguirlos.

En el cementerio, vio a Reese alzar a su abuela, Early al otro lado a su misma altura, otros cuatro portadores detrás. En el lado opuesto de la tierra abierta, el sacerdote bendijo el cuerpo, trazando en el aire la señal de la cruz con la mano, y sin más bajaron a su abuela a la fosa. Le frotó la espalda a su madre, esperando que no se volviera. No podía mirarla a la cara, no en ese momento. Durante el oficio, le había cogido la mano, imaginando a otra mujer sentada en ese banco, a Stella deslizando nerviosamente con los dedos las cuentas de un rosario, uniéndose a su hermana en muda aflicción.

En el ágape, todo el pueblo se congregó en la casa de Adele Vignes con la esperanza de alcanzar a ver a la hija perdida de Mallard. Ella ahora estudiaba medicina, habían oído decir a su madre. La mitad de los presentes esperaba verla aparecer en bata blanca; la otra mitad se mantenía escéptica, dando por supuesto que Desiree Vignes exageraba. ¿Cómo podía esa chica de piel oscura haber hecho todo lo que Desiree contaba?

Pero no la encontraron entre los muertos. Se había escabullido por la puerta de atrás con su novio, y cogidos de la mano, corrieron por el bosque hacia el río. El sol empezaba a ponerse, y bajo el cielo de color mandarina, Reese se quitó la camiseta. El sol le calentó el pecho, aún más pálido que el resto de su cuerpo. Con el tiempo, sus cicatrices se borrarían, su piel se oscurecería. Ella lo miraría y olvidaría que había existido otro tiempo en el que él se escondía de ella.

Reese le bajó la cremallera del vestido del funeral, lo dejó plegado pulcramente sobre una roca y vadearon el agua fría, chillando, mientras el agua ascendía poco a poco por sus muslos. Ese río, como todos los ríos, recordaba su curso. Flotaron bajo las frondosas copas de los árboles, suplicando poder olvidar.

# AGRADECIMIENTOS

Infinitas gracias a: mi agente, Julia Kardon, por su inalterable fe en mí; a mi editora, Sarah McGrath, por ayudarme en mi lucha con este libro difícil de manejar y desafiarme a crecer como escritora; a todos en Riverhead, pero en especial al Team Brit, pasado y presente: Jynne Dilling Martin, Claire Mcginnis, Delia Taylor, Lindsay Means, Carla Bruce-Eddings, y Liz Hohenadel Scott.

A todos los amigos que me han oído quejarme de la imposibilidad de escribir una segunda novela, pero sobre todo a Brian Wanyoike, Ashley Buckner y Derrick Austin, cuyo apoyo me sirvió para conservar la cordura. A mis primeros lectores, Chris McCormick, Mairead Small Staid y Cassius Adair, cuyas opiniones incisivas y generosas me alentaron y guiaron. A todos los bibliotecarios, libreros y lectores que apoyaron *Las madres*. Y por último, a mi familia. Os doy las gracias por vuestro amor.